CW01669442

Przetaina

fabryka słów®
WYDAWNICTWO
MMXXII

ANDRZEJ
PILIPIUK

PRZETAINA

Ilustracje
Paweł Zaręba

fabryka słów®

Lublin – Warszawa

1

Do jesieni zostało jeszcze sporo czasu, gdy babcia zaczęła marudzić, że trzeba naprawić dach. Po prawdzie trochę racji w tym było, wiosenne gradobicie dało nam się we znaki, ciągle jednak pilniejsze prace zmuszały nas do odłożenia roboty. Babcia kilka razy przypominała o sprawie, wreszcie pewnego poranka wyciągnęliśmy z wujaszkiem Tokiem nasz dwukołowy wózek. Założyliśmy mocniejsze buty o twardej podeszwie, spodnie z mocnego płótna i najgorsze, sprane koszule. Naostrzyliśmy szpadle i oskardy, zabraliśmy na wszelki wypadek broń i wyprawiliśmy się po dachówki do ruin w górnych dzielnicach Tess.

Nie lubiłem tego miejsca, jego przytłaczającej cmentarnej ciszy i braku ludzi. Szliśmy ulicą wspinającą się na zbocze góry Televi. Bruk zachował się dobrze, trawy i krzewy wpijały korzenie w każdą szczelinę. Domy przed wiekami zburzyło trzęsienie ziemi. Można to było poznać po długich pęknięciach ocalałych murów. Szczeliny cięły równo i kamień, i zaprawę. Tylko gzymsy i obramowania okien, tam gdzie kamienie dodatkowo spojono żelaznymi klamrami, dały radę oprzeć się wstrząsom. Za to w wielu miejscach rozsadził je korodujący metal. Przodkowie budowali solidnie, ale czas i siły natury okazały się potężniejsze. Dachy ani stropy się nie zachowały, przez otwory okienne widać było błękitne niebo. Przystanęliśmy na zakręcie.

– Spójrz, Dave, piękny widok – mruknął wujaszek.

I nie kłamał. Miasto opadało tarasami ku zatoce. Tu z góry widziałem wyraźnie tereny świątyni, naszą dzielnicę i leżące poniżej dzielnice pierwobylców. W porcie stały trzy statki Węży.

Ruszyliśmy dalej.

– Myślę, że to będzie odpowiednie miejsce. – Zatrzymał się przed jednym z domów.

Budynek niewiele różnił się od innych. Mury były grube i solidne. W kilku miejscach zachowały się aż do wysokości gzymsu pierwszego piętra. W otworach na belki i pustych otworach okiennych tkwiły jeszcze resztki poczerniałego ze starości drewna. Najpierw rozleciał się dach, spadły sufity, potem runęło także piętro. Przewrócił się przewód kominowy... Parter zasypany był warstwą, której grubość oceniałem na sześć do siedmiu łokci. Otwór drzwiowy trzeba było sobie odpuścić... Obeszliśmy budynek od lewej i weszliśmy przez jedno z okien, od strony dawnego ogrodu.

– Tak myślę – powiedział wujaszek, rozglądając się uważnie wokoło. – Tu była kuchnia, obok zapewne umywalnia. Od ulicy salon i schody na piętro, a tam trzy lub cztery sypialnie. Mur wokół solidny, ale ścianki działowe z desek polepionych gliną...

Podniósł płat tynku, przełamał w palcach i pokazał mi. Glina wyglądała jak wyjedzona przez korniki, ale wiedziałem, że to ślad po kawałkach słomy, które z biegiem czasu rozsypały się w pył. Byłem pewien, że mogę zaufać jego osądowi, od lat przekopywał ruiny.

Kolczaste krzewy zarosły gruzowisko niczym dywan. Założyłem grube skórzane rękawice, podobnie jak wujek. Skrzywiliśmy się jak na komendę. Jednakowo nie znosiliśmy tej roboty. Najdłuższe kolce zawsze jakoś znajdowały sobie drogę do naszej skóry. Próbowaliśmy dawniej różnych metod pozbycia się tych chaszczy. Niestety paliły się bardzo opornie, a cięcie gałązek maczetą lub nożycami zajmowało zbyt wiele czasu. Najlepsze były sposoby jeszcze z czasów mojego pradziadka – piły na długich styliskach, którymi odcinaliśmy krzewy od podłoża. Nie rozwiązywało to wszystkich problemów, bo były strasznie splątane gałęziami, ale gdy nie trzymały się już gruzu, można było bosakami odciągać je na bok. Wsunąłem piłę pod gałęzie i zabrałem się za pień pierwszego krzaka.

– Kryjemy domy dachówkami, które leżą tu od setek lat – rozważałem. – Zamiast wypalać nowe.

– Tak jest łatwiej i szybciej. – Wzruszył ramionami. – Można zrobić nowe, ale ile z tym roboty... Trzeba wykonać formy, nakopać gliny, wysuszyć, wypalić, położyć glazurę, znów wypalić.

– Robimy garnki. Glina, miejsce do suszenia, piece. Wszystko jest.

– Ale tu przychodzimy po gotowe. Mniej się człowiek zmęczy. I co najważniejsze, oszczędzamy opał. Idze zima, a w tym roku może być mroźna.

Krzaki, choć odpiłowane od korzeni, stawiały dziki opór. Szarpaliśmy je długo, nim zaczęły się poddawać. Wreszcie oczyściliśmy całą przestrzeń między resztkami ścian. Gleba, którą odsłoniliśmy, składała się z popiołów wulkanicznych, kawałków kamienia, pokruszonej cegły i tynku oraz próchnicy, która przez setki tak powstawała z belek, desek, mebli, a także traw, pnączy i naniesionych liści. Spociłem się przy tej robocie, zgrzałem, wreszcie ściągnąłem koszulę. Tak było przyjemniej, mimo że pył osiadał na skórze...

– No, Dave, można powiedzieć, że z chłopaka stajesz się powoli mężczyzną – mruknął wujek, patrząc na moje muskuły. – Za rok lub dwa pomyślisz o założeniu rodziny. Ana też niebawem skończy osiemnaście lat i zadecyduje... Jesteś od niej rok starszy, tak?

– Coś koło tego... – bąknąłem speszony.

– Trzymam kciuki – powiedział poważnie.

W jednym miejscu wśród gruzu i korzeni ziała dziura. Podszedłem i zajrzałem. Wkop miał może pięć stóp głębokości, ściany się osypały. Kilka przegniłych desek wskazywało, że szyb był oszalowany.

– Coś ciekawego? – zagadnął wujaszek zmagający się z ostatnimi krzakami.

– Dziura wygrzebana przez jakichś naszych poprzedników kilkanaście, a może i kilkadziesiąt lat temu. Już się zawaliła.

– Pewnie szukali skarbów. Albo chcieli znaleźć piwnice. Pamiętasz dwa lata temu?

Pamiętałem. Poszliśmy w ruiny we trzech – on, mój ojciec i ja. Faktyczne znaleźliśmy piwnicę, zamurowaną, nietkniętą od czasów Przodków. Były w niej różności. Dzbany, które kiedyś zawierały oliwę i wino, resztki bel zetlałego sukna, szczątki mebli, niegdyś pięknie rzeźbionych i pokrytych płatkami złota. Zachowaliśmy z tego kilka kawałków, które powiesiliśmy w kapliczce wśród pamiątek, oraz nieduży nożyk z brązu, którym po oczyszczeniu i naostrzeniu babcia obierała sobie teraz owoce. Zlewki oliwy zgęstniały i paskudnie cuchnęły, ale zmieszaliśmy je z olejem i wykorzystaliśmy w lampach. Wosk z innego dzbana poczerniał jak smoła, lecz przetopiony nadawał się jeszcze, by odlać z niego świece. Liczyliśmy na najmarniejszą sakiewkę złotych monet, jednak takie znaleziska należały do rzadkości.

– No, nie ma się co zasiadywać. – Wujaszek popatrzył na niebo. – Przybyliśmy po dachówki i na tym się skupmy. Do wieczora chcę mieć sto sztuk.

– To raczej niemożliwe...

– Ale pomarzyć nam wolno.

Przewiązaliśmy dłonie szarfami i odmówiliśmy modlitwę za ludzi, którzy niegdyś tu żyli. Bywało, że w takich miejscach znajdowaliśmy ludzkie kości... Wgryźliśmy się w gruzowisko. Robota był ciężka. Nie mogliśmy użyć szpadli, bo nie sposób było wbić ich w ceglany rumosz. Pozostały nam motyki, lecz musieliśmy nimi operować bardzo ostrożnie, by nie potrzaskać elementów, po które przybyliśmy. Do tego słońce przygrzewało zdrowo. Na szczęście i od morza dmuchało nieźle, był przewiew. Dachówki leżały płytko i była ich cała masa. Trafiliśmy dobrze, miały podobną grubość jak te, którymi pokryte były nasze dachy. Szaroniebieska glazura będzie się odznaczała, ale przecież żaden dom nie miał dachu jednolitej barwy.

Oczywiście zdecydowana większość okazała się niezdatna do użytku.

Przeważnie trafiały nam się pęknięte lub w ogóle rozbite na kawałki. Gdy dach runął, połamały się, ale między odłamkami odnajdywaliśmy też całe lub tylko nieznacznie wyszczerbione.

– Weszliśmy do cudzego domu – zadumałem się. – Co pomyśleliby o nas Przodkowie, widząc, jak przekopujemy gruz nawet nie w poszukiwaniu skarbów, tylko dlatego, że chcemy naprawić dach.

– Myślę, że by zrozumieli. Nie wyciągamy im tego z grobów.

Przerwaliśmy robotę, by się posilić. Opłukaliśmy dłonie odrobiną wody z dzbana. Zjedliśmy podpłomyki przygotowane przez babcię.

– Za kilka dni trzeba będzie popłynąć na wyspę – zauważył wujek. – A potem popędzić kozy do Olejarza. Wiosną zostawiłem u niego wózek. Babcia wspominała, że wyśle ciebie? Będziesz miał okazję spotkać się z ojcem.

– Nie widzieliśmy się od wiosny... – westchnąłem. – Plan jest taki, że pójdę lądem, a za twierdzą zejdę nad ocean i poszukam kogoś, kto mnie przewiezie na miejsce. Przeprawimy z ojcem i stryjkami kozy i owce na ląd, zagonię je do Olejarza i odbiorę w zamian towary dla nas. Jeśli ma nasz wózek, to dobrze.

– Podobno arcykapłan Retti też wybiera się na wyspę. Dopytaj w świątyni, może zabierzesz się w jedną stronę jako wioślarz? Sporo czasu byś zaoszczędził.

– Dopytam. Może będą mieli dla mnie jakieś zajęcie? Ech, raczej nie.

– Nie zakładaj od razu, że nie. Myślę, że i oni szykują się do zimy. Może być robota... Dachy poprawić, kanalizację przepchać i tak dalej...

– Mają kilku młodych kapłanów do prostszych prac. – Wzruszyłem ramionami. – Każdy oszczędza, świątynia też.

Przeliczyłem dachówki ułożone na wózku. Dwadzieścia jeden sztuk. Nie był to zły wynik, jednak potrzebowaliśmy znacznie więcej.

Wujaszek oglądał rumowisko, marszcząc czoło.

– Źle kopiemy – orzekł wreszcie. – Dach przełamał się w jednej trzeciej długości, tutaj sypnęło najwięcej, ale działały tu też największe siły. Dachówki spadały jedna na drugą, miażdżyły się wzajemnie własnym ciężarem. Dlatego tyle jest połamanych. Tam powinny leżeć całe.

Zabrałem się za przekopywanie wskazanego garbu. Mój krewniak miał rację. Oczywiście i te były w większości potrzaskane, lecz niemal od razu wyciągnąłem także pięć nieuszkodzonych.

– Jesteś bardzo mądry – pochwaliłem wujka.

– Nie jestem, ale nadrabiam sprytem i doświadczeniem życiowym. – Uśmiechnął się. – Chodzę po świecie dobre piętnaście lat dłużej niż ty.

W glebie błysnęło coś szarozielonego. Pochyliłem się i podniosłem bryłę skorodowanego metalu. Obstukaliśmy ją ostrożnie. Niestety rozpękła się nieoczekiwanie i z wnętrza posypały się kółka zębate. Mniejsze i większe, te najdrobniejsze były jak połówka ziarnka grochu.

– Stary zegar – zawyrokowałem.

– Szkoda, że nie zachował się w lepszym stanie, wszystkie trybiki przeżarte... To musiał być wspaniały okaz, zdolny odmierzać nawet setne części czori...

Odłożyliśmy szczątki z szacunkiem na bok i wkopaliśmy się głębiej. Znów trafiło nam się kilka dachówek, a pod nimi znalazłem kutą, zaśniedziałą bransoletę. Potarłem ją o spodnie, błysnął jasny metal.

– Srebro dość marnej próby, fałszowane miedzią, dlatego tak pozieleniało – ocenił wujaszek. – Jak wyczyścisz, będzie ładna. Ciekawe, czemu trafiła się tutaj. Ten zegar też mi nie pasuje...

– Może były schowane na strychu?

– Pewnie tak...

Wznowiliśmy pracę, ale „złoże" najwyraźniej się wyczerpało. Całych dachówek znajdowaliśmy coraz mniej. Wujaszek Tok dłuższą chwilę zastanawiał się, wodząc wzrokiem po gruzowisku.

– Spróbujemy tam – bez większego przekonania wskazał kolejny garb.

Zabraliśmy się do roboty. Korzenie przypominały kłębowisko węży. Musieliśmy je ciąć i odrywać jedne od drugich, wyszarpywać mozolnie z ziemi.

– Jak gniazdo żmij – mruknął mój krewniak, ocierając pot z czoła.

Widocznie naszły go podobne myśli. W takich miejscach trafiały się prawdziwe węże, ale na szczęście przeważnie niejadowite. Powoli torowaliśmy sobie drogę w głąb. Wujo miał nosa – niemal tuż pod powierzchnią gleby znaleźliśmy trzy całe dachówki i jedną minimalnie wyszczerbioną. Coś znów błysnęło zielenią. Rozgrzebałem ziemię nożem i po kilku minutach wydobyłem z gruzu rynnę. Była całkiem zaśniedziała. Wujo obejrzał moje znalezisko, oskrobał kilka plam grynszpanu paznokciem i postukał, nasłuchując dźwięku. Wreszcie pokręcił głową.

– To chyba rodzaj bardzo lichego brązu – orzekł. – Marniuchny stop i źle wymieszany. Korozja w wielu miejscach przegryzła blachę na wylot. Gdyby wsadzić to do ognia, żar strawiłby skorodowane miejsca i wyciągnąłbyś z płomieni sito... Do normalnego wykorzystania na nic...

– Może przetopimy?

– Szczerze mówiąc, nie wiem, czy warto. Czasem jeden kawałek złego metalu paskudzi cały wsad. Ale na razie wrzuć na wózek.

Wgryzłem się głębiej. Szło nam całkiem nieźle. Patrzyłem na rosnące stosiki.

Dobijemy do setki – pomyślałem z zadowoleniem.

Niestety i tu dachówki się skończyły. Przegrzebałem ziemię, znajdując już tylko połamane, wreszcie trafiłem na resztki poczerniałych desek, chyba fragmenty starej dębowej podłogi piętra. Wujaszek uważnie przyjrzał się warstwom odsłoniętym na krawędzi naszego wkopu, potem ocenił wysokość zachowanych ścian ruiny.

– Poparz na dziury po belkach, na których trzymała się górna kondygnacja. Myślę, że gdybyśmy się wkopali jeszcze ze dwa łokcie, znaleźlibyśmy podłogę domu – powiedział. – Jeśli ocalało coś ciekawego...

– Ładne płytki podłogowe też mogą się przydać...

Wgryźliśmy się w gruz. Wkop musieliśmy poszerzyć, żeby ściany się nie osypały. Niestety nasz trud okazał się daremny. Podłogę ułożono ze zwykłej cegły. Faktycznie zalegały na niej resztki wyposażenia: kompletnie przerdzewiałe okucia i zawiasy z szaf i skrzyń, zmiażdżone szklane flasze i gliniane faski. Najciekawszymi łupami okazały się zaśniedziała patelnia i cedzak zgnieciony na placek. Wykonano je z miedzi pobielonej cyną. Rzuciliśmy je na wózek obok rynny.

– Raz się wygrywa, raz przegrywa – orzeł sentencjonalnie wujaszek, oglądając stary, rozsypujący się tasak. Rdza przeżarła ostrze na wylot, drewniana rękojeść przegniła i rozłaziła się w palcach. Gdy stuknął nim o kamień, narzędzie rozsypało się w pył.

– Coś tam wygraliśmy... Bransoleta to konkret...

– Byłem w twoim wieku, gdy naprawdę mi się poszczęściło. W podobnym domu znalazłem mikroskop. Dostałem za niego całkiem niezłą sumkę. Był oczywiście całkowicie zniszczony, a do tego trochę zgniótł go nacisk gruzu, ale wszystkie soczewki ocalały. Kapłani zdołali je oczyścić, osadzić w nowym urządzeniu i do dziś służy medykom w Domu Noży.

Pod ścianą natrafiliśmy na zmiażdżony i przeżarty korozją zbiornik wielkości beczki, a pod nim resztki miedzianych rurek zaopatrzonych w pokrętła i coś jakby dysze. Trudno było odgadnąć, jak to urządzenie mogło wyglądać pierwotnie, wszystko uległo zniszczeniu... Wujek orzekł, że zapewne była to nieduża terma do grzania wody, ale nie miała paleniska na drewno, jak nasza, tylko palniki zasilane olejem. Nic nie wskazywało na to, żeby pomieszczenie posiadało jeszcze piwnicę.

– Ani złota, ani srebra... – mruknąłem rozczarowany.

– Srebro przecież znalazłeś...

– Ano tak...

– Ludzie dużo gadają o skarbach. Słyszałem opowieści z czasów, gdy twój dziadek był jeszcze chłopcem. Możemy przypuszczać, że niekiedy ktoś coś znajduje. Nie powiem, mnie też się trafiło. O mikroskopie ci wspominałem, ale pewnego roku kupiłem osiołka za kilka monet wygrzebanych w gruzowisku. I ta blacha, którą mamy na blacie w kuchni, nie pamiętasz, mały byłeś. Ile myśmy się namęczyli, żeby ją wyczyścić i wypolerować. Ale tak naprawdę najważniejszym łupem są dachówki, kafelki, rynny, czasem łyżki, widelce, a nawet rury i krany, jeśli zachowały się w dobrym stanie. Mebli ani książek tu nie znajdziemy, minęło zbyt wiele czasu. Narzędzia wykonane z żelaza, jak widzisz, dawno szlag trafił... Na złoto i srebro nie bardzo można liczyć, te domy długo stały puste, z pewnością zostały doszczętnie splądrowane przez tych, którzy przeżyli. Mamy z dzisiejszego urobku sto czterdzieści dwie całe dachówki i dwanaście lekko wyszczerbionych. To bardzo przyzwoity wynik. No i twój klejnot. Wypolerujesz ładnie i możesz zdobywać tym serca dziewcząt...

– Yhym... – Wolałem nie kontynuować tematu.

– Wiem, wiem – spoważniał. – Twoje szanse nie są duże. Ana to śliczna i miła dziewczyna, ale obawiam się, że wybrała inną drogę.

– Zobaczymy za niecałe dwa lata. Potem... Potem pomyślę, co dalej – mruknąłem, naciągając koszulę. – Wrócimy tu jeszcze?

Wujek dłuższą chwilę badał wzrokiem rozryte przez nas wnętrze domostwa. Wreszcie wzruszył ramionami.

– Chyba nie ma już sensu – powiedział. – Pewnie to i owo dałoby się jeszcze wygrzebać, ale myślę, że obok pójdzie nam lepiej. – Machnął ręką, wskazując sąsiednie ruiny. – Poukładajmy to, co mamy, i wracajmy do domu...

Z dala rozległ się gong świątyni. Przerwaliśmy pracę. Usłyszałem gwizdki strażników – trzy krótkie, jeden długi.

– Pościg za przestępcą! – Wujek podniósł z wózka kuszę.

Naciągnął ją niespiesznie. Rozejrzeliśmy się, ale nie było nic widać. Gwizdki dobiegały gdzieś z dołu, od strony świątyni.

– Uważaj, może wyskoczyć prosto na nas!

– Wiem. – Kiwnąłem głową.

Wujek wdrapał się na koronę pobliskiego muru i podał mi dłoń. Mieliśmy stąd widok na spory kawałek górnego miasta. Ruiny, kępy chaszczy i garby ziemi układały się w szachownicę. Wystarczyło trochę wyobraźni, by odtworzyć sobie obraz dzielnicy, niegdyś pięknie położonej, zasobnej, wspinającej się tarasami na zbocze. Kamieniczki wzdłuż głównych ulic, powyżej przy krętych zaułkach na stromiźnie wille bogatych mieszczan. A w dole mur świątyni.

– Tam jest – szepnął wujek, wskazując dłonią.

Rzeczywiście, przez krzaki poniżej nas przedzierał się jakiś człowiek. Wujek poderwał kuszę.

– Spróbuję go trafić w nogę – oznajmił.

– Ciekawe, co to za jeden – mruknąłem. – Świętokradca?

– Możliwe. Wygląda mi na pierwobylca...

Strażnicy świątynni także nie próżnowali. Wprawdzie nie widzieli zbiega, ale chyba domyślali się, dokąd ucieka. Trzech biegło przodem, dwóch po bokach. Osaczali go jak sfora wilków.

Uciekinier natrafił na mur oporowy zabezpieczający skarpę nad ulicą. Wykorzystując jakieś pęknięcie, zręcznie wdrapał się na górę. Wujaszek wziął go na cel, ale odległość była jeszcze zbyt duża. Za to ścigający wreszcie go spostrzegli.

Świsnęło kilka bełtów. Zagryzłem wargi, uświadomiwszy sobie, że ten człowiek za chwilę prawdopodobnie zginie. I on chyba też zdawał sobie z tego sprawę, bo rwał przez chaszcze jak rączy jeleń. Wujek złożył się wreszcie do strzału, lecz chybił. Pospiesznie naciągnął kuszę. Obcy tymczasem dopadł kolejnego muru oporowego i mozolnie się po nim wdrapywał. Trzej czy czterej ścigający wystrzelili jednocześnie. Jeden trafił. Bełt przeszył udo zbiega. Uciekinier przez chwilę usiłował utrzymać się na niemal pionowej ścianie, a potem odpadł i z głuchym okrzykiem runął w dół.

Dotarliśmy pierwsi. Nieznajomy leżał u stóp muru, z którego zleciał. Wysokość nie była duża, ale upadł na bok i tak pechowo, że uderzył skronią o kamień. Przez jego ciało przebiegały jeszcze ostatnie drgawki. Wreszcie znieruchomiał. Kałuża krwi nawet nie była duża.

– Trup – orzekł wujek, na wszelki wypadek nadal celując z kuszy. – Ciekawe, co tam się zdarzyło...

Mignęły skórznie nabite metalowymi ćwiekami, zatupotały podkute buciory. Strażnicy... Chwilę trwało, nim przedarli się przez krzaki i gruzy. Na szczęście rozpoznali nas od razu i opuścili kusze. Jak się okazało, pościgiem kierował dowódca straży świątynnej, pan Nash. Znałem go z widzenia...

– Witaj, Tok – pozdrowił wujaszka. – Nie żyje? – Rzutem oka ocenił sytuację. – Fatalnie... Koniecznie chcieliśmy wziąć go żywcem...

Dowódca straży ukląkł i obszukał kieszenie nieboszczyka. Były puste. Odpiął mu od pasa sakwę. Kryła zestaw powyginanych na różne sposoby drutów, oprawionych w drewno na kształt szewskich szydeł.

– Złodziejskie narzędzia do otwierania zamków i kłódek – mruknął wujo. – I to bogaty zestaw... W życiu podobnego nie widziałem!

– Oraz arkusiki papieru, tusz i rysiki do pisania – uzupełnił Nash. – Chciał się włamać, a potem coś zapisać lub przerysować... To by się zgadzało.

Odwrócił trupa. Twarz zabitego zastygła w paskudnym grymasie.

– Nie znam go – orzekł.

Jego ludzie także pokręcili głowami. Przeniósł spojrzenie na nas.

– Zazwyczaj dobrze zapamiętuję twarze, ale nie poznaję tego gagatka – powiedział wuj. – W każdym razie to nikt z naszego ludu, nie ma tatuażu na nadgarstku... Pewnie pierwobylec z dolnego miasta albo i przybysz z daleka. Chciał okraść świątynię?

– Niezupełnie. Jeden z kapłanów, robiąc obchód, zauważył, że drzwi archiwum nie są zamknięte. Wszedł i został zaatakowany przez tego człowieka. Na szczęście miał laskę. Gdyby nie to, pewnie by zginął na miejscu, bo złodziej próbował zadźgać go nożem. Został draśnięty w bok. Krzyknął, zbiegli się ludzie. Napastnik wcześniej zdołał uciec. Domyślano się, że ukrył się gdzieś w świątyni, wezwano nas. Wspólnie z kapłanami przetrząsnęliśmy cały budynek. Znaleźliśmy wypiłowaną i wygiętą kratę jednego z okien, lecz byliśmy prawie pewni, że nie wymknął się tamtędy. I rzeczywiście, drań leżał w załomie dachu. Widząc, że został osaczony, skoczył z muru wysokiego na kilkanaście łokci i rzucił się do ucieczki. Goniliśmy go aż do tego miejsca... Parę razy mieliśmy okazję poczęstować go bełtem w plecy, ale arcykapłan kazał brać żywcem...

A A A A AAA A AAAA RAAAAAARGH!!

– Włamał się do archiwum? – zdziwiłem się.

– Szukał czegoś w księdze życia... Na szczęście jej nie zniszczył ani nie wyrwał żadnej z kart...

– Zresztą i tak są kopie, co wieczór dubluje się wszystkie wpisy w drugim egzemplarzu – dodałem.

– To po co mu to było? – zdumiał się wujek. – Przecież dla obcych te informacje są kompletnie bezużyteczne...

– Mylisz się, wuju – zaoponowałem. – Tam jest zapisany każdy ród, każde urodzone dziecko. Jeśli ród wygasł, ktoś obcy może zgłosić się po spadek, podając się za dalszego krewnego. Wytatuuje sobie kocią łapkę, kapłanom poda imię, nazwisko rodowe, nawet numer, pod jakim odnotowano jego przyjście na świat... Odbierze akt własności, budynki pospiesznie sprzeda lub zastawi i zniknie z pieniędzmi.

– To możliwe?! – Zaskoczony wujaszek spojrzał na strażnika.

– Było kilka podobnych prób w ciągu ostatniej dekady. Palce pobrudzone tuszem, to oznacza, że faktycznie coś notował, ale nie ma przy nim żadnych papierów. – Zajrzał raz jeszcze do sakwy, lecz była pusta.

– Pewnie je wyrzucił, uciekając... – Zamyśliłem się. – Albo gdzieś ukrył, by potem po nie wrócić. Zawsze to mocny dowód obciążający...

– Dobrze byłoby je odnaleźć – westchnął jeden ze strażników, wodząc wzrokiem po ruinach i chaszczach niknących już w nadchodzącym mroku. – Dowiedzielibyśmy się, jaki był jego cel.

– Ściągnijcie grabarza, niech weźmie nosze i jakieś szmaty do zawinięcia. Trzeba jutro zrobić na rynku okazanie trupa. Może ktoś go rozpozna – zadecydował pan Nash.

– Nie miał żadnego wspólnika? – zagadnął wujek.

– Nic na to nie wskazuje, ale świątynia jest obecnie przeszukiwana.

Pożegnaliśmy się i wróciliśmy po nasze graty. Wujek raz jeszcze przejrzał dachówki, oceniając, czy na pewno wszystkie warto zabierać. Wyczułem, że robi to tylko, aby uspokoić nerwy. Wreszcie ruszyliśmy do domu. Szliśmy powoli, wujaszek ciągnął dyszel, ja pilnowałem kół. Głupio by było przez jakiś wybój stracić część ładunku. Gdy dotoczyliśmy ciężar przed bramę, już zmierzchało. Babcia stanęła na dziedzińcu i oszacowała nasz urobek.

– Nieźle się spisaliście – pochwaliła. – Ast, jesteś tam?

Mój młodszy brat przykuśtykał, wspierając się na kuli.

– Jestem, babciu.

– Przypomnij mi, proszę, ile dachówek trzeba wymienić?

– Około dwustu pięćdziesięciu, może trzystu, ale to dokładnie będzie można oszacować dopiero po rozebraniu całego dachu.

– Czyli jeszcze kilka dni roboty – westchnąłem. – Trzeba zebrać ze dwieście albo i lepiej. Myślę, że najpierw rozbierzemy dach na spichlerzyku. Tam są największe uszkodzenia. Wyrzucimy dachówki potłuczone przez grad. Wzmocnimy konstrukcję nowymi deskami i położymy ponownie...

Babcia kiwnęła głową.

– Kolacja niebawem – powiedziała i ruszyła dopilnować przygotowań.

– Babcia chyba zadowolona – zauważył mój brat.

– Sporo udało się wygrzebać, a pośpiechu nie ma. Jak na pierwszy dzień, urobek mamy całkiem przyzwoity. No i znalazłem coś jeszcze.

– Coś ciekawego?

– Chodź do warsztatu, pokażę ci.

Wetknął kulę pod pachę i pokuśtykał za mną. Zapaliłem cztery świece. Roztarłem w oliwie trochę kredy z popiołem i miękką szmatką zacząłem czyścić bransoletę.

– Może lepiej piaskiem? – zasugerował. – Tak jak ciotka szoruje dna garnków?

– To stare srebro – wyjaśniłem. – Porysuje się. Tu trzeba delikatnie.

– Skoro srebro, to skąd te zielone plamy?

– Bo Przodkowie też święci nie byli i do srebra dodawali różności, przeważnie miedź. Pewnie stop był nie do końca dobrze wymieszany. Albo w glebie były drobiny metalu z rynien czy innych elementów i przywarły.

Plamki grynszpanu poddawały się powoli. Na wypukłości wytłoczono kaczki kryjące się w trzcinowisku.

– Piękna – westchnął. – Niejedna dziewczyna ucieszyłaby się z takiego prezentu. Szkoda, że kapłankom nie wolno nosić biżuterii.

– A kopnąć cię w tyłek? – burknąłem.

– Dobra, dobra, powiedz lepiej, co tam jest napisane.

Faktycznie, od środka wygrawerowano jakąś dedykację. Przetarłem ją kilka razy gałgankiem.

– Sam przeczytaj...

– Nie nabijaj się ze mnie... Znam znaki Przodków, ale...

Przodkowie używali dwóch pism: ozdobnego, którym kuli napisy na pomnikach i nagrobkach, oraz uproszczonej wersji do listów, instrukcji i zapisków. W dodatku litery łączyły się ze sobą, a w przypadku najpopularniejszych wyrazów zastępowano je jednym znakiem. By w miarę sprawnie odczytywać ich księgi, trzeba było poznać wszystkie trzydzieści sześć liter oraz około ośmiuset takich właśnie symboli. Co gorsza, język trochę się zmienił od czasów zagłady, niektóre wyrazy brzmiały teraz inaczej, inne wyszły z użycia, a na ich miejsce wymyślono nowe.

– „Dla naszej drogiej Hekte z serdecznym podziękowaniem za wierną służbę" – odcyfrowałem.

– Czyli dostała to jakaś służąca albo ktoś podobny? – zdziwił się. – Musiała naprawdę dobrze pracować, że ją tak nagrodzili.

– Pewnie tak... Trzeba ją dopisać do Księgi Zmarłych. Wiesz, tej, gdzie kapłani notują imiona ludzi, o których istnieniu dowiedzieliśmy się przypadkiem.

– Wiem, nie jestem dzieckiem. Jak nie masz komu dać... Mefa lubi błyskotki, choć ma już kilka cieńszych ze złota. Plotkują o niej, że każda bransoletka od innego chłopaka, ale przecież wszyscy wiemy, że od dwóch lat chodzi z tym od szewca. – Parsknął ze złością.

– Uhym – mruknąłem. – Plotkują, bo ładna ta nasza kuzyneczka... Nawet te siwe pasma we włosach tylko dodają jej uroku. Faktycznie, wygląda to trochę jak skrzydła...

Spojrzał na mnie zaskoczony.

– Ja to chyba głupi jestem! To dlatego nazywają ją Jaskółeczką? Że niby białe plamy na ciemnym tle reszty włosów jak u ptaka...

– Tak. Nie pamiętasz, bo za mały byłeś... Wybuchła zaraza, mieliśmy nadzieję, że ominie nasz klan. Medycy myśleli, że może jesteśmy odporni, ale i u nas zaczęli chorować. Mefa miała dziesięć lat. Żaden dzieciak z rodziny nie zachorował wtedy ani nie umarł, tylko ją złapało. Nagle przyszła gorączka. Owijano naszą kuzyneczkę prześcieradłami moczonymi w lodowatej wodzie ze studni. Przetrzymała gorączkę, jednak choroba zostawiła jej ten znak... Bardzo się tym peszyła; wiesz, jak to jest z dziewczynami, mają hysia na punkcie wyglądu, ale przez tę cechę ludzie zaczęli nazywać ją Jaskółką. I pogodziła się z tym.

– Pamiętam, że kilka razy farbowała włosy, lecz odrastały białe.

Wypolerowałem bransoletę miękką szmatką. W świetle świecy powierzchnia metalu ładnie błyszczała. Trzeba będzie jeszcze sprawdzić w świetle dziennym. Oczyściłem dłonie z resztek pasty...

– Chciałbym posiedzieć i pogadać z jakąś dziewczyną – westchnął brat.

– Całe dnie pytlujecie z Alvą, Seltą, Vidią...

– Kuzynki to nie są prawdziwe dziewczyny! To znaczy prawdziwe niby są, ale przecież nie o to mi chodzi. Ja bym chciał poznać jakąś fajną i w moim wieku.

– I założyć jej to na przegub dłoni, by zyskać w nagrodę choć taki przyjacielski pocałunek – odgadłem jego plany.

– No tak jakby. Dlaczego nie? – speszył się. – Czternaście lat mam!

– Weź sobie bransoletę, jeśli to ci doda pewności siebie w poszukiwaniach. – Poczochrałem go po włosach. – Dziewczyn jest na świecie podobna ilość jak chłopaków. Poszukasz, to znajdziesz. Poza tym masz jeszcze czas.

– Łatwo powiedzieć. – Obrócił metalową obręcz w palcach i oddał mi ją.

– Wsadzę do mojej skrzynki, ale gdybyś kiedyś potrzebował tej błyskotki, aby oczarować jakąś samiczkę, bierz jak swoją.

– Dziękuję.

– Pora jeść, a potem spać – mruknąłem. – Jutro czeka nas kolejny ciężki dzień.

– Ty będziesz dalej wygrzebywał dachówki, a ja z kobietami przy krosnach... – westchnął. – A później jeszcze czeka cię wyprawa na Kozią Wyspę.

– Jeśli chcesz, to się zamienimy – zaproponowałem.

– Ech, nie.

Melodyjny gong wezwał nas do stołu.

Łódka, którą arcykapłan Retti postanowił pożeglować na Kozią Wyspę, miała może dwanaście łokci długości. Pięciu kapłanów stanowiło całą załogę. Przy sprzyjającym wietrze nie mieliśmy wiele do roboty, w razie ciszy czekała nas harówka przy wiosłach. Na razie wiatr nam sprzyjał. Szary płócienny żagiel wydął się, aż przyjemnie było popatrzeć. Sunęliśmy szybko wzdłuż wybrzeża prosto na północ. Siadłem w cieniu nadbudówki i próbowałem szkicować, ale zanadto bujało. Ciekawski delfin towarzyszył nam przez dłuższą chwilę, wyskakując z wody, to znów chowając się.

– Zrobimy po drodze postój – odezwał się arcykapłan. – Będę cię prosił o pomoc. Narysujesz mi coś.

– Oczywiście, panie. – Skłoniłem głowę.

– Znasz dobrze te okolice. – Przez moment lustrował za pomocą lunety klify i las wspinający się na zbocza gór.

– Tylko trochę, wasza czcigodność – bąknąłem. – Chodziłem kilka razy pieszo do Olejarza. To prawie dwa dni drogi z Tess.

– O to właśnie mi chodzi. Ile samotnych gospodarstw mijałeś po drodze?

– Kilka. Tu żyją wyłącznie pierwobylcy. Uprawiają trochę ziemi, ale głównie wypasają stada.

– A ruiny?

– Sporo. Są ślady po farmach, są pozostałości kilku miasteczek, albo raczej wiosek.

– To właśnie chciałem wiedzieć. W przeszłości te ziemie utrzymywały i żywiły znacznie więcej ludzi niż dziś.

Dopłynęliśmy w pobliże miejsca, gdzie część brzegu osunęła się i runęła do morza. Ku mojemu zaskoczeniu arcykapłan dał znak, by skierować się do brzegu. Przycumowaliśmy do dużego głazu u stop osuwiska. Arcykapłan dłuższą chwilę oglądał urwisko. Wyjął z zawiniątka metalową skrzyneczkę, a z niej mosiężny dalmierz.

– Arx, zmierz proszę wysokość klifu oraz granice poszczególnych warstw – polecił jednemu z towarzyszy. – Dave, chłopcze – zwrócił się do mnie. – Sporządzisz mi szkic. Potem postaramy się zebrać u podnóża próbki kamieni...

Poświęciłem sporo czasu, ale arcykapłan był bardzo zadowolony z moich rysunków. Później zabraliśmy się za gromadzenie próbek skał, starając się dociec, który pochodzi z której warstwy.

– Pumeks, a to zlepieniec, który powstaje z popiołów wulkanicznych – zidentyfikowałem.

– Czy wiesz, jak tworzy się gleba w ogrodzie?

– Układa się podobnie, wasza czcigodność. W warstwy. Najwyżej jest czarna, ale pod nią znajduje się piasek. Natomiast głębiej jest brunatna.

– Czarny kolor nadają szczątki roślin i nawóz zwierząt. Woda deszczowa wypłukuje je z piasku i osadza niżej, ale te procesy nie zachodzą, gdy mamy do czynienia z ciężką gliną, skałą albo kamieniami. Te warstwy powstały inaczej. Najniżej mamy piaskowiec. Potem jest szeroka szara wstęga czegoś, co wydaje się zlepionymi popiołami wulkanicznymi. Wyżej ziemia; zapewne deszcze niosły błoto z tych gór, ale nad nimi znów jest szara wstęga popiołów z bryłkami pumeksu. I znów gleba naniesiona przez deszcze. Morze atakuje brzeg od tysięcy lat. Klify co jakiś czas obrywają się, dając nam czysty obraz tego, co się działo w przeszłości – mówił jakby do mnie, a zarazem trochę do siebie.

– Tu w okolicy nie ma wulkanów – zauważyłem. – Skąd zatem tak gruba warstwa popiołu?

– Z południa. Tak myślę. Wedle traktatów geologicznych, które mamy w świątynnej bibliotece, działaniom wulkanów towarzyszą opady popiołów nawet w znacznej odległości od miejsca erupcji. Jeśli ta warstwa jest w tym miejscu tak gruba, to wybuch musiał być potężniejszy niż wszystko, co notują nasze kroniki.

– A potem był kolejny wybuch, równie niszczycielski?

– Jesteś bardzo spostrzegawczy – pochwalił. – Tak właśnie mi się zdaje. Chcę powtórzyć te obserwacje jeszcze w kilku miejscach na wybrzeżu. Może pozwoli mi to wyciągnąć jakieś wnioski.

– Kroniki mówią, że Przodkowie straszliwie ucierpieli na skutek wielkich wybuchów wulkanów, a później głodu i wojen o żywność. Wreszcie niedobitków zdziesiątkowały zarazy. Czyli ciemne warstwy pochodzą z tego okresu?

– Nie, wydaje mi się, że nie powstałyby tak szybko. Ruiny domów Przodków są na powierzchni ziemi, nawarstwień w nich jest może ze trzy stopy. Wiesz, bo przecież z wujem Tokiem przekopujecie te w górnym mieście. Myślę, że te popioły są znacznie starsze. Pokazują, że co jakiś czas wulkan budzi się z ogromną siłą. Muszę zebrać więcej obserwacji. Dlatego płynę na wyspę. W drogę!

Wiatr nam sprzyjał, przed wieczorem byliśmy już u celu. Kozia Wyspa była dość rozległa. W dawnych czasach podzielono ją kamiennymi murkami na dwanaście części, przypominających kawałki tortu. Kozy i owce szybko pożerały całą roślinność w obrębie ogrodzenia, wtedy przepędzano je w kolejne miejsce. Nim przeszły wszystkie jedenaście okólników, w pierwszym trawa odrastała już na tyle, że znów miały co jeść. Gdy dobiliśmy do przystani, było jeszcze jasno. Ojciec zdziwił się trochę na mój widok, nie spodziewał się, że dotrę wodą, a nie lądem. Uściskaliśmy się, siedliśmy na ławce koło szopy, zacząłem opowiadać, co słychać w domu i w Tess. On mówił, jakie przygody przeżyli tu od wiosny, i napomknął, jakie zapasy zdołali zgromadzić.

Arcykapłan pogadał chwilę z moimi kuzynami i jednym ze stryjów, po czym poszedł obejrzeć urwisko pośrodku wyspy. Wrócił, gdy nakrywaliśmy do stołu.

– To samo co w innych miejscach. Warstwa popiołów i drobinek pumeksu, ale zobaczcie, co wydłubałem z urwiska.

Ojciec wziął bryłkę i obrócił ją w palcach.

– Wygląda, wasza czcigodność, jak drewno, które z czasem obróciło się w kamień.

– I ja tak sądzę. Tu rosły lasy, a teraz leżą skamieniałe pnie. Czego to dowodzi?

– Zostały powalone przez jakiś kataklizm, potem pokryły je popiół i piach. – Ojciec wzruszył ramionami. – Zapewne wydarzyło się to dawniej, niż sięga ludzka pamięć.

– Jaka siła mogła obalić drzewa i pokryć je morskim piaskiem? Na pewno nie burza, zatem zostaje nam tylko i wyłącznie morze – arcykapłan znów mówił niby do nas, lecz bardziej do siebie.

– Trzęsienia ziemi mogą wywołać wielką falę – odezwał się ojciec. – Pamiętam, że dziesięć lat temu w Tess przetoczyła się przez najniższe dzielnice i doszła aż do naszego muru. Uciekliśmy z rodziną w górę, do świątyni. Niepotrzebnie, jak się okazało, ale morze napędziło nam wszystkim stracha.

– Ta fala była znacznie potężniejsza. Uderzyła jak młot, powaliła brzozowe zagajniki. Obaliła sosnowy las. Potem przyszedł opad popiołów. Z pewnością minęło wiele lat, zanim na wyspie odrodziło się życie. Myślę, że to był gigantyczny wybuch wulkanu, tam na południu.

– Czy to w ogóle możliwe? Dzieli nas kilkanaście dni żeglugi! – Ojciec wyglądał na zaskoczonego. – Z drugiej strony, skoro wielka fala oblizała mury Tess, a opady popiołów przytrafiają się nam co kilka lat, to i taka katastrofa jest chyba możliwa.

– Przede wszystkim usiłuję dociec, jakie kataklizmy dotykały wschodnie Pobrzeże w przeszłości i czy grożą nam w przyszłości – wyjaśnił arcykapłan Retti – ale na jakiekolwiek wnioski jeszcze za wcześnie.

Po kolacji kapłan i jego towarzysze rozstawili sobie namioty nad wodą, odmówiliśmy wspólnie modlitwy, a oni udali się na spoczynek. My zaś sprawdziliśmy prom do przewozu zwierząt, oddzieliliśmy w małym okólniku sztuki, które miały powędrować do Olejarza, i długo jeszcze gadaliśmy przy dzbanku wina, stęsknieni swego towarzystwa.

Byłem już opodal twierdzy Olejarza, droga w tym miejscu wiodła wąwozem. Na prawo i lewo wznosiły się skarpy. Podszedłem do tej po lewej. Urwisko było wysokie może na dziesięć łokci. Popatrzyłem na szarą ziemię przeciętą nieco jaśniejszą warstwą popiołów stwardniałych na kamień. Dawniej minąłbym ją obojętnie, ale po rozmowach z arcykapłanem patrzyłem już trochę inaczej. Długo obserwowałem układ warstw.

To samo co na klifie i na wyspie, i może w innych miejscach – pomyślałem. – Ślad niewyobrażalnej katastrofy sprzed setek, może tysięcy lat. Dlaczego arcykapłan bada te sprawy? Czyżby przewidział, że taka tragedia może wydarzyć się ponownie? Albo, co gorsza, spodziewa się jej niebawem?

Do tej pory wydawało mi się, że wulkan na południu nie stanowi większego zagrożenia. Owszem, trzęsienia ziemi wyrządzały różne szkody, opady popiołu niekiedy niszczyły uprawy, ale teraz poczułem strach. Czy to możliwe, że wybuch pokrył popiołem tak bardzo rozległy obszar? Że wielka fala zmiotła cały las wzdłuż wybrzeża aż po Kozią Wyspę?

Przypalikowałem kozy. Usiadłem na płaskim kamieniu. Wyjąłem z torby szkicownik i ołówki. Narysowałem urwisko, układ skał, zanotowałem szacunkową grubość poszczególnych warstw. Potem wykonałem rysunek drugiego urwiska.

Zwierzęta skubały lichą trawkę i cierpliwie czekały, aż skończę. Odłupałem jeszcze po kawałku skamieniałych popiołów i zawinąwszy je w szmatki, schowałem do sakwy. Gdy dotarłem na płaskowyż, byłem już zdrowo zmęczony.

Twierdza położona była na wzgórzu. Jej mieszkańcy mieli świetny widok na cztery strony świata. Pagórek kształtem przypominał kwadrat. Jego trzy boki były strome i skaliste, łagodne podejście wydawało się możliwe tylko od południa. Szczyt wzgórza zdobiły budynki ustawione wokół zamkniętego dziedzińca i wyrastająca spomiędzy nich kępa drzew. Na dziedzińcu rósł dąb i kilka drzew orzechowych. Ich liście dawały latem przyjemny cień, a w razie napaści pnie osłaniały przed gradem strzał. Parter wymurowano z obrobionych głazów, piętro wzniesiono z grubych belek. Niewielkie okna zaopatrzono w okute blachą okiennice. Dach pokryto czerwoną dachówką. Olejarz mógł spać spokojnie, bez obawy przed bandytami. Nawet spory oddział miałby problemy, by zdobyć to miejsce.

Gospodarz wyszedł mi naprzeciw. Nie widziałem go od wiosny i teraz z przyjemnością mogłem stwierdzić, że jakby odmłodniał. Lato dodało mu sił i energii. Choć tak po prawdzie nigdy nie wyglądał na swoje siedemdziesiąt lat. Ubrał się jak zwykle w prostą, szarą płócienną tunikę do kolan i sandały z grubej skóry wołowej. Przepasał się skórzanym pasem z mosiężną klamrą. Wyglądał w tym stroju jak zwykły wieśniak, choć wiedziałem, że mógłby wykupić połowę Tess.

– Witaj, Dave. – Uśmiechnął się na mój widok.

– Babcia przesyła pozdrowienia i ojciec też.

– Nie tylko pozdrowienia, jak widzę. – Otaksował spojrzeniem pędzone stadko. – Zachodź, zmęczony jesteś. A pewnie też i głodny? Zaraz coś zaradzimy.

Siedliśmy w kącie dziedzińca, w cieniu pod rozłożystym dębem. Tu z dołu można było spostrzec kilka platform zbudowanych na gałęziach. W razie napaści ukryci na nich rękodajni mogli obserwować oblegających i razić do nich z kusz. Sprytnie to wymyślono. Kozy odprowadzono do obórki. Służąca zaraz postawiła przed nami misę z placuszkami i kubki z mocnym naparem. Pociągnęliśmy po łyku.

– Co tam u was nowego? – zagadnął.

– Po staremu. Dachy poprawiamy przed zimą. Kuzynka za rok planuje wyjść za mąż. Za chłopaka od szewca. Jej wybranek to sierota, więc zamieszkają z nami. Może będą nowe dzieci w klanie, bo kołyski już kurz zarasta.

– Ja też spodziewam się prawnuków. – Przez twarz Olejarza przemknął uśmiech. – I niezłe zbiory mamy tego lata. Kazałem zrobić dwadzieścia nowych beczek. Pewnie za miesiąc wyprawimy się do Tess z orzechami i olejem. Węże byli ostatnio – zachmurzył się. – Pohandlować chcieli, ale przegoniłem.

– U nas siedzi ich kilkudziesięciu, w dolnym mieście. Książę pierwobylców pozwolił im wynająć kilka opuszczonych domów, ale arcykapłan Retti nie zgadza się, by zostawali po zmroku w naszej dzielnicy.

– Jego czcigodność słusznie zarządził. Źle im z oczu patrzy. Bardzo źle. – Westchnął. – To nie są dobrzy ludzie.

– Mój klan w zeszłym roku prawie wykończyli finansowo. Przywieźli jedwab, i to dużo. Ludzie się obkupili, zaczęli kręcić nosem na nasze tkaniny. Musieliśmy mocno zejść z ceny, żeby cokolwiek sprzedać.

– A jak tam zbiory u was na południu?

– W dwóch miejscach opodal miasta pojawiła się rdza, wypalono pola, ale jak jest w dalszych okolicach, tego nie wiem. Żywność znów podrożała.

– Nam własnego zboża starczy spokojnie do wiosny. Nie był to zły rok, choć pamiętam lepsze. Kiedy planujesz ruszać dalej?

– Nie będę się rozsiadywał. Jutro wczesnym świtem wracam do domu – powiedziałem.

Kiwnął głową.

– Może pożyczę ci osiołka? – zaproponował.

– Trudno byłoby go odesłać z powrotem. No i wózek za mały, żeby na nim wygodnie jechać. Musiałbym i tak iść piechotą. Towaru nie jest dużo, pociągnę sam, ale dziękuję za propozycję.

– Jak sobie życzysz, miałbym jednak jeszcze jedną prośbę. Widzisz tamtą małą dzikuskę? – zagadnął Olejarz, gestem podbródka wskazując drugą stronę dziedzińca.

Z miejsca, gdzie jedliśmy, widać było otwarte wrota obory. Dostrzegłem dziewczynę, która siedząc na zydelku, doiła krowę. W jasnej plamie światła migała brązowa skórzana kurtka z frędzelkami, opinająca drobne, chude ciało, oraz dwa ciemne warkocze podrygujące na plecach za każdym razem, gdy ciągnęła za strzyk.

– Widzę. Skąd pochodzi? Sądząc po stroju, nie jest z ziem za górami.

– Jej plemię nazywają Brązowymi Koszulami, bo farbują ubrania sokiem z orzechów, żeby się komary i inne robale nie czepiały. Przed tygodniem ta mała przyszła do mnie znad jezior. Tych, które leżą daleko na północy. Słyszałeś o nich?

Zmarszczyłem brwi, usiłując sobie przypomnieć mapy, które oglądałem w świątynnej bibliotece. Wybrzeże, od niego na zachód łańcuch górski, miasto Dysa nad rzeką Welną, potem lesiste równiny, gdzie żyją nasi przyjaciele, koczownicy zwani Czerwonogłowymi. A podążając wzdłuż nurtu rzeki ku północy, wiele niebieskich plam. Kraina jezior i bagien, przechodząca powoli w pustkowia i góry najdalszej północy.

– Słyszeć to słyszałem, ale niewiele. Piąte przez dziesiąte tylko – przyznałem. – Za to widziałem mapę. To bardzo daleko stąd?

– Tak, daleko. – Westchnął. – Po drogach Przodków piętnaście, może i dwadzieścia dni ostrego marszu. Jej pobratymcy to leśny lud. Chyba jeszcze dzikszy niż ci z Dysy. Siedzą u siebie, niechętnie zapuszczają się w nasze strony. Czasem pływają po Welnie na południe wymieniać towary. Nasi rudowłosi sąsiedzi znają ich lepiej.

– Mój wujek jeździł przed paroma laty do Dysy z tkaninami na handel, ale na północ nigdy się nie zapuszczaliśmy. Co z tą dziewczyną?

– Miałbym do ciebie prośbę – odparł. – Znam i ciebie, i twojego ojca, bywałem u was w Tess, więc poznałem trochę twój klan. Jesteście uczciwymi ludźmi oraz wyznawcami Ojca Stu Światów i bogini Nefem, co w tym przypadku jest nie bez znaczenia.

Zawiesił głos.

– Mamy się pomodlić za pańskie interesy? Czy może za nią i jej lud? – podpytałem go delikatnie.

Uśmiechnął się.

– To rzecz jasna nikomu nie zaszkodzi. Problem jednak w czym innym. Przyszła do mnie z listem polecającym od głowy jednego z klanów. Jej dziadek był jednym z wodzów tego ludu. Poznałem go przed laty. To długa historia, ale jej ojciec pochodził z waszego ludu i był wyznawcą waszej religii. Dziewczyna nosi znak kociej łapki i twierdzi, że jest wpisana w te wasze księgi życia. Chce dotrzeć do Tess. Leci jak ćma w płomień świecy. Szkoda, żeby jej się coś stało.

– Do Tess...

– Młode to i głupiutkie jak koza. Uważa, że zapewne żyją tam krewni jej ojca, o ile dobrze zrozumiałem, dalecy krewni. Leśna księżniczka wyuczyła się gadać po miastowemu, chce odnaleźć rodzinę i wyobraź sobie, pragnie zostać fryzjerką.

– Fryzjerką? – zdumiałem się. – Pamiętam z dzieciństwa, że była fryzjerka na końcu naszej ulicy, ale to staruszka, od dawna nie widziałem, by kogoś strzygła. Po prawdzie, mało komu w głowie dziś takie zbytki.

– No właśnie. Ta dziewczyna ma kompletnie zielono w głowie, starych książek się naczytała i wydaje jej się, że w mieście będzie tak, jak kiedyś opisano. Rzecz jasna, próbowałem jej wytłumaczyć, że wasza kolonia mocno podupadła i Tess wygląda dziś trochę inaczej, niż sobie to wykoncypowała. Zresztą sam wiesz najlepiej. Przecież są tam u was całe dzielnice, gdzie w pojedynkę i bez kija lub konkretniejszej broni lepiej się nie zapuszczać. Jak powędruje do miasta sama, zanim znajdzie waszą świątynię i tych swoich krewnych, pięć razy ją zgwałcą, obrabują albo i zarżną. Potrzebuje kogoś, kto się nią zaopiekuje, pomoże znaleźć tę jej rodzinę, o ile żyją i zechcą ją wziąć na utrzymanie.

– Rozumiem. Pomogę i wszytko załatwimy.

– Jak ci krewni jej nie zechcą, zabiorę ją, gdy będę w mieście. Przechowam ją tu przez zimę, wykarmię. Dobra z niej dziewczyna, bystra i robotna, nie dam jej skrzywdzić i nie umrze z głodu. A wiosną niech wybiera. Jeśli zechce, to zostanie u mnie do pracy albo wróci do swoich.

– Mogę zapewnić w imieniu mojego rodu, że się nią zajmiemy – obiecałem. – Pomożemy też w jej sprawach. A jak nie znajdzie miejsca u swoich, może pomieszkać u nas albo ją odprowadzę do pana przed pierwszymi śniegami. I tak przecież muszę wyjść ojcu naprzeciw, pomóc z owcami.

– Wiedziałem, że mogę na ciebie liczyć – uśmiechnął się Olejarz.

Powoli na podwórzu zaczął się ruch. Członkowie klanu wracali przed wieczorem do twierdzy. Spędzono zwierzęta z pastwisk, zwieziono kilka worków spadów – niedojrzałych orzechów. Z tego, co wiedziałem, wygotowywano z nich sok, który po odparowaniu służył do produkcji tabletek na niestrawność. Głupio było tak siedzieć, poszedłem pomóc w rozładunku, wyczesałem trzy osiołki i sprawdziłem im kopyta. Pomogłem jakiejś dziewczynie przerzucać snopki lnu na wyżki. Ani się obejrzałem, przyszła pora kolacji. Rozstawiono stoły, zasiedliśmy razem. Olejarz posadził mnie koło dzikuski.

– Poznajcie się – powiedział. – Tyro, to jest Dave. Jutro wyrusza do Tess. Zaprowadzi cię do miasta, a jego rodzina zaopiekuje się tobą, zanim odnajdziesz krewnych.

– Dziękuję – uśmiechnęła się, spuszczając głowę.

Teraz, gdy usiadła z nami, mogłem przyjrzeć się jej dokładniej. Była niewysoka, chuda i niezbyt ładna. Mogła mieć trzynaście, najwyżej czternaście lat. Na owalnej buzi, śniadej, spalonej słońcem i osmaganej wiatrem, połyskiwały oczy – błękitne jak u przedstawicieli mojego ludu, ale wykrój powiek, zadarty nosek i mocno zarysowane kości policzkowe były typowe raczej dla dzikich. Włosy miała bardzo ciemne, prawie czarne. Splotła je ciasno w dwa grube warkocze. Gdy podwinęła rękawy kurtki, odsłoniła przedramiona pokryte drobnymi bliznami. Na lewym nadgarstku faktycznie miała nasz znak, odcisk kociej łapki, lecz tatuaż wykonano brązowym tuszem, a nie czarnym.

– Ile lat temu twój ojciec opuścił Tess? – zapytałem.

– Hmmm... – zadumała się. – Tego nie wiem. Na pewno minęło ponad dwadzieścia. Po wielkiej zarazie. Z tego, co mi wiadomo, umarła cała jego najbliższa rodzina. Postanowił wyruszyć na pustkowia, by odprawić modlitwy i uczcić ich pamięć. Chciał też przemyśleć swoje życie. Wędrował po górach i lasach, aż dotarł do nas nad jeziora. Tam mieszkał przez jakiś czas, żył naszym życiem, poznał moją mamę.

Drgnąłem, zaskoczony. Pomijając akcent, mówiła bardzo ładnie, gramatycznie i potoczyście. Lepiej niż niejeden pierwobylec z Tess.

– Tak czasem czynimy. Wędrujemy, by odnaleźć siebie. Żeby po tragicznych chwilach poskładać strzaskaną duszę. Skoro masz trzynaście lat, a on spędził w lasach na północy kilka lat, to chodzi o tę starszą zarazę.

– Była jeszcze jedna. Pamiętam. Chyba osiem wiosen temu.

– Czyli i u was szalała... – skwitowałem.

– Ojciec dużo opowiadał mi o Tess, gdy byłam mała. Potem wypytywałam różnych ludzi, którzy dotarli do nas z południa. Czytałam wszystkie książki, które były w wiosce, żeby się wyuczyć mówić tak bardziej po miastowemu. Postanowiłam wrócić do siebie. Między swoich. Do domu. Zobaczyć to wszystko, o czym czytałam albo słyszałam. Sklepy, ciastkarnie, latarnie zapalane na noc. I wielką świątynię. Spacerować po bruku w pantofelkach i niebieskiej sukience. Puszczać wodę z kranu, zamiast ciągnąć wiadrem ze studni – rozmarzyła się.

– W ostatnich latach miasto trochę podupadło, myślę też, że po wysłuchaniu relacji ludzi masz w głowie fałszywy obraz. Wszyscy starsi, gdy zbierało im się na wspominki, mówili zawsze, że za dawniejszych czasów żyło się lepiej, że to już nie jest to, że nasze miasto jest cieniem tego dawnego. Może jest w tym trochę utyskiwania za minioną młodością, może trochę żalu za przyjaciółmi, którzy odeszli i bez których nic już nie jest takie samo? – zadumałem się.

– Tak czy inaczej, chcę zobaczyć miasto. Wejść do świątyni, jak moi przodkowie pokłonić się wielkiemu posągowi bogini Nefem. Potem znajdę sobie jakąś pracę. Będę dziewczyną z miasta! To jest moje marzenie.

Zaskoczył mnie wyraz tęsknoty na jej twarzy.

– Pomożemy ci. – Kiwnąłem głową.

Przymknąłem powieki. Napłynęły obrazy. Babcia otwierająca skrzynię, pokazująca dzieciom ukryte w niej skarby. Haftowane obrusy, serwety zdobione mereżkami, tuniki z szerokim barwnym haftem, szale używane podczas święta plonów. Barwy nieco wyblakły przez lata, ale rzeczy pochodzące z dawniejszych czasów miały swój urok. Mój ród był wówczas bogatszy, ludzie nie musieli tak ciężko walczyć o byt, mieli też więcej czasu dla siebie.

Spojrzałem spod oka na siedzącą obok dziewczynę. Mała dzikuska z wielkich lasów, spędziła dzieciństwo w ciasnych, zadymionych chatach z darni. Zapewne nie widziała na raz więcej niż kilkuset ludzi. No, chyba że na wiecu plemiennym. Miała swoje wyobrażenie miejsca, w którym nigdy nie była, zbudowane z opowieści człowieka, który tęsknił.

– Rozczarujesz się – westchnąłem. – Albo i nie, ale jak ci się nie spodoba, zawsze możesz wrócić do siebie.

– Nie chcę wracać.

– Są jakieś konkretne powody, że wyruszyłaś na południe? – zainteresowałem się.

– Moj dziadek umarł. On jeden mnie kochał. Dla reszty klanu byłam tylko zawadą, mało znaczącą krewną, którą można gonić bez litości do każdej brudnej i żmudnej roboty. Pomyślałam, że odszukam rodzinę ojca i może wśród nich znajdę sobie miejsce. Poza tym nie miałam ochoty ryćkać się z byle kim. – Wydęła wargi. – A już mnie niektórzy zaczynali nagabywać.

– Ryćkać – powtórzyłem nieznany wyraz.

– No ryćkać, boćkać, rozumiesz? – Zaczerwieniła się po końce uszu.

– U nas się raczej mówi, że ktoś z kimś sypia.

– W każdym razie starsze ode mnie dziewczyny miały już różne takie przygody, a niektórym nawet przytrafiły się dzieci. Wiedziałam od ludzi, że na południu jest inaczej, a wśród ludu wyznającego wiarę w Ojca i Kociogłową dziewczyny żyją w czystości, aż znajdą kogoś wartościowego, a para przysięgnie sobie wieczną miłość w świątyni.

– Rozumiem. Faktycznie, u nas raczej tego pilnujemy. Mówię „raczej", bo czasem się przytrafi, że ktoś zlekceważy zapisy prawa i wskazówki zawarte w księgach. Wyruszamy o świcie – wolałem zmienić temat. – Przyprowadziłem kozy, w zamian dostaję różne rzeczy, które zabiorę do miasta. Mam wózek. Taki spory, na dwóch kołach. Ile masz bagażu? No tak, głupie pytanie, przecież przyszłaś pieszo. Tak czy siak, pomieścimy to bez trudu.

– Mam worek z wełną, śpiwór, flet i trochę ubrań.

– Worek?

– Zbierałam przez cztery lata wełnę z owiec, które należały do mnie, uprzędłam cieniutko i ufarbowałam – wyjaśniła. – Pomyślałam, że w mieście sprzedam, żeby mieć coś na początek i żeby nie przyjść do krewnych z pustymi rękami. Osiemdziesiąt kłębków najlepszej włóczki.

Pokiwałem głową z uznaniem.

– Moja rodzina też zajmuje się tkactwem. Może odkupimy. Zresztą będzie czas o tym pomyśleć, gdy dojdziemy.

Olejarz dał znak, wniesiono kubki i kilka dzbanów. Grzane wino pachniało mijającym już latem. Pomyślałem mimowolnie o bracie. Ta dziewczyna była chyba dokładnie w jego wieku. Może się polubią? Wiedziałem, że on nie będzie jej nagabywał.

„Ryćkać" – powtórzyłem w myślach. To zabawne, nigdy wcześniej nie słyszałem tego słowa, a przecież od razu wiedziałem, co oznacza.

*

Wstałem o świcie. Wózek czekał na dziedzińcu. Dwaj synowie Olejarza sprawdzili obręcze kół, przesmarowali osie, a teraz ładowali na niego zapasy. Było za wcześnie na śniadanie, ale służąca przyniosła mi gorący podpłomyk polany oliwą i kawał kiełbasy. Tyra zjawiła się na dziedzińcu, dźwigając worek. Dorzuciła go na wózek.

Jeden z chłopaków, z lunetą przewieszoną przez ramię, wdrapał się na platformę wśród gałęzi i długą chwilę lustrował okolicę. Wreszcie uznał, że jest bezpiecznie. Dał znak bratu. Ten zakręcił kołowrotem, podnosząc belki ryglujące wrota. Przewiązałem dłonie szarfą, rozchyliłem koszulę, zacisnąłem palce na posążku Kociogłowej, odmówiłem półgłosem modlitwę podróżnych. Tyra, stojąc obok, wtórowała mi.

– W drogę – zakomenderowałem, przerzucając skórzany pas przez ramię. – Miejmy nadzieję, że jutro po południu staniemy w Tess.

Zaspany Olejarz wychylił się z okna.

– Szerokiej drogi, dzieciaki, uważajcie na siebie.

Pożegnaliśmy się i ruszyliśmy. Ta część wybrzeża była prawie bezludna. Tylko parę razy mijaliśmy niewielkie wioski i przysiółki złożone z kilku chat, otoczonych zasiekami i częstokołem. Dziewczyna przyglądała się im z zaciekawieniem.

– Przygotowani oparcia się napaści – zauważyła. – Eee. Do odparcia napaści?

– Tak będzie lepiej brzmiało. – Skinąłem głową.

– U Olejarza było podobnie. Spuszczał na noc psy, ktoś zawsze stróżował, a po zmroku nikomu nie otwierano bramy.

– Ostatnimi czasy źle się u nas dzieje – westchnąłem. – Zdarza się nawet, że ludzie porzucają chaty i pola, by przenosić się do większych osad. Słyszy się o bandach rabunkowych, napaściach, kradzieżach. W Tess też grasują złodzieje i bandyci.

Na szlaku nie spotkaliśmy prawie nikogo. Dwa razy mijali nas pasterze pędzący stada owiec. Wymienialiśmy gesty pozdrowienia. Tereny uprawne powoli zostały za nami. Góry zbliżały się tu do morza. Droga Przodków biegła jakby szeroką półką pomiędzy skalną ścianą a klifami wybrzeża. Weszliśmy w lasy. Najpierw były to tylko brzozowe zagajniki, świetliste, o rozległych polanach porośniętych długą jedwabistą trawą. Znów napotkaliśmy pasterzy. Owce i kozy miały tu sporo paszy. Wreszcie wkroczyliśmy w gęste lasy bukowe.

Nawierzchnia była tu gorsza. Kamieni tu i ówdzie brakowało, niektóre dziury ktoś zasypał tłuczniem mocno ubitym z wapnem i gliną, większość pozostawiono tak, jak była. Skarpę po prawej zabezpieczono murkami oporowymi. Korzenie drzew lub nacisk ziemi rozsadziły je w niektórych miejscach. Osuwiska w większości przypadków odgarnięto. Starałem się iść niezbyt szybko, równym krokiem. Koła wózka podskakiwały na nierównościach. Gdy droga biegła pod górkę, moja towarzyszka stawała z tyłu i popychała. Mimo to skórzany pas boleśnie wpijał mi się w bark. Zacząłem żałować, że jednak nie pożyczyłem osiołka.

Późnym rankiem dotarliśmy do strefy martwiny. Pnie drzew sterczały poprzechylane, strasząc kikutami gałęzi, tylko gdzieniegdzie zieleniły się pojedyncze krzaczki. W martwym lesie panowała cisza. Droga Przodków pokryta była zaschniętym błotem, niekiedy nie było nawet widać nawierzchni. Sporo ziemi musiało spłynąć ze stoku wprost do morza.

– Korzenie przepróchniały, trawy przestały wiązać grunt. Deszcze wypłukały znaczną część gleby. Przed wielu laty osiadły tu popioły z wulkanu. Potem spadł deszcz i zamienił pyły w żrący kwas, który zabił rośliny i owady – wyjaśniłem, widząc, że dziewczyna rozgląda się przestraszona. – Wokół miasta jest wiele takich miejsc. Szczególnie na południu.

– Słyszałam o tym. Więc tak to wygląda – szepnęła.

– W zasadzie jedyna rada to spalić uschnięte drzewa i czekać, aż wszystko powoli zarośnie trawą, a później krzewami. Trucizna powoli się wypłukuje. Niestety często trwa to całe lata.

– Słyszałam od Olejarza, że pola na południu bardzo ucierpiały.

– Owszem, ale nawieziono je marglem, przeorano wielokrotnie i powoli gleba odzyskuje dawną żyzność. Większym problemem jest choroba, grzyb, który toczy zboża. Gdy się pojawia, jedyne wyjście to spalić cały zagon. I dobrze przepatrzyć sąsiednie. Jak się rozpleni, niszczy kłosy. A ziarno, nawet gdy się pojawi, jest do niczego. U ludzi nawet niewielka ilość wywołuje zatrucie i rozległe liszaje na skórze, zwierzętom wypada sierść.

– U nas tego na szczęście nie ma, ale zboża uprawiamy niewiele. Jest trochę zagonów na większych polanach. To, co zbierzemy jesienią, starcza tak do połowy zimy. Potem chleb i kasze jemy tylko od święta.

– Pewnie ciężko tam u was?

– Nie, lasy są pełne zwierzyny, a w jeziorach masa ryb. Mamy też zwierzęta hodowlane, choć owiec, kóz, krów czy koni niewiele się trzyma. W życiu nie widziałam takiego stada jak u Olejarza.

Koło południa minęliśmy wioskę Przodków. Długie chwile szliśmy wzdłuż ruin. Kamienne domy wzniesiono bardzo solidnie. Kamienie spojono zaprawą, a co którąś warstwę wzmocniono dodatkowo klamrami z żelaza lub brązu, zalanymi ołowiem. Budynki nie mały już oczywiście dachów, lecz mury w wielu miejscach zachowały się na całej wysokości. Czasem w pustych otworach okiennych widać było resztki spróchniałych framug. Gdzieniegdzie w gniazdach muru tkwiły jeszcze resztki belek stropowych. Na kamiennych futrynach drzwi zielone lub rdzawe plamy znaczyły miejsce po zawiasach. Metal rzecz jasna ktoś dawno temu wyrwał. Ilu ludzi mieszkało tu kiedyś? Kilkuset? Skalna bariera gór uciekała znów daleko od brzegu morza. Mieszkańcy uprawiali pola, zapewne hodowali krowy.

– Niewielka zasobna osada. I chyba nikogo się nie obawiali, bo nie ma śladu murów obronnych. Ciekawe, co się z nimi stało? – mruknęła Tyra.

– Spoczywają tam.

Na skraju wznosił się kurhan ozdobiony głazem, na którym ktoś niewprawną ręką wykuł rysunek zachodzącego słońca i lecącego ku niemu klucza dzikich gęsi. Powyżej umieszczono jeszcze znak czuwania. Dziewczyna dotknęła dłonią ciętych w kamieniu linii, obecnie na wpół zatartych przez wiatry, deszcze i mrozy.

– Myślę, że prawie wszyscy umarli i tu ich pochowano. Ci, którzy przeżyli, zapewne odeszli. Chyba zaatakowała jakaś zaraza, bo raczej nie są to ofiary żadnej wojny – wyjaśniłem.

– Skąd wiesz, że nie?

– Bo resztki framug okiennych i drewnianych futryn nie są spalone. Poza tym granit tego typu, gdy podda się go wysokiej temperaturze, staje się kruchy i łatwo się rozsypuje. Chyba że mieszkańców wybito, ale nie spalono osady. Trzeba by rozkopać mogiłę i zobaczyć ślady na kościach. No wiesz, cięcia od mieczy, toporów, grotów i tak dalej. Tylko po co zakłócać im spokój?

– Niewiele nam zostało z tamtych czasów – odezwała się Tyra, kładąc okrągły otoczak na krawędzi płyty. – Ruiny, trochę legend, groby.

– Wręcz przeciwnie. Zostało całkiem sporo. Do dziś korzystamy z dróg, które zbudowali Przodkowie, i tuneli, które wykuli. Rozbierając resztki ich siedzib, pozyskujemy surowiec, by wznosić nasze domy. Zachowaliśmy bardzo wiele z ich mądrości. Używamy kalendarza, który ułożyli. I większość ludów na kontynencie mówi językiem podobnym do tego, którym posługiwali się oni.

Ruszyliśmy dalej. Murki rozgraniczające nieistniejące już pola poprzechylały się, a miejscami całkiem rozsypały. Na pagórku kilka cienkich, eleganckich kolumn nadal sterczących ku niebu wyznaczało miejsce, gdzie niegdyś stała świątynia.

Droga odbiegła od klifu i znów weszliśmy w las. Pod rozłożystymi gałęziami panował miły chłód. Zarządziłem odpoczynek. Napiliśmy się wody. W cieniu wreszcie trochę odetchnąłem. Co tu dużo mówić, słońce dawało się nam we znaki, ale przeszliśmy jeszcze kilkaset kroków i mój dobry humor prysł jak bańka mydlana. Huk siekier słychać było z daleka.

– Ktoś pracuje w lesie – zauważyłem.

– Drwale?

– Pewnie tak. Jesteśmy jeszcze bardzo daleko od miasta, a w tej okolicy, z tego co wiem, nikt nie mieszka. Zapewne wysłano ich po konkretne drewno. Jakieś gatunki, których niełatwo wyszukać bliżej Tess. Tak czy inaczej, kimkolwiek są, lepiej przemknąć obok, by nas nie zauważyli.

Naciągnąłem pospiesznie obie kusze i położyłem je na workach, tak żeby móc wygodnie sięgnąć. Przykryłem je płatami rogoży.

– Jeśli dojdzie do walki, uciekaj gdzie cię oczy poniosą – poleciłem. – Zapewne umiesz zniknąć bez śladu w lesie? Mną się nie przejmuj. Przedostań się do miasta.

Kiwnęła głową. Przyspieszyliśmy kroku. Niestety, poręba znajdowała się tuż obok drogi. Drwale powalili kilka drzew, a teraz ociosywali korę. Było ich siedmiu. Wyglądali groźnie. Do roboty założyli tylko krótkie skórzane portki i wysokie ciężkie buty. Patrzyłem na sploty twardych mięśni grające pod skórą. Słysząc turkotanie wózka, przerwali pracę i odwrócili w naszą stronę zarośnięte zbójeckie gęby. Nie zwalniając kroku, uniosłem dłoń w geście pozdrowienia. Odpowiedzieli tym samym i wrócili do swoich zajęć. Kolejne kilkaset kroków szedłem z duszą na ramieniu, spodziewając się w każdej chwili bełtu w plecach, ale nie strzelili. Wreszcie zasłonił nas zakręt. Przez dłuższy czas oglądałem się za siebie. Huk siekier szybko ucichł. Wreszcie odetchnąłem z ulgą.

– Są niebezpieczni? – zapytała.

– Raczej nie – odparłem. – Pracują ciężko na chleb, ale ostatnio nasze stosunki z pierwobylcami robią się napięte. A sama widzisz, mam na wózku sporo cennego ładunku. Zboże, kasza, sery, wędzonka, skórki. Mogliby dojść do wniosku, że jest okazja do zrabowania zapasów jedzenia na kilka tygodni. Tylko żeby utrzymać rzecz w tajemnicy, musieliby nas zabić. A ciebie pewnie wcześniej... Rozumiesz?

– Yhym.

Gdy uznałem, że oddaliliśmy się na bezpieczną odległość, zrobiliśmy postój. Droga biegła znów szczytem wysokiego klifu. Z miejsca, gdzie odpoczywaliśmy, widać było rozległą połać morza i kilka skalistych wysepek. W zasadzie dopiero w chwili, gdy usiadłem na kamieniu, zrozumiałem, jak bardzo jestem zmęczony. Ukroiłem dziewczynie chleba i sera. Popiliśmy wodą z pobliskiego źródła.

– Nigdy wcześniej nie widziałam morza. Dopiero gdy zeszłam z gór – wyjaśniła. – Jest ogromne. Stojąc nad jeziorem, prawie zawsze widziałam drugi brzeg. A tutaj...

– Drugi brzeg? Pewnie gdzieś tam jest, lecz tak daleko nikt nie pływa. Chyba że Węże. – Wskazałem statek wypływający właśnie zza większej wysepki.

Sunął wzdłuż brzegu, wiatr wydymał bure żagle. Okręt był raczej z tych mniejszych, miał tylko jeden maszt. Na pokładzie dostrzegłem dwóch ludzi. Jeden stał za sterem. Wyjąłem z sakwy niewielką lunetę i podałem dziewczynie.

– Wiozą jakiś towar – zawyrokowała. – Na pokładzie widzę beczki i kilka skrzyń. Szybko płyną. Widocznie wiatr im sprzyja.

– Bez przerwy żeglują wzdłuż naszego wybrzeża. Nie muszą drałować na piechotę jak my. Przydałyby się konie – westchnąłem. – Albo osiołek. Nie nawykłem do pokonywania pieszo takich odległości.

– Znad jezior szłam piętnaście dni. Trochę drogami Przodków, trochę ścieżkami. Trafić w sumie nietrudno. Trzeba iść na wschód, aż wyjdzie się nad morze, a potem już tylko na południe.

– Wypuszczać się w taką drogę sama... – Pokręciłem głową. – To jednak niebezpieczne. Ludzie są różni, a w tych stronach zdarzają się napaści.

– Starsi uznali, że jestem na tyle dorosła, by dać sobie radę. A w lesie rzeczywiście umiem się szybko i dobrze ukryć. Unikałam ludzi, tak mi doradzono. Powiedzieli też, że Olejarz nie jest wprawdzie wyznawcą bogini Nefem, nie wierzy również w bogów Północy, ale to dobry człowiek, godny zaufania i pomoże. Pomieszkałam u niego, czekając na okazję, że ktoś będzie szedł do miasta. Pora ruszać? – Oddała mi lunetę.

– Pora. – Zaprzągłem się do wózka.

Maszerowałem, milcząc. Zmęczenie dawało mi się we znaki. Dziewczyna także się nie odzywała. Bałem się, że szybki, wielogodzinny marsz będzie dla niej uciążliwy, ale chyba nawykła do biegania po lasach. Bez trudu dotrzymywała mi kroku. A co jakiś czas stawała z tyłu i popychała wózek. Szedłem i szedłem, co chwilę przesuwałem pas, żeby ulżyć trochę obolałym miejscom.

Nawet najdłuższa droga kiedyś się kończy – myślałem. – Wejdę do domu, napiję się lodowatej wody ze studni, stanę przed kapliczką pokłonić się posągowi Kociogłowej. A potem padnę na moje łóżko, oprę głowę na mojej poduszce i będę spał, spał, spał. A nie, kolację też zjem. I kąpiel wezmę.

Maszerowałem, patrząc, jak mój cień staje się coraz dłuższy.

– Noc za pasem – zauważyła Tyra. – Ile jeszcze drogi przed nami?

– Dojdziemy do miasta jutro wczesnym popołudniem albo przed wieczorem. Tak sądzę. Trochę mnie ten wózek spowalnia. A na dziś chyba już dość. Zanocujemy gdzieś tutaj.

– Trzeba przygotować schronienie na noc? Może natniemy gałęzi i zbuduję szałas? – zaproponowała. – Obłożymy korą i darnią, do zmroku zdążymy.

– Mam namiot z dobrze nawoskowanego płótna – odrzekłem. – Trzeba tylko zejść ze szlaku. Okolica jest niby bezpieczna, ale nikt tu nie mieszka. Na szlaku bywa różnie. Wilków o tej porze roku raczej się nie obawiam, gorzej z ludźmi. Do tego sama widziałaś, że wzdłuż wybrzeża kręcą się Węże. Różnie o nich gadają. Lepiej spać tak, by nikt nas nie zaskoczył.

– Do nas też dotarli. Węże znaczy. Nasz wódz zeszłej wiosny kazał kilku zatłuc kijami.

– My ich nie lubimy i nie ufamy im, ale żeby od razu zatłuc? Kupców? – zdziwiłem się.

– Gdy przybyli, puścił za nimi kilku zręcznych chłopaków, by podpatrywali, co robią w naszej okolicy. I rozkazał, żeby szamani rzucili miedziany pierścień. Tak wróżymy – wyjaśniła, widząc, że nie wiem, o co chodzi. – Na skórze świętych bębnów namalowane są różne symbole. Szaman kładzie pierścień i dłońmi wybija rytm. Pierścień zaczyna wędrówkę. Przesuwa się, dotyka symboli. Tak można odczytać przyszłość, a także poznać prawdziwą naturę rzeczy.

– I co odczytali?

– Że to bardzo źli ludzie. Wziął ich na tortury, a potem rozkazał zabić wszystkich, spalić cały towar i wszystkie ich rzeczy. I nigdy więcej nie wpuszczać na nasze ziemie. Żadnego.

– Wytłumaczył to jakoś? – zainteresowałem się.

– Starsi coś tam usłyszeli na naradzie szczepów, ale nikt mi nic nie powiedział.

– Spalić towar... – zadumałem się.

– Tak się u nas robi, gdy ktoś zachoruje na trąd. Musi odejść z całym dobytkiem i zwierzętami do czarnej osady, a to, co zostawia, palimy.

– U nas jest podobnie, pali się dobytek tych, którzy umrą podczas zarazy. Może wódz odkrył, że są na coś chorzy? U nas mówiło się, że to oni przywlekli chorobę osiem lat temu, że zatruli studnie i swoje towary jej zarodnikami. Ale mimo drobiazgowego śledztwa kapłani nie zdołali tego udowodnić. W Tess mieszka ich trochę. Książę pierwobylców pozwolił im u nas przebywać pod warunkiem, że nie będą handlować niewolnikami ani wywozić żywności, lecz ja im nie ufam. Jest w nich coś takiego. Patrzą, jakby cały czas liczyli. Jakby szacowali wartość domów, towaru, zwierząt, ludzi.

Kilkaset kroków dalej wypatrzyłem strumyk wijący się wśród drzew. Zostawiłem dziewczynę na chwilę samą. Po lewej za drzewami widać było tylko niebo, huk fal przyboju nie był tu słyszalny, ale wiedziałem, że i w tym miejscu brzeg opada ku wodzie wysokim klifem. Niełatwo byłoby dobić tu, wysiąść na ląd i wspiąć się do drogi.

Las na prawo od szlaku usiany był głazami. Przez długą chwilę szedłem pod górę. Dalej teren przechodził w rozległy płaskowyż, biegnący aż do podnóża ściany skalnej oddalonej o kilkaset kroków. Znalazłem miejsce, gdzie kiedyś stał dom Przodków. Pozostał po nim prostokątny fundament, zarośnięty mchem. Po ścianach nie było żadnego śladu, zapewne wzniesiono je z drewna i rozsypały się z czasem. Kamienna posadzka nie przepuszczała wody, mech lekko podmókł. Obok było sucho. Pomiędzy bukami rosło trochę zdziczałych jabłoni.

Dom, tam dalej zapewne obora i spichlerz. Stodoła. Jak się tu dostawali? – rozważałem.

Przez jakiś czas buszowałem w poszyciu, aż znalazłem resztki szerokiego, wygodnego zjazdu ku drodze. Zarosły go brzozy, ale uznałem, że da się go wykorzystać. Wróciłem do Tyry.

– Mamy tu niezłe miejsce na obozowisko – zameldowałem.

Najpierw poprzenosiłem towary, potem wciągnąłem wózek. Zamaskowałem, na ile się dało, ślady kół. Minęliśmy pozostałości domu, zagłębiliśmy się w las. Drzewa rosły daleko od siebie. Nie były szczególnie okazałe, wpiły się korzeniami w skalne rumowiska, lecz nie znajdowały dość ziemi, by wyrosnąć. Idąc wzdłuż strumyka, znalazłem niewielką polanę. W zagłębieniu między skałami biło źródło. Przodkowie wykorzystali strumyk, spiętrzyli go kamienną tamą, tworząc niewielki staw. Poili tu krowy? A może robili pranie.

Rozejrzałem się raz jeszcze. Gęste krzaki malin zmniejszały ryzyko, że ktoś nas wypatrzy. Wybrałem równy kawałek gruntu, naciągnąłem między drzewami linę, oczyściłem ziemię z gałązek i szyszek. Przerzuciłem płótno przez sznur, a następnie dobrze przytwierdziłem kołkami do ziemi.

– Gdyby wózek był większy, wywróciłbym go do góry kołami, wpełzlibyśmy pod spód i mielibyśmy niezłe schronienie – powiedziałem, patrząc na ciemne chmury sunące po niebie. – Miejmy nadzieję, że nie spadnie deszcz.

Dziewczyna szybko i sprawnie ułożyła posłania z jedliny. W plecaku miała ciasno zrolowany śpiwór.

– Skórki młodych wilczków – wyjaśniła, widząc moje zaciekawienie. – Bardzo ciepłe i prawie nieprzemakalne.

W butelce chlupotała jeszcze resztka oleju. Opryskałem nim obficie płótno i ziemię wokoło.

– To dla bezpieczeństwa. Czujesz ten zapach? Wiosną zrywamy w górach kwiaty sierotnika i macerujemy przez kilka tygodni. Robactwo i węże nienawidzą tej woni.

– My robimy pastę z orzechowych liści. Na robale. I barwnik do koszul, od którego pochodzi nazwa mojego plemienia. Bardzo skuteczny, tylko paskudzi skórę na brązowo.

Rozpaliłem między głazami niewielkie ognisko. Do kociołka sypnąłem garść ziół na dobry sen. Siedliśmy na spróchniałej kłodzie i długą chwilę w milczeniu grzaliśmy stopy. Ciecz zawrzała. Dziewczyna wydobyła kubek z worka. Rozlałem wywar. Przeżuwając paski wędzonki, pociągaliśmy niewielkie łyczki ciepłego płynu.

– Noc będzie chłodna – ostrzegłem. – Wolałbym nie palić ognia, poblask może być widoczny z drogi.

Zadarłem głowę. Chmury nad nami płynęły szare i paskudne. Dziewczyna przez moment węszyła pod wiatr.

– Nie potrafię ocenić, czy będzie padało. Tu, nad morzem, powietrze pachnie zupełnie inaczej niż nad jeziorami – powiedziała.

Przyciągnęła plecak i wyjęła skórzany woreczek, ozdobiony haftowanym znakiem czuwania.

– Tyle zostało mi po ojcu – wytłumaczyła. – Dziadek niewiele wiedział. Przekazał mi, że na Pobrzeżu wierzycie w Ojca Stworzyciela Stu Światów i jego córkę, kociogłową boginię Nefem. Oraz w trójkę nauczycieli i pięciu posłańców. Nefem kiedyś wstawiła się za nami u Ojca.

– Nasi Przodkowie go rozgniewali. Zaniechali pobożnych praktyk, odrzucili ustanowione dla nich prawa, zapomnieli o dobrych tradycjach, pogrążyli się w rozpuście i obżarstwie. Ich czyny napędzała tylko chciwość. Ojciec Stu Światów odwrócił od nich swoją twarz. Na ziemię spadły plagi, przeżyli nieliczni, rozproszeni, przerażeni. Krnąbrna bogini przybyła między ludzi. Spostrzegła, że wiodą ponure zwierzęce życie, zapomnieli muzyki, rzemiosł, sztuki. Walczyli o byt, nie znając innej radości poza snem w ciepłej norze i napychaniem żołądków. Postanowiła nauczyć ich na nowo radości płynącej z poezji, tańca i zabawy. Zapragnęła, by znów zapełniły się świątynie, a ludzie odnaleźli swoją drogę. Wróciła zatem do niebios, stanęła przed zagniewanym Ojcem i uprosiła go, żeby posłał ludziom nauczycieli. To długa legenda. Gdy dotrzemy do miasta, dam ci księgę, przeczytasz sobie. W każdym razie kociogłowa bogini jest przyjaciółką ludzi, broni nas, niesie pomoc i chroni przed gniewem Ojca, łagodząc jego wyroki.

Rozłożyła zawartość sakwy.

– Wiesz, do czego to służy? Potrafisz czytać? – zaniepokoiłem się. – A tak, mówiłaś przecież.

– Czytałam wszystko, co mi wpadło w ręce, by się wyuczyć, jak mówić. U nas język jest podobny, ale różne słowa bywają inne. Miałam po ojcu kilka książek, lecz idąc na południe, zostawiłam je na przechowanie u przyjaciół. Może kiedyś je odzyskam. Mam tu zwój z zapisem siedmiu modlitw, posążek bogini Nefem, szarfy modlitewne, pierścienie pokuty.

– Brak buteleczki z olejem i zwoju praw. Umiesz tego wszystkiego używać?

– Tak. To znaczy, chyba umiem. Trzeba stanąć twarzą na wschód i przewiązać dłonie szarfą. Tak robię. Pierwsza modlitwa na początek dnia, druga na wieczór. Trzecia to prośba o pomyślność. Ostatnia, gdy zbliża się śmierć. Pozostałe w zależności od tego, co się nam przytrafia.

– To najważniejsze modlitwy, bo rzecz jasna jest ich o wiele więcej. Nie znasz innych?

Pokręciła głową. Ująłem jeden z pierścieni.

– Dziadek mówił, że służą do tego, by się kaleczyć.

– Pierścienie pokuty nosi się w woreczku lub na palcach. – Uniosłem dłonie, pokazując moje. – Twoje są dla ciebie za duże, przygotowano je dla dorosłego mężczyzny. Możesz w mieście zamówić dziewczęce, ale też korzystać ze swoich. Będziesz sięgać po nie tak rzadko, że nie ma problemu.

– Jak się ich używa?

– Nim zaczniemy się modlić, trzeba oczyścić ciało z wszystkich złych uczynków dnia. Przekręcamy zewnętrzny pierścień o ćwierć obrotu. Wtedy wysuwają się kolce. Nie są bardzo ostre, ale gdy wbijemy je w ciało na ramionach, czujemy ból. Kiedy jednak przekręcimy o kolejne ćwierć obrotu, wysuwają się większe ostrza. Gdy popełnimy czyny, których się szczególnie wstydzimy, przeciągamy nimi po ciele. Są na tyle krótkie, by nie zranić poważnie, przetną tylko górną warstwę skóry. Ofiarujemy bogom nasz ból i krew jako zapłatę za nasze winy.

– Zostają blizny. – Spojrzała odruchowo na moje ramiona.

– Tak. Każdy ocenia własne czyny po swojemu. Dlatego nie należy się niepokoić, gdy ktoś ma wiele śladów. Może po prostu surowiej ocenia swoje złe uczynki. Albo wiele złego uczynił w przeszłości, a teraz za to pokutuje. – Wzruszyłem ramionami. – Gorzej, gdy ktoś nie ma żadnych śladów. Bo może być bardzo dobry albo wręcz przeciwnie.

– Rozumiem.

– Jak mówiłem, te są dla ciebie za luźne, w dodatku nie zaleca się stosować ostrzy, nim skończy się piętnaście lat. Brak zwoju praw. To zapisy, które regulują nasze życie. Jest jedno prawo dla wszystkich. Podobnie jak najważniejszych modlitw, dobrze jest wyuczyć się tego na pamięć. Zapada noc, pomódlmy się razem do pani odchodzącego dnia – zaproponowałem.

Dziewczyna nie umiała ułożyć węzła. Pomogłem jej prawidłowo przewiązać dłonie szarfą. Wyjąłem własny olej i namalowałem na naszych czołach znak przyjścia. Gdy kończyliśmy, słońce już dawno skryło się za górami. Raz jeszcze obszedłem obozowisko, poprawiłem maskowanie. Przypatrzyłem się też ścianie skalnej, próbując ocenić, czy nasz namiot będzie widać z góry.

Tyra rozebrała się i w spodniej tunice wpełzła do swojego śpiwora. Już wcześniej zauważyłem, że był raczej krótki, za to szeroki. Teraz dopiero zrozumiałem, że dziewczyna sypiała zwinięta w ciasny kłębek, oplatając kolana ramionami. Ja zawinąłem się w pled i narzuciłem płaszcz. Węzełki z ubraniami posłużyły za poduszki. Położyłem na podorędziu kostur i kusze.

– O coś jeszcze chcesz zapytać? – zagadnąłem, widząc, że Tyra leży i patrzy na mnie wyczekująco.

– Czy w świątyni odnotowano w księgach moje święte imię?

– Nie.

– Nie pamiętam go. Byłam w świątyni tylko raz. Dziadek zabrał mnie do Dysy, miałem wtedy pięć lat. Zobaczyłam piękny marmurowy posąg Kociogłowej. Kapłan zapisał mnie w księdze życia, nadał mi imię i zrobił tatuaż.

– Nie musisz go znać i naprawdę mało kto je pamięta. Nadaje je dziecku kapłan, stojąc samotnie przed posągiem bogini. Wypowiada je tylko raz i nigdzie nie zostaje ono zapisane. Imię znają bogowie. Gdy będziesz kiedyś umierać, usłyszysz je z ich ust. Tym imieniem wezwą cię do drugiego życia w innym świecie. Kiedy zdarzy się tak, że ktoś wypowie je na tym świecie, będziesz wiedziała, że to bóg lub jeden z jego świętych wysłanników. Nie musisz znać imienia, ono i tak jest ci przypisane, a gdy je usłyszysz, rozpoznasz natychmiast.

– Rozumiem.

– W Dysie żyje niewielu wyznawców Ojca i jego Córki. Od lat kapłani z Pobrzeża wyruszają tam tylko w większe święta, a po odprawieniu obrzędów wracają. To daleka droga. Kupcy z Tess jeżdżą tam czasem po żywność.

– Tak nieraz sobie myślę – powiedziała. – O naszym bogu mówią „Ojciec Stu Światów". Jeden świat to nasz. A księżyc? Może to drugi ze światów?

– Widać na nim niebieskie plamy jezior i mórz, widać zielonkawą barwę, którą zapewne nadają jego powierzchni lasy. Uczeni kapłani ze świątyni dopatrzyli się tam nawet rzek, ale nigdy nie spostrzegliśmy na jego powierzchni świateł wskazujących na istnienie miast. Poza tym to określenie nie musi być ścisłe. Może Ojciec powołał więcej niż sto światów. Wszak gwiazdy to odległe słońca podobne do naszego. Może i wokół nich krążą planety, na których rozwinęło się życie, ale nawet jeśli stworzył tylko sto, nigdzie nie jest powiedziane, że żyją tam ludzie podobni do nas. Może to światy bezludne?

– To skomplikowane.

– Kapłani wiodą podobne spory całymi godzinami. Pracując przy oprawie ksiąg, nieraz słuchałem ich uczonych dysput.

– A gdyby się tam przedostać?

– Podobno próbowano. W jednej z ksiąg jest taki opis. Pewien kapłan po wielu próbach skonstruował sztuczne skrzydła z płótna i drewnianych listew. Przypiął je do ramion i poszybował z urwiska. Zdołał z wielkim trudem bezpiecznie osiąść na ziemi, jednak ku górze ulecieć nie potrafił. Próbowano też wysłać gołębie i sokoły, ale ptaki miały zbyt mało rozumu, by lecieć ciągle ku górze aż na księżyc. A może i inna przyczyna zmusiła je do powrotu na ziemię?

Zamiast odpowiedzi usłyszałem tylko równy oddech. Zasnęła. Sprawdziłem jeszcze, czy broń jest na podorędziu, i nakryłem głowę kocem. Noc zapowiadała się naprawdę chłodna, liczyłem, że mój oddech choć trochę nagrzeje przestrzeń pod pledem.

4

Drugi dzień wędrówki dał nam się we znaki bardziej niż pierwszy. Panował upał, w dodatku wydostaliśmy się z lasów i długo szliśmy po otwartej przestrzeni, mijając wioski, pola i pastwiska. Spotkaliśmy na szlaku sporo pierwobylców, chłopów i pasterzy, ale na szczęście nie szukali ze mną zwady, choć domyślali się zapewne, że ciągnę wózek pełen cennego towaru. Droga także była lepiej utrzymana. Wreszcie za którymś z kolejnych zakrętów dostrzegłem na odległym jeszcze wzgórzu strzaskane kolumny przydrożnej świątyni.

– To już niedaleko – powiedziałem. – Dotrzemy przed nocą.

Niebawem stanęliśmy w cieniu murów dawnego chramu. Obok schodów biło źródło. Woda ciurkała między głazami i wpadała do sporego zagłębienia obudowanego murkiem. Okoliczni pasterze poili tu krowy i kozy. Z tego miejsca roztaczał się wspaniały widok.

– Jesteśmy u celu podróży. Oto Tess – oznajmiłem.

Miasto Przodków wciąż jeszcze robiło ogromne wrażenie. Przestrzeń między wybrzeżem a górami wypełniało gigantyczne pole ruin. Droga przecinała je, biegnąc prosto jak strzała równolegle do brzegu morza. Tu i ówdzie brzozy zdołały zapuścić korzenie w gruzowisko, ale mury i tak były doskonale widoczne. Tyra stała w milczeniu, chłonąc widok.

– No i jak ci się podoba? – zagadnąłem.

– Jest ogromne. Piękne, choć zniszczone.

– Było ogromne w czasach naszych Przodków. Mogło ich tu żyć nawet sto tysięcy. Dzisiaj to głównie rozwaliska. Pozostałości starych domów i innych budynków mają ponad osiemset lat. Między pierwszym a drugim murem praktycznie nikt nie mieszka. Zresztą na pewno zauważyłaś, że nawet najlepiej zachowane budowle nie mają dachów. W wielu runęły także sklepienia z kamienia i cegły. Zamieszkujemy może dwunastą część dawnej metropolii. Widzisz te czerwone dachy koło świątyni?

– Tam na zboczach wzgórza?

– Tak. To jest nasza dzielnica. A niżej, w stronę morza, mieszkają pierwobylcy. Chodźmy, chcę przed zmrokiem dotrzeć do domu.

– Potrzebuję kilku chwil.

Wyciągnęła coś ze swojego tobołka i zbiegła po schodkach do zbiornika. Momentalnie ściągnęła z siebie całe ubranie i naga zanurzyła się w wodę. Odwróciłem wzrok. Spojrzałem na morze. Odetchnąłem głęboko wilgotną bryzą.

– Dziecko lasu – mruknąłem do siebie.

Gdy stanęła przy mnie, w pierwszej chwili jej nie poznałem. Znikły skórzane spodnie, koszula barwiona sokiem z orzechów i kurtka z frędzlami. Tyra założyła błękitną płócienną sukienkę. Wciągnęła na nogi długie wełniane skarpety, na stopach miała buciki zapinane na siedem guziczków. Sukienka trochę na niej wisiała, została uszyta dla kogoś ciut tęższego i ewidentnie najlepsze czasy miała już dawno za sobą. Buty zostały wprawdzie natarte tłuszczem, lecz mocno straciły fason. Mała ozdobiła też warkocze kokardami.

– Miejskie ubranie. – Uniosła z dumą głowę. – Wyhandlowałam od córki Olejarza. Przyszyłam do sukienki kołnierz z haftowanymi dmuchawcami. Dobrze zapamiętałam? Trawy dla dzieci, kłosy zboża dla dorosłych, jesienne liście dla staruszków.

– Od lat się już takich nie nosi, tylko nieliczni kultywują tę tradycję – wyjaśniłem. – A i to od święta raczej.

– W każdym razie wracam pomiędzy swoich porządnie ubrana. Nie jak dzikuska, ale jak córka mieszczanina.

Trzecia albo czwarta córka ubogiego mieszczanina, donosząca ubrania po starszych siostrach – podsumowałem w myślach.

Ale pochwaliłem jej wygląd i chyba nawet zabrzmiało to szczerze. Ruszyliśmy w dół, ku miastu. Droga opadała stromo, musiałem zaciągnąć trochę hamulec, bo wózek napierał na mnie.

– Swoją drogą szkoda, że w twierdzy Olejarza nie mieli żadnego gołębia, wysłałbym list zapowiadający twoje przybycie. – Westchnąłem. – Miło byłoby, gdyby wujo albo któryś ze stryjków wyszedł nam naprzeciw.

– Jak wysyłacie listy przez gołębie? – zaciekawiła się.

– Zazwyczaj gdy ktoś wyrusza daleko, odwiedza najpierw Gołębiarza i bierze ze sobą gołębia. Kiedy chce zawiadomić o czymś rodzinę, wypuszcza go z przyczepionym listem. Ptak leci do miasta, Gołębiarz odczepia list, a jego syn odnosi wiadomość pod wskazany adres. A adresat płaci.

– To bardzo ciekawe!

– Niestety, gołębie są strasznie głupie. Potrafią tylko jedno, to znaczy wypuszczone gdzieś bardzo daleko wracają prosto do gniazda. To taka poczta w jedną stronę. Przydatna, ale ptaki nie odnajdą kogoś, kto odszedł z miasta. Mój brat tresuje kruka. Umyślił sobie, że będzie wysyłał go na zwiad. A gdy kruk rozpozna kogoś znajomego, wyląduje na ziemi i będzie można przyczepić mu list.

– To możliwe?

– Nie wiadomo. Nasi Przodkowie tak czynili, są zapisy w księgach, ale u nas nikt nie próbował tej sztuczki. Trzeba sprawdzić.

Na twarzy dziewczyny odmalowała się troska.

– Mnie nikt się nie spodziewa. Nikt na mnie nie czeka. Krewni, o ile mam jakichś, nie wiedzą nawet o moim istnieniu. A jak się dowiedzą, nie wiem, czy zechcą mnie przyjąć.

– Niczym się nie przejmuj, moja rodzina będzie ci rada. Nieczęsto miewamy gości z daleka – uspokoiłem ją.

Zeszliśmy w dolinę. Przyspieszyłem trochę. Daleko przed nami widziałem dwa konne wozy, kupcy wieźli kłody drewna na opał. Zwierzęta człapały ospale, zmęczone całym dniem harówki. Woźnice nawet ich nie poganiali. Minęliśmy domy i domki, płoty plecione z chrustu. Mieszkańcy siedzieli na ławeczkach, odpoczywając po dniu pracy. Odprowadzali nas wzrokiem.

Przeszliśmy pod łukiem bramy. Strażnik rozpoznał mnie, skinąłem mu głową na powitanie. Szliśmy między niekończącymi się rzędami zrujnowanych domostw. W lewo uliczki opadały ku morzu. Po prawej teren łagodnie piął się w górę. Zachodzące słońce wyzłociło białe kamienie.

– Czy coś nam grozi? – szepnęła, widząc, że rozglądam się na boki.

– Niby nie, ale głupio byłoby utonąć przy samym brzegu. Te ruiny są prawie niezamieszkane.

– Prawie?

– W tym problem. Lepiej nie zapuszczać się tu samemu, a zwłaszcza po zmroku. Jest w naszym mieście trochę złych ludzi. I takich, którzy lubią zaglądać do kieliszka, i takich, którym nie bardzo chce się pracować. Epidemie spowodowały, że sporo dzieciaków błąkało się po świecie samopas albo łączyło w bandy młodocianych rzezimieszków. Wyrośli bez karcącej dłoni rodzica, bez wzorców, jakie daje dom rodzinny. A byli i tacy, którzy śmierć sąsiadów uznali za dobrą okazję, by się wzbogacić, grabiąc dobytek umarłych. A potem złodziejstwo i rozbój weszły im w nawyk. Dzieci naszego ludu świątynia starała się otoczyć opieką, ale nie zawsze się to udało.

Brama wewnętrznej dzielnicy była jeszcze otwarta. Strażnicy zlustrowali nas wzrokiem. Mnie oczywiście znali z widzenia. Po pustce i ciszy zrujnowanych dzielnic znaleźliśmy się na normalnej gwarnej ulicy. Na równym bruku koła wózka toczyły się łatwiej. Dziewczyna rozglądała się wokoło z wyraźnym zachwytem. Zmrok już zapadał, sklepiki i warsztaty zamykano. Ludzie zapalali łojówki i lampiony przy bramach. Za szybkami w oknach połyskiwały płomyki świec i lampek. Szyldy lekko poskrzypywały na wieczornym wietrze. Trzaskały okiennice. W powietrzu unosiły się zapachy kurzu i przygotowywanych posiłków.

– Miasto – szepnęła w uniesieniu. – Nareszcie. Marzyłam o tym dniu, gdy będę szła po bruku, w butach na obcasie i w niebieskiej sukience.

– Wygląda na to, że wszystko zrobiłaś jak należy. Jest bruk i sukienka.

Głupio mi było zwracać jej uwagę, że do takich butów nosi się skarpetki.

– Latarnie! Sklepy, sklepiki. Warsztaty. Od razu jutro pójdę i kupię parasolkę chroniącą przed słońcem!

– Tu mieszkam. – Wskazałem bramę ozdobioną motywem kocich oczu.

Zapukałem kołatką. Brama uchyliła się. Wujek Tok na mój widok uśmiechnął się szeroko.

– Dave? Nie spodziewaliśmy się ciebie tak szybko. I gościa przyprowadziłeś. – Wyszczerzył się do małej.

Wtoczyliśmy wózek do środka. Przez chwilę zrobiło się niemal zupełnie ciemno, jedynym źródłem światła była świeczka w latarni zawieszonej na haku. Zaraz jednak nadeszła kuzynka Mefa z potrójnym kandelabrem w dłoni. Wujaszek starannie zaryglował bramę. Potem poklepał worek z kaszą i rzekł uradowany:

– Szkoda, że nie wiedzieliśmy, kiedy wrócisz, bo ktoś wyszedłby ci naprzeciw. Ziarno damy do spichlerzyka, jest coś do spiżarki?

– I to sporo.

– To jest Mefa, ale nazywamy ją Jaskółeczką – przedstawił dzikusce córkę. – Pewnie zechcesz się umyć, zaprowadzi cię do umywalni. Weź swoje rzeczy, a my wypakujemy resztę.

Przetoczyliśmy wózek przez dziedziniec, któryś z kuzynów zabrał od razu wędzonkę i sery do kuchni.

– Co tam mamy? – zagadnął stryj, mocując się z zamkiem spichrza.

– Olejarz dał za kozy trzy rodzaje kaszy, worek pszenicy, woreczek fasoli i kukurydzy – zameldowałem. – Jest wędzonka, słonina, wszystko zgodnie z umową. Do tego pokwitowanie na dwie beczułki oleju. Worek orzechów dostarczy po zbiorach.

– Co u twojego ojca?

– Prawie oczyścili wyspę z królików. – Klepnąłem wór. – Ponad sto skórek, a on jeszcze przywiezie. Kozy mają łącznie dwadzieścioro młodych.

– Letnie skórki kiepskie, ale lepsze to niż nic. A ta dziewczyna?

Streściłem w kilku słowach.

– Nieczęsto mamy gości z tak daleka, na pewno wiele ciekawych historii nam opowie w długie jesienne i zimowe wieczory – stwierdził. – W młodości byłem raz u Brązowych Koszul, nad jeziorami. Szmat czasu. Będzie z piętnaście lat temu. Na pewno i tam wiele się zmieniło. Zdrowa? Nie ma robactwa we włosach?

– Zdrowa. Nie kaszle, nie ma plam na skórze. Nie zauważyłem, by się drapała, ale jakby co, Mefa...

– Mamy zapas octu sabadylowego. Ty nie potrzebujesz?

– Pryskałem się regularnie wyciągiem ziołowym. Nic mnie chyba nie oblazło.

*

Babcia czekała w kuchni. Kuzynki krzątały się, przygotowując kolację. Przywiezione przeze mnie wiktuały leżały już na blatach. Zdałem relację z wyprawy. Pokiwała głową.

– Zimy od kilku lat są coraz cięższe. Ciekawe, jaka będzie nadchodząca – powiedziała. – Może najcięższa za mojej pamięci? A może wręcz przeciwnie. Pamiętam i takie, kiedy w ogóle nie spadł śnieg... Przyszła z tobą dziewczynka.

– Olejarz prosił, żeby się nią zaopiekować. Przybyła do miasta odnaleźć krewnych.

– Pogadam z nią po kolacji – uśmiechnęła się. – Pójdziecie jutro do świątyni, to sprawdzicie w księgach życia. Może są tu ludzie, którzy otoczą ją opieką z uwagi na więzy krwi. A może i nie znajdzie nikogo. Przygarniemy, jakby co. Chuchro niby, lecz to pozór. Jest silna, bardzo silna. Samo mięsko, żyły i ścięgna. Nie obrosła sadłem. Ani u niej piersi, ani bioder, ale to nic, podtuczymy, natura też zrobi swoje i będzie wyglądała jak dziewczyna. Podoba mi się. A najważniejsze, że robotna.

– Skąd wiesz, babciu? – zdumiałem się.

– Widziałam jej ręce, gdy szła do umywalni. Pracowała w życiu dużo i ciężko, może nawet za dużo i za ciężko jak na jej wiek. Tak czy inaczej, jeśli nie znajdzie żadnej rodziny, będziemy mieli z niej pożytek, a ona zyska miejsce dla siebie. Ciekawe tylko, czy umie prząść i tkać.

– Wspominała, że umie.

– Chodź!

Pchnęła drzwi spiżarki. Ujęła kaganek i uniosła do góry, żebym mógł zobaczyć wnętrze. Płomyk wydobył z półmroku murowane z kamiennych płyt regały, a na nich nasze zapasy. Gliniane gary ze smalcem i olejem, woreczki z grochem, kaszą, mąką. Połcie wędzonki i wędzone sery. Długie sznury suszonych owoców, kosze orzechów, pęki ziół. Grube kamienne mury zabezpieczały przed gryzoniami i zapewniały chłód. Wnętrze regularnie okadzaliśmy dymem z ziół i orzechowych liści. Odetchnąłem głęboko. Od dziecka, ilekroć tu wszedłem, miałem wrażenie, że samym zapachem można się nasycić.

Babcia milczała. Rozejrzałem się. Ile z tego pozostanie wiosną? Staruszka najwyraźniej była dobrej myśli, jednak mimowolnie zagryzłem wargi. A co, jeśli przybędzie nam dodatkowa gęba do wykarmienia? Ale przecież nie mogłem zostawić tego dziecka na pastwę losu.

– Jest dobrze – uspokoiła mnie. – Zapasy już teraz powinny wystarczyć do przyszłych żniw. A to jeszcze nie wszystko. Idź się umyć i przebrać po podróży, wieczerza niebawem.

– Tak, babciu.

*

Klan zbierał się, by zasiąść przy długim stole. Połowa miejsc pozostała pusta. Czułem, że zasypiam. Myśli płynęły leniwie i nieskładnie. Próbowałem policzyć, kto z członków klanu jest poza domem. Przed zimą wrócą. Tyrę przedstawiono zebranym i posadzono między moimi kuzynkami. Była wyraźne speszona.

– Trzeba by jeszcze zrobić szybki obchód. – Wujek popatrzył na mnie.

– Idę.

Ast stanął koło mnie.

– We dwóch szybciej się uwiniemy.

W pomieszczeniach na parterze okna były za wąskie, żeby ktoś mógł się przez nie przecisnąć, ale i tak je sprawdzaliśmy.

– Ta bransoleta – szepnął brat, gdy oddaliliśmy się od jadalni.

– Jeśli potrzebujesz...

– No, teraz to jeszcze nie, ale za jakiś czas. Świetną dziewczynę przyprowadziłeś. Zaklepuję dla siebie. Zakocha się we mnie. Za cztery lata będę miał osiemnaście, a ona chyba jest w moim wieku. No to wtedy się pobierzemy. Wcześniej wyremontuję pięterko nad powrozownią, tam jest kilka pokoi nieużywanych od lat. Akurat się wygodnie pomieścimy z naszymi dziećmi.

W myślach złapałem się za głowę. Uuu, ale go wzięło.

– Ambitne plany. A skąd wiesz, jaka jest?

– Szedłeś z nią od Olejarza, tak? Jakby była jakaś wredna czy głupia, to byś od razu wszystkich ostrzegł.

– Głupia nie jest. Wredna też nie, ale wiesz, że te dzieci i wspólne życie wymagają, że się tak wyrażę, obustronnego zainteresowania?

– Na pewno jak mnie bliżej pozna, to polubi. Jak mnie polubi, będziemy spędzali ze sobą dużo czasu, a któregoś dnia spojrzy na mnie w inny sposób. Inaczej niż wcześniej. Będziemy sobie coraz częściej patrzeć w oczy. Aż wreszcie nasze dłonie i wargi się odnajdą.

– A jeśli nie?

– Będę siedział pogrążony w rozpaczy i pisał wiersze tak tragiczne i zarazem tak zachwycająco piękne, że tym ją przekonam. A właśnie, ona umie czytać?

– Twierdzi, że tak.

Sprawdziliśmy ostatnie okiennice i wróciliśmy do reszty. Przyjemnie było zjeść świeżo ugotowaną polewkę z pajdą chleba i kawałek ciasta. Dobrze było posiedzieć w cieple, posłuchać gwaru znajomych głosów, widzieć, jak płomień świecy odbija się w kubku z winem. Po kolacji zaprowadziłem Tyrę do nestorki rodu. Dzikuska była wyraźnie onieśmielona.

– Powiedz, dziecko, jakie masz plany? – zapytała staruszka. – Dave wspomniał, że szłaś taki kawał tylko po to, żeby zobaczyć tę kupę gruzów.

– Spróbuję odszukać krewnych mojego ojca, proszę pani. Chcę żyć tu, w mieście. Chcę zostać fryzjerką.

– Fryzjerką? – zdziwiła się babcia. – Pamiętam czasy mojej młodości. – Zapatrzyła się w przestrzeń, przywołując jakieś wspomnienia. – To dziś nieczęsty sposób zarabiania na życie. Zbiednieliśmy, ludzie sami wolą się strzyc i golić. Fryzjerów zostało czworo, może pięcioro na całe miasto. Powiedz, czy kiedykolwiek w życiu byłaś u fryzjera?

– Nigdy, ale zawsze chciałam mieć loki – szepnęła zawstydzona dziewczyna. – Takie sztucznie zakręcone nagrzanymi metalowymi szczypczykami.

– To się nazywa lokówka. Zabierzesz ją jutro do fryzjerki – poleciła mi babcia. – Ta starucha Tilafia mieszka najbliżej. Wprawdzie od miesięcy nie widziałam, żeby miała otwarte, ale jak się jej zapłaci, zrobi, co trzeba. Przy okazji zapytasz, czy nie potrzebuje uczennicy. Raczej nie potrzebuje – odpowiedziała sama sobie.

– Sprzedałam moją część owiec. Mam trochę złota – oświadczyła Tyra. – Mogę zapłacić za naukę.

– Zobaczymy. Tak czy inaczej, będziesz miała okazję sprawdzić, na czym ten zawód polega. Gorzej, gdy powie, że uczennica nie jest jej potrzebna. No nic, nawet jak wszystko pójdzie nie po twojej myśli, zawsze będziesz tu miała ciepły kąt do spania i dach nad głową. Przy nas nie zginiesz, odpracujesz jakoś. – Ujęła dziewczynę pod brodę.

– Może potrzebujecie służącej? – zagadnęła mała. – Albo niańki do dzieci?

– Nie potrzebujemy – westchnęła babcia. – Mamy w rodzinie osiem młodych dziewczyn. – Wskazała moje kuzynki sprzątające ze stołu. – I pięciu chłopaków, nie licząc starszych członków rodziny. Wykonują wszystkie prace w domu. Ale coś się wymyśli. Umiesz prząść wełnę albo tkać?

– Oczywiście.

– A pracowałaś na krosnach?

– Tak, proszę pani. Tylko nie wiem, czy nasze były podobne do tutejszych. Szybko jednak się nauczę.

– Bardzo ładnie się wysławiasz. Zgaduję, że szkół w wiosce nie było?

– Była, proszę pani, lecz przeważnie zamknięta. Pewnego roku przyjechał nauczyciel i otworzył na trochę. To się dzieciaki poduczyły, ale mnie dziadek kazał uczyć razem z kuzynostwem. Czytania, rachunków, trochę też o ziołach i minerałach. Czytałam książki. Wszystkie, które mieliśmy w wiosce. Dwadzieścia cztery całe i resztki ośmiu innych. Uczyłam się mówić jak miastowa.

– Nieźle ci wychodzi – pochwaliła babcia. – Zobaczymy, co z tobą będzie, z głodu w każdym razie nie zginiesz. A na razie idź spać. Jaskółeczka zajmie się tobą, pokaże ci wszystko. Będziesz nocowała w sypialni starszych dziewcząt.

– Mam śpiwór.

– Zachowaj go na zimę. Łóżko gotowe. Kazałam dać nowy siennik. I skrzynię na twoje drobiazgi. Z tego, co wiem, na północy sypiacie nago, ale u nas tak się nie robi.

– Wiem, że tu panują inne zwyczaje. Postaram się nie uchybić. Do snu mam tunikę.

– To dobrze. Zwyczaje... Ładnie siedzisz przy stole, prawidłowo trzymasz sztućce. Nie krzyżuj tylko stóp pod krzesłem ani nie zakładaj nogi na nogę. Mefa, pozwól tu do nas, dziecko!

Moja kuzynka musiała czekać w pobliżu, bo zjawiła się niemal natychmiast.

– Zabierz ją do sypialni, pora spać. Dobrej nocy – mruknęła babcia. – Niech bogini Nefem czuwa nad waszym snem. – Pobłogosławiła nas i z kagankiem w dłoni odeszła do swojego pokoiku.

Zapaliłem świeczkę i pożegnałem się z dziewczętami. Gdy wszedłem do naszego pokoju, brat już dawno spał. Pokłoniłem się przed starą drewnianą rzeźbą Kociogłowej, wysunąłem kolce i uderzyłem się po ramionach raz, niezbyt mocno, żeby tylko poczuć ból. Uderzyłem jeszcze mocniej.

– Zostawiam za sobą niecierpliwość, zniechęcenie, zmęczenie, strach i gniew, które towarzyszyły mi dziś w drodze – szepnąłem. – Niech odejdą wszystkie moje złe i podłe myśli, abym czysty stanął do modlitwy przed obliczem bogów.

Powieki ciążyły mi straszliwie, gdy zwijałem szarfy. Łóżko. Kilka dni marzyłem o chwili, kiedy padnę na swój siennik i przytulę głowę do własnej poduszki. A teraz? Teraz miałem ochotę nie gasić jeszcze świecy. Poczytać. Albo zrobić jakiś szkic. Brat się obudził.

– Ale świetną dziewczynę przyprowadziłeś – powtórzył to samo co przy obchodzie. – Akurat jak dla mnie. W moim wieku i taka jakaś, że od razu można ją polubić. Zakocha się we mnie, będziemy szczęśliwi i będziemy mieli dużo dzieci. – Znów go wzięło.

– A jeśli nie?

– Czemu nie? – zdziwił się. – Mam masę zalet tej, no... eee... osobowości. A tak już mówiąc poważnie, szczególnie ładna nie jest, ale sprawia szalenie sympatyczne wrażenie. Będzie, co ma być.

– Masz zalety i może masz u niej szanse – uspokoiłem go. – Tylko że posiadanie zalet nie zawsze wystarcza. Dam ci jednak pewną radę. Wspomniała, że przeczytała wszystkie książki, które mieli w wiosce. Kilka czy kilkanaście. – Nie mogłem sobie przypomnieć podanej przez dziewczynę liczby. – Na początek pogadaj z nią o książkach. Powiedz, co ostatnio czytałeś. Raczej nie ma szans, że też zna te tytuły, więc jej pożycz, a potem sobie o tym porozmawiacie.

– Dobry plan!

Zamyśliłem się. Przypomniała mi się szkoła. Ana wodząca trzcinką po papierze. Czarna plamka tuszu na jej nosie. Mieliśmy po dwanaście lat, a ja już wiedziałem, że to jest mój wybór na przyszłość. Ale później...

Przemogłem się. Odłożyłem szkicownik i zdmuchnąłem płomyczek. Po chwili głęboko spałem.

*

Poranek był przyjemnie chłodny. Wiatr od morza przetaczał jakieś trawki. Blaszane szyldy pobrzękiwały albo skrzypiały, kołysząc się nad naszymi głowami. Miasto budziło się do życia. Tyra rozglądała się zaciekawiona. Postukując kulą, Ast dotrzymywał jej kroku.

Zakład fryzjerski na końcu naszej ulicy był zamknięty i po prawdzie nie mogłem sobie przypomnieć, kiedy ostatnio go otwarto. Mefa zapukała energicznie. Odczekała chwilę i zapukała raz jeszcze. Gdzieś nad nami zaskrzypiała okiennica. Stara Tilafia wyjrzała i poprawiwszy okulary, zgromiła nas wzrokiem.

– I czego się tłuczecie bladym świtem? To ty, Mefa? Czekaj, powiem twojemu ojcu, to cię przeciągnie rzemykiem po zadku.

Z tym bladym świtem to trochę przesadziła. Wszystkie sklepiki przy ulicy były od dawna otwarte.

– Przyprowadziliśmy pani klientkę – wyjaśniła moja kuzynka. – Ale skoro zamknięte, to nie będziemy głowy zawracać, pójdziemy do...

– Czekaj! Zamknięte, ale zaraz może być otwarte. Po co zaraz łazić do jakichś partaczy? Co to za klientka? To dziewczątko? Przytrzymajcie ją krzepko, już schodzę.

Po dłuższej chwili usłyszeliśmy zgrzyt zasuwy, a potem pisk dawno nieoliwionych zawiasów. Staruszka obrzuciła nas badawczym spojrzeniem, a widząc, że nie żartujemy, zaprosiła nas gestem do środka. Weszliśmy do głównego pomieszczenia. Staruszka zdjęła sztaby, Ast pomógł otworzyć okiennice. Wnętrze zalało światło poranka. Rozejrzałem się. Lustra nieco zmatowiały, pod sufitem pająki rozciągnęły sieci. Przeciąg poruszył kłęby kurzu na podłodze.

– Dawno tu nie sprzątałam – mruknęła stara. – Bo i nie było po co ani dla kogo. Czego sobie życzycie? I ile jesteście gotowi zapłacić?

– Nasza mała przyjaciółka wychowała się w lasach daleko stąd – zacząłem.

– No widzę, że włosy to jej strzygli nożycami do owiec co najwyżej – gderała Tilafia. – Co ma być? Skrócić? Wyrównać grzywkę?

– Chciałabym loki – pisnęła Tyra.

– Loki? – Staruszka nawinęła na dłoń jeden z warkoczy dzikuski. – Czemu nie, zrobimy i loki. Tylko najpierw trzeba to doszorować. Czym te kudły upaprane? Olejem orzechowym?

– Nacieramy włosy wywarem z liści. Przeciwko komarom – wyjaśniła Tyra. – I olejkiem, żeby się lepiej rozczesywało.

– No jak tak można! To nie wygląda jak warkocz, tylko obesrany koński ogon! Ale to nic, od dobrego mydła puści.

– Może rozjaśnić końcówki – podpowiedziała Mefa. – Mała idzie do świątyni, chciałaby ładnie wyglądać.

– Można i rozjaśnić – zgodziła się stara. – Choć z czarnymi nigdy nie wiadomo, jaki będzie efekt. A tobie warto by farbę położyć – spojrzała na jasne pasma.

– Nie trzeba.

– Ast, weź szmatę i przeczyść okna, ty Mefa wyszoruj mi nożyczki i lokówki. Dave, rozpal piecyk i zagrzej wody. – Przetarła rękawem najbliższe lustro. – A ty, mała, nie stój, tylko rozpleć warkocze i spróbuj rozczesać te kołtuny.

Zabraliśmy się raźno do dzieła. Instruowany przez właścicielkę, rozpaliłem w olejowym piecyku. Płomyki szybko rozgrzały rurki. Nad wodą w miedzianym kociołku uniosła się para. Staruszka przygotowała trzy różne mydła oraz ręcznik. Gdy włosy Tyry zostały umyte, końcówki zanurzono w słoiku z wytrawą. Jeszcze jedno mycie. Wreszcie posadziliśmy ją pod dzwonem i uruchomiłem miech. Powietrze, przechodząc rurkami przez palenisko, szybko się nagrzało. Dzikuska aż pisnęła, gdy poczuła pierwszy gorący podmuch.

– Spokojnie, to tylko suszarka – ofuknęła ją fryzjerka. – Nie widziałaś takiego urządzenia? No bo niby gdzie mogłabyś zobaczyć... – odpowiedziała sama sobie. – Masz tu grzebień, rozczesuj. Ty, Ast, siadaj na fotel.

– A mnie po co? – nastroszył się.

– Bo mamy chwilę, a nie mogę patrzeć na to wronie gniazdo.

Nożyczki tylko zabrzęczały jej w palcach i brat błyskawicznie stracił połowę czupryny.

– Od razu lepiej – oceniła efekt. – Odsłonięte uszy i czoło. Tak chłopak powinien chodzić! Dave, twoja kolej.

– Ale mnie niczego... – zacząłem, lecz wykonała tak władczy gest, że od razu się poddałem.

– Masz spojrzenie lenia – burknęła, biorąc do ręki brzytwę. – A wystarczy ciut poprawić brwi i zaraz twarz nabiera wyrazu. No, popatrz w lustro.

Spojrzałem. Miała rację. Podgoliła brwi tylko trochę, ale to rzeczywiście wystarczyło. Mefa tymczasem naszykowała lokówki. Ułożyła je rzędem na górnym ruszcie piecyka.

– Dobre włosy, ładne, długie, mocne, ale niezbyt twarde i gęsto rosną – mamrotała stara, badając palcami pukiel włosów dzikuski. – Gdzie ja wsadziłam papier?

Wzięła pierwszą lokówkę z piecyka, a potem dotknęła końcówką kartki. Metal pozostawił żółty ślad.

– Ujdzie – mruknęła, łapiąc koniec jednego z pasm.

Narzędzia śmigały jej w rękach. Wymieniała stygnące lokówki na gorące. Woń przypiekanego papieru wypełniła pomieszczenie. Staruszka zakręcała coraz to nowe pasma. Wreszcie skończyła. Cofnęła się i poprawiła okulary.

– No i jak się sobie teraz podobasz?

– Przeleśnie! – jęknęła Tyra.

Nie znałem tego słowa, ale po tonie głosu i uśmiechu domyśliłem się, że wyraża głęboki zachwyt.

– Jest pani wielką mistrzynią w swoim fachu – podlizałem się staruszce. – Najlepszą w mieście.

– A bo to i tacy fryzjerzy teraz – prychnęła. – Nietrudno być najlepszym, jeśli nie ma żadnej liczącej się konkurencji. Kiedyś to byli fryzjerzy. Kawka na przykład, ten to głowę umiał ufarbować w arbuza. Włosy od skóry czerwone, a czarnozielone po wierzchu. Przedziałek się robił jak wycięta ćwiartka owocu. Albo Lamia z długiej ulicy. Goliła mężczyzn drzazgą obsydianu. Dziś już fachowców nie ma, a tego, co człowiek sam umie, już nie przekaże dalej.

– A może chciałaby pani wyszkolić uczennicę? – podpuściła ją Mefa.

– Coś ty powiedziała? – Oczy starej spojrzały znad okularów zaskakująco bystro. – Od dwudziestu lat nie było nikogo chętnego.

– Ja jestem chętna – pisnęła Tyra. – I zapłacę za naukę.

Kobieta ujęła jej dłoń i przez dłuższy czas oglądała w milczeniu.

– Ręka dzikuski – orzekła wreszcie. – Ale palce długie, mocne, bez odcisków i zniekształceń. Ile masz lat?

– Trzynaście wiosen.

– Mogę cię uczyć, ale jest jeden problem. Trzeba mieć na kim ćwiczyć, bo tego nie wyuczy się, strzygąc stare kożuchy.

– Dziewczyny z naszego rodu chętnie zmienią fryzury – rzuciłem.

– To nie takie proste – burknęła staruszka. – Włosy odrastają miesiącami, nie wiem, czy te wasze dziewczyny są gotowe zaryzykować tak daleko idące oszpecenie.

Pogadaliśmy jeszcze chwilę, rozliczyliśmy się i mogliśmy ruszać dalej.

*

Strome schodki doprowadziły nas do wrót okutych gęsto metalem. Były gościnnie uchylone na jakieś dwa łokcie. Weszliśmy do przedsionka.

– Zzuj buty – poleciłem, rozwiązując rzemyk sandałów.

Przekroczyliśmy drugą bramę i znaleźliśmy się na dziedzińcu.

– Myślałam, że świątynia jest mniejsza – bąknęła mała, błądząc wzrokiem wokoło.

– W czasach, gdy żyli tu nasi Przodkowe, miasto było ogromne. Tak liczny lud potrzebował wielkich świątyń. Zaprowadzę cię kiedyś do pozostałych rozwalisk. Ta po prostu najlepiej się zachowała. Przez długie lata zwożono głazy, by odbudować mury. Postawiono przewrócone kolumny, wymieniono też osiem strzaskanych. Tu był kiedyś dach. Nie wiemy, czy tylko nad kolumnami, czy też zdołano jakoś przesklepić środek. Podwiń sukienkę, woda sięgnie ci tak do pół łydki.

Przebyliśmy boso sadzawkę oczyszczenia. Dno wyłożono mozaiką z kolorowych kamieni. Ją także trzeba było oczyścić i pouzupełniać.

– To taki obyczaj – wyjaśnił Ast. – Zmywamy z siebie symbolicznie brud i zło świata zewnętrznego. A przed oblicze bogów idziemy boso.

– W małych świątyniach zazwyczaj tego nie ma, ale ta jest główna – dodałem.

Tyra kiwnęła głową na znak, że rozumie. Kolejne schody wyprowadziły nas na górny dziedziniec.

Kapłanka Ana siedziała na wprost wejścia na rzeźbionym fotelu. Rozłożona księga spoczywała przed nią na pulpicie. Usłyszała nasze kroki z daleka. Uniosła wzrok. Mówiono, że nie jest ładna. Miała bardzo jasne błękitne oczy, włosy barwy zleżałej słomy okalały owalną, trochę nijaką twarz. Brwi były tak jasne, że prawie niewidoczne. Była szczupła i niewysoka. Gdy chodziliśmy do szkoły, rówieśniczki przewyższały ją o pół głowy. Teraz sięgała mi do ramienia.

– Witajcie, przyjaciele.

Skłoniłem się.

– Dave, widzę, że przyprowadziłeś kogoś. Przedstawisz mi waszą towarzyszkę?

– Ta mała ma na imię Tyra, przybyła do nas z północy – wyjaśniłem. – Wychowywała się wśród koczowników plemienia Brązowych Koszul, ale pochodzi z naszego ludu. Szuka krewnych. Tyro, to jest kapłanka Ana. Będzie dziś twoją przewodniczką w modlitwie.

– Witaj w świątyni Ojca Stu Światów. – Ana podeszła i pocałowała dzikuskę w czoło. – Każdy, kto pochodzi z naszego ludu, będzie z radością powitany w tym domu. Widzę tatuaż na twoim nadgarstku.

– Tak – bąknęła onieśmielona dziewczyna.

– Wykonany został brązowym tuszem, zatem zrobił go kapłan misjonarz posługujący wśród naszych sąsiadów? Lud Brązowych Koszul żyje daleko stąd, nad jeziorami. Nie słyszałam, by nasi misjonarze zapuszczali się aż tam. Jednak nadano ci święte imię i zapisano cię w księdze życia.

– Gdy miałam pięć wiosen, dziadek z ojcem zawieźli mnie do Dysy.

– Rozumiem. Wyszukamy cię w księgach, a potem odnajdziemy twoich krewnych. Wszystko mamy zapisane, od pierwszego dnia, gdy osadnicy z zachodniego Pobrzeża stanęli na ruinach miasta Przodków.

Weszliśmy do głównej sali. Pokryte płaskorzeźbami ściany lśniły. Tyra rozdziawiła buzię.

– To nie jest lite złoto – oświeciłem ją. – Wycinamy płaskorzeźby nożem w lipowych deskach, pokrywamy klejem i cieniutkimi płatkami kruszcu. Z jednego samorodka wielkości ziarnka grochu przez walcowanie można mieć pas blachy cienkiej jak błonka jaja, szeroki na stopę, a długi na pięć lub nawet sześć.

Stanęliśmy przed ołtarzem. Posąg Kociogłowej wykuto przed mileniami w czarnym bazalcie. Tylko oczy wprawiono z bursztynu. Powyżej na ścianie wyryto i pokryto złotem znak Ojca Stu Światów.

Wydobyliśmy szarfy modlitewne. Mefa pomogła dzikusce prawidłowo przewiązać dłonie.

– Zmówimy modlitwę dziękczynną za twój szczęśliwy powrót do domu – oświadczyła Ana. – Nie znasz słów?

– Nie, pani.

– Będziesz powtarzała za mną. Dave, ty też wróciłeś niedawno?

– Tak.

– Więc stań obok. A wy dwoje – zwróciła się do mojego brata i kuzynki – odmówicie później prośbę o szczęśliwy los dla waszej towarzyszki.

Skończyliśmy, zwinęliśmy szarfy. Ana odpięła od paska buteleczkę.

– Przeprowadzimy jeszcze dla ciebie wróżbę świętym olejem. Słyszałaś o tym?

Mała zmarszczyła brwi.

– Popularnie mówi się na to ognisty ptak – podpowiedziałem.

– Aaaa. – Jej twarz się rozjaśniła. – Tak, ktoś mi kiedyś opowiadał, że jest coś takiego, ale niezbyt dokładnie.

– Musisz stanąć tyłem do posągu bogini Nefem i złożyć dłonie ciasno w łódeczkę – wyjaśniła kapłanka. – W zagłębienie wleję święty olej. Pod wpływem powietrza rozgrzeje się, a w końcu zapali. Gdy poczujesz, że staje się gorący, wyrzuć go przed siebie w powietrze i zobaczymy, w jaką figurę się ułoży. Gdyby zapaliły ci się ręce, po prostu klaśnij, żeby zgasić płomień.

– No nie wiem... – Dziewczyna się zawahała.

– To bezpieczne – uspokoiła ją Mefa.

– Nie do końca – bąknął Ast. – Pewien świętokradca, sługa kupca od pierwobylców, ukradł przed laty butelkę i myśląc, że to świątynne wino, wypił łyk. Pół miasta słyszało, jak umiera, płonąc żywcem.

Tyra pobladła. Rzuciłem bratu karcące spojrzenie.

– Jeśli przyszłaś tu z czystym sercem, nic ci nie grozi. – Kapłanka położyła małej dłonie na ramionach.

– Jestem gotowa.

Ana uniosła buteleczkę w górę.

– Stajemy przed obliczem Ojca Stworzyciela Stu Światów, stajemy pełni wdzięczności dla córki jego Kociogłowej Nefem. Stajemy w obecności cieni ich sług, a naszych nauczycieli. Pomni tego, że Ojciec dał nam życie, wdzięczni Kociogłowej, że wniosła w świat żart, miłość i zabawę, stając się opiekunką dziewcząt i młodych kobiet. Wdzięczni, że Aeruff cieśla dał nam krzepę mięśni i twarde kości oraz nauczył nas, co czynić, by żyć z pracy rąk. Wdzięczni Kasji zielarce za wiedzę o potędze leków i za zręczność palców przy opatrywaniu ran. Wdzięczni, że Marv rolnik ukazał pożytek, jaki niosą zwierzęta, zboża i owoce. Ich przykład niech budzi szlachetność naszego ducha, byśmy po kres żywota nieśli braciom i siostrom naszym pomoc, opiekę i pociechę. Stajemy czyści, nieskalani złymi uczynkami czy nieprawymi myślami. Stajemy oto przed posągami naszych bogów i ich sług, by zapytać o radę i prosić o wskazówki dla tu obecnej siostry naszej Tyry.

Dziewczyna złożyła dłonie i ścisnęła je mocno, aby nie uronić ani kropli. Olej wylewany z butelki był ciemny, pachniał intensywnie ziołami. W kontakcie z powietrzem pojaśniał, a nad powierzchnią pojawił się delikatny biały opar. Pomyślałem, że spracowane dłonie małej dzikuski z pewnością są mniej wrażliwe na temperaturę, ale w tej samej chwili sama zrozumiała, że już czas.

Wyrzuciła olej w powietrze, przed siebie. Zapłonął ognistym kleksem, który faktycznie przypominał trochę wzbijającego się do lotu ptaka.

Kapłanka zmarszczyła brwi, śledząc, jak wypala się i znika.

– Płomień był jasny, a obraz ptaka ułożył się symetrycznie. Wróżba mówi, że pisany ci jest dobry los, a twoje serce płonąć będzie jasno jak świeca, ale odbicie rozkołysało się, a to oznacza, że czeka cię też długa i niebezpieczna podróż – powiedziała kapłanka.

– Przecież podróż już odbyłam – zdumiała się mała. – Dotarłam do domu. Do Tess.

Spojrzała na nas z płaczliwą miną, jakby szukała pocieszenia.

– Może twoi krewni wyjechali z miasta i będziesz musiała ich odszukać? – wyraziłem przypuszczenie.

– Wróżba to tylko wróżba – uspokoiła ją Ana. – Mówi, co będzie, ale nie mówi dlaczego, w jaki sposób ani kiedy. Nie zawsze też się spełnia. Czasem bogowie zmieniają przypisane nam losy. Niczym się nie martw, bogowie zawsze kierują nas na właściwą drogę. To my nie zawsze umiemy nią kroczyć. Chodź, pokażemy ci świątynne ogrody, a ciebie, przyjacielu, chciał widzieć mój dziadek. Znajdziesz nas potem.

– Sam planowałem do niego iść.

Skinąłem raz jeszcze głową przed posągiem i poszedłem korytarzem prowadzącym na tyły kompleksu. Arcykapłan przyjął mnie w swej pracowni.

– Wasza czcigodność, przyniosłem dwie próbki popiołów wulkanicznych z urwiska przy domu Olejarza – oświadczyłem.

Uniósł brwi w zdziwieniu. Położyłem na blacie kamienie oraz szkice wykonane na miejscu. Oglądał je dłuższą chwilę.

– Doskonała robota – pochwalił. – I znaczna pomoc w moich dociekaniach.

Podszedł do regału, zdjął z niego rulon papieru i rozwinął. Jak mogłem się zorientować, naszkicowano na nim schematycznie mapę Pobrzeża – obejmowała teren od osad na południu, Kozią Wyspę i towarzyszący jej północny archipelag. Kapłan ujął ołówek i odnalazłszy posiadłość Olejarza, spojrzał na mnie pytająco.

– W tym miejscu, wasza czcigodność – pokazałem. – Gdy się idzie z przystani na płaskowyż, jest taki wąwóz.

– Byłem tam raz w życiu, wiele lat temu. Nie bardzo pamiętam – westchnął. – Jakiego typu wąwóz? Wyżłobiony przez wodę?

– Nie potrafię powiedzieć, ale chyba nie, bo woda wygładza skały, a tam wyglądają po lewej i prawej jak tort przecięty nożem cukiernika.

Obejrzał uważnie kamienie i rysunki, a następnie odnotował kilka cyfr we wskazanym miejscu. Popatrzyłem na mapę upstrzoną podobnymi notatkami.

– To jest wszędzie – odpowiedział na niezadane pytanie. – Na niżej położonych terenach zwęglony, powalony las przykryty przed mileniami popiołem, na wyższych tylko skamieniałe z czasem popioły. Warstwa na południu jest grubsza, ku północy robi się cieńsza, ale nigdzie nie ma mniej niż łokieć grubości. Są miejsca, gdzie pod nią jest jeszcze druga warstwa, o wiele starsza.

– Czyli kataklizm objął całe wybrzeże morza na przestrzeni wielu dni drogi.

– Tak. Tak wynika z moich badań. Około tygodnia żeglugi dzieli nas od wulkanu. Byłem tam kilka razy. Okoliczne zatoki mają urwiste brzegi, które nadają im wygląd jakby wielkich mis. Największa zatoka ma kilka mil obwodu. Sądzę, że to prastare kratery po olbrzymich wybuchach z dalekiej przeszłości. Któryś z nich pokrył całe Pobrzeże warstwą, którą znalazłem w tak wielu miejscach.

– I zgasił cywilizację Przodków?

– Nie. Ich dobił wybuch znacznie mniejszy, osiemset lat temu. Też została po nim warstwa popiołu, ale gruba ledwie na trzy palce. Tamte nastąpiły wcześniej i były silniejsze. I wydarzyły się, zanim Przodkowie wybudowali tu swoje miasta.

– Czy wasza czcigodność uważa, że grozi nam coś podobnego w przyszłości? – wyrzuciłem z siebie dręczące mnie pytanie.

Uśmiechnął się smutno.

– Tego właśnie chciałbym się dowiedzieć. Jak na razie mogę domniemywać, że czekają nas pewne przykrości, ale jakie i kiedy nie umiem powiedzieć. Zobacz. – Wydobył inny rulon i rozwinął. – Ta oś to kalendarz ostatnich dziesięciu lat. Trochę ponad cztery tysiące dni. Czarne kreski to wstrząsy podziemne. Czerwonym kolorem zaznaczone są wstrząsy, które były na tyle silne, że doprowadziły do zniszczeń w Tess.

– Są coraz częstsze i silniejsze – zaniepokoiłem się.

– Tak.

– Czy to znaczy, że wulkan się budzi?

– Zadajesz trudne pytania. W kronikach Tess odnotowano opady popiołów i trzęsienia ziemi, lecz zapiski nie są tak dokładne jak te. Zazwyczaj obserwowano kilka silnych wstrząsów, a potem przychodził opad popiołów, kilka razy do zatoki wdarła się wielka fala albo obserwowano inne budzące grozę zjawiska. Później nadchodził dłuższy okres zupełnego spokoju. Wymyśliłem na to określenie „wstrząsy przepowiadające". Ładnie brzmi i, jak mi się wydaje, oddaje istotę rzeczy.

– A gdyby tak zgasić wulkan? – zaproponowałem.

– Niby jak? – Uśmiechnął się pobłażliwie. – Będziesz nosił wodę w wiaderku i lał do środka?

– Nie, ale można by wydrążyć tunel od brzegu do krateru i wpuścić wodę morską prosto w gardziel.

– Dostrzegam jeden problem – westchnął. – Te niecki zalane wodą, dawne kratery. Przypuszczam, że powstały w ten sposób, że tamte wulkany były bliżej wybrzeża i woda jakimiś szczelinami znajdowała drogę do ich wnętrza. Połączenie dwóch żywiołów dawało w efekcie niszczycielską, nieokiełznaną siłę. Twój pomysł, gdyby w ogóle była możliwa jego realizacja, raczej przyspieszyłby katastrofę.

– Głupoty gadam.

– Tak, ale nie przejmuj się tym. Czasami trzeba popuścić wodze fantazji, żeby znaleźć rozwiązanie, na które nikt wcześniej nie wpadł. Jednak nie o tym chciałem z tobą rozmawiać. Mam pewien pomysł. Umiesz pływać. A jak z nurkowaniem?

– Pływam, nurkuję, dobrze radzę sobie w wodzie.

– Planuję zbadać dno morskie w naszej zatoce. Dla pływaka jest tam za głęboko, ale dysponujemy dzwonem nurkowym. Możesz wziąć udział w naszej małej wyprawie? Na przykład jutro?

– Jestem do dyspozycji.

– Zatem widzimy się o świcie na przystani.

Pożegnałem się i wyszedłem. Gdy dotarłem do ogrodów, Ana pokazywała Tyrze lapidarium. Na małej dzikusce zbiór potrzaskanych posagów i ich fragmentów zrobił ogromne wrażenie.

Pożegnaliśmy się z kapłanką, pokłoniliśmy się posągowi Kociogłowej i wyszliśmy z sanktuarium. Zaszedłem jeszcze do Domu Ksiąg. W głównej sali nie było nikogo, ale drzwi nie zamknięto. Zaprowadziłem Tyrę do środka. Stanęła pomiędzy stołami, trochę przestraszona, a trochę zaciekawiona widokiem licznych nieznanych jej narzędzi.

– Tu powstają księgi – wyjaśniłem. – Robimy papier, gotując stare szmaty. Ryjemy obrazki i napisy w grubej miedzianej blasze, zaciągamy tuszem i odbijamy. Stare księgi, którym grozi zniszczenie, przepisujemy. Gotowe składki oprawiamy w skórę lub płótno.

– Od dawna chyba nikt tu nie bywa. – Rozejrzała się niepewnie. – Sporo kurzu zalega na tym wszystkim.

– Owszem – przyznałem. – Pracy ostatnio niewiele. Bieda. Ludzie nie myślą o księgach. Wielu mieszkańców zabrała zaraza. Zobacz, to jest prasa drukarska na ruchome czcionki, przywieziono ją jeszcze z zachodniego Pobrzeża. A to zwykłe prasy introligatorskie.

Podszedłem na koniec pomieszczenia i uderzyłem w mały gong. Zaraz pojawił się młody kapłan, którego znałem z widzenia, ale nie pamiętałem, jak ma na imię.

– Dziewczyna potrzebuje zwoju praw – oświadczyłem. – Oraz księgi dwunastu opowieści. Jakby się znalazła ta wersja z barwnymi obrazkami, byłoby dobrze.

– Oczywiście.

Zabrzęczał pękiem kluczy i otworzył szafę z gotowymi księgami. Szybko odszukał odpowiedni tubus ze zwojem i niedużą książkę oprawioną w skórę.

– Potrzebujesz czegoś jeszcze?

Zawahałem się.

– Może „Księgę opowieści z zachodniego Pobrzeża".

Odszukał nieco grubszy tomik.

– Życzę miłej lektury. – Uśmiechnął się do dzikuski i odszedł do swoich zajęć.

– Nie muszę płacić? – zagadnęła niepewnie, odprowadzając go wzrokiem.

– Nie. Przepisałem i zilustrowałem tyle zwojów, że mogę brać, co chcę.

Zaszliśmy jeszcze do archiwum. Kapłan odszukał Tyrę w księdze życia, wynotował informacje i długo wertował opasłe tomiszcze.

– Twój ród wygasł – powiedział, bezradnie rozkładając ręce. – Owszem, żyją w Tess twoi krewni, ale to potomkowie przyrodniego brata twojego pradziadka. Jeśli chcesz ich odwiedzić, zapiszę adres. Twoje wujostwo umarło podczas ostatniej epidemii. Dziedziczysz po nich dom swoich dziadków.

– Mam tu dom?!

– Tak, ale od co najmniej ośmiu lat stoi pusty.

Odszukał w skrzynce opieczętowaną kopertę z kluczem i zapisał adres na kartce.

– A gdybym chciała pokłonić się cieniom moich przodków?

– Już sprawdzam.

Zdjął z półki księgę cmentarną i wynotował numer grobu. Podziękowała i wyszliśmy do ogrodów.

– Wszystko jest zapisane. – Kręciła głową z niedowierzaniem. – Niesamowite. Taki porządek. I ta świątynia. Piękna, wielka i pełni tyle różnych funkcji.

– Nie wiesz jeszcze o jednej. – Wskazałem jej nieodległy budynek. – To Dom Noży.

– Czyli tam znajduje się arsenał świątyni? Czy może kuźnia?

– Nie. W tym budynku uczeni kapłani leczą chorych. Nazwa wzięła się stąd, że w razie potrzeby otwierają ciała i dokonują operacji. Leczą naszych i pierwobylców, czasem nawet koczownicy zza gór przywiozą kogoś chorego, gdy ich szamani dojdą do wniosku, że nie potrafią pomóc. Sporządza się tam także leki, maści i środki uśmierzające ból.

Kiwnęła głową, przyjmując moje wyjaśnienia. Wyszliśmy ze świątyni. Ulica powitała nas dusznym upałem. Miałem wrażenie, jakbym zanurzał się w gęstej zupie.

– Ta kapłanka, która nas przyjęła, jest bardzo młoda – zauważyła Tyra.

– Ana ma szesnaście lat. No, prawie siedemnaście. Rok mniej niż ja. Jest kapłanką najniższego szczebla, więc nie może jeszcze składać ofiar ani odprawiać nabożeństw.

– Pełni ważną funkcję, ale rozmawiała z tobą bardzo przyjacielsko.

– Znamy się od dziecka, jest też córką naszego nieżyjącego sąsiada, a najwyższy kapłan to jej dziadek. Chodziliśmy razem do szkoły, a w świątyni nieraz pisałem dyktowane przez nią święte teksty. Przyjaźnimy się.

– Wybacz, nie moja sprawa, ale wyczułam, jakby...

– Spodobała mi się przed laty, czuliśmy pokrewieństwo dusz, lubiliśmy swoje towarzystwo. To taka przyjaźń, która mogła zmienić się w obustronne uczucie, lecz ona wybrała służbę bogom. Kapłani, gdy poświęcają się swym obowiązkom, zaczynają nowe życie. Odrzucają wszelkie tytuły i zaszczyty. Dalej o niej myślę, ale raczej nic z tego nie będzie.

– Raczej? – zdziwiła się.

– Kapłanka zaczyna posługę w wieku lat dwunastu. Gdy ukończy osiemnaście lat, może zdecydować się na obrzęd wtajemniczenia i wtedy zostaje kapłanką na zawsze. Zyskuje prawo składania wszelkich ofiar, prowadzenia modlitw, nadawania dzieciom świętych imion, ale może też wybrać inaczej, to znaczy porzucić służbę w świątyni i wyjść za mąż. Ona tego chyba nie zrobi. To jest jej życie, jej spełnienie. Już w szkole wiedziała, że jest przeznaczona bogom. Otrzymała znak. Gdy była małą dziewczynką, wyszła nocą do ogrodu. Była wczesna wiosna, na wzgórzach leżał jeszcze śnieg. Drzewa spały. Jabłonka zasadzona przez jej prababkę uschła i jeszcze jesienią przeznaczono ją do wycięcia. Dotknęła pnia. Rankiem zauważono jej zabłocone stopy i znaleziono ślady na ziemi koło pnia. Nie zmarzła, nie dostała nawet kataru, a kilka dni później uschnięte rzekomo drzewo tak jak inne pokryło się kwiatami. Uznano, że to znak. Moc Pani Plonów przepłynęła przez jej dłonie.

– Uczyniła jeszcze jakieś cuda?

– Nic mi o tym nie wiadomo. Nasi bogowie przeważnie milczą, zostawiając nam swobodę czynów, a sobie ich ocenę. Większość wyznawców przeżyje całe życie i nie otrzyma żadnego znaku ich obecności.

– Rozumiem. Lubisz ją i nie tracisz nadziei. Czekasz.

– Czekam. Gdy podejmie ostateczną decyzję, pomyślę, co dalej.

Zamyśliłem się głęboko. Jeszcze grubo ponad rok. Ana ostatecznie wybierze swoją drogę. A ja? Co zrobię wówczas? Spojrzałem na Tyrę drepczącą teraz kilka kroków przede mną. Sukienka podkreśliła jej figurę. Szeroka w biodrach, mimo młodego wieku miała ładnie zarysowane piersi, pośladki też niczego sobie. Opuściłem wzrok.

W pokoleniu mojego brata jest niewiele dziewcząt – pomyślałem. – To jeszcze dziecko, ale niebawem wyrośnie z niej piękna kobieta. Domieszka północnej krwi także doda jej uroku. Zdrowa, silna. Urodzi pięcioro, może sześcioro dzieci. Ładna parka by z nich była. Czy będzie? To dobry chłopak. Porządny, pracowity i poukładany, lecz takich rzeczy nie da się zaplanować. Może dziewczyna znajdzie sobie kogoś innego? Może i jemu się poszczęści. A ja? Co będzie ze mną?

Mefa i Ast czekali na schodach.

– I jak ci się podobała świątynia? – zapytała kuzynka.

– Jest niezwykła. I piękna.

– Każdy przyczynia się do tego – powiedział brat. – Jedni kują napisy, inni rzeźbią, haftują lub układają mozaiki. Każde pokolenie dokłada coś od siebie.

Przypomniałem sobie praktyki u świątynnego snycerza. Zapach kleju, płatki złota, bejc i politury...

– Mam jeszcze jedno pytanie – z zamyślenia wyrwał mnie głos Tyry. – Przepraszam, może głupie.

– Pytaj. – Brat mnie uprzedził.

– Kapłani nie mogą mieć żon. Ani kochanek.

– Owszem, muszą żyć w bezwzględnej czystości, a jak który czuje, że nie da rady, idzie do medyków z Domu

Noży i robią mu taką drobną operację. Potem nie ma już innego wyjścia, jak żyć cnotliwie – wyjaśniła Mefa, lekko się czerwieniąc.

– Aha, ale Ana jest kapłanką i zarazem wspomnieliście, że wnuczką arcykapłana.

– Jej dziadek w młodości szkolił się na kapłana – zacząłem wyjaśniać. – Gdy ukończył osiemnaście lat, zadecydował, że odejdzie ze świątyni i założy rodzinę. Jednak po kilku latach jego żona umarła. Rozważył swoje życie i uznał, że najlepiej uczci jej pamięć, nie biorąc sobie innej kobiety, lecz poświęcając się służbie bogom. Wolno tak czynić. A że był bardzo mądry, powierzano mu coraz to ważniejsze funkcje.

– Rozumiem.

– Do obiadu jeszcze sporo czasu. Chodźmy obejrzeć twój dom.

Odszukaliśmy budynek. Nie był duży. Stanęliśmy przed bramą, na której łuszczyła się farba. Okienka wychodzące na ulicę były niewielkie i tak zarośnięte pajęczyną, że nie dało się zajrzeć do środka. Obawiałem się, że zamek mógł zardzewieć, ale klucz udało się przekręcić, choć z pewnym oporem.

Z ulicy wchodziło się do sieni. Po lewej znaleźliśmy kuchnię, drzwi na wprost prowadziły na patio, wokół którego znajdowały się nieduże pokoje. Tylną ścianę stanowiła skała. Tynk popękał tu i ówdzie, poszarzał. Na ceglanych posadzkach leżała warstwa kurzu, na belkach rozpinały się festony pajęczyn. Dach przeciekał w kilku miejscach.

– Co to takiego? – Tyra przyjrzała się miedzianej miseczce wypełnionej resztkami popiołu.

– Tak oczyszczano wnętrza po śmierci zarażonych – wyjaśniła Mefa. – Węgle, a na nie siarka, a jak się dobrze rozpaliło, dolewano jeszcze trochę octu.

Pociągnąłem odruchowo nosem. W powietrzu czuć było zapach pleśni, gnijącego drewna i stęchlizny. Od wielu lat nikt nie palił w piecu, zimą nikt nie zrzucał śniegu z dachu.

– Nie ma żadnych tkanin, a na łóżkach brak materaców i pościeli – zdziwiła się Tyra.

– Spalono je, gdy zaraza ustąpiła – tłumaczyłem. – Tak robiono w domach, których wszyscy mieszkańcy umarli. Ubrania także szły do ognia. Zauważono, że choroba potrafi przenieść się przez takie rzeczy.

– Myślisz, że pozostałych rzeczy mogę używać bezpiecznie? – Spojrzała tęsknie na regał wypełniony książkami.

– Wedle naszej wiedzy, tak.

Westchnęła.

– Nigdy nie mieszkałam sama – szepnęła. – Tylko wtedy, gdy szłam na południe wzdłuż brzegu morza.

– Raczej nikt cię tu nie napadnie. Drzwi i okiennice są mocne, a sąsiedzi to dobrzy ludzie.

– Wiem, ale mimo wszystko czuję się niepewnie.

– To zamknijmy na razie dom na cztery spusty i wracaj do nas. Podrośniesz, to sobie tu zamieszkasz – zaproponowałem.

– Idzie zima – zauważyła. – Będę dla was ciężarem.

– Nie będziesz – ucięła Mefa. – Umiesz i lubisz pracować. Znajdzie się dla ciebie dach nad głową, łóżko w ciepłej sypialni, pełna miska i zajęcie.

Ruszyliśmy w stronę domu. Wielkie czarne ptaszysko nadleciało i usiadło na ramieniu Asta.

– To mój kruk, ma na imię Zev – objaśnił Tyrze. – Jest bardzo mądry. Chcę go wytresować tak, aby przenosił listy. Na przykład od nas do ojca na Kozią Wyspę. Albo na przykład gdybyśmy chcieli dać znać twoim krewnym, że u ciebie wszystko w porządku, żeby poleciał nad jeziora.

– Macie przecież gołębią pocztę – zdziwiła się.

– Gołębie są głupie. Zabiera się samczyka od samiczki, wiezie daleko, wypuszcza i on do niej wraca. Nie powiem, ma to swoje dobre strony, bo leci niezwykle szybko i pokonuje ogromne odległości, ale tylko z punktu, gdzie się znalazł, do gniazda. Ojciec może zabrać na wyspę gołębia i wysłać z listem do Tess, lecz my, żeby odpowiedzieć, musielibyśmy mieć gołębia, który założył na wyspie gniazdo.

– Rozumiem. – Mała kiwnęła głową.

– Chciałbym, żeby kruk nauczył się latać na rozkaz, potrafił odnaleźć naszego ojca, oddał mu list i przyniósł odpowiedź.

– Myślisz, że to możliwe? – spytała z powątpiewaniem.

– Zna członków rodziny po imieniu. Jeśli każę mu lecieć do kuzynki Mefy, potrafi ją znaleźć nawet na bazarze. Latał do naszej ciotki do portu, jak kupowała ryby.

– Czyli w obrębie miasta udaje mu się w miarę szybko odnaleźć konkretną osobę – podsumowałem.

– Zacząłem go uczyć w zeszłym roku. Kruki podobno mogą żyć nawet dwieście lat.

– Za dwieście lat będzie rewelacyjnie wyszkolony, a wasi potomkowie będą mieli z niego prawdziwą pociechę – uśmiechnęła się Tyra. – A nie lepiej wytresować psa, żeby nosił listy?

– Pies biegnie po ziemi i szybko się męczy. Ptak w jeden dzień przebywa ogromne odległości, nie zatrzymają go rzeki ani skaliste góry.

Zostaliśmy z Mefą trochę z tyłu.

– Jesteś smutny, jak zwykle po spotkaniu z Aną – powiedziała kuzynka. – Rozumiem cię.

– Sama musi zadecydować. Poczekam. Nie to mnie jednak martwi. Mam głupie wrażenie, jakbym żegnał się z miastem i moim domem – szepnąłem. – Czuję dziwne napięcie.

– Pewnie dlatego, że niebawem musisz ponownie wyruszyć do ojca – zawyrokowała.

– Nie, to chyba nie to.

– A ja ostatnio śnię o zimie. Śnieg leżący na dachach, ogień trzaskający w kominkach. Cały świat zasypiający na wiele tygodni. Mówią, że zima będzie długa i mroźna. A my będziemy przędli wełnę w ciepłym warsztacie. Kogoś posadzimy w kącie, by czytał nam na głos przy pracy. A do roboty u nas przyjdzie kilka córek sąsiadów. Może wtedy... No wiesz...

Uśmiechnąłem się.

– Może wiem, ale nie. Jeszcze poczekam.

*

Wiatr od lądu lekko wydymał żagiel. Kołysało nami tylko trochę. Szybko dotarliśmy do cieśniny. Chwilę później dogoniła nas druga łódź.

– Rzucić kotwicę – rozkazał arcykapłan.

Rozległ się plusk i hurgot rozwijanych łańcuchów. Przed sobą mieliśmy otwarte morze, a za plecami Tess. Pomogłem zwinąć żagle.

– Dobre położenie do obrony – mruknął jeden z młodszych kapłanów. – Przodkowie wybrali świetne miejsce.

Podał mi lunetę. Mury dzielnicy portowej, nad nimi dachy kilkuset domów. Powyżej mur oporowy i nasza dzielnica. Białe ściany świątyni poszarzały. Jeszcze wyżej trzy tarasy, na których straszyły ruiny opuszczonych domów. A na horyzoncie rozległe pasmo górskie. Miasto z tej perspektywy przypominało trochę stosik złożony z pięciu książek. Piękna metropolia, ale jak wspaniale musiała wyglądać u szczytu potęgi? Opuściłem lunetę. Ktoś dotknął mojego ramienia. Arcykapłan.

– Przypatrz się uważnie – powiedział, wskazując skały po lewej stronie cieśniny. – Czy dostrzegasz niewielkie okienko wykute w granicie? Podłużne jak strzelnica.

– Tak, wasza czcigodność.

– Teraz spójrz w drugą stronę.

– Tam jest drugie podobne. To były jakieś strażnice?

– Tak. Zbadaliśmy je przed kilku laty. Wyglądają identycznie. Pokoik dla obserwatora, obok większe pomieszczenie. Osadzone w skale żelazne osie, wyposażone w koła zębate, a pod nimi studnie zalane wodą. Resztki mechanizmów pozwoliły sporo wydedukować. Przypuszczam, że w tym miejscu na dnie zatoki leżał gruby żelazny łańcuch. W razie zagrożenia załogi kręciły korbami, napinając go pod wodą. Dzięki temu żaden statek nie mógł wejść do portu ani go opuścić. To, rzecz jasna, tylko hipoteza, którą chciałbym sprawdzić.

– Jak tu jest głęboko?

– Około trzydziestu łokci – odparł. – To dużo. Używaliśmy dzwonu wcześniej, w porcie, ale tam jest płycej.

Kłopot w tym, że gdy wysyła się ludzi pod wodę, trzeba zachować ogromną ostrożność. Tam, gdzie jest płytko, nie ma kłopotu. Spuszcza się człowieka i wyciąga, ale księgi ostrzegają, że gdyby kogoś opuścić na sześćdziesiąt i więcej łokci, może zapaść na chorobę, która nie ma jeszcze nazwy. Zaś osiemdziesiąt i więcej łokci to już pewna śmierć. Tu nie jest zbyt głęboko.

– Trzydzieści cztery i pół łokcia – zameldował kapłan sondujący dno.

– Zejdziesz tylko raz. Jeśli się nie uda, opuścimy jeszcze Leffa. – Wskazał jednego z kapłanów. – Życie i zdrowie są ważniejsze niż chęć zdobycia wiedzy czy skarbów.

– Mam się zatem, wasza czcigodność, opuścić na dno i poszukać leżącego tam łańcucha albo tego, co z niego pozostało.

– Tak. Oczywiście kiedy już będziesz pod wodą, rozejrzyj się, co jeszcze ciekawego kryje dno morza. To podejście do portu, niewykluczone, że spoczywają tu szczątki okrętów. Nie mówię, że wypełnione skarbami sprzed setek lat, ale może będzie wśród nich coś wartego umieszczenia w naszym świątynnym gabinecie osobliwości.

– Rozumiem.

– Dzwon nurkowy jest szczelny, jednak pod wpływem oddychania powietrze szybko się psuje – ostrzegł arcykapłan. – Gdy opuścimy cię na dno, ktoś będzie czuwał z uchem przyłożonym do łańcucha. Gdybyś poczuł, że ci duszno, albo gdyby coś cię zaniepokoiło, postukaj w dzwon, a wyciągniemy cię. Jedno stuknięcie będzie oznaczało, że wszystko jest w porządku, a trzy, żeby wyciągać. Niezależnie od wszystkiego nie próbuj sam płynąć ku powierzchni. Za głęboko, nie dasz rady. Czy wszystko zrozumiałeś?

– Tak, wasza czcigodność.

– Niech bogini Nefem ci sprzyja – pobłogosławił mnie.

Założyłem grube buty i karwasze obciążone ołowiem. Na twarz otrzymałem maskę z cienkiej impregnowanej skóry. Odsłaniała usta, ale miała wprawione dwie szybki. Naciągnęli mi ją tak, by dobrze przywarła do głowy, a z tyłu ciasno zasznurowali. W tym czasie łodzie połączono już cumami i trapami. Bom przekręcono w bok i przymocowano linką do masztu sąsiedniej łodzi. Pośrodku został umieszczony bloczek. Dzwon wytoczono na trapy, naszykowano liny.

– Gotów? – zapytał pan Nash.

– Tak.

Urządzenie, w którym miałem się opuścić, wykonano z dużej smołowanej beczki bez dna, dobrze obciążonej ołowiem. W drewno wprawiono kilka niedużych okienek. Zsunąłem się w wodę i ukryłem pod dzwonem, usiadłem na ławeczce. Zahurkotał łańcuch. Przez szybki nie widziałem wiele, otaczał mnie błękitnozielonkawy przestwór. Spodziewałem się widoku ryb, lecz nie było ich tu prawie wcale.

Poczułem rosnący ucisk w uszach, robiło się coraz ciemniej. Wreszcie konstrukcja osiadła na dnie. Popatrzyłem przez okienka. Po lewej majaczyło coś dziwnego. Mur, a może kawałek zatopionego wraku pokryty mułem. Obwiązałem się w pasie długą linką. Drugi koniec przywiązałem do uszka wewnątrz. Zeskoczyłem do wody. Sięgnęła mi do pasa. Nogi do pół łydki utkwiły w mule.

Pochyliłem się, zanurzając twarz, i wysunąłem poza bezpieczną bańkę. Wokoło miałem falujący lekko żywioł. Na tę głębokość docierało mało światła, odniosłem wrażenie, jakby zapadał zmierzch. Widziałem niezbyt wiele, jak podczas deszczu lub śnieżnej zadymki.

Cofnąłem się, nabrałem duży haust powietrza i ruszyłem do przodu. Dziwna masa majacząca po lewej okazała się po prostu głazem. Kawałek dalej na kamieniach leżało coś podłużnego, ale nie był to łańcuch, a jedynie stara belka. Dzięki linie kotwicznej mogłem zorientować się w kierunkach świata. Doszedłem na całą długość linki i znów musiałem wrócić, by nabrać oddechu. Tym razem poszedłem w drugą stronę. Znalazłem kolejną kotwicę. Tu mułu było więcej, zapadałem się do kolan, każdy krok mącił wodę. Jeśli leżał tu jakiś łańcuch, z pewnością pokryła go warstwa szlamu. Powróciłem i dłuższą chwilę oddychałem spokojnie, nim zdecydowałem się na następny wypad. Tym razem trafiłem na sterczący z mułu kamienisty pagórek. Głazy obrośnięte były skorupami małży. Wypatrzyłem jednak na piasku obok kilka potrzaskanych szklanych flaszy. Podniosłem tę, która wydawała mi się cała, ale i tak nie miała denka. Zabrałem ją ze sobą, głównie po to, by nie wracać z pustymi rękami.

W dzwonie stuknąłem raz, aby uspokoić czekających na powierzchni. Powietrze było dość ciężkie, zrobiłem jeszcze jeden mały wypad. Tym razem jedyną rzeczą godną zabrania okazała się połówka talerza, obrośnięta pąklami. Wróciłem, siadłem na ławeczce i zastukałem w blachę. Dzwon oderwał się od dna i poszybował do góry.

OTACZAŁ MNIE BŁĘKITNOZIELONKAWY PRZESTWÓR...

Długo leżałem na pokładzie i łapałem powietrze głębokimi haustami. Szumiało mi w uszach. W nosie czułem dziwny zapach, a w ustach jakby posmak krwi.

– Jak się czujesz, przyjacielu? – zapytał z troską arcykapłan.

– Szumi mi w uszach, wasza czcigodność. I trochę jestem oszołomiony.

– Sfery podwodne to nie jest nasz świat – zadumał się pan Nash. – Choć niewątpliwie warte są zbadania. To jedna z pokus, którymi doświadczają nas bogowie.

Młodszy kapłan założył maskę i zajął moje miejsce w dzwonie. Opuścili go na dno. Był chyba silniejszy ode mnie, a może odważniejszy, bo siedział pod wodą znacznie dłużej. Gdy wreszcie wydobyto urządzenie, mężczyzna był lekko siny na twarzy, a czoło pokrywały mu grube krople potu. Również nie znalazł nic godnego wydobycia z głębin. Załoga zabrała się za demontowanie dzwonu. Arcykapłan wypytał nas szczegółowo o to, co widzieliśmy na dnie, i zanotował nasze wypowiedzi. Wyglądał na nieco rozczarowanego.

– Sam nie wiem, na co liczyłem – stwierdził w zadumie. – Po tylu wiekach na dnie żelazny łańcuch z pewnością rozpadł się w proch. Przez osiemset lat morska woda przeżre wszystko, może z wyjątkiem szkła i złota.

Podmuchy od strony morza rozkołysały taflę zatoki. Najwyższa pora wracać.

*

Przez kolejne dni nie działo się nic godnego uwagi. Prawie nie widywałem Tyry. Z bratem, wujkiem oraz kuzynami naprawialiśmy dom i pozostałe budynki przed zimą.

Demontowaliśmy dachówki, zastępowaliśmy uszkodzone całymi, poprawialiśmy deskowanie. Na strychach stoczyliśmy walkę ze szczurami, a w wielu miejscach pokryliśmy stropy nową polepą. Mała dzikuska poranki spędzała, przędąc tkaniny wraz z dziewczętami. Po południu zabierała jedną z moich kuzynek i znikała na jakiś czas. Wieczorami przy kolacji podziwialiśmy coraz to nowe, mniej lub bardziej wymyślne fryzury, niekoniecznie naturalnego koloru. Babcia obserwowała to z życzliwą pobłażliwością.

– Niech się mała uczy, a włosy im przecież kiedyś odrosną – powiedziała pewnego razu, gdy Tiffia wróciła, mając na głowie setki intensywnie fioletowych loczków.

Na jarmarku z okazji święta cechowego sprzedaliśmy sporo koców. Tyra dostała pierwszą wypłatę i kupiła sobie eleganckie czerwone buciki, zapinane na małe kościane guziczki. Ast nie zaniedbywał sprawy, nieraz widziałem, jak wieczorami siedzieli razem, a czasem większą grupką, dyskutując o przeczytanych książkach. Podrzuciłem im kilka zwojów wyproszonych w świątyni. Starsze kuzynki Alva, Selta i Vidia bez oporów przyjęły ją do swego grona. Tyra pod ich kierunkiem usilnie pracowała nad językiem. Prawie nie robiła błędów, mówiła niemal tak dobrze, jakby urodziła się i ukończyła szkołę w Tess, ale mimo jej starań obcy akcent ciągle brał górę, a niekiedy mimowolnie wyrywało jej się jakieś gwarowe określenie.

Lato powoli dobiegało końca. Ciężka praca całego klanu dała efekty. Spiżarnia napełniała się zapasami, a i w spichlerzu regularnie pojawiały się nowe worki.

Tego wieczoru kolację zjedliśmy nieco wcześniej. Niebo zachmurzyło się i wkrótce po zachodzie słońca zaczął padać deszcz. Wszyscy udali się na spoczynek. Ja też, zmordowany po całym dniu harówki, szybko zasnąłem.

Ciche skrzypienie drzwi wyrwało mnie ze snu. Otworzyłem oczy, próbując przebić wzrokiem ciemność. Przy wejściu coś bielało. Duch? Nie, drobna dziewczyna w białej tunice.

– To ja! – usłyszałem szept Tyry.

– Co się stało? – Brat też się obudził.

– Nie wiem. Mefa gdzieś poszła i jeszcze nie wróciła.

– Może do wychodka, albo ma wyznaczony obchód – odrzekłem. – Deszcz pada, może chce sprawdzić, czy nowe dachy nie przepuszczają wody. Dawno?

– Nie jestem pewna. Obudziłam się, gdy wychodziła, zasnęłam, zbudziłam się ponownie. Minęło chyba sporo czasu, a jej nadal nie ma.

– Leć po wujka! – rozkazałem bratu.

Odchyliłem zasłonkę i próbowałem coś zobaczyć w ciemnościach zalegających na dziedzińcu. Widziałem tylko jeden jaśniejszy punkt, lampkę płonącą przed posągiem bogini. Gdzieś po drugiej stronie podwórza coś stuknęło.

– Najlepiej tu zostań – rzuciłem do dzikuski. – Pójdę sprawdzić.

– Idę z tobą!

– Dobrze. – Wręczyłem jej jeden z czekanów stojących przy drzwiach. – Zarzuć na siebie płaszcz Asta, bo w tej tunice widać cię, jakby ktoś zapalił świeczkę.

Wymknęliśmy się z pokoju bezgłośnie niczym duchy. Na dziedzińcu panowała cisza i spokój. Starałem się iść na palcach. Tyra poruszała się bezszelestnie. Sprawdziłem sień i bramę. Była zamknięta, belki leżały na swoim miejscu. Przeszedłem wzdłuż magazynów. Mefy nigdzie ani widu, ani słychu. Drzwi umywalni były lekko uchylone. Przyczaiłem się przy framudze i dłuższą chwilę wytężałem słuch. Coś skrzypnęło wewnątrz, jakby obcas na kamiennej płycie posadzki. Ktoś tam był. I to raczej nie zaginiona. Ona nie miałaby żadnego powodu zachowywać się tak cicho. A przede wszystkim zapaliłaby kaganek albo świeczkę. Spojrzałem na drzwi. Wiedziałem, że jeśli je pchnę, zaskrzypią. Dzikuska przywarła do muru obok mnie.

– Przymknij oczy – szepnąłem jej do ucha.

Wyjąłem z sakwy świecę magnezjową, potarłem nią o mur. Koniec zaczął się żarzyć. Dmuchnąłem, by przyspieszyć proces, i pospiesznie cisnąłem ją przez szparę. Płomyk przedarł się do pierwszej warstwy i zalał pomieszczenie potokami jaskrawego białego światła. Zmrużyłem powieki i wskoczyłem do środka, unosząc jednocześnie czekan. Włamywacz, choć zaskoczony i oślepiony, spostrzegł mnie jednak. Usiłował zadać mi cios kordem, lecz nie zdążył. Uderzyłem z całej siły. Trafiłem go w sam środek czoła. Czaszka tylko chrupnęła. Runął na twarz, martwy lub ogłuszony, bezwładnie jak worek szmat. Tyra przyskoczyła do Mefy leżącej w kącie.

– Oddycha! – szepnęła. – Ogłuszyli ją i związali!

– Zajmij się nią!

Pięty złodzieja przez chwilę wystukiwały staccato na podłodze, a potem znieruchomiały. Na paskudnej gębie zastygł wyraz zdziwienia. Popatrzyłem na owłosione łapska pokryte tatuażami. Pierwobylec, wielki jak szafa. Zabiłby mnie jednym ciosem. Zatrzasnąłem drzwi.

Podniosłem świecę za bezpieczny koniec. W upiornym blasku widać było każdy szczegół. Sprawdziłem pospiesznie składzik obok i pomieszczenie z wychodkami. Nikt się tu nie ukrywał, ale w podłodze ziała spora dziura.

Tędy musieli dostać się do środka – uświadomiłem sobie. – Rozebrali ścianę kanału i wydrążyli podkop, a następnie rozbili posadzkę od spodu. Tędy też będą uciekali. Świeca zaczęła parzyć mi palce. Cofnąłem się do umywalni i rzuciłem ją w kąt. Spojrzałem na Tyrę klęczącą przy Mefie.

– Ma ogromnego guza, włosy pozlepiane krwią i jest nieprzytomna, ale oddycha równo – raportowała dzikuska. – Rozcięłam sznury.

– Wlazła tu chyba cała grupa włamywaczy. Są gdzieś tam. Gdy zapaliłem świecę, zapewne to spostrzegli. Wiedzą, że są odcięci od podkopu.

– Rozumiem! Twój wujek?

– Dorosłych mężczyzn jest teraz w domu tylko trzech. Nie słychać odgłosów walki.

Zagryzłem wargi. Kazałem Astowi obudzić wuja. A jeśli włamywacze go złapali i zamordowali? Popatrzyłem na trupa. Chłop jak dąb. Ilu jemu podobnych jest w środku?

– Co robimy?

– Mam plan. Pomóż.

Ostrożnie przenieśliśmy Mefę do składziku. Pospiesznie ściągnąłem z trupa płaszcz. Narzuciłem na ramiona, osłoniłem twarz kapturem. Uchyliłem drzwi. W ciemności nie było nic widać. Machnąłem szybko ręką, wykonując gest, jakbym rozpaczliwie przywoływał towarzyszy, i schowałem się do wnętrza.

Usłyszałem tupot nóg na dziedzińcu, a po chwili łomot padającego ciała. Ktoś szarpnął za klamkę i jeden z włamywaczy wpadł do umywalni. Ten był drobniejszy, chyba w moim wieku. Blask świecy oślepił go na moment. Tyra kopnęła go i zatrzasnęła drzwi, a ja zdzieliłem czekanem. Celowałem w głowę, lecz dostał w ramię. Coś chrupnęło, bark albo obojczyk. Okręciło go wokół własnej osi. Osunął się na kolana, podpierając się zdrową ręką. Ból musiał go oszołomić. Dzikuska wykorzystała to i uderzyła go czekanem w kark. Bez jęku upadł na podłogę. Znów ktoś biegł. Pchnąłem zasuwę w ostatniej sekundzie. Szarpnięcie było tak potężne, że ze szpar drewna uleciało próchno. Rozległo się kilka uderzeń, ale drzwi były mocne. Z podwórza dobiegł nas łomot jakby upadającego worka kartofli, dziki wrzask, który nagle urwał się na najwyższej nucie. Kolejny łomot. Wsłuchałem się w ciszę panującą na dziedzińcu.

– Jak myślisz, co się dzieje? – szepnęła Tyra.

– Wujek działa. Złodzieje nie wiedzieli, co się tu wydarzyło, widzieli tylko poblask w oknach. Gdy załatwiłem jednego z nich, pobiegli sprawdzić, co się stało. Dwóch pewnie zabito na dziedzińcu. Jeśli są jeszcze jacyś, wiedzą, że ktoś ich odciął od podkopu, ale nie wiedzą kto. Nie mają też pojęcia, dlaczego nie wszczynam alarmu.

– A dlaczego nie wszczynasz?

– Czekam, co zrobi wuj. Boję się zepsuć mu plan.

Świeca dogasała i robiło się ciemno. Tyra odnalazła kaganek, odpaliła i poszła do Mefy.

– Oddycha – zakomunikowała.

– Chwała bogini Nefem.

– Dlaczego ją ogłuszyli i związali, ale nie zabili?

Nie zdążyłem odpowiedzieć. Z zewnątrz dobiegł dziki skowyt i jakieś głosy, chyba błagania zakończone odgłosem uderzenia.

– Dave? – usłyszałem pod drzwiami głos wuja.

– Żyjemy, wszystko gra. Mefa dostała w głowę, jest nieprzytomna, potrzeba medyka!

– Już jest bezpiecznie. Możecie wyłazić.

– Złodzieje?

– Wszyscy zabici.

Na dziedzińcu płonęło kilkanaście pochodni. Trupy siedmiu rabusiów ułożono przy bramie. Jednego udało się wziąć żywcem. Ciotki zaraz zajęły się moją kuzynką. Dwóch krewniaków obejrzało i zabezpieczyło podkop.

Wuj objął mnie i Tyrę żelaznym uściskiem.

– Świetna robota, dzieciaki! Gdyby nie wy, okradliby nas do czysta, albo i jeszcze gorzej. Niedobrze tylko, że strzelaliśmy z ukrycia. Mężczyzna powinien walczyć twarzą w twarz, ale broniliśmy domu, kobiet i dzieci.

Minęło kilkanaście czori i rozległo się stukanie do bramy. Pan Nash przybył ze swoimi ludźmi. Oglądał po kolei trupy, oświetlając twarze latarnią. Wszyscy ubrani byli identycznie i na czarno. Mieli wysokie sznurowane buty, obcisłe spodnie i kaftany, nawet twarze uczernili.

– Nie mają tatuaży naszego ludu. Są albo z dolnego miasta, albo gdzieś z daleka. Choć tego akurat chyba znam z widzenia – mruknął.

Chłopak trochę młodszy ode mnie leżał związany w kij i zakneblowany. Nash rozciął sznury, jeden z jego ludzi zatrzasnął okowy na przegubach i kostkach nóg złodziejaszka. Jeniec jęczał, miał strzaskany łokieć.

– Zabierzemy gagatka do świątynnego lochu. Bardzo jestem ciekaw, które włamania i napady to robota jego bandy. A potem sąd i... – Przesunął dłonią po gardle. – Raczej nie przewiduję innego wyroku.

Jego ludzie obszukali trupy. Wygarnęli im z sakw i kieszeni pęki wytrychów, noże, łomy. U jednego za pazuchą tkwiło skórzane zawiniątko. Błysnęły drobne srebrne i złote monety.

– Za to mogliby pić po knajpach przez miesiąc, może dwa – westchnął Nash. – Pewnie liczyli u was na lepszy łup.

Chłopak doszedł do siebie, patrzył na nas spode łba. Poruszył też dłońmi, jak gdyby sprawdzając, w jaki sposób je unieruchomiono. Nawet z miejsca, gdzie stałem, widziałem tatuaż na jego nadgarstku. Minę miał, jakby chciał zakląć, ale milczał. Nash kucnął obok i wyciągnął mu knebel.

– No i sam widzisz, wpadłeś jak śliwka w gówno. I po co ci to było? Dlaczego nas napadliście? – zapytał.

Nie oczekiwaliśmy, że odpowie, ale się odezwał.

– Potrzebowałem pieniędzy. Moja rodzina bardzo zubożała, ród podupadł po zarazie. – Zacisnął usta w gniewną kreskę.

– Więc napaścią na cudzy dom chciałeś przywrócić swojemu klanowi utraconą wielkość? Rabując i mordując w naszej dzielnicy, a jakby tego było mało, to jeszcze do spółki z pierwobylcami? Wprowadziłeś obcych złoczyńców między nasz lud?

Chłopak milczał.

– Który to wasz napad?

– Ja pierwszy raz. – Zmieszał się wyraźnie. – To oni! Oni mnie zmusili, żebym... Szantażem zmusili. Bałem się ich.

Wiedziałem, że kłamie, i to nieudolnie.

– Gadaj zdrów! – prychnął Nash i kopnął go w żołądek. – Zabrać to ścierwo – polecił strażnikom. – I wezwijcie kata. Czeka nas pracowita noc. Trupy pozostałych na wózek, rano wywiesimy je na murach, żeby wszyscy pierwobylcy zobaczyli na własne oczy, czym grozi zaczepianie naszego ludu.

– Może trzeba ostrzec ludzi, by wystawiali na noc straże? – podsunęła Tyra.

– Do tej pory wydawało mi się to zbyteczne. Włamania w naszej dzielnicy należą do rzadkości. W dolnej części Tess, owszem, grasuje kilka podobnych szajek. No i dzięki wam od dziś jest o jedną mniej, ale większa ostrożność nie zawadzi. Ciekawe, dlaczego wybrali akurat was.

– Zwieźliśmy w tych dniach dużą ilość zboża – wyjaśniłem. – I sprzedaliśmy sporo tkanin. Coś się zarobiło.

– Skoro przyszli w siedmiu, i to nieźle uzbrojeni, to znaczy, że albo liczyli się z waszym oporem, albo chcieli ukraść worki lub bele materiału i potrzebowali większej liczby ludzi do dźwigania łupów. Skoro związali i ogłuszyli dziewczynę, może planowali ją porwać. – Twarz mu się ściągnęła złością.

– Podpiłowali skoble spichlerza, ale zabrakło im czasu, by je przeciąć, do tego próbowali się dobrać do skrzyni za kapliczką.

– Tam trzymacie pieniądze?

– Nie, stoi na wabia, właśnie dla takich jak oni. – Wuj wyszczerzył zęby w uśmiechu. – Drzwi wyłamali.

– Kto poza domownikami wiedział, że stoi tam coś takiego?

Wujek natychmiast spoważniał.

– Będę musiał się zastanowić.

– Postaraj się sporządzić listę. I chyba trzeba tę dziewczynę przewieźć do Domu Noży.

Mefa podtrzymywana przez jedną z ciotek szła przez podwórze. Na głowie miała opatrunek.

– Nic mi nie jest – zapewniła. – Tylko trochę jestem obita.

– Mdli cię albo coś? – zapytał pan Nash z niepokojem.

– Nie, tylko boli. Bardzo boli. Uderzył mnie pałką okręconą rzemieniem, ale kość cała.

– Połóżcie ją do łóżka i niech nie wstaje przez kilka dni. Urazy głowy bywają zdradliwe. Przyślemy medyka.

Nad miastem powoli wstawał świt.

5

Upłynął tydzień od nocnej napaści. Mefa spędziła kilka dni w łóżku, lecz na szczęście cios nie wywołał żadnych poważniejszych następstw. Życie toczyło się niespiesznie. Poszedłem w góry na fermę, przyciągnąłem wózek wełny. Wujek naprawiał stary folusz. Urządzenie pamiętało czasy mojego pradziadka i nie było używane od czterdziestu lat. Dobiegał końca kolejny pracowity dzień. Tyra siadła sobie na murku pod drzewem, założyła nogę na nogę, zzuła pantofelek i zręcznie obgryzła kawałek paznokcia. Babcia na ten widok złapała się za głowę.

– Dziecko, użyj nożyczek albo cążek.

– Przepraszam. Dobrze, proszę pani – pisnęła mała zawstydzona.

Ast przydreptał z miasta.

– W przyszłym tygodniu będą zawody – powiedział. – Główna konkurencja to strzelanie z lekkiej kuszy na sto łokci i z ciężkiej na dwieście.

– Ciężka kusza? – Nie zrozumiała.

– Lekka to taka, którą napina się rękami. Czasem ma drewniane łuczysko, czasem stalowe, ale cienkie. Ma mniejszy zasięg, mniejszą siłę. Za to szybciej się z niej strzela. Ciężką napina się korbą i można bełtem przebić blachę lub kolczugę.

– A, rozumiem. Macie masę broni w domu – zauważyła. – U pani Tilafi też widziałam niejedną.

– Wszyscy mają – wyjaśniła babcia.

– Dawno już miałam zapytać. U nas nad jeziorami, wiadomo: polujemy, czasem trzeba bronić stad przed wilkami, ale tu przecież spokojnie. Szykujecie się na pierwobylców czy jak?

– Była taka waśń pięć lat temu – tłumaczyłem. – Jeden z kuzynów ich księcia włamał się do świątyni. Myślał, że dekoracje są ze złota. Został zabity przez strażników podczas ucieczki. Całe dolne miasto się poderwało, żeby go pomścić. Tyle dobrze, że zdążyliśmy zatrzasnąć bramy, ale byli zabici i ranni po obu stronach. Nie wykluczamy, że coś takiego może się powtórzyć w przyszłości, a mają ponadpięciokrotną przewagę. Dlatego wszyscy chłopcy i większość dziewcząt umieją posługiwać się bronią.

– Organizuje się zawody, żeby sprawdzać, co potrafimy – dodał Ast. – I są świetne nagrody, więc każdy się stara. Zawody odbywają się w dwóch kategoriach: strzelanie z kuszy i łuku. Zapiszmy się razem, postrzelamy, będzie festyn. Zatańczymy może. – Spojrzał na chorą nogę i zacisnął usta.

– Mogłabym wystartować? – zaciekawiła się Tyra.

– Tak, ale musisz użyć naszej broni – odrzekłem. – Nie posługujemy się dmuchawkami. Wiesz co? Mogę pogadać z dowódcą arsenału, może pozwolą chociaż na prezentację umiejętności.

– Tu w jadalni wisi na ścianie łuk. Mogłabym go pożyczyć?

– Ależ bierz, dziecko, co tylko chcesz – uśmiechnęła się babcia. – Jeśli sobie życzysz, Ast dobierze ci także kuszę. Nie wiem, czy ten łuk jeszcze nadaje się do użytku, wisi tu od lat, ale kto wie? Mojemu synowi dobrze służył.

Kolejne dni płynęły spokojnym rytmem. Dzieciaki wyciągnęły z magazynu kupę rozmaitej broni i popołudnia spędzały na intensywnych treningach strzeleckich. Kruk brata siedział w klatce, bo za dużo pocisków latało w powietrzu.

Okrężną drogą dotarły do mnie wieści o śmierci schwytanego złodzieja. Na torturach wyznał wiele szczegółów, przede wszystkim komu sprzedawano kradzione towary. Niestety pierwobylcy odmówili ukarania pasera na podstawie zeznań tylko jednego człowieka. Rodzina przestępcy szła w zaparte – twierdzili, że nie mieli pojęcia, czym się zajmuje. Powieszono go na murach koło wschodniej bramy, jak kazał zwyczaj – nago, jako ostrzeżenie dla innych.

*

Wdrapałem się na mur świątyni. Z góry miałem świetny widok na plac turniejowy. I nikt nie zaczepiał mnie pytaniami, kiedy startuję i dlaczego nie startuję. Najpierw zaprezentowali się młodsi. Tyra radziła sobie z łukiem bardzo dobrze. Patrzyłem, jak strzela do tarcz, rzutków, wiklinowych kukieł.

Dziecko lasu – myślałem, trochę rozbawiony. – Od małego przyuczona była polować. Da mieszczuchom zdrowo popalić.

Brat dreptał wzdłuż liny, oparty na kuli, wyraźnie podekscytowany obecnością dziewczyny i zawodami. Mała doszła do czwartego etapu i odpadła tuż przed ustaleniem finałowej piątki. Dwie ostatnie konkurencje wyłoniły zwyciężczynię. Jeden z kapłanów wręczał upominki, drugi wieszał wieńce na szyjach. Dziewczęta zeszły z placu, przyszła pora na chłopców. Brat chyba chciał się popisać, z tej odległości nie widziałem wyrazu jego twarzy, ale mogłem ocenić, że zachowywał idealną postawę. Z łukiem szło mu gorzej, nadrobił to jednak punktami za strzelanie z kuszy. Odpadł na piątym etapie i chyba bardzo niewiele brakowało, by dorównał przyjaciółce.

– Dzieciaki dobrze sobie radzą – usłyszałem za plecami głos arcykapłana. – Ktokolwiek zechce z nami zadrzeć, musi liczyć się z twardym oporem. Obserwowałem tę waszą podopieczną. Chyba wpadła twojemu bratu w oko. Jak jego noga?

– Nadal wytrwale ćwiczy, ale postęp jest minimalny. Z pewnymi rzeczami trzeba się po prostu pogodzić.

– Przodkowie pewnie daliby radę mu pomóc – westchnął staruszek – ale jest, jak jest. Gdzie nam do ich wiedzy i umiejętności.

– Dwa razy łamali mu kości, by nastawiać je na nowo. Kapłani z Domu Noży ocenili, że trzecia operacja byłaby już zbyt ryzykowna. Utrzymują jednak, że jest szansa to rozćwiczyć.

Teraz strzelali starsi.

– Wracają wspomnienia – rzekł arcykapłan. – Gdy miałem tyle lat co ty, też organizowano turnieje sportowe. Tylko konkurencji było wiele. Zapasy, walka na pięści okręcone szmatami i na drewniane miecze. Do tego biegi, skoki w dal, jazda konno. Był rzut włócznią do tarczy i bieg po równoważni. Przez trzy dni trwały same eliminacje. Te dzieciaki to przyszłość naszego ludu i zarazem znak naszej klęski.

– Panie...

– Zarazy przetrzebiły nas straszliwie – mówił dalej. – Nie tak łatwo odbudować naród, gdy ogromna część dziewcząt i chłopaków nie dożyła nawet chwili, kiedy mogliby założyć rodziny. Szukałem cię, musimy porozmawiać. To, co teraz powiem, będzie trudne. Nie są to informacje tajne, rozmawiałem też z twoim wujem. Po prostu zastanów się dobrze, komu i ile przekażesz.

– Tak jest.

– Jak zapewne wiesz, niemal sto dwadzieścia lat temu podjęto decyzję o podziale naszego ludu. Zebrała się grupa młodszych synów, ludzi, którzy nie mogli liczyć na spadki, nie znajdowali dla siebie miejsca. W drogę ruszyli parobkowie pragnący stać się gospodarzami na swoim. Czeladnicy, którzy nie mieli szans zostać majstrami. Dziewczyny, które nie doczekały się posagu. Zbieranina ludzi biednych, którym miasto Dofais i otaczające je ziemie nie pozwalały rozwinąć skrzydeł. Wszyscy wyruszyli na wschód i po wielu miesiącach, a może i latach wędrówki dotarli tu, na wschodnie Pobrzeże.

– Znam tę historię, panie.

– Pamiętasz, co mówiłem, gdy przyniosłeś próbki popiołów z okolic domu Olejarza?

– Że nasze dni na Pobrzeżu są policzone.

– Tak. Z roku na rok jest nas coraz mniej. Ziemia jałowieje, przestaje nas żywić. Gdy tu osiedliśmy, uprawialiśmy pola, hodowaliśmy krowy, polowaliśmy na morskie potwory i łowiliśmy ryby. Przeanalizowałem zapiski o wyżywieniu personelu świątyni sporządzone na przestrzeni stu lat. Prowadzone są bardzo skrupulatnie. Masło, chleb, różne rodzaje mięsiwa, wszystko zapisujemy. Co z nich wynika? Dieta staje się monotonna. Coraz mniej chleba, coraz rzadziej masło z krowiego mleka. Coraz większy udział koźlęciny, baraniny i dziczyzny. Jemy dziś rzeczy, które dawniej służyły nam raczej za paszę dla zwierząt. Sytuacja, w której się zaleźliśmy, nie jest wesoła. Przy daleko posuniętej oszczędności i dzięki rozsądkowi żywności do wiosny nie powinno zabraknąć. Martwi mnie jednak wiele rzeczy, w tym ten nieszczęsny wulkan. Jeśli w czasie kwitnienia zbóż znów spadną popioły, zbiory będą liche.

Nie bardzo rozumiałem, do czego zmierza i czemu tak nagle zmienił temat. Choć starałem się niczego po sobie nie okazywać, odgadł chyba moje zniecierpliwienie.

– Przechodząc do rzeczy, nie utrzymamy się tu długo – powiedział cicho. – Może jeszcze dziesięć lat, może piętnaście. Rdza atakuje kolejne pola. Kurczą się tereny pod wypas stad. Polowania przetrzebiły dziką zwierzynę. Wieloryby od lat omijają nasze wybrzeże, chyba wyczuły, że się tu na nie poluje. Ludzie głodni albo jadający monotonne, mało wartościowe pożywienie są słabsi, a przez to mniej płodni i bardziej podatni na rozmaite choroby. Statystyki prowadzone przez kapłanów Domu Noży wskazują, że liczba zarażonych gruźlicą wzrasta. Przybyliśmy tu przed laty. Przynieśliśmy religię Przodków oraz okruchy ich wiedzy i kunszt rzemieślniczy. Miasto było wówczas bezludnym morzem ruin. Wybraliśmy domy i świątynię. Podźwignęliśmy z gruzów. Otworzyliśmy sklepy i warsztaty. Początkowo jarmarki organizowaliśmy kilka razy w roku, potem co tydzień, wreszcie przyszedł czas, gdy nasze kramy i sklepy były czynne każdego dnia. Pierwobylcy przyjęli nas nieufnie. Kupowaliśmy od ich księcia grunt, głównie nieużytki, których nikt nie chciał, które nie nadawały się nawet na pastwiska. Wydzieraliśmy z ziemi kamienie, nawoziliśmy mułem rzecznym i wodorostami, kopaliśmy kanały, by doprowadzić wodę. Sadziliśmy drzewa, szczepiliśmy. Podpatrywano nas, a my chętnie dzieliliśmy się wiedzą przyniesioną ze starego kraju. Z czasem niektórzy z tubylców zaczęli osiedlać się w mieście. Później kolejni. Dziś to jest ich miasto. Nasz lud stanowi już tylko jedną siódmą mieszkańców. Byli i tacy, którzy przyjęli naszą religię, widząc w niej kontynuację wiary naszych Przodków. A potem wszystko zaczęło się psuć. Przyszły kolejne zarazy, kwaśne popioły zniszczyły część gruntów, pojawiły się też choroby upraw. Nawet zimy są teraz dłuższe i mroźniejsze. Dziś dla pierwobylców staliśmy się intruzami. Zajmujemy tereny, które uważają za swoje dziedzictwo. Nie pamiętają już, że nasze pola to owoc ciężkiej pracy. Widzą tylko ziemię rodzącą plony i chcą, by rodziła je im, a nie nam. Do tego Węże, którzy zapuszczają się coraz dalej na północ, a ich zamiary pozostają zagadką. Nadgryźliśmy ją trochę.

Słuchałem w milczeniu.

– Myślę, że nasza kolonia skazana jest na zagładę. Postanowiłem wysłać misję. Ma się udać na zachodnie Pobrzeże. Poszedłbym sam, ale niestety... – Stuknął laską w posadzkę. – Nie dojdę, nie przetrzymam wielu dni siedzenia w siodle. Zdecydowałem, że wyruszy moja wnuczka, Ana. Jest kapłanką, a z pochodzenia także księżniczką naszego ludu, choć ród nie używa tytułu od pokoleń. Będzie nas godnie reprezentować.

– Taka podróż jest daleka i zapewne niebezpieczna – zauważyłem.

– Wiem. Przeanalizowałem mapy Przodków. Jeśli wszystko dobrze wyliczyłem, zajmie to od dwudziestu do trzydziestu dni. Spora część to tereny kompletnie nam nieznane. Postanowiłem, że dobiorę Anie niewielką grupę zaufanych towarzyszy. Stanąłem przed posągiem Kociogłowej, odprawiłem modły i rzuciłem kośćmi. Powiedziały, że iść ma tylko troje ludzi, ale każdy może dobrać towarzysza. Rzuciłem pięcioma kośćmi, żeby ustalić, o kogo może chodzić. Odczytałem numery z księgi życia. Bogowie wskazali między innymi ciebie. Chciałbym, żebyś pojechał jako członek tego poselstwa.

– To wielka odpowiedzialność – wykrztusiłem, kompletnie zaskoczony.

– I wielkie niebezpieczeństwo. Możesz odmówić.

– Mamy zatem wybadać, czy możliwy jest powrót na zachodnie Pobrzeże? – domyśliłem się, do czego zmierza.

– Tak.

– Nie bardzo wyobrażam sobie transport zboża czy choćby pędzenie stada krów na taką odległość.

– Po pierwsze, trzeba ustalić, czy zechcą nas tam przyjąć. Po drugie, czy mają taką możliwość. Od przeszło czterdziestu lat nikt od nich nie przybył do naszego miasta. Może i tam jest źle, ale tu na pewno zginiemy. Może istnieje szansa, by odwrócić los, gdy połączymy na powrót nasze dwa plemiona. – Urwał zadumany. – Może razem łatwiej będzie przetrwać zły czas. Potrzebujemy nowych ziem. Aby karczować lasy, budować, siać, orać, wypasać stada.

Milczeliśmy obaj. Wiedziałem, że czeka na odpowiedź.

– To długa wyprawa – powiedziałem wreszcie.

– Owszem, ale są szanse, że wrócicie przed zimą.

– Pójdę – zdecydowałem.

Westchnął cicho, a brwi ściągnęły mu się mimowolnie, jakby liczył na inną odpowiedź.

– Kapłani i kapłanki najniższego stopnia mogą odejść ze służby bogom i założyć rodziny. Pozostający w służbie, wraz z uzyskaniem wyższego stopnia, ślubują dożywotnią czystość. Złamanie tego ślubu zaburza porządek świata, co skutkuje nieszczęściami i katastrofami, gdyż gniew bogów za grzech kapłana spada też na lud. I tu widzę problem. Wiem o twoim afekcie do mojej wnuczki. Tymczasem z tysięcy mieszkańców Pobrzeża bogowie wskazali ciebie. Mówi się, że bogowie zawsze prowadzą nas właściwą drogą, a jeśli się na niej potykamy, to o własne nogi.

Westchnął ponownie, a jego spojrzenie długą chwilę błądziło wśród płaskorzeźb zdobiących ściany.

– Cnota kapłanki Any w żadnym wypadku nie będzie zagrożona – zapewniłem, domyśliwszy się, do czego zmierza.

– W to akurat nie wątpię. I to też mnie nie martwi. Masz swoje marzenia. Czeka was wiele dni na szlaku. Podróże zbliżają ludzi. Może gdy szczęśliwie wrócicie, moja wnuczka zdecyduje się odejść ze świątyni. Służba bogom to moje życie, moje przeznaczenie. A ona? Ma jeszcze czas, prawie dwa lata do namysłu. To nie jest łatwy wybór, nikt nie będzie jej popędzał ani przekonywał.

Arcykapłan znów zapatrzył się w ornamenty sali.

– Byłem bardzo młodym człowiekiem, gdy kapłanka Weta została uwiedziona i straciła cnotę tu, w naszej świątyni. Dokonała tego wieczorem. O północy obudził nas wstrząs ziemi. Był tak silny, że osunęły się zbocza wzgórz, popękały ściany domów Przodków. Ona zginęła wraz ze swoim kochankiem, przygniotła ich waląca się ściana. Ojciec Stworzyciel poważnie traktuje swoje zakazy. Złożyliśmy wtedy wszelkie możliwe ofiary. Odmawialiśmy modlitwy przebłagalne dzień i noc. Pierścienie pokuty pokrywały się krwią kilka razy dziennie. Błagaliśmy boginię Nefem i nauczycieli o wstawiennictwo wobec gniewu Ojca Stu Światów i może to pomogło. Przez kolejne dni nawiedzały nas trzęsienia ziemi, ale coraz słabsze i słabsze. Wedle zapisów w naszych księgach nie był to pierwszy podobny przypadek. Igranie z wolą bogów niesie wielkie ryzyko.

– Zdaję sobie z tego sprawę i powtórzę raz jeszcze... – podjąłem.

Uciszył mnie gestem.

– Nie o tym mówimy – rzekł i westchnął. – O ciebie się nie obawiam. O wnuczkę też nie, ale w podróży może być różnie. Każdy lud miewa czarne owce, ludzi, którzy odrzucają jego prawa i zwyczaje. Złodziejaszków, bandytów. Ruszacie w bardzo daleką podróż. Przejdziecie ziemie plemion, o których wiemy niewiele lub zgoła nic. Możecie paść ofiarą napaści. Złożę na twoje barki zadanie szczególne. Trudne, tak trudne, że ja bym mu pewnie nie podołał i nie wiem, czy ty podołasz. Gdyby stało się najgorsze, gdy sytuacja będzie całkowicie bez wyjścia, zabijesz Anę, aby uniknęła pohańbienia.

– Ale... – zacząłem i urwałem.

– Jesteś jej najlepszym przyjacielem. Jeśli zdarzy się, że trzeba będzie zadać jej śmierć, chcę, by to była twoja ręka. Dasz radę?

– Nie wiem. Nie sądzę.

Uśmiechnął się smutno.

– Takiej odpowiedzi się obawiałem. Miejmy nadzieję, że nie będziesz musiał tego sprawdzać.

– Mam wybrać sobie kogoś do towarzystwa?

– Tak.

– Zabrałbym wuja. To konkretny człowiek. Silny, mądry, umie polować, wiele potrafi.

– To bardzo dobry wybór. Niestety pod nieobecność twojego ojca jest głową rodziny. Musi pozostać w mieście.

– Brat by chętnie wyruszył na taką wyprawę, lecz to jeszcze dzieciak. Poza tym z niesprawną nogą może sobie nie poradzić. Pojedziemy wprawdzie konno, ale kto wie, czy nie będziemy musieli ich porzucić i czy wszystkie przeżyją tak daleką i trudną drogę.

– Co mówią medycy?

– Że musi dużo ćwiczyć i kalectwo cofnie się jeszcze, być może nawet całkiem odzyska sprawność w nodze, jednak to potrwa wiele miesięcy, a może i lat. Dlatego nie mogę go zabrać na szlak.

– Rozumiem. Czy masz zatem jakiegoś przyjaciela, kuzyna?

– Zabrałbym Tyrę.

– Tę małą dzikuskę, którą przyprowadziłeś do miasta? Ile ma lat? Dwanaście?

– Trzynaście.

– To jeszcze dziecko. Będzie wam tylko zawadą.

– Wychowywała się na północy, wśród koczowników nad wielkimi jeziorami. Przyszła do nas pieszo. Las jest dla niej jak dom. Z pewnością wie wiele o ziołach, grzybach, zwyczajach dzikich zwierząt. A także o niebezpieczeństwach, które mogą czyhać w puszczy. Umie też polować. To może się przydać. Bardziej martwi mnie Ana. Jej domem od lat była świątynia. Jest chyba zbyt delikatna. Czy przetrzyma taką drogę? To wiele noclegów przy ognisku, pod gołym niebem. Wiele dni na koniu. Życie poza domem może być dla niej bardzo trudne.

– To nie jest takie chucherko, jak ci się wydaje – uśmiechnął się arcykapłan. – Umie gotować, potrafi też oprawiać zwierzynę. Dobrze jeździ konno. Towarzyszyła mi niejednokrotnie w wycieczkach do kaplic na zboczu góry Televi. Ma dobrą młodą klacz, przyuczoną do jazdy w naprawdę trudnym terenie.

– Wędrówka to brud, kurz, czasem pragnienie, zimno, słota.

– Nie przestraszy się.

– Mimo wszystko przydałby się nam jakiś doświadczony mężczyzna.

– Mojej wnuczce będzie towarzyszył pan Nash. Przed laty był na wyprawie daleko na zachód od Dysy, w lasach za wielką rzeką zwaną Oczatka.

– Nigdy o niej nie słyszałem. Kogo jeszcze wskazały kamienie losu?

– Gołębiarza imieniem Mersh. Zabierze swojego syna. Tego, który roznosi listy.

Kiwnąłem głową. Wiedziałem, o kogo chodzi, pamiętałem go ze szkoły. Chłopak był chyba rok młodszy ode mnie. Kiedyś próbował się dostawiać do jednej z moich młodszych kuzynek, ale nie wzbudził jej sympatii.

– Kiedy mielibyśmy wyruszyć?

– To bardzo dobre pytanie. – Westchnął. – Myślałem o wiośnie. Śniegi stopnieją, ale z drugiej strony jeśli plemię ma podjąć trud ewakuacji całego miasta, to nie ma sensu wiosną obsiewać pól. Lepiej zużyć resztę zapasów w podróży. Należałoby ruszać niebawem. Przed zimą z pewnością dotrzecie na zachodnie Pobrzeże. Zbadacie, co i jak. Wyślecie wiadomość gołębiem. Zobaczymy, co potem. Być może gdy stopnieją śniegi, ruszymy i my.

*

Brata i Tyrę odnalazłem w „Kocim Oku". Była też Mefa ze swoim chłopakiem, tym od szewca. Siedzieli we czwórkę przy stole w kąciku. Pili wywar z lipy i zajadali ciastka. Na nadgarstku dzikuski wypatrzyłem bransoletę znalezioną niedawno w ruinach. Zamówiłem sobie lekkie piwo i dosiadłem się do nich.

– Nieźle wam poszło – pochwaliłem, choć nie miałem pojęcia, jakie miejsca zdobyła kuzynka i jej ukochany.

– Dlaczego nie startowałeś? – zainteresowała się Tyra.

– Słabo idzie mi strzelanie – wyznałem. – Z bliska trafiam bez pudła, ale im dalej, tym gorzej. To wada oczu. Kapłani z Domu Noży badali mnie kilka razy. Widzę dobrze, odczytuję napisy na płytach ze sporej odległości. Zarazem jednak coś jakby wykrzywia linie, po których obraz przedmiotów biegnie do mojego mózgu. Celując na wprost, nie umiem trafić w cel.

– Pierwszy raz w życiu jestem w cukierni. – Tyra rozejrzała się wokoło. – I jest prawie tak, jak mi to opowiadali ludzie bywali na południu. Tak to sobie wyobrażałam. I firanki są, i obrusiki, i chodnik na podłodze. I tyle różnych fikuśnych ciastek do wyboru.

– Kiedyś cukiernie i knajpki były przy każdej ulicy i działały cały tydzień – wyjaśniłem. – Ludzie po pracy szli zjeść podwieczorek lub kolację w gronie przyjaciół i znajomych. Wypijali do tego lampkę lub dwie wina i w dobrych humorach udawali się na spoczynek. Po zarazie ten zwyczaj zanikł, każdy woli jeść w domu, znajomych też się zaprasza do siebie albo idzie do nich z wizytą. Tak jest taniej. Tylko z okazji świąt otwiera się lokale.

– Spory utarg dziś mają – zauważyła Mefa. – W Dzień Odlatujących Ptaków też otworzą i kto wie, może znów wpadnie trochę grosza? Gdyby dobrze zarobili, może będą otwierali częściej? Choćby tylko raz w tygodniu.

– Brakuje muzyki – stwierdziła dzikuska. – Opowiadano mi, że w kawiarniach, zwłaszcza podczas świąt, ktoś przygrywał ludziom.

– Nie ma też serwetek – dodałem. – Kiedyś tłoczono z delikatnego papieru arkusiki, którymi wycierano usta i palce. Swoją drogą zastanawiasz się zapewne nad nazwą tego miejsca.

– „Kocie Oko", to pewnie na cześć bogini?

– Nie – odparła Mefa. – To nazwa minerału. Tu był kiedyś sklep z biżuterią. Taką tańszą ze srebra i mniej wartościowych kamieni. Sklep splajtował, nowi właściciele uznali, że nazwa nie jest taka ważna i nie warto inwestować w inny szyld.

Zjedliśmy, wypiliśmy, pora była wracać do domu. Uczestnicy zawodów też już się rozchodzili. Szedłem zamyślony. Ast pobiegł przodem, Mefa szła ze swoim chłopakiem kilka kroków przed nami. Trzymali się za ręce. Zatrzymaliśmy się na placu przed świątynią. Tyra przystanęła, chłonąc widok dolnych dzielnic Tess i błękitnego morza przed nami.

– To dziwne, ale czuję w powietrzu jakieś napięcie, powiedziałabym, że zmianę – oznajmiła, węsząc pod wiatr. – Żniwa się kończą, przyjdzie jesień. U nas nad jeziorami pewnie ogacają już chaty i wędzą mięsiwo na zimę.

– Tęsknisz? – domyśliłem się.

– Bardzo. Miałam tam kuzynów, kuzynki, przyjaciółki, lecz dobrze mi u was. Tu jest moje miejsce. Czuję to. Wcześniej tak podejrzewałam, teraz jestem pewna. Może kiedyś pojadę do nich w odwiedziny, ale tam będzie już inaczej, niż zapamiętałam, i ja będę kimś innym. To jest mój świat. Moje miasto. Mój lud. Twoje kuzynki mnie przyjęły. Ast o mnie dba, pomaga, tłumaczy. Mefa jest bardzo miła. Taka silna i zdecydowana. Wie, gdzie co jest, jak i co trzeba zrobić. Niczym pasterski pies pilnujący owieczek.

– Yhym. – To porównanie w pierwszej chwili wydało mi się zabawne, jednak miała sporo racji. O ile babcia trzymała rodzinę żelazną ręką, o tyle kuzynka świetnie radziła sobie z wyznaczaniem zadań młodszym.

– Jedno mnie martwi – westchnęła Tyra. – Źle wyglądam, prawda?

– Nie rozumiem? Ładna jesteś, a wśród naszego ludu niejeden ma śniadą cerę i ciemne włosy. Piegami też się nie przejmuj.

– Wy nie macie blizn. – Wyciągnęła przed siebie dłonie i odciągnęła rękawy sukienki, obnażając przedramiona. – Las, polowania, owady, iskry z ogniska – wyliczała. – Nieraz zacięłam się nożem, przedzierałam się przez krzaki, kąsały mnie robale, a takie ślady lubią się paprać. Mam skórę całą w szramach. Zwłaszcza jak się opalę.

Przyjrzałem się jej dłoniom. Faktycznie, miała tego sporo, ale wszystkie znaczyły tylko skórę.

– Przesadzasz – mruknąłem. – Jesteś ładna i masz sympatyczną buzię. Trochę zadrapań tu i ówdzie nie odbiera ci urody. Za kilka lat wyrośnie z ciebie naprawdę ładna kobieta.

Spuściła głowę, by ukryć zakłopotany uśmiech.

– Gdy mnie zobaczyłeś w kawiarni, miałeś taką dziwną minę. O co chciałeś zapytać?

– Chyba już o nic – odparłem.

– Rozmawiałeś z arcykapłanem, widziałam, jak spacerujecie po murze. Bardzo długo to trwało i gdy nas odnalazłeś, byłeś przygnębiony. Czy coś się stało?

– Pomyślałem, że może... Tyle czasu żyłaś w lasach, miasto może być dla ciebie męczące.

– Męczące? No, powiedzmy, że odrobinę, taka masa ludzi i kołowrót wydarzeń, ale mnie się podoba. Bardzo. Przytłacza, lecz to moje miejsce. Czuję to.

– Rozumiem. No nic, nieważne.

Przechyliła głowę.

– Powiedz, proszę.

– To na razie tajemnica. Będę musiał wyjechać w sprawach świątyni. Daleko i na długo. Pomyślałem, że ktoś obeznany z lasem bardzo by mi się przydał.

– Mój panie. – Teatralnie ujęła się pod boki. – Nie należę do tych dziewcząt, którym można proponować wspólną ucieczkę daleko, na długo i w dodatku do lasu.

Uśmiechnąłem się mimowolnie.

– To ważne? – zapytała już zupełnie innym tonem.

– Tak. Sprawy świątyni, a po części i całego naszego ludu. Może wrócę przed zimą, a może dopiero wiosną.

– Chcę usłyszeć więcej.

– Dobrze, ale to na razie tylko dla twoich uszu.

Streściłem, czego się dowiedziałem. Milczała, słuchając bardzo uważnie.

– Czyli nasze piękne miasto jest spisane na straty? – wykrztusiła zszokowana.

– Na to wygląda. Choć z drugiej strony, jeśli się okaże, że z jakiegoś powodu nie możemy wrócić do kraju Przodków, trzeba będzie tu zostać.

– A dom? Przecież macie tu naprawdę piękny i wygodny budynek. Co dalej?

– Nie wiem – westchnąłem. – Mamy trochę pieniędzy i sprawne ręce. Kupimy albo zajmiemy jakieś ruiny, wyremontujemy. Zobaczymy, to pieśń przyszłości. Na razie nie podjęto jeszcze żadnych decyzji. Trzeba iść i dowiedzieć się, na co możemy liczyć u celu. Los wskazał mnie.

– Pójdę z tobą.

6

Minęło kilka dni. Nie otrzymałem żadnych informacji ze świątyni i powoli dochodziłem już do wniosku, że z projektu wyprawy zrezygnowano. Czyściłem właśnie zgrzebła, gdy Mefa nadbiegła z wiadomością, że pan Nash oczekuje mnie na dziedzińcu. Rzuciłem robotę, opłukałem dłonie w misie i po chwili witałem dowódcę straży. Siedliśmy na ławce koło kaplicy. Bogini spoglądała na nas.

– Mamy wyruszyć razem. Znam twoją rodzinę – powiedział. – Ale ciebie kojarzę tylko z widzenia. Czym się zajmujesz? Pracowałeś przy świątyni.

– Uczyłem się na kaligrafa, ilustratora i introligatora, ale tak jakby niewiele było ostatnio tego typu roboty – wyjaśniłem. – Więc na co dzień wykonuję różne zadania, które wyznaczają mi ojciec i stryj.

– A konkretnie? – Przechylił pytająco głowę. – Na przykład możesz opowiedzieć, co robiłeś przez ostatnie tygodnie. Pomijając całkiem sprawne tłuczenie złodziei obuchem po łbie.

– Kozy pędziłem z Koziej Wyspy do Olejarza. Wcześniej z wujkiem szukałem w ruinach dachówek i naprawiałem dach. A na co dzień wykonuję wszystkie prace, które są niezbędne. Głównie pomagamy z bratem przy krosnach.

– Aha. – Zasępił się. – Polować umiesz?

– Kilka razy podczas wędrówek ubiłem z kuszy zające i dzikie gęsi, ale na takich prawdziwych jesiennych polowaniach za górami nie byłem nigdy.

– Z kuszy, powiadasz? Jak u ciebie z celnością?

– Nie będę kłamał, marnie. – Spuściłem głowę. – Mam dobrą i sprawdzoną broń, ale bełty znosi w bok od celu. Kapłan z Domu Noży orzekł, że to wada ukryta w samych oczach, która wprawdzie pozwala widzieć wyraźnie, lecz przeszkadza w celowaniu.

– Przynajmniej szczerze gadasz – mruknął. – To też ważne. Wróżba wybrała Gołębiarza imieniem Mersh, kapłankę Anę i ciebie. Gołębiarz bierze syna. Kapłanka wybrała mnie. Tak dokładniej rzecz biorąc, raczej dziadek jej to zasugerował. Ty wybrałeś tę waszą małą dzikuskę.

– Myślałem o bracie, ale on kuleje. Gdybyśmy musieli porzucić konie, nie da rady dotrzymać nam kroku.

– Rozsądnie. To może być ciężka przeprawa. Nasi Przodkowie pobudowali drogi przez góry, ale upłynęło ponad osiemset lat. Lawiny, trzęsienia ziemi, wiosenne powodzie... Nie możemy liczyć na to, że da się przejechać dawnymi szlakami. Ta dziewczynka ma dopiero trzynaście lat. Dlaczego sądzisz, że się nada?

– Wychowała się w lesie. Obserwowałem ją podczas wędrówki z twierdzy Olejarza do Tess. Jest silna, wytrzymała i dobrze sobie radzi. Taka mała, zwinna i sprytna lisiczka.

– Rozumiem. Zatem będziemy mieli dwóch mężczyzn, dwóch chłopców, kapłankę, która siłą rzeczy jest bardzo delikatna, oraz małą, zwinną dzikuskę. Wolałbym więcej silnych i doświadczonych myśliwych. Jednak wróżba będąca głosem naszych bogów określiła liczebność wyprawy i to, kto weźmie w niej udział. Zaufać musimy woli Ojca Stworzyciela i krnąbrnej bogini Nefem. Widocznie taka liczba wystarczy, by wykonać zadanie, lub tylko tylu z nas ma zginąć. Ta mała mieszka z wami i pracuje tutaj. Możesz ją zawołać?

Przyprowadziłem ją po chwili.

– Nazywam się Nash, na co dzień strzegę naszej dzielnicy i świątyni. Będę dowódcą wyprawy do miasta Dofais na zachodnim Pobrzeżu. Ty masz na mię Tyra. – Otaksował ją wzrokiem. – Dave uważa, że przydasz nam się na szlaku. Pytanie tylko, czy chcesz porzucić miasto i ruszać z nami. Dopiero co zakosztowałaś uroków Tess.

– Nie chcę, ale ta wyprawa... – zająknęła się. – Jest ważna. Od niej zależy pomyślność mojego ludu. Miasta, którego obywatele mnie przygarnęli. Jestem waszą dłużniczką na zawsze. Skoro mogę się przydać, pójdę.

– Nie musisz. Jesteś jedną z nas i otoczenie cię opieką jest naszym obowiązkiem.

– Pójdę z wdzięczności. No i przecież wiosną pewnie tu wrócimy.

Westchnął.

– Posłuchaj mnie uważnie. Zapuścimy się bardzo daleko od Pobrzeża. Na tereny, których nikt z nas nie zna.

Ja sam w lasach za Wielką Rzeką zwaną Oczatką byłem tylko raz w życiu, przed wielu laty. Mogą nas tam spotkać rozliczne niebezpieczeństwa, których natury nie umiemy obecnie przewidzieć. Nie mogę ci dać gwarancji, że wrócisz cało i bezpiecznie do domu, że ktokolwiek z nas wróci.

– Tak, proszę pana. Rozumiem. Mimo to pójdę.

– Nie musisz iść. Możemy wziąć kogoś innego.

– Mam mój strój – zmieniła temat. – Ten, który nosiłam w domu, nad jeziorami. Jeszcze z niego nie wyrosłam. Będzie dobry na długą jesienną włóczęgę przez wielkie lasy. I mam śpiwór ze skórek wilczych szczeniąt.

– Dobra rzecz. Zabierz jedno i drugie, ale miejskie ubranie też spakuj. Na razie nie będziesz używać, lecz może się przydać.

Przechyliła pytająco głowę.

– Muszę zakładać, że będziemy wędrowali przez tereny zamieszkane przez różne plemiona. Na początek przez naszych sąsiadów koczujących w dorzeczu Welny. Żyjemy wprawdzie w pokoju, ale może zajść konieczność, żebyś poudawała służącą kapłanki Any. W ten sposób nie będziesz zwracała na siebie uwagi, a gdy przyjdzie co do czego, będziesz broniła jej pleców.

Uśmiechnęła się szeroko.

– Lepiej niż swoich własnych.

– Umiesz jeździć konno?

– Tak.

– Jeździłaś na koniu czy na kucyku?

– Nasze konie są mniejsze niż wasze, ale większe niż kucyki czy osiołki, które widziałam w Tess. Poradzę sobie w siodle.

– Ast i Dave wspominali, że masz flet. I możesz go użyć jak dmuchawki. Widziałem kiedyś podobny. Na jaką odległość i czym możesz porazić wroga?

– Najwyżej piętnaście łokci. Mam trzy trucizny. Jedna wywołuje ból, druga odrętwienie, a trzecia jest najmocniejsza.

– Możesz w razie czego zabić jedną strzałką?

– Wilki lub psy bez problemu, ale na dorosłego mężczyznę potrzeba trzech albo czterech. Chyba że trafiłabym w szyję i krew szybo zaniosłaby truciznę do mózgu. Wtedy jedna powinna wystarczyć. Tak mi mówili, choć pewności nie mam, bo trucizna jest z wiosny, mogła już osłabnąć. No i nigdy nie strzelałam do ludzi.

– Miejmy nadzieję, że nie będziesz musiała, ale dręczą mnie złe przeczucia. Bardzo złe.

Zapadła cisza. Mężczyzna patrzył na posąg bogini Nefem. Milczał. Może modlił się bezgłośnie, a może układał sobie wszystko w myślach. Wreszcie wyciągnął rękę w stronę rzeźby. Dotknął końcami palców jej dłoni, potem swego czoła i serca.

– Tyro – odezwał się poważnym tonem. – To może być niebezpieczna wyprawa. Gdybyśmy wpadli w zasadzkę, twoje zadanie będzie proste: umknąć i zanieść na Pobrzeże wieści o naszym losie. Nie rwij się do walki, jesteś za młoda i zbyt słaba.

– Tak, panie.

– I żebyś o tym nie zapomniała. – Pogroził jej palcem. – Każę się ukryć, to znikasz. Każę uciekać, to uciekasz. Każę walczyć, to walczysz. Bez gadania.

– Tak jest. Każesz, panie, zginąć, to...

– Takiego rozkazu nie wydam nigdy – uspokoił ją.

– Przede wszystkim musimy zabrać zapasy – zauważyłem. – Będziemy też potrzebowali pieniędzy. Nie wiem, czy da się coś kupić od plemion, które tam żyją, i czy będą chcieli nam cokolwiek sprzedać. Polowania bardzo by nas opóźniały, no i nie wiadomo, co ze zwierzyną.

– Żywnością się nie kłopocz, wszystko już przygotowane. Suchary ze słodkiego chleba, suszone mięso, wędzona słonina. Jedzenie jest lekkie, sycące, a przy tym nie zajmuje dużo miejsca. Pieniądze to już sprawa świątyni. Tu jest spis rzeczy, które musicie spakować. – Podał mi arkusz grubego papieru. – Poza rodziną nikomu ani słowa. Wyruszamy jutro o świcie. Konie będą czekały przed świątynią.

Pożegnał się i poszedł. Tyra wróciła do swoich zajęć. Wujek wyrósł jak spod ziemi.

– Musimy chwilę pogadać na osobności.

– Jasne.

Przeszliśmy przez dziedziniec i weszliśmy do magazynu. Zamknął starannie dwie pary drzwi.

– Zatem wyruszacie – zaczął bez zbędnych wstępów.

– Tak.

– Chcę, żebyś coś wiedział. Pamiętasz, co mówił dowódca straży, wtedy gdy poszliśmy po dachówki i zastrzelono złodzieja? O możliwości podszycia się pod kogoś za pomocą wpisów w księdze życia.

– Tak.

– Gryzła mnie ta sprawa. Nie sądziłem wcześniej, że podobne oszustwo jest możliwe. A potem wróciłeś z wyspy, prowadząc tę małą dzikuskę. Przypatrywałem się jej z, nazwijmy to, pewną dozą podejrzliwości.

– Tyra wydała ci się podejrzana, wuju? Przecież to dzieciak.

– No właśnie. Małe, zagubione, bezbronne szczenię. Każdy porządny człowiek się nad nią ulituje. Każdy zechce pomóc. Oceniłeś, że jest silna, bo dotrzymywała ci kroku w marszu. Miała przy sobie kupę różnej broni. Kozik ostry jak brzytwa, flet, którego można użyć jako dmuchawki na zatrute strzałki.

– Zatem zgrzeszyłem naiwnością? – zaniepokoiłem się. – Wydało mi się, że zabranie różnorakiej broni jest normalne. To dziecko dwa tygodnie wędrowało samo. To nadal szczenię, tyle że z pazurkami.

Uśmiechnął się, słysząc to porównanie.

– Nie rób sobie wyrzutów, zachowałeś się zgodnie z tradycją. Członkowie naszego ludu mają swoje obowiązki względem siebie. Pomogłeś jej, tak jak zapisano w prawie, ale ja jako tymczasowa głowa rodziny mam obowiązek zachować czujność wobec każdego obcego, który trafia pod nasz dach. Wiedzieliśmy o niej tyle, ile sama nam opowiedziała. Dopuszczałem myśl, że może kłamać, więc obserwowałem ją dyskretnie przez kilka dni przy pracy i w domu. Zauważyłem, że jest pilna i pracowita. Z początku nie bardzo sobie radziła z naszymi krosnami, przywykła do zupełnie innych, ale nici przędzie szybko i równiutko. Robiła to od małego. Jej opowieści też trzymają się kupy. Znam trochę koczowników. Z całą pewnością pochodzi z jakiegoś dzikiego ludu. Stara się zachowaniem naśladować twoje kuzynki, nadal jednak wychodzą z niej pewne nawyki. Dłubie w uchu końcem łyżeczki zamiast użyć słomki. Drapie się po łydce palcami drugiej nogi. Ma też taki odruch: jak coś spadnie na ziemię, próbuje sięgać po to stopą.

– Co? – zdumiałem się.

– Oni przez większą część roku chodzą boso i bez skarpet. Gdy coś im upadnie, łapią to palcami stopy. I zginając nogę, podają sobie to do ręki. Mają to od małego wyćwiczone. Teraz nosi skarpetki i pantofelki, ale odruch pozostał.

– Coś podobnego. Nie zauważyłem.

– Bo nie patrzyłeś uważnie. Jej przybycie bardzo mnie zaniepokoiło, ponieważ doskonale pasowało do tego, o czym opowiadał pan Nash. Przybyła z daleka, nikt jej tu nie zna, okazało się, że figuruje w księdze życia, dopisana przez kapłana, który nie potwierdzi jej tożsamości, bo już nie żyje. Zresztą imię nadawał pięcioletniemu dziecku. Dotarła do miasta i uzyskała prawa do domu swoich krewnych. Tylko że odzyskała prawie bezwartościową ruderę. Gdyby była, że się tak wyrażę, nasłana, to z pewnością jej mocodawcy spróbowaliby zdobyć w ten sposób jakiś konkretny majątek. I przede wszystkim ci, którzy żyją z oszustw i złodziejstwa, nie lubią pracować. Mogą udawać chęć do pracy, ale szybko się ujawnią. A jej robota pali się w rękach. No i podczas tamtej napaści na nasz dom obroniliśmy się właśnie dzięki jej przytomności. Mefa zapewne zawdzięcza jej życie.

– Czyli uważasz, że mogę jej w pełni zaufać?

– To właśnie chciałem powiedzieć. Moim zdaniem tak. Niezła jest ta mała, twój brat robi do niej maślane oczy. Kto wie, może za kilka lat... Ładna z ich parka będzie. W każdym razie dobrze, że ją do nas sprowadziłeś. I pilnuj, żeby wróciła cała i zdrowa. Nie mówiąc już o tym, że byłoby dobrze, gdybyś sam wrócił.

*

Na miejsce dotarłem grubo przed czasem. Słońce dopiero lizało szczyty góry Televi. Dolne Tess spało. Z rodziną pożegnałem się podczas kolacji. Ast postanowił mnie odprowadzić. Szliśmy pierwsi, niosąc worki podróżne. Tyra z Mefą miały nas zaraz dogonić.

– Pilnuj jej jak oka w głowie – poprosił brat. – Żeby wróciła do nas bezpiecznie.

– Nie brałbym jej, ale uważam, że może nam się naprawdę przydać – odrzekłem. – O nic się nie martw, wrócimy cali i zdrowi.

– Sam bym z wami pojechał.

– Zabrałbym cię, ale może być różnie. Do Dysy droga jest sprawdzona, lecz dalej są inne pasma górskie, nie wiadomo, czy zdołamy przebyć je konno.

– Wiem! – Ze złością uderzył kulą o ziemię. – Szkoda, że nie udało mi się wytresować kruka. Latałby za wami i przenosił listy.

– Zabieramy gołębie.

– Tak, ale to poczta tylko w jedną stronę.

– Uważaj na siebie. – Uścisnąłem go. – Wrócimy najpóźniej wiosną.

Tyra nadeszła, niosąc zrolowany ciasno śpiwór i skórzany worek z innymi rzeczami. Brat na jej widok aż wytrzeszczył oczy. Ubrała się „po swojemu", w ten sam strój, w którym zobaczyłem ją po raz pierwszy. Znikła burza loków. Włosy spięła po staremu w dwa ciasne warkoczyki.

Miejska laleczka, uczennica fryzjerki, znów stała się małą dzikuską znad jezior – pomyślałem. – Nie widział jej jeszcze w tym wcieleniu.

Brat przez chwilę gapił się na nią, jakby zapomniał języka w gębie. Wreszcie przemówił:

– Wyglądasz wspaniale. Jak leśna księżniczka.

„Na dziko" też mu się podobała. Wiedziałem, że mówi szczerze, i ona chyba też to wyczuła. Od strony świątyni nadeszła Ana. Ona także wyglądała inaczej. Założyła szarawary i koszulę z grubego płótna. Przepasała się szeroką krajką, a na ramiona narzuciła skórzaną kurtkę. Upięła włosy w jeden kucyk. Prowadziła za uzdę osiodłaną już i objuczoną świątynną klacz. Zwierzę było piękne, umaszczone brązowo, z bardzo jasną grzywą i ogonem. Przywitaliśmy się. Dwóch kapłanów przyprowadziło pozostałe konie. Były już przygotowane do podróży. Przyszedł Gołębiarz z synem. Prowadzili konie pod wierzch i trzeciego obładowanego bagażami oraz klatkami na ptaki. Tyra zdjęła z nadgarstka bransoletę.

– Jest dość luźna. Boję się, że mogłabym ją zgubić w drodze – powiedziała, wręczając ją Astowi. – Przechowaj mi ją proszę, oddasz, gdy wrócę.

A potem nagle go objęła.

– Masz tu zaliczkę. – Wargi dziewczyny musnęły przelotnie jego wargi. – Żeby ci się łatwiej czekało.

Przymknął oczy, a ona położyła mu głowę na ramieniu.

– Będę czekał – szepnął.

Pocałowała go raz jeszcze, tym razem w policzek.

– Wrócimy z dobrymi wieściami – obiecała.

Nadszedł arcykapłan. Przewiązaliśmy dłonie szarfami i odmówiliśmy modlitwę przed wyruszeniem na szlak.

I wreszcie ruszyliśmy. Od strony górnego miasta powiał chłodny, przyjemny wiatr. Zatańczył w końskich grzywach, potargał włosy kapłanki i pomknął dalej. Pięliśmy się drogą Przodków ku wielkiej przełęczy. Kopyta koni równo stukały na starożytnym bruku. Z każdym zakrętem wspinaliśmy się wyżej i wyżej. Widać było, że Tyra ma doświadczenie w jeździe konnej i że sprawia jej ona przyjemność. Porzuciła strzemiona, pozwoliła, by jej nogi swobodnie majtały na końskich bokach. Nuciła coś przy tym pod nosem.

Było wczesne przedpołudnie, gdy dotarliśmy na przełęcz. Nash zarządził postój. Na szerokiej półce skalnej stał stary kamienny koniowiąz. Obok w szerokim kamiennym korycie szemrała woda. Dowódcza szybko rozdzielił funkcje. Mnie przypadło sprawdzenie kopyt. Usunąłem z nich dwa kamienie. Gołębiarz ze swoim synem napoili zwierzęta, Ana i Tyra przygotowały posiłek. Odpoczywaliśmy dłuższą chwilę. Wreszcie Nash dał sygnał, żeby ruszać dalej.

– Spójrzmy jeszcze na nasze miasto. Wygląda stąd jak piękny klejnot zagubiony na brzegu morza – odezwał się. – Wyruszamy na szlak, by wrócić tu z dobrymi nowinami. Dokądkolwiek się udamy, cokolwiek nas spotka, niech sił dodaje nam ten właśnie obraz oraz pamięć o krewnych i przyjaciołach oczekujących naszego powrotu.

Schylił się i podniósł z ziemi garść kamyków. Rozdał nam po jednym.

– Na pamiątkę rodzinnej ziemi – powiedział poważnie.

Popatrzyłem raz jeszcze za siebie i zagryzłem wargi. Nie mogłem się pozbyć natrętnego przeczucia, że widzę Tess po raz ostatni.

*

Wąwóz piął się uparcie pod górę. Jego szerokość oceniłbym ma jakieś czterdzieści łokci. Droga po lewej biegła blisko ściany skalnej, po prawej towarzyszył nam górski potok. Było chłodno, dno wąwozu zalegał cień. Krawędzie majaczyły daleko w górze. Jechaliśmy gęsiego – pan Nash na swoim ogierze narzucał tempo całej kolumny. Gołębiarz zamykał pochód. Konie człapały niespiesznie. Najwyraźniej dowódca nie chciał ich zmęczyć. Droga Przodków na tym odcinku była bardzo zniszczona. Kamienie popękały, wyszczerbiły się, niektórych brakowało. Moja klacz potknęła się kilka razy. Dowódca rozglądał się na boki. Raz wskazał nam gestem stadko górskich kóz skubiących trawę na z pozoru niedostępnej półce skalnej. Plecy mnie bolały, nie nawykłem do tak długiej jazdy. Milczeliśmy i, szczerze powiedziawszy, zacząłem się nudzić. Początkowo byłem ciekaw nowych widoków, ale kolejne zakręty wąwozu były do siebie podobne. Próbowałem myśleć o czymś przyjemnym. Przypominałem sobie fragmenty przeczytanych kiedyś książek. Z zamyślenia wyrwał mnie głos pana Nasha.

– Pod ścianę! Natychmiast!

Na szczęście zamiast ściągnąć wodze i zatrzymać konia, odruchowo uderzyłem go piętami, kierując w lewo. Ogromny głaz wypadł zza zakrętu i koziołkując, pędził prosto na nas. Mój wierzchowiec zarżał rozpaczliwie i stanął dęba. Utrzymałem się na grzbiecie tylko cudem. Blok skalny o wadze tysięcy pudów minął o włos nasze konie. Wreszcie z upiornym hukiem runął z drogi do koryta potoku. Uszy poraził nam trzask miażdżonych głazów, powietrze wypełnił kamienny pył. Dowódca odwrócił się, objął całą gromadkę spojrzeniem.

– Mamy zabitych! – krzyknął, a wąwóz odbił jego słowa echem.

Zmartwiałem, potem się odwróciłem. Za mną znajdowała się klacz kapłanki. Patrzyłem w przerażone oczy mojej przyjaciółki i równie przestraszonej Tyry. Pobladły, ale Gołębiarz i jego syn także ocaleli. I naraz wszystko zrozumiałem.

– Mam strzaskane udo! Niech mi ktoś pomoże! – wrzasnąłem.

Nash uśmiechnął się i pokiwał głową. Dał znak, żebyśmy zsiadali. Zeskoczył z konia i popatrując na ścieżkę, podszedł do nas.

– Wszyscy cali? – wolał się upewnić. – Nie ruszajcie się!

– Ktoś to zepchnął? – wykrztusiłem.

– Tak mi się wydaje. Niech myśli, że choć częściowo mu się udało. Mersh – zwrócił się do Gołębiarza. – Obejmujesz dowództwo. Zostańcie tu przez jakiś czas. Cofnę się do żlebu, który niedawno mijaliśmy, i spróbuję się wdrapać na górę.

– Jasne. Kiedy jechać dalej?

– Policz do trzech tysięcy. Jeśli nie spadnie nic nowego, ruszajcie.

Przez chwilę szukał czegoś w jukach, wreszcie znalazł raki do butów i stalowe pazury do wspinaczki. Znikł za zakrętem. Czekaliśmy w milczeniu. Spoglądałem nerwowo w górę i w stronę kolejnego zwężenia wąwozu. Złom skalny, tocząc się, zmiażdżył wiele kamieni nawierzchni. Mniejsze otoczaki zgniotło jak skorupki jajka, wszędzie leżały też odłamki, które odłupały się od niego, gdy koziołkował.

Śmierć przeszła blisko. Przerażająco blisko – pomyślałem.

Ana wyjęła szarfy i posążek bogini. Modliła się szeptem. Stanęliśmy z Tyrą obok i powtarzaliśmy jej słowa. Czekaliśmy bardzo długo. Na szczęście nic się nie działo.

– Ruszajcie, już bezpiecznie – dobiegło gdzieś z góry.

Wdrapaliśmy się na siodła. Wąwóz wyprowadził nas aż do przełęczy. Pan Nash czekał na nas jakieś dwie mile dalej, przy wodopoju. Przodkowie puścili górski strumyk przez duże granitowe koryta. Wygodnie było podprowadzić konie. Opodal widać było ruiny chaty lub strażników i kilka świerków, które zdołały zapuścić korzenie między głazami. Obok rósł jeszcze uschnięty buk. Dowódca, czekając na nas, naciął trawy dla koni. Do jednego z pni przywiązany był chłopak trochę młodszy ode mnie. Został zakneblowany. Miał rozbity łuk brwiowy i podbite oko.

– Pozwólcie, że przedstawię naszego niedoszłego mordercę – mruknął Nash. – Czułem, że ten głaz runął nieprzypadkowo, a jego zastałem, gdy podważał kolejny. Jeszcze większy. Ponadto miał przy sobie flaszkę pierwszorzędnej trucizny.

– No, gratulacje – skwitował Gołębiarz.

– Przesłuchaliście go, panie? – Kapłanka przechyliła głowę.

– Czekałem na was. Nie mam krzesiwa, a myślę, że przyda się małe ognisko i pogrzebacz rozgrzany do czerwoności. No, chyba że obejdziemy się bez tego. Ale najpierw napoimy konie.

Podprowadzałem zwierzęta do koryt, a gdy zaczęły pić, przy okazji posprawdzałem im kopyta. Dowódca rozdzielił im po wiązce naciętej trawy i podszedł do jeńca.

– Teraz pogadamy. Próbowałeś nas zabić. Co masz na swoją obronę?

– Zamordowaliście mojego brata. – Wykrzywił usta.

– My?

– On. – Więzień wskazał mnie ruchem brody.

Nash spojrzał pytająco w moim kierunku. Pokręciłem bezradnie głową. I naraz zrozumiałem.

– Czyżby twój brat był jednym z członków szajki włamywaczy, która napadła na mój dom?

– Zarąbałeś go czekanem! Zabiliście pozostałych. Powiesiliście trupy na murze. Nagie, na pośmiewisko. Potem zatopiliście je w morzu. Nie pozwoliliście nawet, byśmy ich godnie pogrzebali.

– Nasz przyjaciel bronił domu i życia swojej rodziny – burknął dowódca. – Co do trupów, nikt was do naszej dzielnicy nie zapraszał. A nie, był jeden. Renegat naszego ludu, który faktycznie ich zaprosił. Powiesiliśmy go obok kompanów dla towarzystwa.

– Nasze prawo mówi, że za rabunek nie karze się gardłem, a ciała straconych skazańców zawsze wydawane są rodzinie. – Pierwobylec wydął wargi. – Wedle naszych praw śmierć brata nakłada na mnie obowiązek ukarania sprawcy. Krew żąda krwi!

– Urocze tradycje – powiedział Nash. – Złodzieje wam ten kodeks układali, że zawiera tak łagodne prawa wobec włamywaczy? A teraz chciałbym usłyszeć, czy masz coś jeszcze na swoje usprawiedliwienie.

– Nie będę się tłumaczył przed przybłędami.

– Jak sobie życzysz. To uschnięte drzewo będzie odpowiednie. – Dowódca spokojnie zaczął wiązać rzemienną pętlę.

– I co niby zamierzacie zrobić? – prychnął więzień.

– Powiesimy cię, a ponieważ do morza jest daleko, ciało pogrzebiemy tutaj i ruszymy w dalszą drogę. Gdy wrócimy, powiadomimy twoją matkę, gdzie spoczywasz, aby mogła odmówić modlitwy na twojej mogile.

Chłopak ponownie wydął pogardliwie wargi.

– Wasza władza ogranicza się do miasta, tu jestem na naszej ziemi i podlegam naszym prawom. A sądzić mnie może jedynie nasz książę albo wyznaczony przez niego sędzia.

– Co mówi ich prawo? – dowódca zwrócił się do Any.

– Sutra dwudziesta trzecia: „Kto nastaje na życie drugiego człowieka i czyni na niego zamach, sam lub wespół z towarzyszami, za pierwszym razem otrzyma pięćset batów, a jeśli je przeżyje, spędzi rok w kamieniołomie. Za drugim razem pokarany zostanie gardłem. Współuczestnicy zamachów karani są na równi z prowodyrem, a w razie konieczności jeszcze surowiej. Kto uczestniczy w zamachu, ale od niego w porę odstąpi, jednak mu nie zapobiegnie, otrzyma dwieście pięćdziesiąt batów i spędzi pół roku w kamieniołomie. Kto zaś od zamachu odstąpi, ostrzeże ofiarę lub inaczej zamachowi zapobiegnie, a do tego złoży przed sądem szczere zeznania, może być od kary uwolniony w całości lub częściowo" – wyrecytowała kapłanka. – „Kto w zamachu uczestniczy przymuszony lub wprowadzony w błąd..."

– To raczej nie jest ten przypadek. Pięćset batów mało kto przetrzyma, to prawie pewna śmierć. Rok łupania skał też niełatwo. Nasze prawo jest jednak bardziej surowe.

– Co z tego? I tak nie macie nawet prawa mnie sądzić – sarknął pojmany.

– Nie dostrzegam żadnych okoliczności mogących złagodzić karę – rzekł dowódca. – Mersh, zabierz kapłankę, tę małą i swojego syna. To nie będzie przyjemny widok.

Na twarzy Any odbiło się wahanie. Podeszła do związanego.

– Bogini Nefem widzi serce człowieka i nakazuje nam szukać dobra w ludziach. Daj sobie szansę. Okaż skruchę, powiedz proszę, czy masz jeszcze coś na swoje usprawiedliwienie? – zapytała.

– Co wy sobie myślicie? Kim w ogóle jesteście, by mnie chwytać i więzić – syknął i nieoczekiwanie splunął jej w twarz.

Otarła plwocinę rękawem. Rozłożyła bezradnie ręce.

– On ma rację, nie mamy prawa go więzić ani sądzić – odezwał się Gołębiarz. – Trzeba odstawić go pod konwojem do Tess i przekazać władzom.

– Nie mamy na to czasu, i tak zmitrężyliśmy już pół dnia. Jesteśmy misją dyplomatyczną i znajdujemy się na ziemi niczyjej. – Głos dowódcy stwardniał. – Odpowiadam za powodzenie naszej wyprawy. Mamy prawo wymierzyć mu karę i zamierzam z niego skorzystać. Odejdźcie.

Gołębiarz już nie protestował. Zostałem sam z dowódcą. Jeniec łypał na nas, chyba dopiero teraz zrozumiał, że mówimy poważnie.

– Nie macie prawa mnie skrzywdzić, wy bandyci! – krzyknął, choć widać było, że nadrabia miną.

Nash odpiął czekan od siodła, przeciął sznur trzymający chłopaka przy pniu drzewa i obalił jeńca na ziemię. Postawił stopę na jego plecach i zadał jeden mocny cios.

Obuch uderzył w miejsce, gdzie szyja styka się z głową. Kark chrupnął. Przez ciało jeszcze dłuższą chwilę przebiegały drgawki, wreszcie stopy przestały bić o podłoże. Dowódca ujął dłoń zabitego i przez moment ściskał nadgarstek, szukając pulsu. Uspokojony rozluźnił palce. Ręka upadła miękko i bezwładnie jak kawał mięsa.

– Poniósł pełną karę przewidzianą przez prawo – Nash wygłosił formułkę stosowaną na zakończenie egzekucji. – Niech Ojciec Stu Światów będzie dla niego łaskawy, gdy stanie przed jego obliczem.

Poczułem mdłości.

– Nasza religia istotnie uczy, by wybaczać krzywdy i szukać w ludziach dobra – powiedział w zadumie – ale moim zdaniem nie było innego wyjścia. Polował na nas jak na zwierzęta. Może lata spędzone w kamieniołomie uświadomiłyby mu ohydę jego czynów. A może i nie.

– Może trzeba go było zawlec na postronku do Dysy? A tak rozlaliśmy krew. Pechowo zaczyna się nasza wyprawa – zauważyłem.

– Może i należało tak postąpić, lecz przypominam, że przed nami daleka droga, liczy się każdy dzień. Nie chcę, żeby mrozy zastały nas w drugich górach. Przywalmy ciało kamieniami i ruszajmy na szlak. Musimy dogonić resztę.

Nash to człowiek twardy i na swój sposób bezwzględny – myślałem, gdy galopowaliśmy już w ślad za naszymi towarzyszami. – Ale też bardzo ostrożny i przewidujący. Ja bym się nawet nie domyślił, że ta lawina nie zeszła przypadkiem i była przeznaczona dla nas. Dla mnie.

Egzekucja przygnębiła wszystkich. Tyra przestała podśpiewywać, Ana modliła się, oplótłszy dłonie szarfami. Jechaliśmy aż do zmroku. Czułem, że dowódca chciał zaobozować w jakimś znanym sobie miejscu, jednak na skutek zamachu straciliśmy masę czasu. Wreszcie dał sygnał do postoju.

Zatrzymaliśmy się nad małym górskim jeziorkiem. Rozbiliśmy dwa namioty: większy dla mężczyzn, mniejszy dla dziewcząt. Ana z Tyrą rozpaliły ognisko i zagotowały w kociołku wodę na kaszę. Ja z chłopakiem od Gołębiarza rozkulbaczyliśmy konie, wyczyściliśmy je, sprawdziliśmy im kopyta i nasypaliśmy obroku do worków. Przy pracy próbowałem zagadywać, ale tamten zbywał mnie półsłówkami. Milczał i pracował z obojętną miną.

Nieśmiały z natury albo mało towarzyski – pomyślałem.

Przyjemnie było po całym dniu rozsiąść się wygodnie, grzać nogi przy ogniu i wiosłować łyżką w misce. Oczy dziewczyn błyszczały, tańczące płomienie kładły cienie na ich twarzach. Wreszcie wszyscy udali się na spoczynek. Przy ognisku zostałem tylko ja i dowódca. Pan Nash wyjął klepsydrę z nafosforyzowanym piaskiem. Już wcześniej wyznaczył mi pierwszą wartę.

– Jak się przesypie, zbudzisz Mersha – polecił.

Rozłożył mapę i długo dumał, oglądając ją w blasku płomieni. Wyciągnąłem notatnik, ołówki i kredki, szybkimi ruchami naszkicowałem jego zamyśloną twarz. Wreszcie odłożył mapę.

– Można?

Podałem mu notatnik. Obejrzał portret, potem przekartkował pozostałe strony.

– Masz do tego dryg – pochwalił.

– Zilustrowałem też dwie książki dla dzieci – odparłem z dumą.

Pokiwał głową i znów rozłożył papiery. Dorzuciłem do ognia kilka polan. Rozbłysło mocniej. Podziękował skinieniem.

– Próbuję zaplanować trasę – odezwał się wreszcie. – Mamy mapy, ale jest z nimi pewien problem. Przodkowie wykonywali je na papierze. Rzecz jasna, po upływie tylu wieków rozpadły się w proch. Jednak co jakiś czas były przerysowywane. Do tego mniejsze mapy pokazujące tylko jakiś wycinek terenu starano się składać w większe. Kopiści nie zawsze zdawali sobie sprawę ze skali. Wkradały się błędy, uproszczenia. Sam wiesz, jak to bywa, gdy przerysowuje się ilustracje. Nawet gdy starasz się możliwie ściśle dochować wierności pierwowzorowi.

– Wiem.

– Sporządziłem swego rodzaju kompilację tego, co udało się znaleźć w archiwach świątyni. Nie powiem, że to, czym dysponujemy, jest bezużyteczne, ale nie bardzo możemy temu zaufać. Zwłaszcza odległości mogą się znacząco różnić. Ląd przecinają drogi Przodków. Wytyczono je przed wieloma wiekami. Nie można liczyć na to, że nadal są przejezdne. Dlatego też nie zabierzemy wozów. Drogi to pewien punkt orientacyjny. Nawet jeśli nawierzchnia jest zniszczona, nadal są widoczne. W dodatku przebycie gór w normalnych warunkach jest bardzo trudne. Poruszając się dawną drogą, raczej nie utkniemy w wąwozach bez wyjścia, choć możemy trafić na miejsca, gdzie zeszły lawiny. Przodkowie wykuli wiele tuneli, lecz tu nie jestem optymistą. Pierwszy etap naszej wyprawy to dotarcie do Dysy na brzegu Welny. To swego rodzaju stolica, czy może raczej zimowe leże dla plemion koczowników zamieszkujących Wielką Dolinę. Byłem tam kilkukrotnie, znam syna ich księcia.

– Zimowe leże – podchwyciłem.

– Latem mniejsze i większe klany Czerwonogłowych wędrują po lasach ze swoimi stadami. Na jesieni wracają do stałych siedzib, a część zbiera się tam. U progu zimy świętują ku czci swoich bogów i odbywa się kilkudniowy jarmark. Wiosną znów ruszają na szlak i miasto, o ile można tak je nazwać, prawie pustoszeje. Zatrzymamy się tam dwa lub trzy dni i zasięgniemy języka, jak wygląda kolejny etap naszej wyprawy. W odległości około dziesięciu dni drogi na zachód jest kolejna wielka rzeka. Nazywają ją Oczatka. Byłem tam raz w życiu. Rzekę pokonamy po moście Przodków, o ile jeszcze stoi. Za nią znajdują się rozległe lasy i jeszcze jedno pasmo górskie. Gdy je przebędziemy, powinniśmy osiągnąć zachodnie Pobrzeże. Maszerując prosto za zachód, po upływie około dwudziestu pięciu do czterdziestu dni znajdziemy się na wybrzeżu oceanu nieco na północ od Dofais i innych osad, z których wywodzi się nasze plemię.

– Rozumiem.

– Z pozoru nie brzmi to skomplikowanie, ale może być różnie. Sam widziałeś, co się dziś stało. Dopiero pierwszy dzień wyprawy i już omal nie zginęliśmy.

– Zastanawiam się, czy koniecznie musieliśmy go zabijać.

– Jestem znacznie starszy od ciebie. Widziałem, jak tragiczne skutki może przynieść pobłażanie przestępcom. Widziałem też, jak zlekceważenie małego problemu może zrodzić nowe, znacznie większe i groźniejsze.

Gdybyśmy go puścili wolno, zapewne wróciłby do miasta, skrzyknął większą bandę i ścigałby nas na szlaku. Ale masz rację, śmiercią nie należy szafować. To smutna ostateczność.

– Czasem myślę o tym, jak jest po tamtej stronie – wyznałem.

– Tylko raz w życiu spotkało mnie coś, co mógłbym odczytać jako znak. Mój towarzysz na polowaniu natknął się na niedźwiedzia. Wystrzelił z kuszy, ale jedynie go zranił. Rozwścieczone zwierzę rzuciło się na niego. Nim zdołałem ubić bestię, kompan został straszliwie poraniony. Umierał, czuwałem przy nim. I nagle jego źrenice zwęziły się, jakby popatrzył w światło. Zdążył się jeszcze uśmiechnąć i serce przestało mu bić. To mógł być skurcz mięśni umierającego oka, ale jestem przekonany, że w ostatniej chwili życia ujrzał tamten świat, krainę Ojca skąpaną w wiecznym blasku słońc stu światów. To wystarczy mi za dowód. Pora wypocząć. Uważaj, żebyś nie zasnął. Broń masz pod ręką?

– Tak.

– W razie czego nie wahaj się nas obudzić. Lepsza setka fałszywych alarmów niż przegapienie jednego prawdziwego zagrożenia.

Złożył starannie mapę. Chwilę jeszcze grzał dłonie, a potem wpełzł do namiotu i zostałem sam pod rozgwieżdżonym niebem.

7

Kolejne dni zlały się w jeden ciąg. Wstawaliśmy o świcie, dziewczyny robiły śniadanie, Gołębiarz z synem zwijali obozowisko, ja i Nash siodłaliśmy konie. Teren był prawie płaski, lodowce przed mileniami starły skały na miazgę. Ziemię porastały zagajniki rachitycznych brzóz i niewielkich, poskręcanych od wiatru świerków. Jagód było istne zatrzęsienie.

Przodkowie zbudowali drogę po swojemu. Wytyczyli kreskę na mapie i wysłali robotników. Parę wzgórz ominęli łukiem, inne przebili tunelami. Kilka górskich rzek przepasali mostami. Dwa z nich runęły przez ten czas, zastąpiono je konstrukcjami z drewna, ale pozostałe przetrwały. Co jakiś czas mijaliśmy kamieniołomy albo ruiny osad, zapewne górniczych.

Wreszcie przebyliśmy ostatnie przełęcze i pewnego ranka przed naszymi oczami otworzyła się rozległa, porośnięta lasami równina. Dzień był piękny, niebo bez jednej chmurki. Pan Nash wyjął lunetę i długo w skupieniu badał teren przed nami. Potem podał ją mnie.

– Czy widzisz górę z podwójnym wierzchołkiem?

Przyjrzałem się – daleko, daleko nad linię horyzontu wystawały ośnieżone szczyty.

– Tak.

– Będziemy podróżować w tamtym kierunku. Jak sądzę, przed nami około dziesięciu dni drogi. Tam, gdzie są te dymy, leży Dysa.

– Nigdy tu nie byłem, ale ojciec i wuj jeździli do Czerwonogłowych po wędzone mięso.

– To ich główna osada handlowa i rzemieślnicza – wyjaśnił. – Zimują tu najważniejsze klany. Pozostałe mają swoje siedziby rozrzucone w promieniu kilkunastu dni drogi stąd. Zimowe leża, solidne budynki, obory dla zwierząt. Zostawiają tu starców, kobiety z małymi dziećmi i tak dalej. Wiosną klany wyruszają ze swoimi zwierzętami. Idą wypasać stada, polować, zbierać owoce, ale mają też swoje domy, w których odpoczywają po trudach wędrówki.

– Rozumiem. Czyli można poznać, że nie są to koczownicy, a półkoczownicy?

– Trafnie to ująłeś. Jesienią wszyscy wracają do Dysy, by przez dwa tygodnie uczestniczyć w wielkim jarmarku, a potem rozjeżdżają się do siebie. Szkoda, że nie będziesz miał okazji zobaczyć targowiska. Chyba że wrócimy wystarczająco wcześnie. Tyra! – Rozejrzał się.

– Jestem. – Podeszła do nas.

– Poproszę cię teraz, żebyś poszła na stronę i przebrała się. Od tej chwili grasz służącą kapłanki.

– Mam być prostym garkotłukiem ze wsi, zaufaną pokojówką czy recytującą poezje damą do towarzystwa? – Przechyliła pytająco głowę.

Uśmiechnął się mimowolnie.

– Działaj stosownie do okoliczności. I nie udawaj bardziej, niż to konieczne.

Tyra zabrała tłumoczek i znikła za pobliskim głazem. Po chwili wynurzyła się przebrana „po miastowemu". Ruszyliśmy w dół zbocza. Przed południem byliśmy w osadzie. Lud Czerwonogłowych zajął zrujnowane miasto Przodków. Budynki doprowadzono do porządku, nawierzchnie ulic były starannie połatane, ale wszędzie walała się masa końskich pączków, krowich placków i owczych bobków.

Wyobrażałem sobie wcześniej, że wszyscy członkowie tego plemienia będą rudzi, teraz przekonałem się, że nazwano ich tak mocno na wyrost. Owszem, widywałem tu takie czupryny, lecz rudowłosi stanowili może piątą część mieszkańców. Nasze pojawienie się nikogo nie zdziwiło, nie wzbudziło najmniejszego zainteresowania. Pan Nash pokierował nas na jeden z placów, przykazał zaczekać, a sam znikł. Wrócił z pękiem żelaznych kluczy.

– Mają tu budynki dla podróżnych – wyjaśnił. – Zaraz zobaczycie.

Opodal znajdował się dom otoczony murem. Jeden z kluczy pasował do bramy. Wjechaliśmy na podwórze. Nie było tu stajni, jedynie koniowiąz nakryty daszkiem sporej wiaty. Budynek mieszkalny nie był duży: dwa pomieszczenia i kuchnia, do tego coś w rodzaju składziku. Rozlokowaliśmy się szybko i sprawnie.

– W umywalni jest bieżąca woda, co więcej, nie jest zimna, bo płynie rurociągami z ciepłych źródeł. Wymyjcie się – polecił Anie i Tyrze. – Potem poprosimy o coś do jedzenia. Mersh – zwrócił się do Gołębiarza. – Po sąsiedzku trzymają konie, zajdź i kup nam belę siana. Dave, weź miotłę i powalcz trochę z pajęczynami.

Ana jako pierwsza postanowiła skorzystać z umywalni.

– Czy życzysz sobie, bym usługiwała ci w kąpieli? – zapytała Tyra.

Moja przyjaciółka uśmiechnęła się lekko.

– Dziękuję za dobre chęci, ale to niemożliwe. Kapłanka staje nago tylko raz w roku i tylko przed posągami bogów – wytłumaczyła. – Rozpina się wówczas siedem zasłon z płótna, by nikt nie mógł ujrzeć tego rytuału.

– Kto zobaczy kapłankę nago, powinien w ramach pokuty wyłupić sobie oko – dodałem. – W zasadzie jedyny dopuszczalny przypadek, kiedy można kapłankę pozbawić odzieży, to ratowanie jej życia.

– Aaa, nie wiedziałam – bąknęła dzikuska.

– To będzie dla mnie zaszczyt mieć taką służącą. – Ana pocałowała małą w czoło. – Ale pamiętaj, że to tylko rola. Bo tak naprawdę kapłani pomagają sobie wzajemnie, lecz nie mogą mieć służby.

Zjedliśmy obiad.

– Kto chce coś kupić albo rozprostować kości, niech idzie na miasto – rzekł pan Nash. – Tylko się nie zgubcie i wróćcie przed zmrokiem. W Dysie jest wprawdzie bezpiecznie, ale i tak trzeba uważać. Jak wszędzie. Ja zostanę na kwaterze.

– Ja chyba też – westchnęła Ana. – Skorzystam z okazji i poleżę, bo nie czuję pleców.

Poszedłem zobaczyć, gdzie rzucił nas los. Droga Przodków przecinała miasto ze wschodu na zachód. Uliczki odchodziły na boki łukowato, z góry musiało to wyglądać jak szkielet ryby. „Łeb” dotykał rzeki Welny. Domy były niezbyt okazałe, partery zbudowano z kamienia. Niektóre mury pamiętały czasy Przodków, częściej zbudowano je po prostu ze starych bloków. Na nich opierały się piętra wzniesione z drewna. Każdy krył dachy, czym chciał. Widziałem tu i ówdzie dachówki, ale dominował gont. Ludzi było na ulicach sporo. Odziani byli najczęściej w płócienne lub skórzane portki, ściśle przylegające do skóry, oraz szare koszule wpuszczone za pas i kuse skórzane kurtki. Robili zakupy, posilali się w małych knajpkach, których było tu prawdziwe zatrzęsienie. Dotarłem do portu. Na wodzie kołysało się kilkanaście łódek, na palach schły sieci. Przy drugim brzegu zacumowano kilka tratw z bali. W miejscu „oka” znajdowało się wzgórze, a na nim ruiny świątyni. Wdrapałem się po zniszczonych, wyszczerbionych schodach. Bębny powalonych kolumn były grubsze niż w Tess i pokryte płaskorzeźbami. Oglądałem wykute w marmurze sceny z życia jakichś ludzi, czytałem imiona wodzów, bohaterów, artystów, kapłanów. Żadne z nich nic mi nie mówiło.

– Żyli, walczyli, tworzyli, budowali – usłyszałem za sobą głos Any. – Byli ważni dla tego miasta, dla żyjących tu ludzi. Potem odeszli. Po latach umarli wszyscy, którzy ich znali, później wszyscy, którzy o nich choćby słyszeli. Kroniki opiewające ich czyny rozsypały się w proch i pył. Wtedy popadli w niepamięć i już tylko rzeźbione kamienie zachowują ostatni ślad ich istnienia.

Odwróciłem się. Kapłanka stała nieopodal, wodząc wzrokiem po inskrypcjach. Ruszyliśmy dalej razem. Wielka sala, rozleglejsza i wyższa niż u nas, ale z posągu został tylko postument. Pomieszczenia pomocnicze obróciły się w jedno wielkie gruzowisko. Pomodliliśmy się o spokój dusz dawnych mieszkańców miasta i ruszyliśmy w stronę kwatery.

Na jednym z placów spostrzegliśmy Tyrę. Z ożywieniem rozmawiała z jakąś dziewczyną trochę starszą od siebie. Uścisnęły sobie ręce. Zauważyła nas, pomachała radośnie i zaraz była przy mnie.

– Dave, potrzebuję trzech kartek i czegoś do pisania. – Spojrzała przymilnie.

– Mam w jukach na kwaterze. Coś się stało?

– Dziewczyna, z którą rozmawiałam, jest z ludu Brązowych Koszul. Z sąsiedniej wioski. Przyjechali tu sprzedać futra przed zimą i zrobić zakupy. Obiecała, że zabierze listy na północ. Chcę napisać do krewnych, że dotarłam bezpiecznie do Tess. Pewnie się o mnie trochę martwią.

– Wracajmy na nocleg, mam tam wszystko, czego potrzebujesz.

– Jeśli trzeba, pomogę ci napisać – zaofiarowała się kapłanka.

– Nie trzeba – uśmiechnęła się. – Trochę bazgrolę, ale to bez znaczenia, bo do kulfonów wszyscy tam przywykli, a takie ładniejsze znaki to pewnie trudniej by im było czytać.

Na naszym podwórku dowódca rozmawiał z jakimś siwym mężczyzną bez jednej ręki.

– Siadajcie, proszę. – Wskazał mnie i Anie miejsce na ławce. – Dyskutujemy o ważnych sprawach, też powinniście posłuchać. To jest pan Fytrax, towarzysz kilku moich wypraw łowieckich, a przy okazji syn jednego z wodzów tego ludu.

Teraz my się przedstawiliśmy. Mężczyźni wrócili do przerwanej rozmowy.

– Zeszłego lata przepadły bez śladu trzy małe klany. Łączne będzie z czterdziestu ludzi. Wyruszyli latem, ale nie wrócili jesienią. Nie pojawili się tutaj ani w swoich zimowych leżach.

– Próbowaliście sprawdzić, co się z nimi stało? – zapytał Nash.

– To ogromny obszar. Każdy klan idzie swoimi własnymi drogami, jedne utartym szlakiem przez wiele lat, ale inne szukają szczęścia na nowych ścieżkach. Ludzie mojego ojca próbowali ustalić, w jakim kierunku zaginieni planowali się udać. Wszystkie trzy klany zmierzały na południe. Myślę, że mogli wpaść w ręce łowców niewolników. Nie wyobrażam sobie katastrofy, która mogłaby zgładzić kilkudziesięciu ludzi naraz. Jeszcze jedno: klany, wyruszając na szlak, często biorą ze sobą gołębie pocztowe. Wróciło kilka, ale bez wiadomości. Co więcej, wróciły w tym samym czasie. Tak jakby ktoś je wypuścił w chwili zagrożenia, lecz nie zdążył zaczepić tulejek z listami.

– Łowcy niewolników – powtórzył dowódca.

– Mam podejrzenia, że to pustynne plemiona z południa. Raportowano nam, że coraz częściej zapuszczają się na północ. Przypuszczam, że nie potrzebują niewolników dla siebie, ale sprzedają ich Wężom. Z nimi też mamy swoje porachunki.

– Prowadziliście wojnę. Gdy byłem tu po raz pierwszy, sporo się o tym mówiło. – Nash zmarszczył brwi.

– Ostatni raz dokuczyli nam trzydzieści lat temu. Starsi ludzie opowiadali. Przypłynęli rzeką, napadli dwie osady na południe od Dysy. Trzecia zdołała się obronić. Rządził wtedy mój dziadek. Nakazał ich ścigać i odbić brańców, co wprawdzie się nie udało, ale z jego rozkazu koryto rzeki w trzech miejscach przegrodzono. Wybrano wielkie głazy o ostrych kształtach, zwleczono je przy użyciu wielu par wołów i zatopiono w korycie, by nikt nigdy nie zdołał tamtędy przepłynąć. Potem jeszcze przez szereg lat trzymano w tych miejscach straż. Niestety, mój ojciec pozwolił ich kupcom przybywać do Dysy. Wiele razy przekonywałem go, że trzeba gonić ich precz. Boję się jednak... – Zawiesił głos.

– Czego się obawiacie, panie? – spytała kapłanka.

– Mam niejasne przeczucie, że owo zaginięcie trzech klanów to dopiero początek poważniejszych kłopotów, że tam z południa zagraża nam wróg. Ojciec i bracia lekceważą to. A mnie się wydaje, że oni knują kolejny atak, następną wojnę, że ci kupcy to tak naprawdę szpiedzy. I skaptowali sobie kogoś z naszego ludu.

– Jeśli jest tu ktoś, kto dla nich szpieguje, to chyba powinien mieć możliwości skontaktowania się z nimi – zauważył dowódca.

– Podejrzewam, że może przesyłać meldunki za pomocą gołębi pocztowych. Używamy ich na co dzień, nikt nie zwróci uwagi na kilka lecących na południe. To oczywiście kolejne domniemanie. Może to tylko moja wyobraźnia? A może i nie. Ojciec mnie wyśmiał. Pozwólcie jednak, że pokażę wam coś jeszcze.

Wyjął z torby niewielką skórzaną sakiewkę.

– Pomagałem przed miesiącem w skarbcu – wyjaśnił. – Liczyliśmy pieniądze z podatków, które odprowadziły różne klany, sprawdzaliśmy, czy wszystko się zgadza z księgami i wykazami. Wśród tysięcy monet, które przeszły przez moje ręce, znalazłem te cztery. Kolejną dostałem od znajomego kupca. Najdrobniejsze złote monetki, takie, na które mało kto zwraca uwagę, ale przypatrzcie się im proszę dokładnie. – Podał Nashowi soczewkę wyszlifowaną z kryształu.

Po nim obejrzeliśmy także my. Widziałem w życiu setki monet z czasów Przodków. Te cztery wyglądały zupełnie normalnie. Profile pradawnych wodzów, częściowo wytarte napisy, po drugiej stronie znaki ich miast. No i punce Czerwonogłowych, dopuszczające pieniądz do obrotu.

– Rysunek jest odrobinę niewyraźny, to bardzo precyzyjny odlew, a nie bicie – zawyrokowała Ana. – Choć bywało, że Przodkowie stosowali też odlewanie. To może być fałszerstwo.

– No i tu zaczyna się prawdziwa zagadka. Fałszywa moneta byłaby zrobiona z gorszego metalu albo wybito by ją w ołowiu, tylko pozłacając. Te są odlane z uczciwego kruszcu dobrej próby. Tylko że nie są nasze. Po co ktoś miałby je wykonać, skoro znalezione złoto można przynieść do skarbca i wymienić na monety? Potrącamy sobie tylko setną część, a kontrahent dostaje uczciwy pieniądz.

– Ktoś miał złoto, ale do skarbca go nie przyniósł – rozważała kapłanka. – Odlał monety. Bardzo dobrze odlał.

– Te punce są fałszywe. Udają znaki z czasów mojego pradziadka. Myślę, że Węże płacą zdrajcom i to płacą dobrze, ale nie chcą, byśmy wpadli na ich trop, więc zamiast własnymi pieniędzmi wynagradzają ich monetami, które udają nasze. I to stare. W razie gdybyśmy jakąś znaleźli, możemy pomyśleć, że podrobiono ją dziesiątki lat temu. Każdy, kogo z taką złapiemy, może powiedzieć, że odnalazł ją w ruinach albo od lat miał w domu.

– Trzeba zawiadomić twojego dziadka – pan Nash zwrócił się do Any. – To może być bardzo ważne. Trzeba sprawdzić, czy podobne monety pojawiają się także w Tess. Wysłalibyśmy jedną z nich, a kapłani z Domu Noży mają bardzo mocne szkła, z pewnością dostrzegą więcej szczegółów.

– Proszę. – Jednoręki podał pieniążek. – Chciałeś zapytać o drogę?

– No właśnie.

Dowódca rozłożył na blacie mapę.

– Nasz cel to miasto Dofais leżące na zachodnim Pobrzeżu.

– Nasze ziemie przebędziecie bezpiecznie. Drogi są przejezdne, wszędzie tam, gdzie mosty przodków runęły, odbudowano je. To jest Oczatka. My nazywamy ją po prostu Wielką Rzeką. Zazwyczaj nie zapuszczamy się aż tam.

– Co jest dalej?

– Las Dusz – mruknął kaleka. – Tak nazywamy ziemie za Oczatką. A tak dokładniej: za wielkim mostem Przodków jeszcze około dnia drogi jest pasmo wzgórz. A za nimi bagnisty kraj przecięty kolejną rzeką. Macie ją tu.

– Nie jest podpisana na naszej mapie – wtrąciłem.

– Nie wiem, jak się nazywa. W każdym razie nie zapuszczamy się do lasów za mostem. To złe miejsce. Nieliczni myśliwi czasem wyruszają tam na łowy w gorsze lata, gdy zwierzyny w naszych lasach jest mniej. Ja byłem tam tylko raz w życiu. W starciu z pumą straciłem rękę. Była trochę poszarpana, ale wdała się gangrena.

– Między rzeką Welną a Oczatką są wasze tereny łowieckie i tu wypasacie stada podczas letnich wędrówek. Ziemie za rzeką są gorsze? Czy może niebezpieczne?

– Panuje powszechne przekonanie, że to złe miejsce – powtórzył. – Tam były kiedyś miasta i wioski. Idąc drogami Przodków, co rusz trafia się na ich ruiny. Mówi się, że niedobrze mieszkać w miejscach, gdzie wielu ludzi umarło nagłą i złą śmiercią, ale tego, kto, kiedy i dlaczego tam umarł, nikt już nie pamięta.

– Czy ktoś tam żyje, czy to bezludny teren?

– Podobno dzicy. Plemiona, które stronią od kontaktów z innymi. Bardzo prymitywne. Ludzie-wiewiórki budujący domy w koronach drzew. Takie tam bajki. Ja nie spotkałem nikogo. Gdy byłem młody i polowałem w lasach nad Wielką Rzeką, słyszałem czasem z daleka pomruk szamańskich bębnów, ale przemawiały inaczej niż nasze. Nie rozumiałem ich. Jeśli żyją tam jacyś dzicy, nie zapuszczają się na naszą stronę rzeki. W Dysie ludzie stamtąd nie pojawiali się nigdy. Na północy żyją plemiona Sinozębych. Gdzie dokładnie i jak są liczne, nie mam pojęcia, lecz co kilka lat niewielkie grupki bywają na jesiennym jarmarku. Gadają po naszemu, ale cudacznie, powymyślali sporo własnych słów i czasem trudno ich zrozumieć. Na zachodzie za Lasem Dusz jest płaskowyż i góry. Leżą kilka dni drogi od rzeki. Znałem myśliwego, który parę razy dotarł do ich podnóży. Ciekawe góry, zbudowane z innych skał niż nasze. Między Dysą a Tess są piaskowce, wapienie i zlepieńce, czasem granity i marmury. A tam podobno twarde skały. Granit, bazalt, nawet żyły malachitu się trafiają. Pewnie złota i cennych minerałów można by tam poszukać, ale z tego, co wiem, nikt tego nie robi. Przynajmniej nikt z Czerwonogłowych. Po całym terenie między rzeką a górami biegną drogi Przodków, nikt jednak ich nie używa. W wielu miejscach zarosły i uległy zniszczeniu. Czasem ledwo je odnajdywałem.

– Ja byłem tam tylko raz – mruknął Nash. – Każdej nocy słyszałem śpiew wilków, a pewnego dnia ubiłem z kuszy młodego tygrysa. Nocowałem w ruinach. Nie spotkałem dzikich ani ludzi-wiewiórek. Nie miałem żadnych złych snów. Duchy też zostawiły mnie w spokoju.

– Czyli możemy... – zacząłem.

– Takie historie nie biorą się z niczego – ostrzegł mnie dowódca. – Mogło tak być, że plemiona żyjące po tamtej stronie mordowały obcych. Albo na przykład ci ludzie chorowali na coś paskudnego. Sam wiesz, jakie problemy rodzi gruźlica.

– U nas wspominali, że w tamtych lasach rosną szkodliwe grzyby i trujące rośliny, jad owadów miał być szczególnie groźny, a opary unoszące się nad bagniskami wywoływały choroby – odezwał się Fytrax. – Ale nie wiem, co o tym sądzić.

– Owady mi nie dokuczały, bo polowałem jesienią. A co do pozostałych zagrożeń, nie wiem, czy to prawda. Ja widziałem tylko lasy, takie jak po waszej stronie, ruiny i gruzowiska. Nic szczególnego. Tak czy inaczej, wiele niebezpieczeństw grozi wędrowcom.

– Jest człowiek, który mógłby wam pomóc – przypomniał sobie nasz rozmówca. – Bywa u nas czasami na jarmarku. Wołają go Dziadek Soter. Żyje z przeszukiwania ruin. Z tego, co wspominał, buszuje na obu brzegach Oczatki. Niestety, pojawi się dopiero na jesiennym jarmarku, ale może spotkacie go gdzieś po drodze.

Pożegnał się i poszedł. Ana udała się, by przygotować kolację. Z miasta wrócili Gołębiarz i jego syn. Potem nadbiegła Tyra, oddała listy. Zapadał zmrok, a nasz dowódca długo jeszcze siedział zamyślony nad mapą.

Piątego dnia po opuszczeniu Dysy teren zaczął się obniżać. Znikły wzgórza, częściej trafialiśmy na cieki wodne i niewielkie śródleśne jeziora. Koczowników nie spotykaliśmy już od dawna, ale widać było, że ludzie pojawiają się tu od czasu do czasu. Napotykaliśmy ślady: niekiedy wypalone ognisko zawalone kamieniami, niekiedy porzucony, zapadnięty szałas na polanie obok szlaku.

Tego dnia pan Nash sprawiał wrażenie bardzo niespokojnego. Kilka razy zatrzymywał naszą niewielką kawalkadę. Oglądał drogę, badał zostawione na niej ślady. Nic nie mówił, ale widać było, że dręczy go jakaś troska.

Jechałem, rozmyślając. Męczyła mnie ta wyprawa. Myślałem o setkach mil, które zostawiliśmy już za sobą, i o setkach, które ciągle były przed nami. Myślałem o domu, o kuzynkach. O ojcu, który jakoś teraz przewozi ostatnie owce i kozy na ląd. Pewnie zrobią niebawem wielkie świniobicie, zasolą mięso i będą wędzić, żeby starczyło na całą długą zimę. Nie ciążyła mi sama rozłąka, lecz świadomość, że jestem tak nieprawdopodobnie daleko. I że nadal się oddalam.

Był późny ranek i rozmyślałem właśnie, że warto by niebawem zjeść drugie śniadanie, gdy nieoczekiwanie Nash ściągnął cugle i zatrzymał nas gestem.

– Czujecie? – zapytał.

Pociągnąłem nosem. W pierwszej chwili nie wyczułem nic. Potem wyłapałem delikatną woń rozkładu. Padlina? Konie też chyba coś zwietrzyły, bo zaczęły potrząsać łbami.

– Krew, stara, zepsuta krew – powiedziała Tyra. – Tu na drodze. Dużo krwi – dodała. – I trup w krzakach. Ludzki.

– Skąd wiesz? – zdziwiłem się.

– Gnijące mięso zwierzęcia i rozkładające się ciało człowieka śmierdzą zupełne inaczej – rzekł dowódca. – Ja tego nie wyczuwam, ale mała spędziła życie w lasach, ma znacznie lepszy węch niż my, mieszczuchy.

Zeskoczyli z koni, pochylili się nad brukiem. Przysiągłbym, że był idealnie czysty, ot tak jak w lesie, trochę ubłocony, miejscami pokryty igliwiem. Dowódca grzebnął kozikiem w kilku miejscach, wydłubując ziemię ze szpar pomiędzy kamieniami. Roztarł ją między palcami i powąchał.

Skrzywił się.

– W międzyczasie spadły deszcze – mruknął do siebie.

Tyra przyglądała się uważnie gałęziom.

– Czego szukasz? – zapytał.

– Potwierdzenia. Gdyby zabito tu jakieś zwierzę, musieliby znaleźć miejsce do patroszenia – wyjaśniła. –

Gdyby rozszarpały je wilki, zostałoby sporo śladów. To nie zwierzę tu zabito. I nie zwierzę zabijało.

Skinął głową na znak, że rozumie jej tok myślenia.

– Tak, ludzie – stwierdził. – Jedni ludzie drugim ludziom.

– Dowódco... – zagadnąłem.

– Domyśliłem się tego już rano. Na ścieżce były ślady wielu stóp, jedne zadeptujące drugie. Jakby ludzie szli gęsiego.

– Co z tego? – nie zrozumiała kapłanka.

– Handlarze niewolników pędzili tędy swoich brańców. Kilku, może kilkunastu, przykutych do jednego łańcucha. Tu zabili paru najsłabszych, aby ich nie opóźniali. Ciała zapewne leżą gdzieś w krzakach.

Powiedział to z taką pewnością w głosie, że od razu mu uwierzyłem. Zaczęli buszować razem z Tyrą. Dołączyłem do nich. Szybko znaleźliśmy ślad. Poszycie w jednym miejscu zostało stratowane, jakby ktoś wlókł ciężary. Trawa poznaczona była wyraźnie widocznymi kroplami krwi. Odór rozkładu wzmagał się.

– Tyro, wracaj do reszty, to nie będzie przyjemny widok – ostrzegł pan Nash.

Posłuchała bez sprzeciwu. Popatrzył na mnie.

– Rozkazałbym, żebyś też został z kobietami. Niestety chcę, byś zrobił coś bardzo ważnego. Nie wiemy, kim byli ci ludzie, ale w Dysie zapewne znajdzie się ktoś, kto ich znał. Umiesz bardzo pięknie rysować.

– Mam narysować portrety zmarłych? – domyśliłem się.

– Tak. O ile twarze się zachowały.

– Wezmę tylko przybory.

Zawróciliśmy do reszty. Dowódca pogrzebał w sakwie, wydobył kubek. Nalał z manierki przejrzystej cieczy i wręczył mi.

– Głęboki wdech i duszkiem do dna – polecił.

W nos uderzył mnie zapach mocnego bimbru. Wypiłem. Zapiekło w przełyku, poczułem ogień w żołądku.

– No to na drugą nogę.

Wychyliłem. Dowódca odebrał ode mnie kubek i też się napił. Ruszyliśmy przez krzaki i niebawem ich znaleźliśmy. Zamordowanych było dwanaścioro. Czterech chłopaków, osiem dziewczyn. Żadne nie liczyło więcej niż kilkanaście lat. Ptaki wydziobały im już oczy, a jakieś niewielkie drapieżniki zdążyły dobrać się do ciał. Wszyscy zginęli w podobny sposób: uderzono ich maczugą albo pałką w głowę, a potem dobito, przebijając kilkakrotnie cienkim, długim ostrzem. Na nadgarstkach i kostkach nóg nieboszczycy mieli otarcia i sine ślady po okowach.

– Pędzili ich dłuższy czas, może kilka dni – mruknął Nash, patrząc, jak szkicuję. – Nie rozumiem tego. Czemu zabili wszystkich? Wyglądają na młodych, zdrowych.

– Może obawiali się pościgu? Zabili niewolników, by ich nie opóźniali? – zasugerowałem.

– Mogło tak być. W pierwszej chwili pomyślałem, że brańcy zachorowali na coś i w obawie przed zakażeniem łowcy ich wymordowali, jednak na ciałach nie widać śladów wysypki. Nie wiemy, ile ci ludzie mogli być warci w krainie Węży, ale zapewne sporo.

– Sądzicie, panie, że to Węże?

Zadumał się.

– Nasza religia ostrzega przed pochopnym rzucaniem oskarżeń – odparł wreszcie. – Ale tak po prawdzie nie bardzo widzę, kto inny mógłby buszować w tych lasach, polując na ludzi.

Ujął dłoń jednej z dziewczyn, rozprostował i puścił. Opadła miękko. Opłukał palce samogonem.

– Zabito ich cztery, może pięć dni temu – orzekł. – Nie ma już śladów stężenia pośmiertnego, było dość chłodno, ale rozkład postępuje.

Rysowałem, przewracałem kartkę, znów rysowałem. Wreszcie z ulgą skończyłem robotę.

– Papiery daj mnie, żeby ci nie przypominały tego, co widziałeś – powiedział cicho dowódca. – Raz jeszcze przepraszam.

– Tak było trzeba. – Westchnąłem. – Może mają rodziny, które zechcą wiedzieć, co się z nimi stało.

Doszliśmy do drogi. Nash podszedł do jucznego konia i odpiął paski, uwalniając dwie łopaty.

– Chodź, Mersh, musimy ich pogrzebać. – Skinął na Gołębiarza.

Mężczyzna z kwaśną miną złapał stylisko.

– Jako kapłanka mam obowiązek pomodlić się nad ciałami. – Ana zrobiła krok do przodu.

Dowódca przetarł dłońmi twarz.

– To byli koczownicy plemienia Czerwonogłowych, nie członkowie naszego ludu – burknął Gołębiarz.

– Ojciec Stu Światów stworzył nas wszystkich. Modliłam się już przy odchodzących i na pogrzebach. Zamykałam powieki zmarłym. Nawykłam do widoku ciał.

– Dziecko... eee... kapłanko – zająknął się pan Nash. – Rozumem twoje motywy i doceniam szlachetność intencji, ale w tym przypadku...

Umilkł.

– Wyglądają naprawdę tragicznie – wtrąciłem za niego.

– Asystowanie podczas pogrzebów... – zaczęła.

– Tradycja to tradycja – stwierdził wreszcie Nash. – Obowiązki, które nakłada na ciebie świątynia, są niepodważalne, ale ich wypełnienie w tym przypadku wydaje mi się szczególnie trudne. Zrobimy tak. Zawiążę ci oczy opaską i podprowadzę blisko. Odmówisz modlitwy nad ciałami i odejdziesz. My pogrzebiemy trupy.

– Czy to konieczne? – skrzywił się Gołębiarz. – Stracimy mnóstwo czasu, a i robota nielekka.

– Uczynimy, jak rozkazałem – uciął dowódca.

– Pomogę – zaofiarowałem się.

– Ty już dość dziś zrobiłeś. Odpocznij. Chcesz jeszcze wódki?

– Chyba mi wystarczy.

Minęło naprawdę dużo czasu, zanim mogliśmy ruszać dalej. Znalezisko popsuło nam wszystkim humory. Nash jechał na przedzie ponury i milczący. Ana podążała tuż za nim. Oplotła nadgarstki szarfami i półgłosem odmawiała modlitwy mające ułatwić zmarłym odnalezienie drogi przed oblicze Ojca Stu Światów. Było późne popołudnie, gdy nastąpił kolejny przykry incydent. Syn Gołębiarza dłuższy czas jechał obok Tyry. Nagle rozległ się suchy trzask nahajki, łebek wrzasnął i omal nie zwalił się z siodła na ziemię.

Nash zawrócił konia i podjechał do Tyry.

– Co się stało? – zapytał.

– Klepnął mnie w tyłek. Przepraszam, musiałam bronić swojej czci.

– Nie przepraszaj, niczym nie zawiniłaś. Z koni! – zakomenderował.

Zsunęliśmy się na ziemię.

– Widziałeś zajście? – zwrócił się do mnie.

– Tak.

– Czy potwierdzasz jej słowa?

– Tak było.

Chłopak spojrzał na mnie z nienawiścią.

– Kapłanko, czy mogę cię prosić o zacytowanie, co mówi nasze prawo?

– Księga druga, sutra dwudziesta pierwsza: „Kto bez przyzwolenia dotyka kobiety lub dziewczyny, czyniąc jej tym przykrość, otrzyma pięć batów. Gdy zaś dotyka jej części wstydliwych, nawet przez ubranie, otrzyma batów dziesięć. Jeśli czynu tego dokona powtórnie, będzie mu odjęty mały palec. Kto zaś..."

– Dziękuję, wystarczy. – Nash uniósł rękę. – Dziesięć batów.

Odpiął swoją nahajkę od siodła.

– Ty chcesz wychłostać mojego syna?! – zdumiał się Gołębiarz.

– Prawo mówi, że gdy przestępstwa dokonuje dziecko lub młodzieniec, który nie przeszedł obrzędu przekroczenia wrót, wymierzenie kary należy zostawić ojcu. – Przeniósł spojrzenie na kapłankę.

Skinęła poważnie głową.

– Czy to naprawdę konieczne? – zirytował się Mersh. – Mój syn jest młody i ma zielono w głowie, a ta dziewczyna to tylko dzikuska.

– Tyra jest członkiem ekspedycji i należy do naszego ludu, co potwierdza wpis w księdze życia oraz tatuaż na jej nadgarstku. – Głos dowódcy wionął chłodem. – Posiada wszelkie prawa, które zapewniają bezpieczeństwo i chronią godność naszych kobiet. Zwiąż chłopakowi ręce wokół pnia – zwrócił się do mnie.

Podszedłem do winowajcy i wskazałem mu gestem pobliską olchę.

– Nawet nie próbuj – syknął.

Ale dowódca spojrzał na niego tak twardo, że z pewnym ociąganiem wyciągnął dłonie. Związałem je rzemieniem po drugiej stronie pnia. Dobrze zacisnąłem węzły. Gołębiarz wziął zamach, ale choć chłopak krzyknął rozdzierająco, wszyscy widzieli, że uderzenie było słabe.

– To ma być kara czy opędzanie się od komarów? – burknął dowódca, wyjmując mu z dłoni bat.

Uderzał szybko i konkretnie. Nie bił na tyle mocno, by przeciąć ubranie i skórę pod nim, lecz sądząc po skowytach, kara z pewnością była dotkliwa. Wreszcie skończył. Uwolniłem chłopakowi dłonie. Cofnął się od drzewa, zatoczył.

– Czy zrozumiałeś lekcję? – zapytał Nash.

– Ttttak – jęknął.

– Mam zatem nadzieję, że nie będzie konieczności tego powtarzać. I żeby więcej ci się głupie myśli nie plątały po głowie!

Wybąkał jakieś przeprosiny pod adresem Tyry i niebawem ruszyliśmy dalej.

Był już prawie wieczór, gdy dojechaliśmy do ruin miasta. Najpierw wyrosły przed nami mury z białych wapiennych bloków i imponująca brama. Wzniesiono ją raczej dla ozdoby niż w celach obronnych. Deszcze mocno zatarły rzeźbione w skale reliefy, tylko nad łukiem czerwieniał blok granitu ze znakiem Ojca Stu Światów.

Przejechaliśmy bramę. Miasto było wielkie, co najmniej tak duże jak Tess. Na prawo i lewo od drogi odchodziły szersze i węższe uliczki. Las rozprawił się bez litości z dawnymi siedzibami ludzi. Z większości domów pozostały tylko fragmenty ścian. Koczownicy musieli odwiedzać to miejsce regularnie. Tu i ówdzie ziały dziury wyryte w gruzowisku przez poszukiwaczy. Minęliśmy też wysoki stos starannie poukładanych dachówek. Ktoś wygrzebał je w ruinach, wybrał najlepsze i naszykował sobie do zabrania w dogodnym momencie.

Zupełnie jak u nas – pomyślałem.

Kawałek dalej zgromadzono kilkadziesiąt rur z brązu. Powybierano najlepsze, ułożono w rzędy, wedle długości i średnic. Zapewne ktoś planował niebawem wrócić po nie wozem i zabrać. Najwyraźniej poszukiwacze nie bali się złodziei. Dotarliśmy do centrum. Na skrzyżowaniu dróg znaleźliśmy pozostałości rynku. Pomiędzy zagajnikami sterczały dumnie ku niebu potrzaskane kolumny. Ktoś udrożnił też kanał, bo w marmurowym basenie dawnej fontanny stała czysta woda.

Nash rozglądał się dłuższą chwilę.

– Napoimy konie i zostaniemy tu na noc – zadecydował. – Nasi przyjaciele musieli często tutaj bywać. – Wskazał pobliskie ruiny. – Dave, możesz tam podejść i się rozejrzeć?

– Jasne.

Zeskoczyłem z konia i pomaszerowałem. Wskazany budynek miał pięknie rzeźbiony portal i mury zachowane do samego gzymsu, obiegającego go na wysokości około piętnastu łokci. Ziemia przed bramą była stratowana. Zapewne nieraz zapędzano tam na noc zwierzęta. Wewnątrz budowla okazała się praktycznie pusta. Wyburzono resztki ścian, wyniesiono gruz. Pośrodku ułożono palenisko, na końcu solidna palisada odcinała miejsce, gdzie trzymano stado. Zapach nawozu unosił się w powietrzu, ale nie był szczególnie mocny. Wyszukałem dogodny punkt, by rozstawić namioty. Obok wejścia wypatrzyłem też drewnianą kratę, którą na noc zastawiano bramę. Wróciłem do towarzyszy.

Poili konie, a Gołębiarz polewał wodą z dzbanka opuchnięte plecy syna. Pręgi już posiniały. Złożyłem raport, Nash wysłuchał go w milczeniu. Popatrzył w niebo.

– To dobre miejsce – orzekł. – Przenocujemy tu. Chcę jutro przekroczyć most na Oczatce.

Poprowadziliśmy konie do środka budynku. Dowódca wysłał mnie i Tyrę po drewno, sam zabrał się za rozkładanie obozowiska. Na szczęście wiosenne wiatry obłamały uschnięte gałęzie, w ruinach leżała masa chrustu. Szybko zgromadziliśmy sześć ochapek. Oplotłem je sznurkiem, szykując do zabrania. Tyra spojrzała na mnie i westchnęła.

– Co się stało? – zapytałem przyjaźnie.

– Gołębiarz nazwał mnie dzikuską. Nic nie poradzę na to, jak wyglądam. Płynie we mnie krew ludu Pobrzeża i plemienia Brązowych Koszul.

– To bez znaczenia. Wierzysz w Kociogłową, zapisano cię w księdze życia, zatem należysz naszego ludu. Posiadasz tym samym wszystkie obowiązki i wszystkie przywileje. Owszem, nieliczni głupcy, którzy nie rozumieją zapisów w księgach, patrzą na to, jak kto wygląda i jakiego jest pochodzenia. Nie przejmuj się tym. W każdym razie moja rodzina od razu uznała, że jesteś nasza.

– Twój brat to nawet uznał mnie poniekąd za swoją osobistą własność – uśmiechnęła się.

– Trochę pewnie tak. Zadecydujesz sama.

– Da się lubić.

– I nie chce się z tobą, no wiesz... – Puściłem do niej oko.

– Chcieć to na pewno chce, ale nie okazuje tego. Wie, że wszystko w stosownym czasie.

W trochę lepszych humorach wróciliśmy do obozowiska. Zjedliśmy kolację. Gołębiarz i jego syn siedzieli naburmuszeni i omijali Tyrę wzrokiem. Wreszcie nad ruinami zapadł zmrok. Przed udaniem się na spoczynek Nash odciągnął mnie na bok.

– Jedna ważna sprawa – rzekł, patrząc mi w oczy. – Uważasz, że pętak dostał za swoje i ten fakt cię cieszy. To widać.

– Czy to źle?

– Możesz go nie lubić. Możesz nim gardzić, ale tam, gdzie wymierza się karę, uczucia muszą zgasnąć. Przestępcę karze prawo, a nie człowiek.

Schyliłem głowę zawstydzony.

– Coś jeszcze chcesz powiedzieć?

– Czy nie powinniśmy ich odesłać? – zapytałem. – Chłopak patrzy na mnie i Tyrę spode łba, jakby knuł zemstę. Jego ojciec także zaciska usta i pięści. Oni do nas po prostu nie pasują. Boję się, że mogą...

– Rozumiem – przerwał mi. – Też to widzę. Poza tym ekspedycja taka jak nasza wymaga współdziałania i zaufania. W tym, co mówisz, jest wiele racji i gdyby nie byli nam potrzebni, już znajdowaliby się w drodze do Dysy.

Westchnął i zapatrzył się na ruiny.

– Zazwyczaj na takiej wyprawie pojawiają się początkowo pewne różnice zdań, ale mija kilka dni i wszystko idzie w niepamięć. Ludzie, którzy wcześniej słabo się znali, zaczynają współdziałać. Ty i Tyra od razu uznaliście, że ja dowodzę, i podporządkowaliście się idealnie. Łapiecie polecenia w lot. Można na was polegać. Naprawdę polegać. A Mersh i jego syn ciągle jeszcze stają okoniem. Teraz w dodatku obaj są wściekli, ale odpuścić nie mogłem.

*

Był późny ranek. Najpierw usłyszeliśmy odległy szum rzeki. Potem naszym oczom ukazały się dwie zrujnowane wieże strzegące przeprawy. Górowały nas brzozowym zagajnikiem, ciemne i groźne. Oceniłem ich wysokość na jakieś pięćdziesiąt stóp. Przodkowie wznieśli je z dobrze obrobionych bloków granitu, ale oczywiście nie oparły się działaniu czasu. Mury znaczyła czarna pajęczyna pęknięć. W otworach strzelniczych na wyższych kondygnacjach widać było błękit nieba – wewnętrzna konstrukcja musiała runąć.

Nash wstrzymał gestem naszą małą kawalkadę. Długo lustrował obie budowle, najwyraźniej wypatrując jakiegoś zagrożenia.

– Tyra – zawołał półgłosem.

Dzikuska podjechała do nas na swojej klaczy.

– Co sądzisz? Ktoś tam może siedzieć?

– Nie widać krążących wokół ptaków. A w takich ruinach lubią gniazdować. Gdyby byli tam ludzie, spłoszyliby je.

Nie wyglądał na przekonanego.

– Może wypłoszyli ptaki wcześniej? – podsunąłem.

– Nie. Gdyby weszli tam ludzie, zostałyby gniazda, pisklęta i jaja. Ptaki nawet przestraszone latałyby wokół wież, badając, czy mogą już do nich powrócić. Podkradnę się i rozejrzę – oświadczyła dziewczyna.

Dowódca spojrzał na nią i pokręcił głową.

– To ryzykowne.

– Jestem mała i wychowałam się w lesie. Umiem podejść śpiącą sarnę na odległość strzału z łuku.

To go przekonało.

– Idź, ale uważaj.

– Pójdę z nią – zaproponowałem.

– Sama przemknę się znacznie łatwiej.

Dowódca kiwnął głową. Zeskoczyła na ziemię i cicho jak leśny duch znikła w krzakach. Obserwowaliśmy ruiny.

Coś jest nie tak – pomyślałem. – Nash nie chce o tym mówić, ale coś go zaniepokoiło.

Nagle z ruin po lewej poderwało się stado spłoszonych ptaków. Uniosłem odruchowo kuszę. Nikt się nie pojawił. Czekaliśmy przez chwilę.

– Pójdziesz tam – polecił dowódca Gołębiarzowi.

– Dziewczyna sprawdzi.

– Przecież ona poszła na prawo – syknąłem.

– Sam idź, jak taki jesteś mądry – burknął. – Dobra, rozkaz to rozkaz. – Widząc minę dowódcy, zreflektował się i ruszył przez krzaki.

Od razu było widać, że nie jest tak zwinny jak Tyra. Szybko znikł nam z oczu, lecz poruszające się gałęzie zdradzały jego położenie. Oczekiwaliśmy w napięciu. Nic się nie działo. Tyra też nie dawała znaku życia.

– Może powinienem iść sprawdzić, co się stało z dziewczyną? – zapytałem szeptem.

– Ona już wraca – uspokoił mnie dowódca.

Spojrzałem na ruiny i chaszcze. Nic nie spostrzegłem, ale nie mylił się. Niebawem wyskoczyła na ścieżkę.

– W wieży nikogo nie ma – zameldowała. – Część wewnętrznej konstrukcji runęła, ale nie tak dawno byli tam ludzie. Znalazłam to. – Na otwartej dłoni pokazała nam garść skorup. W pierwszej chwili myślałem, że to zgniecione jajko jakiegoś ptaka, zaraz jednak rozpoznałem główkę fajki wypaloną z cieniutkiej białej glinki. Takie fajeczki palili kupcy Wężów.

– Musiała tam leżeć co najmniej kilka dni – wyjaśniła Tyra. – Deszcz albo nocna rosa rozpłukały popiół.

– Gdzie ją znalazłaś?

– Koło parapetu okna wychodzącego na drogę. Popiołu było więcej. Ktoś palił, wytrząsał, palił, a za którymś razem wystukując fajkę, rozbił ją na kawałki.

– Ile było tych kupek?

– Siedem, może osiem, nie liczyłam.

– To tytoń zmieszany z haszyszem – mruknął dowódca, obwąchując skorupę. – Kupcy z ludu Węży to palą, gdy chcą się rozweselić albo rozbudzić. A czasami z nudów. Działa podobnie jak wino, tylko silniej. Nie da się go wypalić dużo naraz. Jeśli popiołu było sporo, to kimkolwiek był ten człowiek, siedział tam co najmniej kilka dni.

– I co z tego wynika? – zapytałem.

– Czekał na kogoś, pilnował czegoś. Nie wiem, ale nie podoba mi się to. Ich tu w ogóle nie powinno być.

– Łowcy niewolników? – wyrwało mi się.

– Oby nie.

Kilka chwil później Gołębiarz wychylił się z okienka na drugiej kondygnacji.

– Tu nikogo nie ma – krzyknął. – Tylko ślad po bardzo starym ognisku i ogryzione kości. No i nasrane w kącie.

– Czego ten idiota mordę wydziera? – burknął pod nosem dowódca.

Powstrzymał nas gestem, a sam nadal rozglądając się na boki, przejechał między wieżami. Po chwili mnie przywołał. Zeskoczyliśmy z koni i złapaliśmy je przy pyskach.

– Wygląda gorzej niż wtedy, gdy byłem tu ostatnio – stwierdził. – Minęło wiele lat. Musimy sprawdzić, czy da się bezpiecznie przeprawić na drugą stronę.

Rzeka toczyła wody skalistym korytem o rozpiętości około tysiąca łokci. Rozlewała się szeroko, płynęła spokojnie, rzekłbym – leniwie. Tylko tu i ówdzie nurt rozbijał się o głazy, tworząc wiry i bystrzyny.

– W bród nie przejdziemy, a most... – Pan Nash machnął ręką z rezygnacją.

Przodkowie zbudowali solidną konstrukcję z ogromnych obrobionych głazów. Do poruszenia każdego potrzeba by pewnie sześciu wołów. Szczeliny uzupełnili zaprawą, kamienie połączyli żelaznymi sztabami zalanymi ołowiem. Most od ośmiuset lat opierał się zwycięsko wiosennym powodziom. No, prawie. Nawierzchnię przecinało kilka pęknięć, między drugim a trzecim przęsłem niektóre bloki skruszyły się i rozsypały, zostawiając dziury.

– Przejadę do końca i z powrotem. Zbierz wszystkich – polecił dowódca. – I czekajcie.

Długą chwilę lustrował przez lunetę ruiny wież po zachodniej stronie. A potem ruszył. Koń parskał, strzygł uszami.

– Co się dzieje? – usłyszałem za sobą głos kapłanki.

– Konstrukcja mostu jest naruszona. Część głazów popękała i w drodze zieją dziury – wyjaśniłem. – Pan Nash sprawdza, czy da się bezpiecznie przejechać.

– Musimy przejechać.

– Niekoniecznie. Jeśli uzna to za zbyt niebezpieczne, udamy się kawałek w dół lub w górę rzeki i znajdziemy bród. Stracimy trochę czasu, ale lepsze to niż ryzyko upadku z walącego się mostu. Do lustra wody jest ponad trzydzieści łokci. Jeśli nawet nie roztrzaskamy się o głazy, to na pewno utoniemy. Przy skoku lub upadku z tej wysokości nasz ciężar wgniecie nas w wodę na tyle głęboko, że nawet doskonałemu pływakowi trudno by było wydostać się na powierzchnię – dodałem, widząc, że nie zrozumiała.

Kiwnęła głową. Powoli zebrała się reszta. Dowódca wrócił. Spostrzegłem, że jego twarz zachmurzyła się jeszcze bardziej.

– Końcowe przęsła są już mocno zniszczone. Woda podmyła filary, przez co odchyliły się od pionu. Da się przedostać, ale musimy bardzo uważać i zawiązać koniom oczy. Nie będziemy jechali, tylko przeprowadzimy je pojedynczo. Kapłanko, udziel nam, proszę, błogosławieństwa. Będzie nam potrzebne. Kobiety i dzieci zostają tu, ja z Gołębiarzem zajmiemy się zwierzętami.

– Może pomogę? – zaproponowałem.

Dłuższą chwilę taksował mnie wzrokiem.

– Koń z zawiązanymi oczyma musi zaufać temu, kto go prowadzi. Nie może poczuć twojego strachu. Dasz radę?

– Nie wiem – przyznałem.

Uśmiechnął się nieoczekiwanie.

– Pójdziesz ze mną, sprawdzimy.

Nawierzchnia była potrzaskana. Weszliśmy na most. Jedna z barierek runęła być może wiele dziesięcioleci temu. Koń prowadzony za uzdę szedł spokojnie. Doszliśmy do pierwszego pęknięcia Część drogi opadła może o cztery cale. Przekroczyłem cienką szczelinę. Kusiło mnie, żeby do niej zajrzeć. Czy żelazne sztaby tylko się wygięły, czy może zerwały? Czy kamienie po drugiej stronie nie runą nagle pod naszym ciężarem? Zwierzę stuknęło końcem kopyta o nierówność, zwolniło, lecz zaraz wróciło do poprzedniego równego rytmu kroków.

– Koń czuje twój strach – odezwał się Nash. – Pocisz się. Konie mają lepszy węch niż my. Nie tak dobry jak psy, ale wiedzą, że coś jest nie tak. On idzie, bo nam ufa. Najtrudniej będzie przeprowadzić pierwszego. Gdy jakoś to pójdzie, przestaniesz się trząść i z kolejnymi będzie już łatwiej.

Na szczęście most był szeroki, bez problemu omijałem dziury. Do jednej nawet odważyłem się zajrzeć. W dole woda z pluskiem rozbijała się o głazy. Dowódca zwrócił mi uwagę na kilka kamieni, które popękały. Nie wiedzieliśmy, czy trzymają się mocno, czy też uderzone podkową rozsypią się i runą w wodę. Ominęliśmy je ostrożnie. Najgorsze były ostatnie dwa przęsła. Most przechylał się w prawo. Nie było jakoś bardzo stromo, ale koń denerwował się, przestępował z nogi na nogę i kładł mi głowę na ramieniu. Gładziłem go po miękkich chrapach, lecz twardo prowadziłem za uzdę. Na szczęście stawiał kopyta pewnie, nie groziło, że poślizgnie się i osunie w bok.

– Tak tu nie było – mruknął Nash. – Zapamiętałbym.

– Wspomniał pan, że woda podmyła filary.

– Tak mi się wydawało, ale teraz nie mam pewności. Usadowiono je w skalistym korycie. Woda może przetaczać kamienie, lecz żeby naruszyła tak solidną konstrukcję? Nie wiem, może wiosną, gdy ruszyła kra, powstał tu wielki zator lodowy. A może winne jest trzęsienie ziemi?

– Nie zawali się?

– W najbliższym czasie raczej nie. Kamienie są dobrze spojone, trzymają się kupy, choć w przyszłości ten kawałek zapewne runie. Może za rok, może za dwadzieścia lat, ale raczej nie jutro czy w przyszłym tygodniu.

Wreszcie dotarliśmy na drugi brzeg. Przywiązaliśmy wierzchowca pomiędzy drzewami na skaju polany porośniętej długą trawą. Dowódca przepatrzył krzaki.

– Wracamy po kolejne? – zapytałem.

– Tak.

– Może trzeba przyprowadzić tu Tyrę albo chłopaka do pilnowania zwierząt?

– Dobry pomysł – pochwalił mnie. – Miałeś rację z tą małą. Naprawdę się przydaje na szlaku. Ty też się sprawdzasz. Nie rwiesz się głupio do przygód, nie usiłujesz imponować innym. Widzisz potrzeby i sam oferujesz pomoc. Nie byłeś nigdy na wyprawach łowieckich. Ekspedycja tego typu to rodzaj mechanizmu. Tu każdy trybik musi pasować do reszty. Ty i Tyra świetnie się zgraliście. Kapłanka pomaga, jak potrafi. Dogadujemy się dobrze, choć wcześniej się nie znaliśmy. Ale Gołębiarza i jego durnego syna najchętniej bym odesłał do Dysy.

Wróciliśmy po następnego konia i wszystko zaczęło się od początku. Trzecie zwierzę przeprowadziłem już samodzielnie. Było wczesne popołudnie, gdy wreszcie wszyscy znaleźliśmy się po drugiej stronie. Tyra rozpaliła nieduże ognisko, przygotowała przekąskę, zagrzała też wody na zioła. Posilaliśmy się szybko. Prawdziwy obiad planowaliśmy dopiero na wieczornym postoju.

– Bez strat własnych – mruknął Nash, patrząc na most. – Szkoda, że nie mamy więcej czasu, poszukałbym brodu. Myśmy przeszli, ale wozy utkną.

– Jeśli wrócimy tu kiedyś większą gromadą, może po prostu zwalimy ostatni odcinek i odbudujemy z drewna? – zaproponowała Tyra. – Lasy tu takie, że nie zabraknie belek.

– Może i tak. – Dowódca uśmiechnął się do niej.

Wiedziałem, że to nie takie proste, lecz on chyba chciał być dla niej miły. Zabraliśmy się za kulbaczenie i juczenie koni. Niechętnie przerwały posiłek. Łypały na nas z wyrzutem.

*

Wjechaliśmy w las. Przebyliśmy może milę, gdy droga Przodków nieoczekiwanie rozwidliła się. Węższy trakt prowadził prawie dokładnie prosto, szerszy odbijał lekko na północ. Nash bez wahania wybrał ten drugi. Podjechałem do niego.

– Czy nie powinniśmy... – zacząłem.

– Byłem tu już kiedyś. Wiem, jak mamy jechać – uspokoił mnie.

Po tej stronie rzeki drogi Przodków zachowały się znacznie gorzej. W wielu miejscach z dawnego bruku wyrastały całkiem grube drzewa. W innych korzenie, pełzając pod ziemią, wysadziły kostki lub płyty nawierzchni.

Tu i ówdzie krzaki wpiły się korzeniami w szczeliny bruku i drogę przegradzały kępy chaszczy. Jednak mimo tych niedogodności poruszaliśmy się znacznie szybciej, niż gdybyśmy musieli przedzierać się przez dziewiczy las. Pan Nash, jadąc na przedzie, zeskakiwał czasem z konia, by kilkoma ciosami siekiery powalić krzak lub samosiejkę brzozy. Tyra przycwałowała do mnie.

– Nie czuję już tyłka – westchnęła. – Myślisz, że długo jeszcze będziemy jechali?

– Nie wiem, ale słońce opada i zbliża się wieczór.

Cienie wydłużyły się, gdy wreszcie dowódca uznał, że pora na popas. Polana leżała przy drodze. Otaczał ją pierścień potężnych dębów. Wolną przestrzeń pokrywały niewielkie spłachetki trawy i rozległe połacie mchu. Na skraju spomiędzy głazów wypływał strumyk. W trawie bielały prostokątne fundamenty kilku budynków. Zapewne kiedyś była tu osada Przodków, ale chaty zbudowano drewniane i do dziś nie pozostał po nich żaden ślad. Sadzawka wydawała się idealna, by poić konie oraz zaczerpnąć wody do gotowania i mycia. Z ulgą zeskoczyliśmy na ziemię.

Najpierw wraz z synem Gołębiarza zajęliśmy się końmi. Rozkulbaczyłem je, podprowadziłem do wody, sprawdziłem kopyta, potem zabrałem się za wyczesywanie. Nash z Gołębiarzem poznosili juki w jedno miejsce. Odplątali tyczki namiotu. Ana podeszła do koni, położyła dłoń na nosie Brzoskwini. Zauważyłem, że rozgląda się, jakby skonsternowana czy przestraszona.

– Coś cię zaniepokoiło? – zapytałem.

– To chyba ten osławiony Las Dusz. Już sama nazwa mi się nie podoba, a my obozujemy w miejscu, gdzie kiedyś żyli ludzie.

– Wyczuwasz obecność zmarłych?

– Nie. Tylko jakieś dziwne napięcie w powietrzu. Może to złudzenie, może unosi się tu echo pamięci po jakiejś wielkiej tragedii – powiedziała. – A może to zapowiedź czegoś, co wydarzy się dopiero w przyszłości. – Zmarszczyła brwi.

– Koczownicy z plemienia Czerwonogłowych nie zapuszczają się w te lasy.

– Powodów może być wiele. Na przykład po tej stronie rzeki mogła wybuchnąć kiedyś zaraza. Ludzie nie pamiętają już o tym, bo minęło kilka pokoleń, ale nadal mają wbite do głów, by tu nie przyjeżdzać. Nie wiem. Pomodlę się za spokój tych, którzy kiedyś tu żyli. – Wskazała fundament.

Poszedłem pościnać drzewka na opał. Zauważyłem, że pan Nash przystanął nagle i zaczął nasłuchiwać. Podniósł kuszę i poszedł na skraj polany. Teraz i ja usłyszałem tętent. Ktoś nadjeżdżał?

Na drodze pojawiło się kilkunastu jeźdźców. Po strojach rozpoznałem Węży. A potem wypadki potoczyły się błyskawicznie. Nash padł trafiony kilkoma bełtami jednocześnie. Skoczyłem do juków, przy których miałem przytroczoną kuszę. I w tym właśnie momencie Gołębiarz stojący obok pchnął mnie niespodziewanie trójzębem. Uderzył z całej siły. Poczułem paraliżujący ból i sekundę później leżałem na ziemi, usiłując złapać oddech. Zacisnąłem dłoń na stylisku broni. Ostrza weszły mi w ciało jakieś trzy palce poniżej mostka. Spróbowałem szarpnąć i wyrwać je, ale ból eksplodował i na chwilę straciłem przytomność.

Ocknąłem się niemal natychmiast. Leżałem na boku, nóg nie czułem wcale. Ręce były ciężkie, jakby obce, z największym trudem poruszyłem palcami. Gołębiarz zdążył odejść kilkanaście kroków. Nie zadał sobie nawet tyle trudu, żeby mnie dobić. Wystarczył mi jeden rzut oka, by zrozumieć, że to koniec. Nawet gdybym zdołał wyrwać to z mojego ciała, ostrza z pewnością rozerwałyby wątrobę i jelita. Wiedziałem, że rany są śmiertelne. Jedna noga drżała, a stopa poruszała się zupełnie niezależnie od mojej woli. Trójząb musiał wbić się tak głęboko, że uszkodził kręgosłup.

Gołębiarz zdradził! – uświadomiłem sobie.

Potrząsnąłem głową, by jakoś się docucić. Ból nadal był potworny, lecz zebrałem się w sobie na tyle, żeby unieść ją ciut wyżej i popatrzyć, co się dzieje. Na polanie buszował oddział co najmniej tuzina Węży. Właśnie zsiadali z koni. Odziani byli w luźne spodnie do jazdy i skórzane kubraki. Wszyscy mieli kusze i kordy. Ana stała koło pnia brzozy i patrzyła na nich przerażona. Błądziła spojrzeniem na boki, ale nie miała szans na ucieczkę.

Nash leżał tam, gdzie go trafili. Wiedziałem, że jest martwy, widziałem końce bełtów sterczące mu z piersi. Gołębiarz i jego chłopak stali opodal kupy bagaży.

Poszukałem wzrokiem Tyry. Nigdzie jej nie wypatrzyłem. Uciekła? W pierwszej chwili zrobiło mi się jakby przykro. Umknęła, porzuciła nas, zostawiła, ale zaraz wziąłem się w garść. Uciekła – to dobrze! Wobec takiej bandy nie miałaby szans. Mogłaby co najwyżej bohatersko zginąć, albo – co gorsza – zginąć wcale nie bohatersko, zgwałcona i zatłuczona na śmierć. A tak ocaleje i może zaniesie na Pobrzeże wieści o naszym losie.

Przypomniałem sobie słowa arcykapłana. W razie konieczności zabić kapłankę, by uniknęła hańby, a świat nieszczęścia. Tylko nie miałem możliwości tego zrobić. Próbowałem unieść rękę – poruszyła się, ale nie starczyło mi siły. Trójząb dławił, paraliżował każdy ruch, każdy oddech wywoływał parkosyzmy bólu.

Na polanę wjechał jeszcze jeden wojownik. Ubrany był podobnie jak reszta, lecz miał na ramionach płaszcz. Wyglądał na wodza. Był gruby, wręcz otyły. Zeskoczył na ziemię, ktoś podbiegł i wyszczekał raport. Nowo przybyły pozdrowił Gołębiarza gestem i ruszył w stronę kapłanki.

Nagle spostrzegłem, że jeden z Węży, który został na skraju polany pilnować koni, podnosi dłoń, jakby chciał złapać się za szyję. Ręka uniosła się, potem opadła, a on sam osunął się na kolana i bez jęku opadł na twarz. Pozostali nic nie zaważyli.

Tyra! – uświadomiłem sobie. – Siedzi w krzakach ze swoim fletem. Co mówiła? Że ta trucizna może zabić człowieka, jeśli trafi się w szyję, a krew szybko zaniesie ją do mózgu. Tak czy siak, nie uratuje nas. Jedno dziecko nie zabije tuzina rosłych wojowników. Gdyby chociaż zdołała uśmiercić Anę... Czy wie, że musi ją zabić? Nie wie. A gdyby wiedziała, pewnie nie dałaby rady.

Moja przyjaciółka zrobiła krok do tyłu, opierając się plecami o pień brzozy.

– No i co my tu mamy – odezwał się grubas. – Kapłanka Ana z Tess, wnuczka tego starego piernika arcykapłana Rettiego. Zastanawiam się, co byłoby lepsze. Mógłbym zabrać ją na południe i oddać jako niewolnicę w dzierżawę do burdelu. Wtedy miesiącami czerpałbym zyski, niewielkie, lecz pewne. Ale jest też druga kusząca możliwość. Gdyby tak porozumieć się z jej dziadkiem?

Jak sądzicie, ile dałby okupu? Ty – dźgnął ją pod żebro rękojeścią batoga. – Dałby w srebrze tyle, ile ważysz?

Milczała, najwyraźniej nie chciała zniżać się do rozmowy z tym łajdakiem. Jeden z żołnierzy trzepnął się w bok, jakby odganiał owada. Czyżby kolejna strzałka Tyry?

Spaślak zrobił krok do przodu i jednym szarpnięciem rozdarł tunikę dziewczyny. Próbowałem krzyknąć, ale nie zdołałem nabrać dość powietrza w płuca. W ustach poczułem krew. Strzępy szaty opadły, moja przyjaciółka stała przed Wężami naga. Słyszałem wcześniej plotki, że ciała kapłanów muszą być zakryte, bo pokrywają je malowane tuszem specjalne modlitwy i święte znaki, a teraz ku swemu zdumieniu przekonałem się, że nie jest to prawdą. Widziałem bardzo jasną skórę, normalne kształtne ciało, jak u zwykłej dziewczyny. Spróbowałem odwrócić wzrok i prawie mi się udało.

– Powiadają, że każdy, kto spółkuje z ich kapłanką, sprowadza na świat plagi i nieszczęścia. – Wąż uśmiechnął się obleśnie. – Ale ja wierzę, że nasi bogowie są silniejsi od ich zabobonów. Sprawdzimy. Potrzymajcie mi ją, potem i wy sobie skorzystacie. Tylko z wyczuciem, ma zostać żywa. Przynajmniej na razie.

I naraz ujrzałem, jak Ana błyskawicznym ruchem unosi ręce. Trzasnęły ostrza ukryte w pierścieniach pokuty. Przyłożyła dłonie do szyi i pociągnęła jednym zdecydowanym ruchem.

Mimowolnie spróbowałem krzyknąć i kolejny raz poczułem dławiący smak posoki podchodzącej już do gardła. Mogłem tylko leżeć bezsilnie, patrząc, jak moja przyjaciółka chwieje się na nogach Z przeciętej w wielu miejscach skóry wystrzeliły strumyczki krwi. Otworzyła obie tętnice. Obie w kilku miejscach. Dowódca Węży, klnąc siarczyście, odskoczył i spróbował strzepnąć krople krwi ze swojego ubrania, ale tylko rozmazał je po tkaninie. Podwładni, widząc jego minę, zarechotali.

Ana bez choćby jęku bólu opuściła dłonie i opadła na kolana. Krew tryskała, każde uderzenie serca pozbawiało jej ciało kolejnej porcji życiodajnego płynu. Odszukała mnie wzrokiem. Spostrzegła, że jeszcze jestem przytomny, i uśmiechnęła się po raz ostatni. Widziałem, jak słabnie; zwiesiła głowę, oparła się rękoma o ziemię. I nagle spłynął na mnie spokój. Nie wykonałem sekretnego zadania, ale kapłanka nie zostanie pohańbiona. Ona umrze, ja umrę. Nigdy nie będziemy razem. A raczej za chwilę na zawsze już będziemy razem. Po tamtej stronie, w krainie Ojca u stóp tronów, na których zasiada z kociogłową córką. Tak czy inaczej, można już opuścić ciążące powieki i spokojnie umrzeć. A nie, najpierw zgodnie z tradycją trzeba się pomodlić modlitwą odchodzących. I uczynić znak odejścia. Ktoś powinien nakreślić mi go na czole olejem. Zatem ostatni wysiłek. Jak to szło?

I naraz spostrzegłem coś dziwnego. Ucichł wiatr. Umilkł świergot ptaków. Wszystkie konie, nasze i Węży, zwróciły się w stronę środka polany i pochyliły łby, jakby oddawały komuś pokłon. A kapłanka powoli podniosła się z ziemi. Oprzytomniałem w jednej sekundzie. Fala krwi zasychała na jej nagim ciele brązowymi plamami. Uniosła głowę i wykrzywiła wargi w uśmiechu. Rany na szyi chyba się zabliźniły. Węże patrzyli na nią zdumieni, dopiero po chwili na ich twarzach odmalowało się zwierzęce przerażenie. Pomyślałem, że za moment rzucą się na Anę i rozsieką ją kordami.

Dziewczyna tylko pstryknęła palcami. Poczułem powiew upiornego, pozaziemskiego chłodu. Napastnicy runęli na wznak. Nawet ich nie dotknęła, ale od razu odgadłem, że są martwi. Odnalazła wzrokiem Gołębiarza. Był blady jak ściana, a jego syn wytrzeszczał oczy i uśmiechał się głupkowato. A potem mężczyzna ściągnął brwi i nagłym ruchem poderwał kuszę do strzału. Bełt przeszył powietrze, uderzył między nagie piersi, przeszedł na wylot, jak gdyby nie napotkał na żaden opór, i świsnął gdzieś między drzewa. Kapłanka pokręciła głową, jakby z naganą, i strzeliła ponownie palcami. Mężczyzna zrobił się jeszcze bledszy. Upuścił kuszę. Brzuch pękł mu razem z odzieżą, wnętrzności wylały się brunatną kaskadą na ziemię, a on sam, rzężąc, przewrócił się w kałużę krwi i skonał.

Tylko dowódca Węży ocalał. Stał jak skamieniały. Ana podeszła do niego. Cofnął się i oparł plecami o drzewo. Zrobiła jeszcze jeden krok. Jej skóra w mgnieniu oka stała się gładka i czysta. Plamy krwi znikły. Zatrzymała się i zadarła głowę, by spojrzeć w oczy napastnika. Była znacznie niższa i drobniejsza. Wyglądała jak kurczę przy jastrzębiu. I to go chyba ośmieliło. Ocknął się nagle, wziął zamach, chcąc uderzyć ją w twarz. Ruchem zbyt szybkim, by nadążyło za nim oko, poderwała dłoń i bez wysiłku powstrzymała cios, a potem zgniotła kułak grubasa w swoich szczupłych palcach. Usłyszałem chrzęst pękających kości. Ręka wroga zwisła, bezkształtna, puchnąca od krwi sączącej się ze zmiażdżonych żył. Wąż jęknął rozdzierająco i zdrową dłonią złapał się za nadgarstek.

– Oglądanie kapłanki nago jest wedle praw Pobrzeża bluźnierstwem i zbrodnią – słowa dziewczyny były ciche,

ale mimo odległości słyszałem je wyraźnie, jakby szeptała mi wprost do ucha. – Prawo przewiduje za to jedną karę: oślepienie. Zdarcie szaty z kapłanki nie jest ujęte w prawie, bo tym, którzy je spisywali, nie przyszło nawet do głowy, że ktoś może dokonać podobnego czynu. Gwałt na kobiecie, a nawet jego usiłowanie, lub zagrożenie gwałtem wypowiedziane przy świadkach karane są zaś śmiercią. Czyni się tak zawsze i nie przewiduje się absolutnie żadnych wyjątków. W przypadku czynu tak niegodziwego i odrażającego nie ma mowy o okolicznościach łagodzących, nie ma jakichkolwiek możliwości odroczenia lub uniknięcia kary. Wykonuje się ją niezwłocznie po potwierdzeniu winy. To dobre prawo, proste, ale sprawiedliwe. Gwałtu na kapłance spisujący kodeksy nie przewidzieli. Tak potworna zbrodnia po prostu nie mieściła się nikomu w głowie.

Złapała Węża za brodę i jednym ruchem, bez wysiłku skręciła mu kark. Usłyszałem paskudny odgłos pękających kręgów, żołądek podszedł mi do gardła. Ciało zwaliło się na ziemię jak wór kartofli. Przez chwilę patrzyła na trupa. Jeszcze bił nogami powietrze, lecz oznaki życia gasły jedna po drugiej. Przeszła kilka kroków i stanęła nad ciałem Nasha.

– Odszedł już na tamtą stronę – powiedziała do siebie. – Tylko Ojciec jest władny zawrócić człowieka z tej drogi.

Zamarła na chwilę ze zmarszczonymi brwiami, jakby zadała w myśli pytanie i czekała na odpowiedź, ale ciało spoczywało nieruchomo. Rozłożyła bezradnie dłonie. Spojrzała na konie nadal zginające w pokłonie szyje. Uśmiechnęła się do nich i wyszeptała coś, czego nie dosłyszałem.

Ruszyła w moją stronę. Naga. Piękna. Zamknąłem oczy i spuściłem głowę. Mimo krwi kapiącej mi z nosa poczułem woń dziewczęcego potu i jaśminu. Uklękła tuż przede mną.

– Spójrz na mnie. Popatrz mi w oczy!

Już wcześniej domyśliłem się prawdy, ale dopiero gdy usłyszałem swoje święte imię, zyskałem pewność. Rozchyliłem powieki. Poczułem, jak oblewa mnie fala potu. Miałem przed sobą oślepiająco żółte tęczówki przecięte klinowatymi źrenicami. Kocie oczy bogini Nefem patrzyły na mnie z twarzy, którą tak dobrze znałem.

– Rozumiesz? – zapytała.

– Rozumiem, pani. Nie, w zasadzie to nic nie rozumiem. Trochę... – zaplątałem się do reszty.

Opuściłem głowę i zaraz ponownie ją podniosłem. Nasze spojrzenia znów się spotkały. Poczułem lęk, jakiego nigdy jeszcze nie doświadczyłem. Na jej wargach pojawił się lekki uśmiech, zupełnie odmienny od tego, który zapamiętałem. Zrozumiem, że to ktoś inny uśmiecha się tymi wargami. Bałem się patrzeć na jej twarz, zarazem obawiałem się patrzeć gdziekolwiek indziej.

– Łatwej mi użyć cudzego ciała, założyć cudzą twarz jak maskę. – Jej słowa potwierdziły moje przypuszczenia. – Boisz się. Czemu? – Głos też brzmiał odrobinę inaczej. – Jestem twoją boginią, przyjaciółką, opiekunką i obrończynią prawych ludzi z naszego ludu. Poświęciłeś wiele czasu, modląc się do mnie i mego Ojca. Zadawałeś mi pytania i szukałeś znaków mogących stanowić odpowiedzi. Przecież przed chwilą nie lękałeś się umrzeć.

Dotknęła mojego czoła, marszcząc lekko brwi. Strach nagle znikł.

– Chcesz coś powiedzieć? – Przechyliła głowę.

– Przed chwilą przypomniałaś pani, że wedle prawa ujrzenie kapłanki nago jest bluźnierstwem – wyszeptałem. – Winny będzie skazany przez sąd na oślepienie, kto zaś sam się przyzna i poczuje skruchę, powinien w ramach pokuty wyłupić sobie jedno oko. Ja ujrzałem nago boginię. Nie mam jak tego odpokutować, o ile taki czyn w ogóle może zostać odpuszczony. Jedyne, co mogę ci oddać, pani, jest niewiele warte. Tylko ból i ostatnie chwile życia. Nie wyrwę sobie oczu. Zbyt osłabłem, uczyń mi zatem pani łaskę.

– Toś wymyślił – westchnęła jakby z ubolewaniem. – Oślepienie, i to w tak pięknym miejscu, gdzie tyle wspaniałych drzew szumem liści śpiewa pieśń życia i tańczy w podmuchach wiatru ku czci mego Ojca?

Wyciągnęła dłoń i włożyła ją w moją pierś. Nie wbiła, ale właśnie włożyła. Palce łagodnie wniknęły jak ręka piekarza rozdzielająca ciasto. Zalała mnie fala bólu, poczułem, że się duszę. Nie wiedziałem, czy jej pazury są lodowato zimne, czy wręcz przeciwnie – przerażająco gorące, ale czułem je, ostre jak najlepsze brzytwy golibrody. Objęła moje serce. Nadludzkim wysiłkiem uniosłem głowę.

– Pani, jestem gotów.

– Najokrutniejsza śmierć i zesłanie ducha na wieczność do krain ogni i mroku z pewnością nie byłyby wystarczającą pokutą za podglądanie bogini – droczyła się, a po jej wargach błąkał się uśmiech najpiękniejszy, jaki w życiu widziałem. – Z drugiej strony, abyśmy zło mogli nazwać złem, musi być dokonane świadomie. Jaka tu twoja wina? Nie ty obdarłeś Anę z szat. Przyszłam, gdy była już naga. A gdy nie ma winy, po co w ogóle mówić o karze? Spójrz w swoje serce, jakie jest piękne i czyste, wolne od tylu ludzkich przywar.

Majestatycznym ruchem uniosła dłoń. Między jej pazurami faktycznie spoczywało moje serce. Drżało, biło jeszcze. Rozerwała je na dwie połowy. Trochę krwi pociekło na ziemię.

– Nie widzę w środku żadnego brudu, żadnego zła, żadnej winy. – Uśmiechnęła się, wywijając je na nice. – Zresztą, tak po prawdzie, i ty wiesz, i ja wiem, że cała czystość serca to tylko taka przenośnia, którą kapłani wymyślili, by łatwiej wytłumaczyć skomplikowane kwestie ludziom bardzo prostym. Zło rodzi się przecież nie w sercu, lecz w głowie. Nieprawdaż? Nosisz wiele blizn od pierścieni, choć byłeś dobrym człowiekiem. Lepszym od wielu innych. Nie popełniałeś żadnego prawdziwego zła. Twoje blizny znaczą zatem tylko tyle, że nie wymyśliłeś innego sposobu na walkę z brudnymi i niegodziwymi myślami.

– Tak, pani – wykrztusiłem.

Złożyła serce na powrót w jedną całość. Zrosło się momentalnie, a wtedy włożyła mi je w pierś. Poczułem niespodziewane ciepło rozlewające się po ciele. Chłód i drętwota ustąpiły, znów miałem czucie we wszystkich członkach. I zaraz ponownie ogarnął mnie strach.

– Mózgu nie będę oglądać – mruknęła jakby rozbawiona. – Zresztą nie muszę.

Orząc moje ciało palcami, przesunęła dłoń w stronę pępka i bez wysiłku wyrwała trójząb. Znowu uklękła bliżej mnie. Jej piersi zakołysały się, gdy odrzucała broń w krzaki. Zacisnąłem powieki.

– Otwórz oczy – poleciła.

Spojrzałem. Nie była już naga, porastało ją krótkie, złociste kocie futro. Zasłaniało wszystko, a zarazem jakby podkreślało kształty.

– Jesteś lepszym człowiekiem, niż by to wynikało z twojej własnej oceny. Stanąłeś dzielnie do beznadziejnej walki. Umiałeś latami tłumić swoje uczucia, choć dziewczyna, która spodobała ci się do szaleństwa, wybrała służbę bogom. Umiałeś czekać, choć nadzieja była nikła. Umiałeś też się ukorzyć, odrzucić gniew oraz strach i podporządkować się prawu. Umiałeś nawet z podniesionym czołem przygotować się na śmierć. Co się zaś tyczy pomysłu ofiarowania tych ostatnich chwil, nie myśl, że kilkoma zadrapaniami wymigasz się od dowodzenia tak ważną misją!

– Dowodzenia misją?! – szepnąłem. – Przecież umieram.

Zerknąłem w dół. Po ranie zadanej ostrzami pozostała tylko rozległa jasna blizna. Nagle zgiąłem się wpół i zaniosłem kaszlem. Wstała i ujęła mnie za ramię, pomagając się wyprostować. Nie ciągnęła mocno, ale wyczułem w jej ręce wręcz niewyobrażalną siłę. Staliśmy teraz twarzą w twarz. Poczułem, że powinienem uklęknąć, lecz nadal mnie trzymała.

– Chcesz mnie o coś jeszcze zapytać, dowódco? – Na jej wargach nadal błąkał się uśmiech.

– Czy nasza misja się powiedzie?

– Ta wiedza nie jest ci konieczna, by nadal kroczyć drogą sprawiedliwych i czynić dobro na miarę swoich możliwości. A co do drugiego pytania, którego nawet nie śmielasz się zadać... No cóż, serce dziewczyny stanowi największą zagadkę we wszystkich stu światach i najmądrzejsi uczeni nie są zdolni przeniknąć rozumem jego narowów. Nawet ja i mój Ojciec nieraz bywamy zaskoczeni tym, co obserwujemy. Wyobraź sobie kalejdoskop. Patrzysz w otwór i przy każdym ruchu widzisz nowe fascynujące wzory. Powstają spontanicznie, bez ładu, składu i sensu. Nawet bogowie nie czują się władni przesuwać tych szkiełek. Czy chcesz o coś prosić?

– Skoro nie mogę liczyć na pomoc w poukładaniu swojego życia, to chyba mam wszystko, czego mi trzeba, ale jeśli mogę prosić dla brata...

– Ćwiczenia, które wykonuje, przyniosą stopniowo efekty, nie trzeba tu pomocy bogów, jedynie uporu i sumienności, a tego mu nie brakuje. Kalectwo cofa się, z czasem zniknie bez śladu. Zmarnowałeś życzenie. – Puściła mnie, by bezradnie rozłożyć ręce.

– Jeśli brat będzie zdrów, to nie żałuję – wykrztusiłem i rzeczywiście tak właśnie czułem.

– Skoro tak stawiasz sprawę, dostaniesz jeszcze dwie wskazówki. Piękny ptak powstaje, gdy dusza jest czysta, a intencje szlachetne. A właściwa odpowiedź na pytanie, które zostanie ci zadane, brzmi: „Na każde żądanie odpowiada tylko sługa".

– Pytanie?

– Usłyszysz je w swoim czasie. – Uśmiechnęła się. – Zawsze bądź po prostu sobą. I szukaj znaków. Dzięki temu daleko zajdziesz. – Dotknęła mojego czoła w geście błogosławieństwa i odwróciła się na pięcie.

Futro nie było jednolicie złote, na grzbiecie przecinały je ciemniejsze pręgi, a poniżej... Poniżej spostrzegłem wspaniały puszysty koci ogon. I tylko głowa pozostawała całkiem normalna, ludzka.

Dokładnie odwrotnie niż na posągach – myśl narodziła się i zgasła.

Chciałem zadać jeszcze kilka pytań, ale ona odeszła już parę kroków. Zrozumiałem, że audiencja skończona. Nadal paraliżowało mnie przerażenie, lecz jednocześnie było mi dziwnie błogo. Czułem ulgę, że odeszła, i rozpaczliwą pustkę spowodowaną tym, że nie stoi już przy mnie, jednak wiedziałem, że nie wolno mi jej dogonić. Podeszła do syna Gołębiarza.

– Ty... – przemówiła do niego świętym imieniem.

Już wcześniej był blady jak ściana. Teraz na jego spodniach wykwitła plama moczu. Patrzył na nią wzrokiem pełnym nienawiści.

Jest zbyt głupi, żeby się naprawdę przestraszyć – pomyślałem.

– Wiedziałeś, co nastąpi. Wiedziałeś, że wyprawa zmierza w pułapkę – stwierdziła. – Nie ostrzegłeś towarzyszy, których chleb jadłeś. Nie powstrzymałeś też swego rodziciela przed popełnieniem zbrodni. I to jest w tym wszystkim najgorsze. Bo właśnie ty jako jedyny mogłeś go zawrócić ze złej drogi, mogłeś mu pomóc w jego błędach. To ty mogłeś uratować jego duszę. Co masz na swoją obronę?

– Pani... eee... Bogini. Wykonywałem jego polecenia i rozkazy – wykrztusił i spojrzał odruchowo na trupa. – Wedle naszych obyczajów wola ojca jest dla syna prawem. Zabiłaś go, pani! – zaskamlał. – Zabiłaś na śmierć.

– Zabiłam. – Obojętnie skinęła głową. – Umarł z jelitami na wierzchu, jak wedle starożytnych praw ludu winien umierać zdrajca. A może uważasz, że był niewinny?

Zaprzeczył ruchem głowy.

– Co mu obiecano? – zadała pytanie. – Powiedz to głośno, by usłyszeli żywi i martwi.

– Mieliśmy otrzymać duży dom w ich stolicy. Oraz niewolników i niewolnice wybrane spośród naszego ludu. Pieniądze, byśmy nigdy już nie musieli pracować... – Jego twarz przybrała dziwnie marzycielski wyraz.

– I tylko tyle? – Pokiwała głową, jakby się dziwiła. – Tak tanio, niemal darmo sprzedaliście swoje miasto, swoich bogów, swoich towarzyszy i sąsiadów?! Tylko tyle potrzeba wam było, aby odrzucić prawa ludu, wśród którego wyrastaliście? Dlaczego postanowiliście słuchać nauk Czarnego Nauczyciela? Dlaczego uwierzyłeś w potęgę ciemności?

– Ciemność jest przecież silniejsza. To oczywiste. – Hardo uniósł głowę. – Światło świecy, nawet światło słońca rozprasza ją tylko na chwilę. Potem ciemność wraca. Jest wszędzie, wystarczy unieść kamień, by ją znaleźć. Wystarczy cienki arkusz blachy, żeby światło nie miało do nas dostępu. Cały wszechświat jest wypełniony mrokiem, gwiazdy to tylko nieliczne plamki jasności, mizerne wobec jego ogromu i słabe wobec jego potęgi. Podobnie bogowie, którzy kochają światło, są słabi wobec mocy ciemności.

Skąd u tego gówniarza tak precyzyjnie sformułowane myśli? – zdziwiłem się, ale zaraz zrozumiałem, że tylko cytuje coś, czego wyuczył się na pamięć.

– Zatem uważasz, że jestem słaba wobec mocy ciemności? – Nefem, przechyliwszy głowę, patrzyła na niego z mieszaniną zdziwienia i politowania.

Przyłożyła końce palców do czoła chłopaka i zmarszczyła brwi, jakby się nad czymś zastanawiała. A potem westchnęła, sięgnęła i jednym ruchem pazurów wydłubała mu oczy. Zawył i zalał się krwią.

– Widzisz teraz tylko ciemność – powiedziała cicho, lecz wyraźnym, mocnym głosem. – Tę ciemność, w której potęgę uwierzyłeś i której przed chwilą chciałeś służyć. Oceń, proszę. Jest w niej jakaś siła? Czy tylko bezsensowny ból i cierpienie? A może jednak wolisz światło?

Obróciła wyrwane oczy w palcach i sprawnie wetknęła chłopakowi na miejsce. Krzyknął i podniósł głowę. Fala krwi powoli zasychała na policzkach i ubraniu. Mrugnął kilka razy, przerażony.

– Pani! – wykrztusił już zupełnie innym tonem.

– Jak teraz sądzisz, co jest lepsze i silniejsze? Absolutny mrok, którego doświadczyłeś przez krótką chwilę, czy świtało zesłane przez Ojca Stworzyciela, które widzisz przez całe swe życie.

– Pani! – Padł jej do stóp. – Wybacz.

– Jesteś młody i potwornie głupi – jej głos ciął teraz jak bat. – Młodość czasem usprawiedliwia głupotę, ale nie w tym przypadku. Okazywałeś posłuszeństwo ojcu, który był człowiekiem chciwym i niegodziwym. Pokierowałam kośćmi losu tak, byście ruszyli na zachód. Ta wyprawa była waszą szansą. Mogłeś uratować jego i siebie. Odwieść go od niecnych planów. Przekonać, by nie uczynił tego, co zaplanował. Mogliście wziąć udział w ważnej misji, zostać bohaterami swego ludu. Zamiast tego wybraliście nikczemną zdradę. Nie przymuszani przez nikogo piliście czerwony wywar i czytaliście księgę Węży. Czyniłeś zło, pragnąłeś zła. A teraz? W chwili lęku chciałbyś się powołać na obyczaje i zasady ludu, który obaj zapragnęliście zdradzić. Wiem o tym, bo czytam w tobie jak w otwartej księdze. A co mówi prawo naszego ludu? Ten, kto niewoli innych ogniem, będzie spalony. Patrz!

Pstryknęła palcami i zwłoki Gołębiarza w ułamku sekundy obróciły się w węgiel.

– Miał szansę, do samego końca. Mógł strzelić do Węża. Mógł nie strzelać. Sam wybrał. A co wybierzesz ty?

– Litości, pani – zaskamlał.

– Zatem błagasz o litość boginię, którą uznałeś za słabszą od ciemności, którą obrażałeś nawet, stojąc z nią twarzą w twarz. Unieś prawą dłoń.

Uniósł posłusznie. Musnęła jego skórę palcami. Tatuaż znikł.

– Nie jesteś godzien być członkiem naszego ludu. Nie jesteś godzien nosić świętego znaku i świętego imienia. Nie jesteś godzien, by figurować w księdze życia. Z drugiej jednak strony głupota sama w sobie jest najgorszą karą, więc okażę ci łaskę – nagle złagodniała. – Odejdziesz teraz precz. Przypomnij sobie wszystko, czego kiedyś uczyła cię matka. Szukaj w sobie resztek ducha, resztek dziecięcej czystości i dobra. Czerwony wywar poczynił pewne szkody, ale je przezwyciężysz, o ile zechcesz. Pielęgnuj dobro, rozwijaj. Żyj wedle naszych zasad. Odmawiaj modlitwy i czyń pokutę pierścieniami.

– Ja... ja wszystko widzę do góry nogami – jęknął przerażony.

– Bo twoje oczy umieszczone zostały odwrotnie. Któregoś dnia obudzisz się i będą patrzyły normalnie. Wtedy znów ujrzysz nasz znak na nadgarstku. Po tym poznasz, że czas twej kary dobiegł końca. O ile to w ogóle nastąpi –

westchnęła. – Daję ci szansę, nie zmarnuj jej. Jesteś wolny. Precz! – Wskazała ścianę lasu.

Odbiegł, zataczając się, i po chwili znikł nam z oczu. Potem odwróciła się w stronę młodnika i wypowiedziała święte imię. Tyra, drżąc na całym ciele, wyszła z krzaków. W dłoni ściskała swój flet. Uklękła, przestraszona.

– Pani... – szepnęła, pochylając głowę.

– Szukałaś miejsca wśród swoich. Szukałaś znaków, szukałaś Ojca Stu Światów oraz mnie, na przekór wszystkiemu trwając przy wierze Przodków. Zachowałaś czystość myśli i cnotę, podczas gdy twoje rówieśnice dla zabawy, z ciekawości lub za garść błyskotek kolejno oddawały się mężczyznom. Służyłaś mi tak dobrze, jak umiałaś. Nie do końca potrafiłaś, to i owo ci się pomieszało, ale próbowałaś. Unieś prawą dłoń.

Pazury znikły, przesunęła opuszkami po palcach dziewczyny. Skóra na moment zalśniła jak złoto, a później blask przygasł, jakby wniknął w ciało.

– Marzenia twoje były małe i skromne, ale przez to piękne. Gdy nadejdzie twój czas, zostaniesz fryzjerką.

Nachyliła się, ujęła małą pod brodę i uniosła jej głowę. Ich spojrzenia spotkały się. Dzikuska chyba dopiero teraz spostrzegła kocie oczy bogini. Na jej twarzy odmalował się lęk i jednocześnie zachwyt. Nefem skłoniła się, dotknęła palcami czoła dziewczyny. Zobaczyłem, jak przez ciało Tyry przebiegł dreszcz.

– Powstań.

– Tak, pani.

Gdy wstała, dostrzegłem coś dziwnego. Z jej ramiom i twarzy znikły zadrapania i drobne blizny, włosy nabrały gęstości i połysku.

– Gdziekolwiek się udasz, cokolwiek dobrego będziesz czynić, niech ci towarzyszy moje błogosławieństwo – szepnęła Nefem. – Błogosławieństwo wesołej bogini, opiekunki dziewcząt i młodych kobiet. Czy chcesz o coś zapytać?

– Czy to prawda, że Ojciec stworzył aż sto światów i że we wszystkich żyją istoty nam podobne?

Bogini nie wytrzymała i parsknęła perlistym śmiechem. Zabrzmiał jak kryształowy dzwoneczek. Przeleciał przez polanę niczym wiatr, sprawił, że na gałęziach drzew rozkwitły kwiaty.

– Wybacz, dziecko, to pytanie wbrew pozorom wcale nie jest śmieszne. Nie powinnam śmiać się z cudzej dociekliwości. Te „sto światów" to tylko takie umowne określenie. Wymyślono je, by prostym ludziom, nieznającym wielkich liczb, opowiadać o potędze Boga. Cywilizacje rodzą się i upadają. Narody powstają i znikają. Zamieszkanych planet, gdzie różne istoty na różne sposoby oddają cześć Ojcu, jest obecnie sto osiemdziesiąt czy sto dziewięćdziesiąt tysięcy, szczerze powiedziawszy, nie liczyłam nigdy dokładnie.

– Yyy. Tysięcy?! – wykrztusiła mała. – I na różne sposoby?!

– Ojciec z każdym ludem rozmawia tak, by zostać zrozumianym. Znacie tylko jedną cegiełkę wielkiego muru, ale jego fundamentem wszędzie są tak samo dobro, miłość, piękno, cnota i światło. Czy tu, czy po drugiej stronie galaktyki. Masz jakieś życzenie?

– Nie. Sama ułożę szkiełka mojego kalejdoskopu, a potem wybiorę, komu pokażę wzór.

– Zrobisz, jak zechcesz, ale to dobry chłopak i dobry wybór. – Bogini uśmiechnęła się i pocałowała ją w czoło, a następnie spojrzała w niebo i zmarszczyła brwi.

Pstryknęła palcami. Nieruchome dotąd słońce od razu skoczyło za horyzont. Noc spadła na nas w jednej sekundzie, jak czarna zasłona. Moje myśli też zgasły.

9

Obudziłem się przy dogasającym ognisku. Dłuższą chwilę wodziłem wzrokiem po obozowisku. Kapłanka, zakutana w szary szal, siedziała na kłodzie po drugiej stronie żaru. Poruszała bezgłośnie ustami, szarfa oplatała jej dłonie. Modliła się. Zmarszczyłem brwi. Nie mogłem zebrać myśli. Co się wydarzyło wieczorem? Zasadzka? Nawiedzenie przez boginię? Sen. Tak, to był chyba tylko idiotyczny sen.

Kapłanka rozwiązała węzeł i zwinęła szarfę.

– Jak twoje rany, przyjacielu?

Rany? Jakie rany?! Spojrzałem odruchowo. Koszula wisiała na mnie w strzępach. Tkanina była sztywna, powalana zaschniętą krwią. Pierś i brzuch pokrywały cienkie jasne blizny. Przecinały mostek i biegły w dół ku wątrobie. Tak jakby ktoś mnie wypatroszył, używając czterech noży, a potem wszystko się zrosło. Pamięć wróciła w jednej chwili.

– To nie był sen? – szepnąłem.

– Musielibyśmy we trójkę śnić to samo – odparła. – Wypytałam naszą przyjaciółeczkę, gdy zbudziła się niedawno.

Tyra spała smacznie przy ogniu, swoim zwyczajem zwinięta w kłębek i nakryta końską derką.

– Przyjacielu – odezwała się kapłanka – byliśmy świadkami cudu, jaki nie zdarzył się chyba od ćwierci milenium. Bogini spojrzała moimi oczyma i zawładnęła moim ciałem. Odepchnęła mnie. Wszystko widziałam jakby z oddali. Zawróciła nas z drogi ku śmierci, lecz dowódca nie żyje. Nie zdołała go wskrzesić. Te sprawy widocznie leżą w gestii jej Ojca.

– Usłyszałem wasze święte imiona. A ty moje, ale...

– Wypowiedziała je moimi ustami. Ty ich nie pamiętasz i ja ich nie pamiętam. Pisma mówią, że gdy ktoś usłyszy święte imię drugiej osoby, i tak nie zdoła zachować go w pamięci.

– Pamiętam. – Usiłowałem sobie przypomnieć, jak brzmiały, i z rezygnacją pokręciłem głową. – Nie, nie pamiętam. Widocznie tylko bogowie mogą je znać i wypowiedzieć.

– Chyba tak. Powiedz, czy czujesz ból w ranach?

– Nie.

Pomacałem brzuch i pierś. Blizny jak blizny. Trochę szorstkie w dotyku. A przecież wyjęła mi serce. I włożyła z powrotem. A może to była tylko iluzja? Przecież natychmiast bym umarł. Z drugiej strony to bogini. Jej moc mogła sprawić, że pozostałem przy życiu. Ścisnąłem ostrożnie skórę. Nic. Ana obserwowała mnie w milczeniu.

– Pamiętasz, jak w szkole upadłam na rozbitą donicę i zraniłam się w łydkę? – zapytała. – Miałam dziesięć albo jedenaście lat.

– Tak. Pomagałem cię opatrywać.

– Nie została mi po tym upadku nawet blizna, ale gdy nacisnę skórę, mogę znaleźć ślad, bo do dziś mięsień jest w tym miejscu zniekształcony, a czasem czuję lekki ból. Ty masz tylko znaki na skórze. Jakby rany nie sięgnęły w głąb.

– Tak to wygląda.

– Myślę, że Nefem chciała zostawić ci znak, żebyś pamiętał. Zarazem nie jest to dowód cudu. Jeśli opowiesz ludziom, że byłeś przebity na wylot, a oni obejrzą blizny, to cię wyśmieją. Powiedzą, że zmyślasz, że sam ponacinałeś sobie skórę. I to niezbyt głęboko. Podobnie moja sierść.

– Sierść?!

Podwinęła rękaw. Przedramię porośnięte miała nadal cudownym złocistym futerkiem.

– Schodzi płatami – westchnęła. – Nie trzyma się skóry, myślę, że najdalej w kilka dni zniknie bez śladu. Bogowie nie zostawiają nam dowodów, tylko znaki, które trzeba umieć odczytać. Moja cioteczna babka, która też była kapłanką, opowiadała, że jako dziecko znalazła u stóp muru martwego ptaszka. Ujęła go w dłonie i modliła się do bogini. Nagle ptaszek ożył i odleciał. Ona wiedziała, że był martwy. Czuła, że nie bije mu serce, lecz wszyscy, którym to opowiedziała, sądzili, że tylko ogłuszyło go uderzenie o pień drzewa i po prostu się przebudził.

– Bogini pojawiła się wśród nas – szepnąłem. – Czemu?

– By nas uratować. Ale nie wiem, czym sobie na to zasłużyliśmy. Może przyciągnęła ją relikwia. – Dotknęła ampułki. – A może faktycznie towarzyszy nam wszystkim w każdej chwili i jest bliżej, niż nam się wydaje. –

Musnęła palcami swój tatuaż. – Pamiętasz opowieść o lustrze?

– „Najdrobniejszy nawet odłamek stłuczonego lustra odbija naszą twarz tak samo jak całe lustro. Może rozprysnąć się na tysiąc kawałków i każdy z nich nadal pomieści cały obraz. Tym bardziej żywi bogowie mogą jednocześnie przebywać w tysiącach świątyń, mogą być obecni w każdym posążku lub medalionie, by w każdej chwili towarzyszyć wszystkim swoim wyznawcom" – zacytowałem ustęp z Księgi Drogi. – Nawet jeśli faktycznie tak jest, nie słyszałem, by kogoś osobiście uratowali.

– Są takie relacje sprzed setek lat. Czytałam. Bogowie patrzą na nasze życie jak na zwój papieru. Gdy czytamy opowieść, przyzwyczajamy się do bohaterów, lubimy ich, ciekawią nas ich losy. Może nasze zwoje skończyły się za wcześnie? Może bogini przybyła, bo nasza księga urywała się nagle, a ona była ciekawa, co mogłoby być dalej? A może patrząc na zwoje innych ludzi, ważniejszych od nas, stwierdziła, że warto byłoby coś poprawić, a bohaterowie, którzy mogliby tego dokonać, zginęli? Więc ujęła trzcinkę pisarską i naniosła poprawki. Ale masz rację, to niezwykłe. Dla każdego kapłana i kapłanki najwyższym zaszczytem i spełnieniem marzeń jest spotkać w tym życiu swego boga. Podążamy za głosem serca. Większość żyje w oczekiwaniu na nawiedzenie we śnie lub mocny, czytelny znak. O tym myślimy podczas bezsennych nocy spędzanych na modlitwie. Spełniło mi się to, na co inni czekali czasem całe życie – szepnęła, patrząc w płomienie.

– Czy mamy kontynuować misję?

– Zadaję sobie to samo pytanie. – Wzruszyła ramionami. – Bogini rozmawiała ze mną przez chwilę, zanim odeszła, ale nie przekazała żadnych poleceń, nie powiedziała też nic o naszej ekspedycji.

– Mnie też nie, lecz ostrzegła, że nie wymigam się od dowodzenia wyprawą.

– Jesteś jedynym mężczyzną w naszej grupce, więc to twój obowiązek. Skoro obiecała, że Tyra spełni swoje marzenia i będzie fryzjerką, to chyba znaczy, że dotrzemy na zachodnie Pobrzeże, odnajdziemy miasta naszych braci, a dla naszego ludu nastaną dobre lata. – Potarła w zadumie koniuszek nosa. – Z drugiej jednak strony nie powiedziała, kiedy to nastąpi. Ty zapytałeś, ale odpowiedź była bardzo niejednoznaczna. A już najdziwniejsza była odpowiedź na pytanie Tyry.

– Sto osiemdziesiąt tysięcy światów podobnych do naszego – wyszeptałem.

– Gdy byłam mała, pytałam matkę, dlaczego świątynie są tak ogromne. Wydawało mi się to bez sensu. Mówiła, że chodzi o uświadomienie ludziom, że bogowie działają w zupełnie innej skali niż my. Słowa „Ojciec Stworzyciel Stu Światów" brzmią już przytłaczająco. A tymczasem prawda okazuje się ponad nasze wyobrażenie.

Wpatrywała się chwilę w ogień.

– Pamiętam ze szkoły, gdy mówiliśmy o naszych marzeniach – odezwała się wreszcie. – Wszyscy mieli takie zwyczajne. Dom, rodzina, wiedza, czasem podróże, dobra praca, szacunek innych, bogactwo. A ty powiedziałeś, że chciałbyś mieć brązowe oczy.

– Całe życie chciałem, ale u przedstawicieli naszego ludu to ogromna rzadkość.

– Ale gdy bogini zapytała o twoje życzenia... Niech zgadnę, nawet o tym nie pomyślałeś? I nie pomyślałeś też, że może naprawić tę wadę, która sprawia, że masz kłopot z celowaniem.

– Uleczenie nogi brata było ważniejsze.

– Myślisz o innych. Zawsze. Tak jak tego uczy nasza wiara. – Zadumała się. – Księgi nazywają to instynktem moralnym. Nie zastanawiasz się, co wypada albo czego potrzeba, tylko sam z siebie czynisz to, co dobre i słuszne.

Podrapała się po plecach i cisnęła gruby kłąb złocistej sierści w ogień. Strzelił oślepiająco jasnym płomieniem i znikł.

– Czy nie powinniśmy tego zachować jako relikwii? – spytałem.

– Nie przetrwa. Nie pozostanie żaden dowód tych wydarzeń, tylko to, co mamy w pamięci. Nikt poza najbliższymi przyjaciółmi nam nie uwierzy.

Przeciągnęła palcami po karku i położyła mi garść puchu na dłoni. Włoski były niezwykle cienkie i delikatne, niczym pajęczyna. Pod naciskiem palca kruszyły się w drobniutki pył.

– Ogona też już nie mam – wyjawiła. – Rozsypał się w popiół, nawet nie zauważyłam kiedy.

– Szkoda, był bardzo piękny – bąknąłem.

Umilkłem skonfundowany własnymi słowami. Ana uśmiechnęła się jakby kpiąco, ale nic nie powiedziała. Nad lasem wstawał świt.

– Przyjacielu – zwróciła się do mnie kapłanka. – Trzeba pogrzebać ciało naszego towarzysza oraz zwłoki naszych wrogów.

– Co z trupem zdrajcy?

– Pismo mówi, że tacy jak on odejdą w otchłań, a imię ich przepadnie, ale mimo wszystko nie godzi się wystawić ciała człowieka na pożarcie przez dzikie zwierzęta.

Namachałem się łopatą, by wykopać groby. Czas płynął, a dół ciągle był płytki. Po krótkim namyśle postanowiłem nie kopać już głębiej, lecz za to nakryć zwłoki kamieniami. Zwlokłem trupy do zagłębienia. Ciała były już sztywne. Nie nosiły żadnych śladów, które mogłyby zdradzić przyczynę zgonu. Pamiętałem, że bogini strzeliła palcami, pamiętałem powiew chłodu, ale co tak dokładnie ich zabiło? Tylko grubas miał skręcony kark, a ten, który upadł przy koniach, rankę na szyi, w miejscu, gdzie trafiła go Tyra. Ciała Gołębiarza nie było jak pogrzebać, została z niego jedynie warstwa popiołu układająca się z grubsza w kształt ludzkiej sylwetki. Co ciekawe, źdźbła trawy obok nie nosiły żadnego śladu żaru.

Na tym polegają cuda, których dokonują bogowie – pomyślałem. – Łamią prawa natury. I zarazem niewiele zostawiają śladów. Był człowiek, teraz go nie ma. Spadnie deszcz i nie zostanie żaden ślad. Mogę opowiedzieć, co widziałem; ludzie uwierzą albo wezmą mnie za szaleńca.

Lecz i tak przywaliłem to miejsce kamieniami. Dowódcą zająłem się na końcu. Pan Nash leżał tam, gdzie go trafili, twarzą ku ziemi. Odwróciłem go. Przypomniałem sobie jego opowieść. Miał półprzymknięte oczy. Widziałem tęczówki i źrenice, ale nie były skurczone. Za to na jego wargach zastygł lekki uśmiech. Przez chwilę się wahałem, wreszcie opuściłem mu powieki.

Wykopałem płytki grób. Rozłożyłem wojłok. Przeciągnąłem ciało i złożyłem na materiale. Powinienem umyć zwłoki przed oddaniem ich ziemi, ale nie mieliśmy takiej możliwości, więc przemyłem mu tylko twarz.

Na czole namalowałem olejem znak odchodzących. Nakryłem derką i zasypałem ziemią. Potem zabezpieczyłem mogiłę otoczakami. Ściąłem rozwidloną gałąź, zatknąłem ją na grobie. Konary sterczące ku niebu oplotłem jego szarfami modlitewnymi.

Konie Węży nadal stały uwiązane do pni brzóz. Rozkulbaczyłem je, wyczesałem i puściłem, żeby się napiły. Przejrzałem juki przytroczone przy siodłach. Później zaprowadziłem do wodopoju nasze konie. Sypnąłem karmę gołębiom siedzącym w klatkach.

– Gołębie – odezwała się kapłanka, podchodząc do mnie. – Część z nich poleci na Pobrzeże, ale niektóre wręcz przeciwnie. Dobrze byłoby dać znać mojemu dziadkowi, co się wydarzyło. Jak rozpoznać, które udadzą się tam, gdzie trzeba, a które prosto do naszych wrogów?

– On je znał tak, jak my odróżniamy owce, nawet pochodzące z jednego miotu – westchnąłem. – Wiedział, które są które.

– Jeśli je wypuścimy bez listów, część wróci na Pobrzeże. Nasi przyjaciele pomyślą wtedy, że spotkało nas nieszczęście. Cześć poleci do Węży. Co oni pomyślą? Może powinniśmy je wszystkie zabić? – Poskrobała się po głowie. – Tyra upiecze je potem w glinie, będzie jedzonko palce lizać.

– A gdyby tak... Znasz alfabety starożytnych. Gdyby list zapisać w ten sposób, by arcykapłan zdołał go odczytać, a Węże nie? Nawet jeśli gołąb pofrunie do nich, nic nie zrozumieją.

– Nie wiemy, co potrafią, a czego nie. Musiałabym jakoś to zaszyfrować. Nie przewidzieliśmy takiego rozwoju wydarzeń. – Przygryzła dolną wargę. – Musimy zdecydować, co dalej. Pozostała nas tylko trójka, mamy dziewięć koni. Czy podołamy trudom dalszej wędrówki? Przemierzyliśmy może jedną trzecią drogi.

– Kapłanko... – zacząłem i umilkłem.

– Domyślam się, co chcesz powiedzieć, przyjacielu. Twoim zdaniem jestem zbyt delikatna, by przetrzymać trudy podróży bez świty. A Tyra to jeszcze dziecko. Spadną na nas obowiązki, które do tej pory wykonywało dwóch mężczyzn i jeszcze tamten chłopak. Zapewniam cię, że obie temu podołamy.

– Najwięcej roboty jest przy zwierzętach. Nie potrzebujemy aż tylu koni – rozważałem. – Możemy zatrzymać trzy pod wierzch i jednego jucznego, który zarazem będzie stanowił zapas, gdyby któryś z naszych okulał. Odpadnie spora część zapasów i ekwipunku, bo wraz ze śmiercią naszych towarzyszy nie trzeba aż tylu namiotów. Kociołek jest za duży, wszak nie będziemy już gotowali dla sześciorga ludzi. A mniejszego nie mamy.

– W jukach z lekami są dwa: mały do ziół i drugi, trochę większy. Spróbujemy podzielić ekwipunek. Zastanówmy się, co jest niezbędne. Nasza mała przyjaciółka żyła w lesie, więc podpowie, bez czego możemy się obejść.

– Żyła, ale koczownicy zabierają tylko rzeczy absolutnie niezbędne. Sypiają w szałasach, na posłaniach z traw. Albo całą noc drzemią przy ogniu rozpalonym w wydrążonej podłużnej kłodzie. Nie jesteśmy do tego przyzwyczajeni.

– Jest jeszcze jedna trudność. To niebezpieczne lasy pełne dzikiego zwierza i, jak się przekonaliśmy, złych ludzi. Gdybyśmy znów padli ofiarą jakiejś napaści, nawet nie mówię o kolejnych Wężach, lecz o watasze wilków, kilku mężczyzn jest w stanie odeprzeć atak. Ja w pojedynkę mogę tylko bohatersko zginąć.

– Dojść musimy – westchnęła kapłanka. – Zaufali nam nasi przyjaciele i zbyt wiele od tego zależy, żebyśmy mieli teraz zawrócić z drogi.

– Brak mi doświadczenia.

– Bogini wyznaczyła cię na dowódcę. Nash powiedział mi kiedyś na osobności, że można ci zaufać, że drzemie w tobie więcej siły, niż sam sądzisz, i że gdyby coś mu się stało, ty nas poprowadzisz.

– To miłe z jego strony, ale obawiam się...

– To był mądry człowiek. Miał nosa do ludzi. Mersh i jego syn od razu mu nie pasowali.

– Dlaczego wróżba wskazała ich jako uczestników?

– Słyszałeś słowa bogini? To była ich szansa, aby wyplątać się ze zdrady. To była szansa dla tego dzieciaka, by uratować i siebie, i ojca.

– Jak ten gnojek właściwie miał na imię? Nie mogę sobie przypomnieć... – Zmarszczyłem czoło.

– Nie przypomnisz sobie. Bogini usunęła go z księgi życia. Nikt nie przypomni sobie jego imienia. Tam, gdzie było zapisane, znikło, jakby nigdy nie istniał. Jeśli kiedyś zostanie mu wybaczone, wszystko wróci. Czytałam o takich przypadkach w księgach z danych czasów. Obudźmy teraz naszą małą przyjaciółkę, zjedzmy śniadanie, potem pomyślimy, co dalej.

Kapłanka z dzikuską zakrzątnęły się przy posiłku. Po chwili siedziałem już przy ogniu, żując suchar posmarowany smalcem. Dzień zapowiadał się pochmurny. Milczałem, patrząc w płomienie. Wreszcie Ana trąciła mnie dłonią w kolano.

– Źle się czujesz? Czy mogę ci jakoś pomóc?

– Nic mi nie jest. Po prostu usiłuję poskładać sobie to wszystko do kupy. Przede wszystkim zastanawiam się, skąd oni się tu wzięli. – Westchnąłem, spoglądając na stos kamieni kryjący ciała napastników.

– Zdrajca przesłał im wiadomość przy pomocy gołębia.

– Przesłał komu i jak? Gołąb leci do gniazda i tylko tam.

– Może gdzieś tu mają swoją osadę? – podsunęła Tyra. – Jeden z nich udał się do Dysy, zabierając kilka gołębi. Kiedy byliśmy w mieście, Gołębiarz spotkał jakiegoś ich wspólnika, zabrał od nich gołębie i wypuścił, gdy poszliśmy inną drogą, niż się spodziewali.

– Bardzo dobre wyjaśnienie – pochwaliłem. – Zwróćcie uwagę, że przecięli nam drogę. I mieli konie. A przecież jesteśmy pośrodku niczego, na bezludnych ziemiach. Na te tereny mało kto się zapuszcza. Koczownicy polują w tych lasach, ale same słyszałyście, że przeważnie nie przekraczają rzeki. Węże czasem docierają do Dysy, wędrując z południa brzegiem Welny. Rzeka poniżej miasta nie jest spławna. A jeśli żeglują po Wielkiej Rzece? Jeśli buszują w tych lasach, by łowić na niewolników tych, którzy się tu zabłąkają?

– Niby jak żeglują? – weszła mi w słowo kapłanka. – Widziałeś przecież, jak wygląda koryto przy moście.

– No właśnie, przy moście. A poniżej? Być może rzeka jest tam spławna. Kto wie, może Węże płyną od jej ujścia na południu, posuwają się w górę nurtu i docierają aż w te okolice – rzuciła Tyra. – Ktoś palił haszysz w baszcie. Dowódca mówił, że to ich obyczaj.

– Zbadałem ich juki – rzekłem. – Mieli tylko zrolowane pledy podszyte woskowanym płótnem i trochę suszonego mięsa. Żadnych namiotów, kociołków, grubych mat do spania. Byli przygotowani na to, że spędzą w lesie najwyżej kilka dni. To oznacza, że jest ich więcej, że gdzieś tam mają może nie osadę, lecz tymczasowe obozowisko. Nie podoba mi się to wszystko. Raz jeszcze przypominam sobie, co powiedział tamten grubas. Wiedzą, kim jesteś. Wiedzą, kim jest twój dziadek. Wiedzą, dokąd i po co idziemy. Wiedzą też mniej więcej którędy. Musimy zmienić trasę.

Ana zacisnęła usta w kreskę. Wahała się przez chwilę.

– Nie możemy zmienić trasy – stwierdziła wreszcie i bezradnie rozłożyła dłonie.

– Aha. Zatem nie możemy – odezwałem się. – Powiedz mi, proszę, jedną rzecz. Jako nowy dowódca naszej ekspedycji chyba powinienem to wiedzieć. Wyprawa na zachodnie Pobrzeże to nasz główny cel, ale za mostem na rozwidleniu dróg mieliśmy dwie możliwości. Logiczny wydawał się marsz prosto na zachód ku wybrzeżom, lecz odbiliśmy na północ. Nadłożymy przez to kilka, może nawet kilkanaście dni drogi. Dlaczego?

Kapłanka popatrzyła na mnie, potem na Tyrę. Wreszcie kolejny raz bezradnie wzruszyła ramionami.

– Owszem, jest jeszcze jeden cel – oznajmiła cicho – ale tajny. Znałam go tylko ja, mój dziadek i nasz dowódca. Teraz Nash nie żyje, więc dochowanie sekretu spadło tylko na mnie. Dave'a znam od dziecka. Po tym, co przeszliśmy razem, wiem, że mogę zaufać także tobie. – Przeniosła wzrok na małą.

– Oddam za was życie, jeśli trzeba! – zapewniła dzikuska. – Uwolniłabym cię wtedy na polanie, ale trucizna do strzałek jest za słaba. Zabiłam tylko jednego żołnierza. Drugiego trafiłam raz. Pomyślał, że coś go ukąsiło. Jeszcze trzy strzałki i by umarł, lecz nie miałam tyle, by zabić ich wszystkich. Flet nie nadaje się do strzału na dużą odległość. Liczyłam, że podkradnę się i może dziabnę jeszcze tego grubego, ale tak gęsto stali, że nie było jak.

– Wiem. – Kapłanka pochyliła się, objęła małą i pocałowała ją w czoło. – Jesteś dzielna, lojalna i dowiodłaś tego nie raz. Do tego pobłogosławiła cię bogini Nefem. Ona widzi serce człowieka.

– Moje to nawet bardzo dokładnie obejrzała. – Wzdrygnąłem się na samo wspomnienie. – Kapłanko, powierzono ci pewne sekrety. Rozumiem, dlaczego nie wszystkim uczestnikom zdradzono szczegóły misji, ale możesz je nam wyjawić. O ile jest taka konieczność i jeśli wolno ci to uczynić.

– Chyba nie mam wyjścia. Zatem posłuchajcie. W młodości Nash zapuścił się daleko na zachód. Dalej niż ktokolwiek z naszego ludu, może nawet dalej niż ktoś z naszych przyjaciół koczowników. Był wtedy bardzo młodym człowiekiem. Przebył most, a potem poszedł na północny zachód drogą, którą maszerujemy teraz. Dotarł aż do podnóża gór. Opowiedział, że widział tam w lesie opuszczoną świątynię. Rotundę, której ściany ułożono z warstw pięknego mlecznobiałego kamienia, przedzielonych pasami malachitu. Pośrodku wśród krzewów stał posąg bogini, ale najbardziej zdumiało go, że wewnątrz rotundy na ścianach wisiały miedziane tablice poryte pismem Przodków. To znaczy w większości już nie wisiały, lecz odpadły i leżały wśród krzaków. Nie umiał ich rozszyfrować. Był wtedy myśliwym, w szkole nauczono go alfabetu, ale nie został wyszkolony do odczytywania dawnych znaków. Zapamiętał symbol bólu i ulgi. Taki sam, jaki wykuto nad wejściem Domu Noży.

– Miedziane tablice? – zdziwiłem się.

– Tak. Blachy, a może odlewane płyty. Pokryte zieloną korozją, ale nadal czytelne. Były na nich także rysunki roślin, narzędzi i symbole minerałów. Nie wiedział, do czego mogły służyć, sądził, że zawierają jakieś modlitwy i święte teksty. Powrócił do Tess i opowiedział o tym kilku znajomym, w tym mojemu ojcu. Minęło wiele lat. Któregoś dnia dziadek, porządkując bibliotekę świątyni, w starych księgach znalazł pewien opis. Gdy świat Przodków upadał już w nicość, grupa zielarzy i farmaceutów spisała receptury najmocniejszych leków i odlała je w miedzi, aby nie przepadł ich sekret. Płyty odesłali do małej, starej świątyni daleko na prowincji, u podnóża gór. Księga nie zawierała żadnej mapy ani wskazówek lokalizacji tego miejsca. Nie napisano nawet, o które góry chodzi. Nasz dowódca zapamiętał dwa szczegóły: okrągły kształt kaplicy wzniesionej z bloków marmuru i malachitu. To pasuje do słów księgi „stara świątynia". Wiemy, że najdawniejsze sanktuaria budowano na planie koła. I że kolorami bogini były niegdyś biel i zieleń, podczas gdy później używano chętniej złota, błękitu i czerwieni.

– Sekrety najmocniejszych leków – podchwyciłem.

– Podobno Przodkowie umieli leczyć trąd, skrofuły i suchoty. Oraz inne choroby, które gaszą dziś ludzki żywot, jakby ktoś zdmuchnął świecę. Dziadek uznał, że skoro idziemy tak daleko, możemy trochę nadłożyć drogi, by zbadać to miejsce. Ach, gdyby rzeczywiście udało się odzyskać dawne receptury. Zachowaliśmy bardzo niewiele z wiedzy starożytnych lekarzy. Znasz moc wierzbowego cukru. Starym ludziom, którym dokucza wole, podaje się ekstrakt z owczych tarczyc tłoczony na zimno. Używamy też zasypki, która w kilka dni zbija gorączkę i pozwala się zabliźnić ranom. Kapłani z Domu Noży do dziś dokonują operacji, których nie podjęliby się znachorzy i szamani pierwobylców. Noga twojego brata wydawała się nie do uratowania, a jednak chodzi, chociaż o kulach, lecz powoli odzyskuje sprawność. Ale większość wiedzy medycznej i receptur przepadła.

– Pójdziemy, pozbieramy te płyty... – zaczęła Tyra.

– Jeśli są odlane w metalu i jest ich sporo, to raczej przepiszemy ich treść – zasugerowałem. – Tylko jak odnajdziemy to miejsce, skoro nie żyje jedyny człowiek, który je widział? Miał nas tam zaprowadzić. Zostawił może jakieś wskazówki?

– Owszem. Liczyliśmy się z różnymi ewentualnościami, dlatego opowiedział mi, jak tam trafić. Podał kilka punków orientacyjnych, których muszę poszukać, gdy znajdziemy się w tamtej okolicy. Przede wszystkim jest to jedyne miejsce w promieniu kilka dni drogi, gdzie rosną buki. Z ruin opodal świątyni widział skalną iglicę z jasnego kamienia przeciętą zieloną żyłą malachitu. To dość niezwykły wybryk natury. O ile zdołamy ją odnaleźć, będzie dla nas drogowskazem.

– W dodatku idzie się tam, używając jako punktu odniesienia góry o podwójnym wierzchołku – domyśliłem się.

– Tak. W każdym razie dziadek bardzo liczy, że znajdziemy to miejsce. Musimy spróbować.

– Musimy to musimy – zgodziłem się. – Czy bogini...

– Nie powiedziała mi nic na ten temat. Tyle tylko, że życzy nam powodzenia w wyprawie. Wiem, że skoro pozwoliła, powinnam była ją wypytać o wiele rzeczy, ale w obliczu tak gwałtownych zdarzeń umysł mi się zmącił...

– Jak nam wszystkim – westchnąłem. – Byliśmy przerażeni niczym myszy w obecności kota.

– Ja też czułam tylko strach i szczęście – szepnęła Tyra. – Wielki strach i jednocześnie wielkie szczęście. Nie bałam się tak bardzo nawet wtedy, gdy spotkałam w naszych lasach tygrysicę z młodymi. Nie czułam takiej radości, nawet gdy wreszcie stanęłam w niebieskiej sukience na bruku Tess.

Powiał ciepły wiatr od zachodu. Z drzew obrywały się pojedyncze liście. Jesień była tuż-tuż.

– Jeśli grubas i jego ludzie nie wrócą, ktoś zapewne będzie ich szukał – rozważałem. – Nie mam pojęcia, jak daleko mają to swoje obozowisko ani ilu ludzi w nim zostało. Kto wie, być może podobne grupy przeczesują właśnie te lasy, a my po prostu trafiliśmy na jedną z nich? Zrobimy tak: weźmiemy to, co najpotrzebniejsze, i tylko trzy konie oraz luzaka. Rzeczy absolutnie niezbędne spakujemy w niewielkie poręczne pakunki i przytroczymy osobno. Jeśli będą nas ścigać drogą i dostrzeżemy ich z daleka, złapiemy, co niezbędne. Porzucimy konie, by ukryć się w lesie. Gorzej, jeśli zdołają nas wyprzedzić i przygotują kolejną zasadzkę.

– Trzy konie i luzak. – Kapłanka kiwnęła głową. – A pozostałe?

– Porzucimy. Mają tu wodę i trawę. To wytrzymałe zwierzęta, jeśli nie pożrą ich wilki, powinny bez trudu przetrwać zimę. Choć pewnie jest tu ostrzejsza niż na Pobrzeżu. A teraz musimy się spieszyć. Im szybciej opuścimy to miejsce, tym lepiej. Ja pojadę przodem. Tyra, zajmiesz pozycję na końcu, więc oglądaj się co jakiś czas za siebie, czy nie dostrzegasz pościgu. Zachowajmy taką odległość, by widzieć się wzajemnie.

– Mam pytanie – rzuciła mała.

– Mów.

– Czy w jukach mieli coś, co może się przydać?

– Dwie dobre lunety, zabrałem je. Krzesiwa, ale byle jakie. Haszysz i tytoń do żucia, to nam niepotrzebne. Trzy złote monety, bez naszych punc. Do tego jakieś łaszki – wyjaśniłem. – Broń też byle jaka. Żadnych okuć, ozdób z kamieni szlachetnych, nic z tych rzeczy. Zresztą bogowie nie pochwalają okradania trupów. Zabrałem trochę najlepszych bełtów. Broń zostawiłem. Nie wiadomo, jaka jest jej historia i czyją krew piła. Nie chcę oręża skażonego być może śmiercią niewolników.

Wzięliśmy się do roboty. Derki, namioty, zapasowa odzież, żywność, lekarstwa – nie było tego mało. Całe wyposażenie, którego nie zabieraliśmy, zawinąłem w woskowane płótno i zawiesiłem na drzewie. Może jeszcze po to wrócimy. Kapłanka napisała kilka listów i poumieszczała w kapsułkach.

– Zanotowałam wiadomości pismem Przodków, używając samych znaków skrótowych – powiedziała. – Napisałam tylko, że część ekspedycji zginęła, wymieniłam, kto przeżył, że kontynuujemy wprawę i trzymamy się pierwotnego planu. Żadnych szczegółów. Mój dziadek zdoła to odczytać. Jeśli część listów wpadnie w łapy Węży, musimy liczyć się z tym, że i oni to rozszyfrują, ale planów nie znają.

– Bardzo dobrze – pochwaliłem. – Czyli wypuszczamy wszystkie gołębie?

– Tak.

Patrzyłem na odlatujące stadko z pewnym żalem. Zrywaliśmy ostatnią nić łączącą nas z domem. Ana też odprowadziła ptaki wzrokiem.

– Zostaliśmy całkiem sami – szepnęła Tyra.

– Człowiek wierzący w bogów nigdy nie jest sam – kapłanka otrząsnęła się jako pierwsza. – Siodłaj konie, przyjacielu.

Wybrałem Brzoskwinię, Miśka i tego, na którym jechała Tyra, oraz ogiera, którego dosiadał Nash. Być może inne były lepsze, ale wolałem te, które znałem. Pozostałym pozdejmowałem uzdy i puściłem wolno. Miały tu trawę i wodę. Las był gęsty, liczyłem na to, że jakoś przebiedują zimę.

– Pora zdziczeć, przyjaciele – rzekłem. – Nie będzie więcej owsa w ciepłej stajni, za to możecie robić, co tylko chcecie. Powodzenia na tej nowej drodze.

– Ruszajmy – poleciła kapłanka.

– Już za chwilę. Tylko najpierw owiniemy koniom kopyta – oznajmiłem. – Czy mamy w apteczce terpentynę?

– Tak. – Ana kiwnęła głową. – Co chcesz zrobić?

– To bardzo mocna, ostra woń. Kapniemy trochę na szmaty. Gdyby puszczono naszym śladem psy, w tym miejscu stracą trop.

– Sądzisz, że ktoś może nas ścigać?

– Nie wiem, ale wydaje mi się, że gdy tamci nie wrócą, ktoś może wpaść na pomysł, żeby sprawdzić dlaczego.

Kilka chwil później rzuciłem ostatnie spojrzenie na feralną polanę. Stratowana trawa się podniesie, deszcze wypłuczą ślady ogniska. Pozostanie tylko garb mogiły, zatknięty konar i szarfy modlitewne powiewające na wietrze. Należałoby wznieść tu świątynię, ustawić posąg, oznaczyć po wsze czasy miejsce, gdzie objawiła się Kociogłowa, ale kto niby miałby to zrobić? Wiatr poruszał szarfami na grobie naszego dowódcy. Poczułem tak silny żal, że musiałem odwrócić wzrok, skupić się na cuglach, koniu i drodze. Na zadaniu.

*

Późnym popołudniem spostrzegłem, że zmienił się kolor nawierzchni. Przodkowie zrezygnowali z granitu, zastępując go bazaltem i andezytem. Droga coraz częściej prowadziła pod górę. Pomiędzy drzewami i krzewami wystawały głazy. Las się przerzedził, pojawiły się połacie nagiej, ciemnej skały. Drzewa coraz rozpaczliwiej szukały korzeniami choć odrobiny gleby.

Zbliżał się wieczór, gdy przebyliśmy wreszcie pasmo wzgórz i zaczęliśmy schodzić w dolinę. Las wyglądał dziwnie: drzewa rosły poskręcane, liście pokryte były plamami. Miałem nieodparte wrażenie, jakby całe otoczenie naznaczone zostało piętnem cierpienia, śmierci, kalectwa.

Domyślałem się, że gdzieś przed nami płynie kolejna rzeka, i niebawem faktycznie znaleźliśmy się na jej brzegu. Most runął dawno temu, ale przez przejrzystą wodę prześwitywało kamieniste dno. Zdjąłem spodnie. Woda była zimna, lecz dno przynajmniej okazało się twarde. Nigdzie nie było głęboko, zamoczyłem nogi do połowy uda. Koniom pomysł przejścia rzeki w bród nie bardzo się spodobał. Parskały, kładły uszy po sobie, ale gdy Ana przejechała na Brzoskwini i znalazła się na drugim brzegu, reszta dała się przeprowadzić bez protestów. Tyra rozpaliła niewielkie ognisko. Rozgrzałem się szybko.

– Dziwne – powiedziałem, oglądając stopy. – Te ciemne plamy na dnie między kamieniami to nie jest muł, tylko czarny piasek.

– Może ze zwietrzałych skał bazaltowych – podsunęła kapłanka.

– To chyba jakieś minerały. – Obejrzałem kilka ziarenek.

Poszliśmy z Aną kawałek w dół rzeki. Między brzegami znalazłem resztki tamy, którą spiętrzano wodę.

– Osobliwe – zauważyłem. – Zazwyczaj gdy buduje się młyn wodny, robi się to w ten sposób, że część wody puszcza się obok tamy tak zwaną młynówką i na koło. Tu widać siedem kanałów wymurowanych z kamienia, ale żadnych śladów budowli.

– Może były drewniane? – rozważała.

– Szczerze mówiąc, moim zdaniem cieki są zbyt wąskie, by poruszyć koło młyńskie. Sądzę raczej, że doprowadzały wodę do drewnianych koryt, w których płukano piasek.

– Chcesz powiedzieć, że to pozostałości na przykład kopalni złota Przodków? – zdziwiła się Ana.

– Przyszło mi to do głowy. Nie jestem pewien, niewiele zostało, ale kamienie są spojone inaczej, niż robili to Przodkowie, i wyglądają, jakby pochodziły z różnych rozebranych budowli. Czy chodziło o złoto? Hmm. Skoro są tu skały wulkaniczne, nie można tego wykluczyć. Ruszajmy dalej.

Jechaliśmy wytrwale. Tyra na moją prośbę kilka razy zostawała z tyłu, by sprawdzić, czy nikt nie podąża za nami. Na razie nic na to nie wskazywało. Co jakiś czas mijaliśmy rozwidlenia drogi, przejeżdżaliśmy przez zarośnięte lasem ruiny wsi i miasteczek.

Jedziemy prosto jak z bicza strzelił – myślałem. – Z każdą chwilą oddalamy się od tej polany. Zarazem pościg za nami nie będzie trudny. Wszędzie, gdzie bruk pokrywa błoto lub ziemia, zostawiamy ślady. Co powinniśmy zrobić? Nash by wiedział, a ja? Konie. Jak często trzeba dać im odpocząć? Jak poznać, że są u kresu sił? Nigdy nie mieliśmy własnych wierzchowców. Ana jeździła tylko do sanktuariów na wzgórzach. Nie znamy się na tak wielu rzeczach.

Było już prawie ciemno, gdy wreszcie zarządziłem postój. Znaleźliśmy dobre miejsce, polankę nad zakolem strumyka. Drogi Przodków krzyżowały się tutaj. Nasza wąska biegła ze wschodu na zachód. Druga, znacznie szersza – z południa na północ. Nad strumieniem przerzucono most z dobrze spojonych bazaltowych głazów. Napoiłem konie, sprawdziłem im kopyta, puściłem na popas. Zwierzęta wyglądały na zmęczone; liczyłem, że wypoczną, a jutro ujedziemy kolejny szmat drogi.

Tyra rozpaliła niewielkie ognisko. Ana stanęła przed drzewem rosnącym na skraju polany. Przyglądała mu się uważnie.

– Popatrzcie. To wygląda, jakby koś wyciął owal kory, a potem wpasował ją w to samo miejsce. A na tamtym drzewie widać podobny ślad...

– To las umarłych – powiedziała Tyra. – W moich stronach nad jeziorami też jest taki zwyczaj.

– Opowiedz – poprosiła kapłanka.

– Wśród Brązowych Koszul najważniejszych zmarłych grzebie się w ten sposób. Gdy ktoś umrze, wybiera się stare, grube drzewo. Nacina się ostrożnie i odgina korę, a następnie wydłubuje w pniu dziuplę. W niej umieszcza się nieboszczyka, zamyka grób wpasowanym klocem drewna, później zaś przykłada się korę, żeby dziura zarosła. Kolejnej wiosny patrzyliśmy, czy drzewo zakwitło. Jeśli miało więcej kwiatów niż sąsiednie, odczytywaliśmy, że nieboszczykowi na tamtym świecie wiodło się dobrze. Tylko że u nas wycinano jeszcze w pniu znaki rodowe zmarłego.

– W okolicach Dysy zmarłych normalnie grzebie się w ziemi – zauważyłem.

– Plemiona Czerwonogłowych żyjące na południu są inne niż my. Oni uważają nas za dzikusów, a my ich. – Wydęła wargi. – Tyle dobrze, że nie szukamy ze sobą zwady i nie wchodzimy sobie w drogę.

– Drzewa trawiące zmarłych – zadumała się Ana. – Ciekawe, czy ciała zostają z czasem pochłonięte bez śladu, czy też w drewnie zachowują się na przykład kości.

– Nie mam pojęcia, bo nikt tych drzew potem nie ścina – wyjaśniła mała. – Takie lasy są święte.

– Las Dusz. Czy o to chodziło? – zastanawiałem się. – Myślałem, żeby tu zaobozować, ale w tej sytuacji zjemy i pojedźmy jeszcze kawałek.

Brzoskwinia zastrzygła uszami. Z pobliskiego krzaka wyjrzał łeb dziwnego zwierzęcia. Biały pysk ozdobiony wąsami podpowiadał, że to jakiś rodzaj wielkiego kota. Raz w życiu widziałem martwego tygrysa, ubitego w górach opodal Tess. Parokrotnie spotkałem rysie. Ten kot był mniejszy od tygrysa, ale większy od rysia. Powoli sięgnąłem po kuszę. Tyra już zanurzała strzałkę w truciźnie, lecz nim zdążyliśmy wystrzelić, zwierzak znikł.

– Puma – szepnęła kapłanka. – Widziałem ją na obrazkach w książkach o dzikiej zwierzynie.

Konie nerwowo drobiły kopytami.

– U nas czasem się pojawiały. – Tyra naciągała kuszę. – Ale nigdy nie słyszałam, żeby ktoś je oswoił.

– Co?! – zdumiałem się.

– To zwierzę miało obrożę. Myślę, że trzeba...

Założyłem bełt i wyszedłem na skrzyżowanie traktów. Od południa zbliżał się wózek zaprzężony w osiołka. Chwyciłem lunetę. Na koźle kiwał się apatycznie jakiś staruszek. Dwie pumy biegły obok.

Cofnąłem się na polankę i opowiedziałem o tym, co zobaczyłem.

– Mamy chwilę, by się ukryć – zasugerowałem. – Nie wiemy, kim jest ten człowiek. Wprawdzie nie wygląda groźnie, ale...

– Kimkolwiek jest, musimy go ostrzec przed Wężami – zauważyła kapłanka.

Puma znów się pojawiła, obserwowała nas przez moment przyczajona w cieniu drzewa, ale znikła, gdy tylko na nią spojrzałem. Nie minęło kilka minut, a z drogi dobiegło skrzypienie kół i dziadek zajechał na polanę. Woźnica zeskoczył na ziemię. Dwie pumy przywarowały u jego stóp. Z nieba sfrunął kruk i przysiadł mu na ramieniu.

– Witajcie, wędrowcy – powiedział. – Wołają mnie dziadek Soter. Kim jesteście i co porabiacie na tej przeklętej ziemi?

Powoli opuściłem broń. Ana wystąpiła krok do przodu, przedstawiła nas.

– Poselstwo? – zdziwił się.

– Niedobitki poselstwa – sprostowałem.

Pokręcił głową ni to z naganą, ni to z niedowierzaniem.

– To złe miejsce. Nie zostawajcie tu. Odpocznijcie, zjedzcie – zerknął w stronę naszego kociołka – i czym prędzej ruszajcie dalej. Najlepiej, gdybyście przed zmrokiem zdołali opuścić tę dolinę, ale to niestety niemożliwe. Czeka was co najmniej jeden nocleg w Lesie Dusz. Wiem, co mówię. Wędruję od ruin do ruin, szukam cennych przedmiotów, a jesienią wracam na wschód, by przezimować u swoich pobratymców w Dysie.

– Cennych przedmiotów? – podchwyciła Tyra.

– No, może trochę przesadziłem z tą cennością, ale to i owo da się znaleźć. Byle nie w tych lasach.

Wskazał swojego osiołka. Na wózku piętrzyły się jakieś worki.

– Przede wszystkim wyszukuję miedziane patelnie i garnki – wyjaśnił. – Przodkowe lubili ten metal, woleli przedmioty mocne, takie, które raz zakupione służą potem latami. Masa tego pozostała w runach, płytko pod gruzem lub w ziemi. Tylko trzeba wybierać takie, które mają grubą, zdrową blachę. Po wyklepaniu, wypolerowaniu i pobieleniu cyną będą nam służyły. Czasem trafi się drobiazg ze srebra albo złota, jak uśmiech losu, ale to coś niczym wygrana przy rzucie kością, a jakiś miedziany złom znajdę zawsze. Przeszukuję ruiny kilka dni drogi na południe stąd. Te ziemie przemierzam szybko i tylko wtedy, gdy nie mogę ich ominąć.

– Co nam tu grozi? – zapytałem konkretnie.

– Jeśli macie zapasy, korzystajcie tylko z nich. To nie jest dobry teren na polowanie. Mięso zwierząt często zakażone jest pasożytami. Do tego owady. Teraz noce są zimne, robactwo już wam tak nie dokuczy, lecz latem mamy tu zatrzęsienie komarów, a ich ugryzienia często wywołują chorobę. Ja smaruję się pastą z zielonych orzechów. Czasem i to nie pomaga, wtedy twarz osłaniam siatką. Ziół też nie ma co zbierać. Jeśli macie owies, nie pozwalajcie koniom się paść. A, za późno, jak widzę.

– Koczownicy nie zapuszczają się na ten brzeg Oczatki. Przynajmniej tak twierdzili w Dysie – zauważyła Ana.

– Poniekąd mówili prawdę. Tu niełatwo kogoś spotkać. Ostatni raz widziałem ludzi jakieś dwadzieścia dni temu. I byli to osobnicy tego rodzaju, że wolałem, aby mnie nie spostrzegli.

– Węże? – pisnęła Tyra.

Skinął głową.

– Nad Oczatką niekiedy się pojawiają. Na szczęście nieczęsto, bo i po co? To źli ludzie. Ponoć lubią łapać naszych na niewolników. Raz na szlaku znalazłem dziecko, dziewczynkę może jedenastoletnią. Zgwałcili ją, zdzielili w głowę i porzucili. Myśleli, że zatłukli, ale przeżyła. Próbowałem odratować, niestety umarła po trzech dniach. Kotki pomogły mi ich wytropić. – Poklepał pumę po łbie. – Ona umierała trzy dni i oni też umierali trzy dni. – Przez twarz przemknął mu cień. – Ale tu nie ma kogo łapać, to i rzadko łażą. W dodatku to naprawdę złe miejsce. Ja jestem już stary i się nie boję. Wiele widziałem. Wiele słyszałem od ludzi mi podobnych i tych, którzy wędrowali tu wcześniej. Las Dusz... – Pyknął z fajki.

– Skąd wzięła się ta nazwa? – zapytałem.

– Dokładne nie wiadomo. Może stąd, że umarła tu masa ludzi. Tysiące, dziesiątki tysięcy.

– Tutaj? – zdumiała się Tyra.

– Te lasy to jeden wielki grób. Dwa dni drogi na zachód od Oczatki trafiliście na pasmo wzgórz. Były niskie, zbudowane z ciemnych skał, które rodzą się w głębinach ziemi, a lawa niesie je ku powierzchni, gdzie zastygają.

– Tak było – potwierdziłem.

– A potem przebyliście małą rzeczkę o nazwie Wipra. Na całym terenie, przez który płynie aż do gór, znajdziecie stare skały, wyplute przed eonami przez wulkany. Deszcze i wiatry z czasem skruszyły ich powierzchnię, uwalniając zawarte w nich skarby. Przodkowie, badając dolinę Wipry, odkryli złoto. Bardzo wiele złota.

– Złoto? – zdziwiłem się, odruchowo patrząc pod nogi.

– Przemierzając Las Dusz, kroczycie po złocie i ludzkich kościach, ale to złoto jest drobne, drobniejsze niż ziarna piachu. Widać je w ziemi dopiero przez mocne szkła. I zalega tu nie w postaci bryłek, lecz listków. Nie da się go płukać, jak się to zwykle czyni, bo maciupkie płatki unoszą się w błocie niczym liść rzucony na wodę. Nie opadają na dno naczynia. Samorodki czy złoty piasek łatwiej pozyskać.

– Czyli nic z tego? – spytała Tyra.

– Człowiek to istota pomysłowa. Gdy poczuje bogactwa, nie odpuszcza, aż znajdzie sposób, by się do nich dobrać. Słyszeliście o złoceniu ogniem?

– Trzeba zetrzeć złoto w pył, połączyć z rtęcią, potem taką pastą pokryć metal i wypalać w płomieniu – powiedziałem. – Sam tego nie widziałem, ale przepisywałem kiedyś traktat. Rtęć jest na Pobrzeżu bardzo rzadka.

– Gdy rtęć dotyka złota, sklejają się. Przodkowie wykorzystywali tę właściwość. Jeśli do garnka wleje się błoto zawierające drobiny kruszcu, a później doda się rtęci i odpowiednio długo miesza, wtedy płynny metal zbierze z błota wszystkie płatki złota. Powstaje grudka, twarda jak kartofel. Potem wystarczy wypalić ją w ogniu. Rtęć wyparuje, a złoto zostanie.

– Rtęć jest trująca – zauważyłem.

– I tu jest pies pogrzebany. Nie tylko jest trująca, ale nie da się jej pozbyć ani jej zniszczyć. Jest jak woda: w ogniu paruje, w chłodzie się skrapla, na zimnie zamarza, jednak cały czas wraca, uparcie wraca. W każdym razie, jak wspomniałem, w dawniejszych czasach zbierali nią złoto, ale nie cała rtęć wlana w piach zlepiała się w jedną bryłkę. Część zostawała. Błoto, które po tym procesie wylewali do rzek, było zanieczyszczone jej drobinami. Truło ryby i ślimaki, niszczyło roślinność w wodzie, a czasem nawet na brzegu. Gdy wypalali bryłki w ogniu, drobiny rtęci osiadały na drzewach lub opadały na ziemię. Każdy oddech wprowadzał ją także do płuc. Może i przez skórę przenikała? Tego nie wiem. W każdym razie robota przy pozyskiwaniu złota szybko zabijała wszystko, co żywe, a na koniec i tych, którzy to robili. Chorowali ludzie, chorowały zwierzęta, nawet rośliny. Śmierć i choroby błyskawicznie wyludniły tę krainę. Może było i tak, że chore zwierzęta, jedzące zatrutą roślinność, łatwiej padały ofiarą pasożytów, aż namnożyło się ich tyle, że po dziś dzień są tu plagą.

– Kto by chciał zajmować się tak niebezpieczną robotą? – zdziwiła się kapłanka.

Staruszek westchnął.

– Ech, dziecko. Nie wiesz, co chciwość może zrobić z sercem i umysłem człowieka. Słyszałem różne opowieści. Wizja wzbogacenia się owładnęła pierwszych poszukiwaczy. A na wieść o złożach przybyli tu kolejni, coraz to gorsi bandyci i watażkowie. Najpierw zniewolili miejscowych. Potem, gdy ich zabrakło, spędzili tu nieprzebrane rzesze niewolników. Działy się tu rzeczy niczym z koszmarów sennych. Ci nieszczęśnicy umierali zatruci. Ginęli szybko i w męczarniach. Pękały im wargi, wypadały zęby, łysieli, później przychodziły drgawki, przykurcze, wreszcie paraliż i naprawdę okropna śmierć, ale zanim wyzionęli ducha, z ich pracy pozostawało dość urobku, by kupić nowych i nowych.

– To pewne informacje? – zapytałem.

– Przekazywane ustnie z pokolenia na pokolenie. Jako młody szczurek zasłyszałem je od starych wyjadaczy, którzy buszowali tu przede mną. A oni od jeszcze poprzednich. Powiem szczerze, że nie do końca wierzyłem w te opowieści, ale pewnego roku znalazłem miejsce, gdzie wiosenna powódź rozmyła stary cmentarz. Pole kości: mężczyźni, kobiety i dzieci. Rzuceni do płytkich dołów, ciasno jeden na drugim. Wszyscy twarzą do ziemi. Wielu z rękami ściśniętymi na plecach. Pewnie mieli je związane, gdy zostali zabici. Wszyscy z odrąbaną prawą stopą. Może uczyniono to dlatego, żeby nie mogli uciekać, może za prawą nogę przykuwano ich na stałe i po śmierci ktoś chciał odzyskać kajdany? Wiele czaszek miało taki prostokątny otwór, jakby zamordowano ich, bijąc młotem w potylicę. Może gdy osłabli i zachorowali, dobijano ich w ten sposób. W każdym razie wedle legend trwało to wiele lat, aż wreszcie zabrakło ludzi, a może i złoża zaczęły się wyczerpywać. Pomarli niewolnicy, pomarli ich panowie i wyludnioną, zatrutą ziemię powoli pochłonął las, ale ta trucizna nadal tu jest.

– Nigdy o tym nie słyszałam ani nie czytałam – stwierdziła Ana. – Z drugiej strony kroniki opisujące czasy Przodków są bardzo niekompletne. A historia, która nastąpiła później, to całe stulecia, o których wiemy niewiele lub zgoła nic.

– Nie wiem nawet, czy to było w ich epoce, czy już po tym, jak ich świat runął w gruzy – westchnął staruszek. – Naucza się, że Przodkowie kochali wolność. Może tak było? Może dopiero gdy ich władza upadła, znaleźli się krwawi tyrani, którzy zamienili tę ziemię w piekło? W tych lasach jest masa dróg oraz ruiny miast, miasteczek i wiosek. Przed zagładą ludzie tu sobie normalnie żyli i gospodarowali. Prawie wszędzie, gdzie napotykam ruiny ich domów, natrafiałem na warstwę węgli lub inne ślady pożaru. Powiedziałbym, że to może być skutek jakiejś katastrofy, ale gdy z ciekawości przekopałem kilka miejsc, znalazłem szkielety. Miały połamane przedramiona, jakby ci ludzie zasłaniali się przed ciosem. Czasem mieli też rozbite głowy, a bywało, że i ślady cięcia na kościach.

Polewka zawrzała, polałem do misek. Poczęstowaliśmy także gościa. Dziadek jadł zupę, delektując się każdą łyżką.

– Nie ma to jak dobre domowe zacierki – pochwalił.

– Jak wygląda droga na zachód z tego miejsca? – zapytałem.

– Powiedziałbym, że nie macie tam czego szukać i powinniście zawrócić – odrzekł poważnie. – Tam nie ma nic. Kompletnie nic. Najpierw te paskudne, mroczne i niebezpieczne lasy. W nich trochę ruin i zarastające drogi Przodków. Potem płaskowyż, tam już lżej się oddycha. Przebędziecie go w jakieś dwa, może trzy dni, ale dalej natraficie na góry. Wysokie, niedostępne i groźne. Na północy nie ma ludzkich osad, lecz kilkanaście dni drogi od Lasu Dusz koczują niewielkie grupki Sinozębnych. Wypasają w lasach kozy i polują. Niekiedy ściągają do Dysy pohandlować, ale to nie są nasi, tylko zupełnie inne plemię. Na południu lasy kończą się, przechodząc w step. Nikt tam nie mieszka, jednak są ślady wiosek, zrujnowanych i opuszczonych może sto lat temu, może jeszcze dawniej. Chaty zostały wzniesione z gliny zmieszanej z sieczką. Dachy już się pozapadały. Nie znalazłem wewnątrz szkieletów ani też niczego cennego. Trochę tkanin, dywanów i ubrań, ale po tylu latach rozłaziły się w rękach. Kimkolwiek byli ich mieszkańcy, wymarli, wywędrowali lub zostali uprowadzeni. Ty pochodzisz z ludu żyjącego nad jeziorami? – Spojrzał na Tyrę. – Z tego, który zwą Brązowymi Koszulami?

– Tak – skinęła głową.

– Byłem tam kiedyś, przed wielu laty. A nawet pochwalę się, że byłem kilka dni drogi na północ od jezior, pod Barierą.

– Barierą? – podchwyciłem.

– Tak nazywamy północne góry – wyjaśniła Tyra. – Są pokryte wiecznymi śniegami i lodem.

– My idziemy jeszcze dalej, na zachodnie Pobrzeże – Ana wróciła do tematu. – Czy wie pan, jak jest w górach?

– Byłem u ich podnóża. Wyrastają z płaskowyżu jak mur. Strome, nieprzystępne, ale pewnie da się je przejść. W kilku miejscach widziałem drogi. Przodkowie za nic mieli ograniczenia, wyrębywali swe szlaki przez najtwardsze skały. Inna sprawa, czy są dziś możliwe do przebycia. Mądrzy ludzie mówią, że minęło ponad osiemset wiosen. Lawiny, trzęsienia ziemi. I jeszcze doliczcie szmat drogi za górami. Słyszałem, że jest tam jakieś duże miasto. To pewnie to, do którego podążacie, ale nie byłem tam nigdy. Spotkałem masę ludzi przez te wszystkie lata, jednak szczerze powiedziawszy, nie przypominam sobie, bym napotkał kogoś, kto stamtąd przybywał. Ale pewnego roku widziałem starą mapę wykutą na ścianie zrujnowanej świątyni. Były na niej oba oceany i ziemie leżące między nimi. Szczegółów już nie pamiętam, zaznaczono łańcuchy górskie i rzeki.

– Nasi uczeni kapłani mniej więcej wyliczyli dystans, jaki musimy pokonać. – Ana uśmiechnęła się smutno. – Istotnie, ładnie to pan ujął. Jeszcze szmat drogi przed nami.

Dziadek dłuższą chwilę pykał z fajeczki.

– Naprawdę musicie tam iść?

– Tak.

– Co wam mogę doradzić? Las Dusz jest naprawdę groźny. Unikajcie miejsc, gdzie roślinność dziwnie wygląda albo ma nietypowy kolor. Nie jedzcie żadnych grzybów, mają zdolność wyciągania rtęci z gleby. Nie pijcie wody, jeśli wzdłuż biegu strumyka dostrzeżecie coś niepokojącego. Nie polujcie, jeśli nie musicie. Gdy ubijecie jakieś zwierzę, oglądajcie mięso, czy nie ma cyst lub wągrów, i pieczcie je długo, prawie do spalenia. Uważajcie na wilki, nieraz je tu słyszałem i widywałem. Jeśli macie pastę przeciw owadom, smarujcie się regularnie, ale najlepiej zawróćcie albo pokonajcie te tereny jak najszybciej.

– Węże, trucizna w ziemi i wodzie, zatrute rośliny i grzyby, owady przenoszące choroby, pasożyty w mięsie, wilki – wyliczyłem. – Postaramy się tego unikać.

– Musicie być bardzo ostrożni. – Dziadek kiwnął głową. – Wiele zagrożeń czyha w tych lasach, lecz po prawdzie gdzie jest bezpiecznie? Tam u was, na Pobrzeżu, przecież macie opady popiołów i kwaśnych deszczy. Patrzy człowiek, jak mu pięknie zboże obrodziło, a tu nadciągnie nagle chmura znad wulkanu, spadnie deszcz i zamiast plonów kupa zgnilizny. A potem żmudne ratowanie: trzeba pole latami nawozić wapnem i czekać, aż gleba przestanie zabijać wszystko, co na niej wyrosło. Do tego jeszcze rdza niszcząca zboża. No i epidemie. Przywykliście do kłopotów.

– Trochę przywykliśmy – bąknęła kapłanka.

– Uważajcie na siebie, a może przejdziecie cało te lasy. Jest jeszcze jedno, o czym chyba powinniście wiedzieć. Duchy ludzi, którzy odeszli w męczarniach i rozpaczy, też nawiedzają to miejsce. Czuje się tu czasem ich obecność. Bywa, że w biały dzień prowadzę osła i widzę, jak ogarnia go lęk. Jak parska, kładzie uszy po sobie, jak sierść na grzbiecie podnosi mu się niczym szczotka. Podobnie pumy niekiedy w biały dzień przystają, kulą się u moich nóg. Wyglądają, jakby się czegoś przeraziły. Zwierzęta widzą więcej niż my. Albo idę i nagle czuję, że ktoś mnie obserwuje lub podąża za mną. Bywało, że słyszałem kroki, choć nikogo nie dało się dostrzec. Albo kładłem się zmęczony, ale nie mogłem zasnąć, a gdy zapadłem w sen, przychodziły koszmary, budziłem się zlany potem lub krzycząc, choć niewiele pamiętałem. To królestwo umarłych. Nie mogą zaznać spokoju, więc wracają tu, gdzie cierpieli i zginęli...

– Nasze modlitwy pomogą ukoić żal i rozpacz ich cieni – Ana mówiła spokojnie. – Gdyby jakieś się nam objawiły, znam pieśni pomagające im odnaleźć zagubione ścieżki prowadzące w zaświaty. Zmarli nie powinni nam szkodzić. Nie szargamy ich pamięci, nie rozgrzebujemy ich grobów.

– Obawiam się, że to nie takie proste – odparł stary mężczyzna. – Obozując w tych przeklętych lasach, miewałem sny. Dziwne, szalone i męczące. Sny, nie sny. W każdym razie to, co mogę doradzić, to byście stąd umykali czym prędzej.

Pożegnaliśmy się. Dziadek puścił zwierzęta przodem, sam wdrapał się na kozioł i strzepnął lejcami. Osiołek ruszył leniwie.

– Proponuję skorzystać z rady starca i jak najszybciej wynieść się z tej okolicy – powiedziałem poważnie. – Konie wypoczęły, przemierzymy jeszcze kawałek drogi.

– Masz rację – odrzekła Ana.

Było już niemal zupełnie ciemno, gdy zjechaliśmy z traktu. Wokoło rozciągały się ruiny sporego miasta. Rozległa łąka była zapewne niegdyś brukowanym rynkiem. Znalazłem resztki domu, z którego zostały tylko trzy ściany. Wokół rosły krzaki, kawałek dalej widać było pozostałości masywnej piętrowej budowli, prawdopodobnie spichlerza. Rozstawiłem namiot, puściłem konie, żeby się pasły, a potem, gdy zjedliśmy kolację, przywiązałem je opodal i zaobroczyłem.

– Podjedzcie sobie. – Poklepałem je po szyjach, ująłem zgrzebło i w zapadającym zmierzchu zabrałem się za czyszczenie wierzchowców.

10

Ocknąłem się, gdy ktoś dotknął mojego ramienia. Kapłanka. Była w tunice do spania, narzuciła na nią tylko kurtkę. Dniało.

– Przyjacielu, Nash kazał ci narysować portrety tych zamordowanych niewolników. Spełniłeś jego prośbę?

– Tak.

– Masz je przy sobie, czy zostawiłeś razem z jego torbą?

– Mam. Zabrałem, bo wydały mi się ważne. A dlaczego pytasz?

– Miałam sen. Dziwny. Wiesz, kapłanów uczą, by nie lekceważyć snów i jakie są cechy takiego marzenia, które... Nie powinnam o tym mówić – zreflektowała się. – To elementy wtajemniczenia kapłańskiego.

– Miałaś sen, który wydał ci się szczególnie ważny.

– Tak. I dziadek Soter też mówił, że tu się pojawiają dziwne sny. I żeby ich nie ignorować.

Wygrzebałem z sakwy notatnik, a z kieszonki pod okładką wydobyłem szkice zmarłych. Rozłożyłem i wręczyłem kapłance. Przeglądała je przez chwilę, a potem nagle pobladła. Odłożyła rysunki. Wyjęła szarfy modlitewne, uklękła i w milczeniu modliła się dłuższy czas. Wreszcie odwróciła się do mnie nadal blada jak ściana.

– Jestem pewna, że to ta sama twarz. Jaki miała kolor włosów?

Obrazy napłynęły falami. Niechciane.

– Chyba jasnobrązowy z lekko złocistym połyskiem – odparłem. – Wszyscy byli ciemnowłosi, ona jedna nie.

– Czyli to nie był zwykły sen. Przyszła do mnie nocą. Była bardzo smutna. Powiedziała tylko jedno zdanie: „Oni za wami idą".

– Oni. Ci, którzy ją zabili?

– Tego nie wiem.

– Tyra!

Dzikuska podbiegła do nas.

– Prawdopodobnie ktoś jest na naszym tropie – rzuciłem.

Kiwnęła głową.

– Daleko?

– Nie wiemy.

Łypnęła na nas podejrzliwie.

– Kapłanka miała sen – wyjaśniłem. – Niestety, nie możemy go zlekceważyć.

– Podkradnę się do drogi i wlezę na drzewo – zaofiarowała się, wciągając pospiesznie buty. – Rozejrzę się po okolicy. Konie mogą zarżeć, gdy wyczują inne konie. Nie możemy być w pobliżu. Zabierz kapłankę tam – wskazała ruiny pobliskiej budowli. – Ukryjcie się dobrze i czekajcie na mój powrót.

I zaraz znikła w zaroślach. Naciągnąłem wszystkie trzy kusze. Odczepiłem od juków maczetę Nasha. Nagły rumor dobiegający z krzaków i szczeknięcie psa kompletnie mnie zaskoczyły.

Porwałem kuszę, skoczyłem na oślep na ratunek małej. I prawie na nich wpadłem. Węży było dwóch. Jeden trzymał Tyrę od tyłu za gardło. Dziewczyna była już sina, wierzgała rozpaczliwie i machała rękoma. Chyba usiłowała złapać go za klejnoty, a on spokojnie, z drwiącym uśmieszkiem dusił ją ramieniem i dłonią drugiej ręki. Strzeliłem do niego prawie z przyłożenia, celując pod ramię. Bełt uderzył między żebra. Łowca runął w bok wraz ze swoją ofiarą. Wykorzystałem zaskoczenie drugiego i zdzieliłem go z całej siły kolbą. Celowałem w skroń, tam gdzie kość czaszki jest najcieńsza, ale trafiłem w żuchwę. Usłyszałem trzask pękającej kości. Ból musiał go oszołomić, wypluł całą garść zębów, z ust lunęła kaskada krwi, lecz gładkim ruchem wyrwał z pochwy szablę. Nie wiadomo skąd pojawił się pies. Skoczył mi do gardła. Zasłoniłem się odruchowo. Uderzony rozpędzonym cielskiem upadłem na wznak, łamiąc jakieś krzaki. Pies ucapił moje przedramię, orał mi pazurami koszulę na piersi. Zawyłem z bólu. Napiąłem z całej siły mięśnie, drugą ręką walnąłem go w łeb. Za słabo. Uderzyłem ponownie w nos. To pomogło. Puścił i zaskuczał. Dostrzegłem nad sobą błysk szabli. Odepchnąłem się i przetoczyłem w bok. Pomyślałem, że mogę przecież zasłonić się psem, ale odskoczył ode mnie. Kuszę już wcześniej zgubiłem. I nagle napastnik znikł jak zdmuchnięty. Zerwałem się półprzytomny. Gdzie on jest? Wróg leżał na wznak z bełtem sterczącym z oczodołu. Obejrzałem się. Kapłanka właśnie naciągała ponownie kuszę. A pies? Też był martwy. Na płowym boku zwierzęcia spostrzegłem dwa ciemniejsze punkty. Dostał dwie strzałki. Tyra opuściła flet. Dopiero teraz zauważyłem, że w krzakach leży jeszcze jeden Wąż. Rzęził coś, poruszał rękoma, jelita wyprute z brzucha parowały. Najwyraźniej mała pocięła go nożem. Podniosłem kuszę, podszedłem i mocnym uderzeniem kolby przetrąciłem mu kark. Ten, którego trafiłem na początku, nie żył. Strzała przeszła prawie na wylot.

Popatrzeliśmy na siebie. Ja i Tyra cali byliśmy utytłani we krwi i w błocie. Dyszeliśmy ciężko. Ana oddała dzikusce broń.

– Zabiłam go? – zapytała, spoglądając na trupa.

– Ocaliłaś nam życie.

– Nam nie wolno.

– To w obronie... – zacząłem.

Uciszyła mnie gestem, przymknęła oczy i poruszała bezgłośnie wargami, szukając w pamięci odpowiednich ustępów z ksiąg prawa. Wreszcie jej twarz odrobinę się rozpogodziła.

– Kapłanom nie wolno zabijać. Nie wolno w obronie własnej, jednak możemy tak uczynić w obronie życia innych, gdy nie ma innego wyjścia. Sutra osiemdziesiąta trzecia. Ale i tak muszę odprawić rytuały oczyszczenia.

– Pani, proszę, nie teraz – powiedziała Tyra. – To zwiadowcy. Podczołgiwali się do nas po cichu. Prawie na jednego nadepnęłam.

– Jest ich więcej?

– Tak przypuszczam.

Gdzieś opodal szczeknął pies. Poderwaliśmy się spłoszeni. Z obozowiska pospiesznie zabraliśmy broń. Ja porwałem też szal Any. Chyłkiem umknęliśmy w stronę ruin wieży. Biegnąc, zwinąłem tkaninę w ciasną kulkę i rzuciłem pod krzak.

Dobiegliśmy. Na parterze musiał mieścić się kiedyś spichlerz albo magazyn. Stanęliśmy w sporej sali. Przed sobą widzieliśmy rzędy kamiennych filarów z głowicami wyrzeźbionymi na kształt kolb kukurydzy. Podpierały kolebkowo sklepiony strop. Parter budowli miał tylko jedno wejście. Z drzwi pozostały jedynie resztki dębowej framugi i przerdzewiałe okucia rozrzucone po ziemi. W razie czego ze środka można było uciec przez dziurę w tylnej ścianie. Małe okienka nadawały się na strzelnice. Schody prowadzące na górne piętra runęły przed wielu laty.

Tyra wyjęła z sakwy małe metalowe naczynko.

– Trucizna do lotek – szepnęła, wręczając mi je. – Zanurz groty strzał. Tylko uważaj, żeby się nimi potem nie zadrasnąć. Podsadźcie mnie – poprosiła, wskazując dziurę w suficie. – Z góry będzie lepszy widok. Tu się nie utrzymamy i łatwo mogą nas zajść od tyłu – pokazała na okna. – Zadamy im bobu, a później chodu dalej.

Podsadziłem ją. Złapała krawędź, podciągnęła się i po chwili znikła w otworze. Przyczaiłem się w cieniu filaru, tak by przez drzwi widzieć, co się dzieje na polanie. Obie kusze położyłem na podorędziu. Pierwszy pojawił się pies. Biegł z nosem przy ziemi. Obwąchał szal. Nie znałem takiej rasy. Szczerze mówiąc, na jego widok poczułem, że miękną mi kolana. Był co najmniej dwa razy większy od tego, którego zabiliśmy w chaszczach. Sądziłem, że wystawi nas jak na polowaniu, ale on tylko poderwał łeb i pobiegł prosto w naszą stronę. Złapałem kuszę, lecz w pośpiechu chybiłem.

Ana zamarła przerażona. W jasnej sukni była świetnie widoczna. Bestia wpadła do pomieszczenia. Nie zauważyła mnie, skoczyła ku kapłance. Skorzystałem z okazji i z całej siły ciąłem bydlę maczetą przez grzbiet. Pies padł na miejscu jak rażony gromem, straszliwa szczęka poruszyła się jeszcze, zwierając i rozwierając się, aż wreszcie zwierzę znieruchomiało. Trąciłem zezwłok nogą.

– Kapłanko – szepnąłem – obudź się. Nie możesz tak stać, widać cię w półmroku jak płomyk świecy. Schowaj się, jeśli nie możesz pomóc.

– Przepraszam. – Przełknęła ślinę. – Jestem gotowa. Daj mi tę drugą kuszę!

Podszedłem do okna. Wahałem się przez moment. Gdy wyjrzę, czy nie dostanę strzałą między oczy? Wreszcie się przemogłem. Polana była pusta. Węże pojawili się po chwili. Przyszli od strony drogi. Rozglądali się. Szukali psa czy swoich zwiadowców?

Przypominałem sobie słowa krewniaka: tylko tchórz strzela z ukrycia.

– Przepraszam, wujku – mruknąłem pod nosem. – Po prostu nie zawsze da się postępować po twojemu.

Węże znaleźli nasze obozowisko i rozglądali się zaciekawieni. Jeden spostrzegł porzucony szal pod krzewem. Ruszyli sprawdzić, co to może być. Wiedziałem, że nie mogę chybić. Musiałem ich dopuścić bardzo blisko.

– Bogini Nefem, prowadź moją rękę – wyszeptałem.

Przymknąłem jedno oko, złożyłem się i strzeliłem.

Celowałem w tego po lewej, ale oberwał jego towarzysz. Celowałem w pierś, a bełt przeszył brzuch. Drugi poderwał głowę i w tym momencie dostał w szyję z kuszy Tyry. Przez chwilę macał rękoma, chyba próbował wyrwać strzałę, lecz ruchy rąk stawały się coraz bardziej chaotyczne. Najwidoczniej trucizna zaczęła już krążyć w jego żyłach, bo osunął się na ziemię. Wierzgnął kilka razy nogami i znieruchomiał. Zapadła cisza. Gdzie pozostali? Ilu jeszcze przeczesuje te ruiny?

Czekałem długo, bardzo długo. Nikt się nie pojawiał.

- Tyra! - zawołałem.

- Myślę, że jeden podejdzie od przodu, by skupić naszą uwagę, a pozostali spróbują od tyłu - usłyszałem w ciemnościach z góry. - Zapewne chcą przynajmniej Anę wziąć żywcem.

- Patrz na polanę - rzuciłem do kapłanki, a sam zacząłem znosić kamienne bloczki. Stawiałem z nich murek między filarami. Pomiędzy dwoma zostawiłem szparę.

- Ktoś idzie od tyłu przez krzaki. - Mała prawie bezszelestnie zeskoczyła obok mnie. - Chyba chcą nas zaskoczyć z obu stron naraz. Daj mi kuszę!

Przykucnęła za murkiem. Ja położyłem się naprzeciw wejścia. Ana schowała się w kącie. A na polanę wyszedł syn Gołębiarza. Poznałem go od razu, choć ubrał się w skórzany kaftan, jak Wąż. Najpierw stał na skraju krzaków i długo lustrował wzrokiem nasze obozowisko oraz dwa trupy. Potem podszedł ostrożnie. Zauważyłem, że ma kuszę przewieszoną przez plecy i szablę za pasem. Szedł niepewnie, jakby bał się przewrócić.

Nadal widzi wszystko do góry nogami - uświadomiłem sobie. Złożyłem się do strzału, ale zaraz opuściłem broń. Nie było szansy trafić go z tej odległości. Byłem ciekaw, co zrobi, a on przykląkł przy zabitych i zaczął przeszukiwać im kieszenie. Znalazł sakiewkę i z zadowoloną miną wsunął za pazuchę. Wstał i spojrzał na budynek. Wzruszył ramionami - najwidoczniej uznał, że dawno uciekliśmy. Ruszył nonszalanckim krokiem.

- Ktoś nadchodzi - usłyszałem z tyłu szept Tyry.

Nie było już czasu. Strzeliłem. Celowałem w środek piersi, ale przeklęta wada wzroku sprawiła, że bełt przeszył mu udo. Chłopak zawył i kulejąc, rzucił się do ucieczki. Za moimi plecami zaśpiewała cięciwa drugiej kuszy. Odwróciłem się błyskawicznie, lecz Tyra, przesadziwszy murek, podbiegła już do dziury. Wyjrzała. Długo stała, lustrując poszycie lasu.

– Chyba był sam – powiedziała jakby zaskoczona.

Podszedłem. Na ziemi na wprost otworu leżał zabity przez dzikuskę Wąż. Wyglądał mi na dowódcę. Miał na sobie piękną kolczugę z nitowanych żelaznych kółek. Na szczęście bełt zdołał ją przebić. Wszedł aż po brzechwę. Na twarzy zabitego wciąż malowało się zaskoczenie. Może myślał, że jego ludzie się z nami rozprawili i przyjdzie na gotowe? Kontrolnie szturchnąłem trupa.

– Kapłanko, wskakuj na piętro, my się rozejrzymy po lesie – zakomenderowała mała.

Po chwili Ana była już na górze. Podałem jej kuszę i trzy bełty. Zagajnik okazał się pusty. Obiegliśmy budynek. Nadal nikogo.

– Rozdzielmy się! – zaproponowała dzikuska.

Usłyszałem z daleka rżenie konia. Pobiegłem w tamtym kierunku. Zdążyłem w ostatnim momencie. Syn Gołębiarza zdołał jakoś osiodłać Brzoskwinię. Oparł zdrową nogę na strzemieniu i usiłował wywindować się na koński grzbiet. Klacz tańczyła, strzygła uszami. Znała go, ale nie miała ochoty dać się dosiąść. Chwyciłem go za kark i obaliłem na ziemię. Próbował sięgać do pochwy po nóż, lecz kopnąłem go w paluchy. Z przebitym udem nie mógł uciec. Złapałem go i wykręciłem mu ręce na plecy. Tam związałem je paskiem.

– Wrzaśniesz, a zabiję – syknąłem.

Podniosłem go za kark z ziemi. Był w stanie iść, choć mocno kulał. Zawlokłem jeńca do obozowiska. Po chwili wróciła też Tyra.

– Przy drodze uwiązano cztery konie i jeszcze trzy oddzielnie. Wydaje mi się, że zabiliśmy wszystkich Węży.

– Ilu was było? – zapytałem.

Syn Gołębiarza milczał, ale rozglądał się, jakby szukając wzrokiem kogoś, kto mógłby go uratować. Minęło kilka sekund i dołączyła do nas kapłanka. Na widok więźnia jej usta zacisnęły się w linię.

– Bogini dała ci szansę – powiedziała spokojnie. – Coś mi się zdaje, że zamiast z niej skorzystać, sprowadziłeś na nas pogoń.

– Nie myślcie, że uda wam się uciec – syknął z nienawiścią. – Przyprowadzę ich więcej. O wiele więcej. To już koniec waszej głupiej misji. Resztę życia spędzicie jako moje niewolnice w stolicy Węży. Od świtu do zmierzchu będziecie się modliły, żeby dzień się wreszcie skończył. A nocami, uwiązane w moim łożu, będziecie się modliły, by wreszcie nadszedł ranek. A ty... – Spojrzał na mnie z pogardą.

Ana podeszła bliżej. Ujęła go pod brodę i zajrzała mu w oczy. Źrenice miał rozszerzone.

– Powiedz, napoili cię czerwonym wywarem? – zagadnęła zupełnie spokojnie.

– Krew Boga Węża daje klarowność myśli – wybełkotał.

– Co to jest czerwony wywar? – spytałem. – Bogini też o tym mówiła.

Ana uciekła wzrokiem w bok. Potem westchnęła.

– To napój, który Węże produkują u siebie na południu – odrzekła. – Nie wiemy, z czego jest wytwarzany. To rodzaj narkotyku. Gdy kogoś słuchasz, poddajesz jego słowa nieustannemu osądowi. Zastanawiasz się, czy mówi prawdę, koloryzuje, powtarza zasłyszane bzdury, czy może świadomie kłamie. Szukasz nieścisłości, porównujesz słowa z tym, co wiesz. Czerwony napój pozbawia człowieka tej zdolności, a do tego wywołuje lekką euforię. Silniejszą niż wino lub haszysz.

– Co proszę?! – zdumiałem się.

– Po zażyciu tej „krwi Boga Węża" wszystko, co usłyszysz, wszystko, co przeczytasz, wyda ci się prawdą. Gdy działanie narkotyku minie i wrócisz do tego myślami, zdołasz rozeznać, czy to, co ci przedstawiono, jest prawdą czy może fałszem. Ale gdy zażywasz napój regularnie i przez dłuższy czas, ta część twojego umysłu zaczyna się psuć. Prawdopodobnie nieodwracalnie. Dzięki temu można wytresować człowieka lepiej niż psa. Węże piją wywar przed lekturą pism Czarnego Nauczyciela. To sprawia, że czytając swoje księgi, czują przyjemność, a zawarte tam przesłanie staje się niepodważalne.

– Zatem chłopak, błąkając się, trafił na drugi oddziałek Węży. Napoili go tym narkotykiem i przekonali, by pomógł nas złapać?

– Tak przypuszczam.

– Zrobię jeszcze jeden obchód – zaofiarowała się Tyra. – Lepiej dmuchać na zimne.

Skinąłem głową.

– Już nie żyjesz – wysyczał chłopak. – Zabiliście sześciu czcigodnych.

Podszedłem i trzasnąłem go w gębę.

– Zabiliśmy łajdaków. Zabiliśmy bestie. Zwierzęta. Sześciu godnych jedynie pogardy łowców niewolników – wywarczałem.

Urwałem. Po co tłumaczyć rzeczy oczywiste komuś, kto i tak myśli zupełnie inaczej?

– Zastanawiam się, co z nim zrobić – westchnęła Ana. – Bogini dała mu szansę. Odrzucił ją. Powiedziała, że napój poczynił zniszczenia, ale może jeszcze odnaleźć w sobie dobro. Chyba nawet nie próbował.

– Jeśli go puścimy wolno, ściągnie nam na głowy kolejne nieszczęście – zauważyłem.

Zamyśliła się.

– Czyli nie ma wyjścia, musimy go zabić. – Rozłożyła bezradnie ręce.

– Chyba mamy prawo?

– Oczywiście. Zdrada, współpraca z wrogami, której następstwem mogła być nasza śmierć, groźba gwałtu na dwóch kobietach.

Wróciła Tyra.

– Nikogo nie ma w pobliżu – zameldowała. – Mimo to proponuję jak najszybciej ruszać dalej.

– Tych sześciu szczurów to cały oddział czy tylko forpoczta większego? – zapytałem więźnia.

Chłopak splunął mi pod nogi i coś wymamrotał pod nosem. Brzmiało jak zaprzeczenie.

– No dobrze. Stoisz w obliczu śmierci. Powiedz, co masz na swoje usprawiedliwienie – odezwała się Ana. – Czy jest cokolwiek, czego nie powiedziałeś bogini Nefem?

Milczał przez chwilę.

– Bogowie wśród ludzi pojawiają się niezwykle rzadko. Rzadziej niż raz na pokolenie. Liczyłem, że tym razem ta kocia pipka was nie obroni – odrzekł wreszcie.

Ana, słysząc bluźnierstwo, poczerwieniała z oburzenia, lecz zacisnęła zęby i bohatersko zmilczała.

– Wiedziałem, że zostałyście same, bo Dave to dupa wołowa, a nie mężczyzna, ale przez tych patałachów się nie udało. Zlekceważyli was. Nie sądzili, że możecie w ogóle stawiać opór. Ostrzegałem ich, a oni tylko się śmiali.

– Czy żałujesz tego, co zrobiłeś?

– Żałuję, że się nie udało. Chętnie bym posłuchał, jak skamlacie o litość, gwałcone przez wojowników. Patrzyłbym, jak dziewicza krew ścieka wam po udach.

Ana odwróciła się do niego tyłem, wzburzona, ze łzami w oczach. Długo oddychała, nim doszła do siebie na tyle, by móc mówić.

– Zdradził, jednak bogini go oszczędziła i symbolicznie ukarawszy, udzieliła mu nauki. Odrzucił jej łaskę. Słyszeliście, co powiedział!

– Co gorsza, chyba naprawdę tak myśli – zauważyła Tyra. – Narkotyki czasem powodują gadatliwość oraz nadmierną szczerość.

– No cóż, w takim razie nie pozostawia nam wyboru. Chyba musimy go uśmiercić – westchnęła kapłanka. – Dopóki żyje, jest niebezpieczny. Przyjacielu, głupio mi cię prosić, ale jesteś dowódcą wyprawy i jedynym mężczyzną w naszym gronie.

Z trudem przełknąłem wielką gulę rosnącą mi w gardle.

– Wedle rozkazu – odparłem ciężko.

Popatrzyłem na chłopaka. Odpowiedział mi spojrzeniem pełnym pogardy.

– Co z tego, że mnie zabijecie? – Spróbował wzruszyć skrępowanymi ramionami. – Czarny Nauczyciel mówi, że wielki Bóg Wąż spełni każde męskie pragnienie. Gdy u zarania dziejów pokona Boginię Kotkę, wy wszyscy traficie w zaświaty jako niewolnicy, na całą wieczność poddani woli wyznawców mroku.

Dałbym mu w mordę raz jeszcze, ale głupio jakoś było bić związanego. Kawałkiem zwęglonego patyka zaznaczyłem na jego koszuli miejsce, gdzie znajduje się serce. Tak będzie łatwiej celować. Cofnąłem się siedem kroków. Z takiej odległości nie chybię. Naciągnąłem cięciwę i uniosłem kuszę do strzału. Położyłem palec na spuście. Czas jakby się zatrzymał. W krzakach świergotały ptaki, jeden z koni zarżał. Wystarczyło zwolnić strzałę, by zakończyć tę historię raz na zawsze, ale nie mogłem. Cztery razy brałem go na cel i czterokrotnie opuszczałem broń. Wiedziałem, że mam przed sobą groźnego fanatyka, zdrajcę i potencjalnego mordercę.

– Co innego zabić w walce, a co innego dokonać egzekucji – powiedziałem wreszcie. – Nie jestem tak twardy jak pan Nash. Wiem, że tak trzeba, po prostu muszę się zebrać w sobie. I dam radę. Za moment.

Kapłanka westchnęła.

– Raz już mu darowano. Dziś omal nie przypłaciliśmy tego życiem. Wzdragam się na myśl, że trzeba go uśmiercić, ale...

Odetchnąłem głęboko.

– Dam radę. Potrzebuję... chwili.

– Nie dasz rady, przyjacielu – ucięła. – Odbieranie życia wymaga albo chłodu w sercu, albo głębokiego przekonania o słuszności tej decyzji. Brak ci jednego i drugiego.

– Chyba tak. Przepraszam. – Opuściłem broń.

– Nie przepraszaj za to, że jesteś dobrym człowiekiem.

– Kłopot w tym, że efektem tej mojej dobroci może być nasza śmierć. Może zostawmy go tu związanego i niech dzikie zwierzęta zrobią swoje?

– Wypalmy mu piętno na policzku i puśćmy wolno – zaproponowała Tyra. – Ale bez zapasów żywności i wyposażenia. Niech o jego losie zadecydują bogowie, a wyrok wykona Las Dusz. Ma poważnie zranioną nogę. Nie ma leków, do tego jesteśmy kilka dni drogi od najbliższych osad. Może umrze, a może się wykuruje. Może rozszarpią go tu wilki albo zabiją nocne chłody. W każdym razie ranny nie jest w stanie ścigać nas nawet konno. Jeśli jakimś cudem dotrze do ludzi, piętno ostrzeże ich, by mu nie ufali.

Kapłanka w milczeniu rozważała jej słowa. Wreszcie kiwnęła głową. Co tu dużo mówić, spodobał się nam ten pomysł.

– Tylko o tym czytałam w starych księgach. Na Pobrzeżu piętnuje się jedynie zwierzęta – zadumała się Ana. – Lecz w Dysie i okolicach, z tego, co wiem, wypalają znamię tym, którzy złamią prawo lub naruszą obyczaje.

– U nas też, choć niezwykle rzadko. Jedynie o tym słyszałam – powiedziała mała. – Złodziei piętnowano na lewym policzku, a pozostałych na prawym.

– Może to dobry pomysł. – Kapłanka przeniosła spojrzenie na mnie.

– Póki żyje, może nam zaszkodzić. Obyśmy nie popełnili tragicznego błędu – westchnąłem. – Jeśli jednak taka jest decyzja, mogę to zrobić. Znakowałem już kiedyś nasze kozy.

Tyra poszła objuczyć i osiodłać konie. Ana pakowała nasze rzeczy. Przywiązałem głowę chłopaka do pnia i docisnąłem dodatkowo pasami, które ściągnąłem martwym Wężom. Rozgrzałem pogrzebacz w ogniu. Zdrajca obserwował moje poczynania w milczeniu.

– Tego też nie dasz rady uczynić – burknął wreszcie.

Nie odpowiedziałem na zaczepkę, ale zastanawiałem się przez chwilę, czy przypadkiem nie ma racji. Wreszcie metal nagrzał się do czerwoności. Założyłem rękawicę, ująłem pogrzebacz i podszedłem. Więzień na moment jakby stracił rezon. Złapałem go pod brodę i zdecydowanym ruchem przyłożyłem żelazo do skóry. Zaskwierczało, dym, który owionął mi twarz, cuchnął jakoś inaczej, niż się spodziewałem. Chłopak darł się wniebogłosy i tak szarpał, że o mały włos uszkodziłbym mu oko. W końcu stracił przytomność i już w spokoju dokończyłem ponurego dzieła.

– Tak wystarczy? – zapytała kapłanka nieco blada na twarzy.

– Chodzi o uszkodzenie skóry i tkanki pod nią, nie ma potrzeby bardziej... – zacząłem i nie wytrzymałem.

Smród palonej skóry wywrócił mi żołądek na nice. Wymiotowałem dłuższą chwilę. Powoli doszedłem do siebie. Wypiłem łyk wina z podsuniętej manierki.

– Przyjacielu, zadanie wykonane. Pora ruszać w drogę. – Kapłanka położyła mi dłoń na ramieniu. – Dziękuję.

– Uczyniłem dziś najokropniejszą rzecz w życiu – powiedziałem cicho.

– Furda – prychnęła Tyra. – Za to, że ściągnął nam na karki pogoń, powinieneś mu ten durny łeb urżnąć! Wszyscy mogliśmy zginąć na tej polanie. Krewni nawet by nie wiedzieli, gdzie spoczywają nasze szczątki, żeby pomodlić się na twojej mogile.

– Nie byłoby żadnej mogiły – westchnęła Ana. – Dzikie zwierzęta rozwlekłyby kości po lesie i tyle. A my dwie, jako nałożnice tych wieprzy, przez kolejne lata żałowałybyśmy, że nas nie uśmiercono.

Zebraliśmy pospiesznie nasze rzeczy, objuczyliśmy do końca konie. Obszukałem trupy, zabrałem sakwy, krzesiwa i broń. Zasypałem ognisko kamieniami. Podszedłem do chłopaka. Wisiał jak martwy, ale oddychał. Posikał się z bólu. Chlusnąłem mu w twarz kubek wody. Powoli odzyskiwał przytomność.

– Odchodzimy – oznajmiłem. – Nie waż się leźć za nami, bo jeśli spotkamy się ponownie, zabiję cię. Zostajesz tu sam. Radź sobie, jak umiesz. Idź na wschód do Czerwonogłowych. To twoja jedyna szansa.

– Jeszcze cię dopadnę – syknął. – I wykastruję. Potem przykuty do ściany będziesz patrzył, jak zabawiam się z tymi dwiema.

– Podoba mi się twoja szczerość, choć zdaję sobie sprawę, że jest spowodowana narkotykiem – odparłem. – To, co gadasz, nie spełni się nigdy. Wbij to sobie do tej pustej makówki. Odpinam pasy, nacinam ci więzy i zostawiam nóż. Sadzawka z wodą jest za naszym obozem. Dalej musisz sobie radzić sam. Powiedz mi jedną rzecz na odchodne. Jak ty właściwie masz na imię?

Spojrzał na mnie dziko, z nagłym przerażeniem.

– Ja... ja nie pamiętam – wykrztusił.

Wskoczyłem na siodło. Niebawem dotarliśmy do drogi. Pod drzewami stały przywiązane konie Węży. Siedem sztuk. Tyra z małpią zręcznością wspięła się na drzewo i dłuższą chwilę obserwowała drogę. Wreszcie równie zręcznie opuściła się na ziemię.

– Na razie nikogo – zameldowała. – Co robimy? Którą drogę obierzemy? Na zachód?

– Tak. Uciekamy.

– A co z końmi Węży?

– Zabieramy te siedem ze sobą, jakieś pół dnia drogi stąd puścimy je wolno – zadecydowałem. – Lepiej, żeby ten gnojek nie złapał żadnego z nich.

Kapłanka kiwnęła głową, aprobując mój plan.

– Teraz to dopiero jest na nas cięty... – mruknęła mała. – Nie chciałabym wpaść w jego ręce, ale szanse, że opuści te lasy żywy, są niewielkie.

Poprowadzenie siedmiu koni okazało się trudniejsze, niż myślałem. Zwierzęta nas nie znały, potrząsały łbami, rżały, tańczyły, próbowały stawać dęba i nie dawały się okiełznać. Wreszcie z pomocą Tyry pomotałem je za cugle do długiego rzemienia. Dzikuska, jadąc z tyłu, poganiała kolumnę, co jakiś czas strzelając w powietrzu z bicza. Mimo to nie było łatwo. Konie szarpały, kilka razy przystawały i omal nie zrzuciły mnie z siodła. Posuwaliśmy się rozpaczliwie powoli.

Dopiero późnym popołudniem uznałem, że jesteśmy wystarczająco daleko. Na postoju ściągnęliśmy uzdy i siodła, puściliśmy zwierzęta Węży wolno. Rozbiegły się po lesie.

– Trochę szkoda – westchnęła dzikuska, odprowadzając je wzrokiem. – W Tess albo w Dysie można by je sprzedać za naprawdę ładną sumkę.

– Jak myślisz, czy nadal zmierzamy we właściwym kierunku? – zapytała Ana.

Zamyśliłem się.

– Gdy dotarliśmy w okolice Dysy, pan Nash kazał mi wypatrywać góry o rozdwojonym wierzchołku. On znał drogę, więc to musiał być dla niego jakiś punkt orientacyjny.

– Czyli wystarczy, jeśli będziemy się kierowali...

– Niekoniecznie. Równie dobrze mogło mu chodzić o jakieś miejsce na lewo albo na prawo. Wspominałaś o iglicy.

– Tak, w pobliżu świątyni ma się znajdować wysmukła iglica skalna z widocznymi żyłami malachitu.

– Może wdrapię się na drzewo? – Spojrzałem na pobliski pień.

Zadanie wydawało się łatwe. Drzewo miało liczne grube konary, które układały się prawie jak drabina. Szybko wspiąłem się na taką wysokość, że patrząc w dół, można było dostać zawrotu głowy. Wreszcie dotarłem do miejsca, gdzie gałęzie uginały się pod moim ciężarem, ale nie dostrzegłem linii horyzontu na zachodzie ani na północy, przesłaniały ją jeszcze wyższe drzewa rosnące w odległości kilku mil. Za to gdzieś na południu zobaczyłem dym. Najwyraźniej byli tam jacyś ludzie. Zejście okazało się znacznie trudniejsze niż wspinaczka. Opuszczałem się na rękach, macałem pień stopą, na ślepo poszukując miejsc, gdzie można było ją postawić. Gdy wreszcie stanąłem na ziemi, drżały mi uda. Dłuższą chwilę dochodziłem do siebie.

Następnym razem wyślę Tyrę, wspina się zwinnie jak wiewióreczka – pomyślałem i ruszyłem w stronę moich towarzyszek.

– Przeszukałyśmy sakwy, które były przy siodłach – zameldowała mała. – Rzuć okiem.

Na derce leżał stosik kilkunastu złotych monet, niewielka garstka biżuterii, ząb nieznanego mi zwierzęcia, jakieś koziki, kilka par żelaznych kajdan, drobne narzędzia do naprawy uprzęży, woreczki tytoniu, fajki oraz szklana buteleczka z czymś czerwonym.

– Czyżby to był ten cały czerwony wywar? – zapytałem.

– W pierwszej chwili myślałam, że to wino, ale nie jest przejrzysty – wyjaśniła kapłanka. – Myślę, że kapłani z Domu Noży chętnie zbadaliby tę substancję, poszukali jakiejś odtrutki, lecz nie wiem, czy jest sens to zabierać. Wrócimy do domu zapewne dopiero wiosną. Nie mam pojęcia, jaką to ma trwałość.

– Jeśli jest rozrobione alkoholem, powinno wytrzymać tyle czasu... – Zadumałem się.

Kapłanka wyjęła korek i bardzo ostrożnie powąchała zawartość.

– Czuję opium, coś jakby grzyby, zioła i jeszcze jakiś zapach, chyba kwiatowy, ale nie kojarzę tej woni – powiedziała, odsuwając naczynie. – Kręci w nosie, lecz to nie alkohol, tylko bardziej jakby żywica. Nie wiem, czy zachowa moc do wiosny, ale zabierzemy tę buteleczkę i niech to zbadają fachowcy.

– Ano, powiedz mi, proszę, tylko szczerze: skąd tyle wiesz o Wężach, ich zwyczajach, religii.

– Nie powinnam o tym mówić, jednak w obecnej sytuacji powinniście wiedzieć więcej. Domyślaliśmy się, że Węże polują na ludzi. Oczywiście u nas muszą to robić bardzo ostrożnie. W zeszłym roku jeden z ich marynarzy przyszedł do świątyni, opowiedział kapłanom swoją historię. Był synem niewolnicy, dziewczyny porwanej z wioski opodal Tess. Gdy był niemowlęciem, Węże odebrali go matce i oddali bezdzietnej rodzinie. Poznał swoje pochodzenie przypadkiem. Jego prawdziwa matka już nie żyła, od innych niewolników dowiedział się, jak miała na imię. Zdecydował się wrócić do domu. Zaciągnął się na kupiecki okręt płynący na północ. Gdy dotarł do Tess, skorzystał z pierwszej nadarzającej się okazji i umknął. Kiedy podał imię matki, sprawdzono je w księdze życia. Odszukano też jej rodzinę. Krewni powiedzieli, że przed laty dziewczyna poszła paść krowy i znikła bez śladu razem ze zwierzętami. Oczywiście wiedzieliśmy, że będą szukać zbiega, dlatego mój dziadek dobrze go ukrył. Dobrano także świeże zwłoki człowieka o bardzo podobnym wyglądzie, przebrano w ubiór uciekiniera i zawalono na nie ścianę w ruinach. Trupa nieco już nadpsutego odnaleziono niby to przypadkiem i okazano Wężom. Chyba uwierzyli, że to ich zaginiony człowiek. Dzięki temu dziadek zdobył świętą księgę Węży oraz człowieka, który podał wiele cennych informacji. Znamy przesłanie Boga Węża i Czarnego Nauczyciela. Uciekinier zdradził nam bardzo wiele sekretów tego ludu. Opowiedział ze szczegółami o ich zwyczajach.

– Takie buty... – mruknęła Tyra.

– Powiesz nam coś więcej? – zagadnąłem.

Zaczerwieniła się i uciekła wzrokiem.

– Tylko tyle, że nasza wyprawa jest znacznie ważniejsza, niż sądzicie.

*

Rozbiliśmy obóz w ruinach jakiejś wioski. Nie paliliśmy ognia, przespaliśmy tylko kilka godzin i bladym świtem ruszyliśmy dalej. Obawiałem się pościgu. Skoro raz zdołali nas dogonić, mogło się to zdarzyć ponownie. Próbowałem odczytać coś z mapy, lecz odległości chyba zaznaczono nieprawidłowo. Byłem przekonany, że nadal przemierzamy Las Dusz. Kilka razy natrafialiśmy na połacie puszczy porośniętej chorymi, zatrutymi drzewami. Napatrzyliśmy się na poskręcane pnie, krzywo rosnące korony, dziwaczne bulwy znaczące korę, zbyt małe, niesymetrycznie zbudowane liście. Wyglądało to inaczej niż połacie martwiny spowodowanej opadem pyłów wulkanicznych.

Minęło południe. Teren zaczął się wreszcie trochę wznosić. Czyżbyśmy zbliżali się do płaskowyżu? Nie chciałem spędzać trzeciej nocy w tych lasach. Woń zgnilizny napłynęła wraz z wiatrem. Konie niespokojnie parsknęły. Zatrzymaliśmy się.

– Coś jest nie tak – mruknąłem.

Po lewej od szlaku leżało spore jeziorko. Trzciny na jego brzegach pożółkły. Krzewy straszyły więdnącymi liśćmi. Wzdłuż wypływającego cieku widziałem kępy gnijących traw. Po drugiej stronie wody, pod drzewem leżała martwa sarna.

– Czarny lotos – szepnęła Ana.

– Tak sądzisz?

– Tam... – Wyciągnęła dłoń.

Przyjrzałem się tafli wody i faktycznie spostrzegłem kępę smoliście czarnych kwiatów kołyszących się na powierzchni tuż przy jednym z brzegów. Cofnęliśmy się.

– Nie ma wiatru – powiedziała Ana. – Przejedziemy bezpiecznie, ale trzeba zawiązać koniom chrapy i my też musimy osłonić twarze.

– Czarny lotos? Słyszałam o nim legendy – wyszeptała Tyra. – Miał rosnąć daleko na południu. No tak, w sumie jesteśmy na południu.

– Tam, gdzie wyrośnie, zatruwa na wiele miesięcy wodę i glebę. Jego pyłek wywołuje halucynacje, ale też ekstazę. Jest bardzo silny, wystarczy wciągnąć wraz z powietrzem odrobinę niesioną wiatrem, spożyć kilka ziaren lub rozetrzeć na skórze – wyjaśniła Ana. – Kapłani z Domu Noży kiedyś wysiali jeden kwiat. Sądzili, że może niewielkie dawki trucizny pomogą chorym na głowę. W końcu mleczko z maku to groźny narkotyk, lecz w małej dawce pozwala uśmierzyć ból podczas operacji.

– I co z tego wynikło? – zapytała Tyra.

– Tylko nieszczęście. Człowiek, który doglądał rośliny, skusił się na odrobinę. I już nie mógł przestać. Co dzień wracał po większą dawkę. Piątego dnia znaleziono go martwego. Kwiat musiano zniszczyć, spuszczono do morza całą wodę z sadzawek, wypłukano muł i szorowano kamienie ługiem. Od tamtej pory istnieje bezwzględny zakaz podobnych doświadczeń. Przyjacielu, wiem, że to ryzykowne, ale prawo nakazuje nam usuwać niebezpieczeństwa, którymi...

– Masz rację – przerwałem jej. – Te rośliny trzeba zniszczyć. Polanie ich świętym olejem byłoby bluźnierstwem, lecz ogień... Albo wrzątek.

Owinąłem twarz zmoczonym płótnem. Przygotowałem pochodnię z kawałka szmaty zanurzonej w oliwie. Wyciąłem długą tyczkę. Rozszczepiłem drewno na końcu, umieściłem tam tkaninę. Kwiaty kołysały się nad wodą niedaleko od brzegu. Ruszyłem w ich stronę, ale gdy podszedłem bliżej, syknąłem cicho. To nie była jedna kępa.

Kawałek dalej rosła druga, trzecia. Podpaliłem pochodnię. Kolejno przykładałem ogień do kwiatów i trzymałem, dopóki solidnie przypalone nie opadły na wodę. Nie wiedziałem, czy gnijąc, nie wydzielą więcej trucizny, ale nie miałem bosaka, by spróbować wyrwać je wraz z kłączami. Niszczyłem je kolejno. Kęp było dwanaście. Trafiłem na kilka padłych zwierząt lub kości obciągnięte pozostałościami skóry.

Przychodziły do wodopoju, nie wiedząc, że woda zamieniła się w truciznę – uświadomiłem sobie.

Wreszcie z westchnieniem ulgi wypaliłem ostatnią kępę. Zanurzyłem płonącą szmatę w wodzie. Zawróciłem w stronę drogi. Nieoczekiwanie kątem oka wyłapałem jakiś błysk. Coś leżało w krzakach. Rozgarnąłem gałązki.

Kilka chwil później byłem już na drodze.

– Co to jest? – zdziwiła się Tyra, widząc mój łup.

– Zakręcana blaszana puszka – wyjaśniłem. – Z lekkiego srebra, metalu Przodków. Bardzo rzadko znajduje się takie w ruinach. To znaczy znajduje się od czasu do czasu, ale trafić na taką w dobrym stanie to prawdziwy uśmiech losu. Ostatnio widziałem podobną na bazarze, a sprzedający wycenił ją na dziesięć sztuk złota. Ta leży tu krótko, może od wiosny.

– Jak myślisz, ktoś to wyrzucił? – zapytała Ana. – Czy raczej zgubił?

– Gdyby zgubił, byłaby albo zakręcona, albo bez wieczka. A tymczasem oba przedmioty leżały opodal siebie. Ktoś odkręcił, wyrzucił dekielek, a potem także puszkę. Popatrzcie, na gwint wylano wosk. Ktoś chciał, żeby naczynie było szczelne. Znalazłem ją niedaleko lotosów.

– Myślisz, że może być zanieczyszczona pyłkiem? – zaniepokoiła się.

– Nie da się tego wykluczyć. Chciałem wam ją tylko pokazać i zaraz wyrzucę. Powiedz, proszę, czy wiesz może, jak się rozsiewa czarny lotos?

– Czytałam traktaty botaniczne. Gdy roślina przekwitnie, późną jesienią na łodyżce pojawiają się nasiona o niezwykle kuszącym zapachu. Ptaki, a czasem inne zwierzęta zwabione wonią zjadają je, ale gdy ich żołądki nadtrawią osłonkę nasiona, wydziela się trucizna, od której zdychają. Jeśli truchło wpadnie do wody, wiosną kiełkują kolejne kwiaty. W danym miejscu wyrastają tylko raz. Albo, rosnąc, pozbawiają wodę i glebę jakiegoś składnika, który jest im potrzebny, albo szkodzą im ich własne trucizny.

– Czy ziarno musi zostać nadtrawione i czy roślina zawsze wyrasta z padliny? – zapytałem.

– Z tego, co wiem, ani jedno, ani drugie nie jest konieczne.

– Zatem sądzę, że to jest plantacja. Ktoś przyniósł dużą garść nasion w tym metalowym pojemniku i wysiał je tu kępami – powiedziałem cicho. – Dwanaście kęp. Rosły w regularnych odstępach.

– Ile kwiatów zniszczyłeś?

– Przestałem liczyć, na pewno było ich około setki.

Milczała dłuższą chwilę. Wreszcie skinęła głową.

– Wydaje mi się, że możesz mieć rację. Traktaty wspominają, że to roślina niezwykle rzadka. Znaleźć nawet pojedynczy kwiat nie jest łatwo. A to dobre miejsce, dostępne, łatwe do odnalezienia, bo blisko drogi. Pytanie tylko, po co komu tyle tego świństwa.

– Myślę, że zasiały je tu Węże. A dlaczego aż tyle? By zrobić narkotyk. Krew Boga Węża. Czerwony wywar – odrzekłem w zadumie. – Wiemy już, że Węże penetrują ten las. Wypuszczają się na drugi brzeg Oczatki, by łowić niewolników. Kopią w ruinach, poszukując skarbów po Przodkach. Uprawiają tu rośliny, których zapewne nie mogą hodować u siebie. Nie wiem, jak tutaj docierają, być może drogami Przodków z południa, a może płynąc w górę rzek, ale ten teren nie jest bezpieczny.

– Myślę, że możesz mieć rację.

– Węże – mruknęła Tyra. – Dla mojego ludu, tam nad jeziorami, pełzające gady to był zawsze symbol zła, ale ci, którzy przybywają z południa, mają węża za symbol i oddają mu cześć.

– Coś w tym jest – kiwnęła głową kapłanka. – Można powiedzieć więcej: ich wiara i nasza splatają się, stanowią jedno. Wyobraźcie sobie monetę. My jesteśmy jej awersem, oni rewersem. Oni służą złu, wierząc, że jest potężniejsze niż dobro. Wierzą w istnienie Ojca Stu Światów i jego córki, bogini Nefem, ale sądzą, że Czarny Nauczyciel jest potężniejszy. I że to on pokona naszych bogów. Pamiętacie, co gadał syn Gołębiarza?

Kiwnęliśmy głowami.

– Dziadek się ich obawia. W najstarszych księgach Przodków, jakie posiadamy, wspomniane są napaści ludów południa.

– Czyżby nasze ludy walczyły ze sobą jeszcze w czasach przed pożogą? – zdumiała się mała.

– Ludy tak, ale kroniki nie wspominają o ich religii. Wiara w Węża i Czarnego Nauczyciela musiała pojawić się znacznie później. Problem w tym, że w sumie niewiele wiemy o naszych Przodkach. Zachowało się trochę ich różnych książek, przeważnie trudnych do odczytania i zrozumienia. Zmieniły się słowa, zapis, wymowa. Zapomniano o niektórych, wymyślono nowe. Gdziekolwiek wyruszymy, napotykamy ich ślady. Ich świat jest jak rozbite lustro rozsypane w gęstej trawie. Niby już go nie ma, a jednak co chwila puszcza do nas zajączki. Po latach wojen i chaosu przetrwały ich drogi i czasami mosty, tunele, które kuli w skałach, ruiny domów i świątyń. Wiemy, że na całym terenie otoczonym trzema morzami czcili Ojca Stu Światów i jego córkę, krnąbrną kociogłową boginię. Na zatartych przez czas płaskorzeźbach i reliefach odnajdujemy wizerunki wielkich nauczycieli. Tych samych, których pamięć czcimy.

Słuchałem jej słów. Opowiadała to, czego nie chciała nam powiedzieć poprzednio. Zastanawiałem się, co jeszcze wie. I czy na pewno chcę poznać te tajemnice.

*

Do wieczora przemierzyliśmy szmat drogi. Teraz byłem jej pewien. Staw z lotosami leżał na skraju Lasu Dusz. Ewidentnie zbliżaliśmy się do gór. Teren robił się coraz bardziej pofałdowany. W lesie na lewo i prawo od drogi pojawiły się głazy, zapewne przywleczone tu przed eonami przez górskie lodowce. Potem spostrzegliśmy pierwsze ostańce skalne. Wreszcie na prostym, długim odcinku drogi ujrzeliśmy ośnieżony szczyt górujący nad lasem.

Ruszyliśmy dalej. Nie odjechaliśmy daleko, gdy z zamyślenia wyrwał mnie cichy okrzyk kapłanki. Poderwałem głowę, sięgając jednocześnie po kuszę. Moja przyjaciółka wskazywała coś palcem. Nad zagajnikiem brzóz górowała skała o kształcie maczugi. Była wysoka na co najmniej pięćdziesiąt łokci. Przecinał ją ukosem pas zielonego kamienia.

– To miejsce, o którym opowiadał Nash! Znaleźliśmy. – Odwróciła do mnie rozpromienioną twarz. – Świątynia z tablicami musi być blisko!

Niedługo później po lewej i prawej stronie drogi zobaczyliśmy resztki kamiennych ścian. Miasto przypominało trochę górne dzielnice Tess, ale lasy wzięły je już w posiadanie. Jechaliśmy pomiędzy ruinami domów, często zachowanych do wysokości gzymsu nad pierwszym piętrem. Dachów nie było. Drzewa rosły i wewnątrz budynków, i na zewnątrz, a czasem wyrastały wprost z nawierzchni ulic i zaułków. W niektórych miejscach pnie i konary rozsadziły stare budowle, poprzewracały wiekowe ściany.

– Zawsze mnie zachwycało, jak oni budowali – powiedziałem. – Twardy kamień, starannie spasowane bloczki, klamry dodatkowo spinające przynajmniej najważniejsze części muru. Co dwieście, może trzysta lat trzeba było wymienić podłogi oraz zapewne belki stropowe.

– Myślę, że podejmowali ten ogromny wysiłek, by zaoszczędzić pracy kolejnym pokoleniom – stwierdziła Ana. – Albo dlatego, że lubili robić wszystko solidnie. Skupmy się na zadaniu. Tam widać jakieś białe mury. Naprzód.

Objechaliśmy rozwaliska. Bezskutecznie. Wreszcie wypatrzyłem uliczkę biegnącą między skały. Przebyliśmy krótki wąwóz i naszym oczom ukazała się świątynia. Wreszcie mogliśmy z ulgą zeskoczyć z siodeł. Napoiliśmy konie w sadzawce i uwiązaliśmy do drzew. Wspięliśmy się po kilkunastu szerokich schodach. Główne sanktuarium zbudowane zostało na planie koła. Wzniesiono je ze starannie spasowanych kamiennych bloków. Sądząc po zielonych wykwitach, kamienie spojono dodatkowo klamrami z miedzi lub brązu. Wąskie, strzeliste okna wychodziły na cztery strony świata. Drzwi znikły bez śladu, pozostał po nich tylko ozdobny kamienny portal. Stanęliśmy na progu, zaglądając do wnętrza. Dachu nie było, zapewne pomieszczenie przykrywała konstrukcja z belek i desek, która runęła setki lat temu. Średnicę sali oceniłem na jakieś trzydzieści łokci. Od zewnątrz użyto tylko marmuru, ale w środku mury ułożono z biegnących poziomo pasów białego i zielonego kamienia. Z surową prostotą dwubarwnych ścian kontrastowała kolorowa mozaikowa podłoga. Kwietny wzór z małych kosteczek kamienia był widoczny tylko w kilku miejscach, bo wnętrze zalegały połamane dachówki, liście oraz rozmaite śmieci naniesione przez wiatry i deszcze. Nieliczne krzewy czarnej jagody wpijały korzenie w rumowisko. Posąg bogini Nefem, wsparty na czarnym postumencie, górował dumnie nad tym śmietnikiem.

W pierwszym momencie sądziłem, że postać wykuto w białym marmurze, lecz po chwili domyśliłem się, że to mleczne szkło, tak fantastycznej jakości, że prawie bez szwanku oparło się działaniu czasu. Rzeźba przedstawiała całkowicie nagą kobietę z głową kota i nie była duża. Bazaltowy postument pokryły liście, ziemia oraz dziwna gnijąca masa. Tu i ówdzie, w miejscach, gdzie prześwitywał kamień, widać było, że cokół ozdabiały kunsztownie rzeźbione kwiaty, owoce i kłosy zboża. Podeszliśmy bliżej.

– Dla nas nagi posąg Nefem to bluźnierstwo – zauważyłem.

– Dla nas i dla nich także – wyjaśniła kapłanka. – Po prostu ta figura stoi tu od tysięcy lat. Lecz kilkaset lat przed Pożogą naszą boginię rzeźbiono nagą, a następnie odziewano jej posągi w kosztowne szaty, które co jakiś czas zastępowano nowymi. Rzeźby ozdabiano także biżuterią. Sam zobacz, w płatkach uszu nawiercono nawet dziurki na kolczyki. Potem zmieniły się zwyczaje. Nowsze rzeźby już tak nie wyglądają.

Zdjąłem płaszcz i okryłem nim ramiona figury. Tyra przyjrzała się ziemi.

– To była jakaś szata. – Wygrzebała spod liści kawał przegniłej tkaniny. – Wełna albo coś podobnego. Popatrzcie, coś nawet wyhaftowano.

– Zatem posąg ktoś przyodział – zadumałem się. – Znajdujemy się pod gołym niebem. Deszcze, mrozy, śnieg, wiatry. Ile zim mogło minąć?

– Kilka – oceniła Tyra. – Może trzy, może pięć, ale raczej nie więcej. Dziadek kiedyś znalazł w lesie płaszcz, który zgubił dwie zimy wcześniej. Wyglądał podobnie.

– Czyli ktoś tu był, i to całkiem niedawno – mruknąłem. – Człowiek z ludu, nasz współwyznawca. Raczej przybył tu samotnie, większa grupa zapewne oczyściłaby podłogę.

– Jesteśmy w sumie dość blisko zachodniego Pobrzeża – stwierdziła Ana. – Może mieszkańcy tamtych terenów zapuszczają się tu od czasu do czasu? Teraz najważniejsze pytanie: gdzie są tablice, które widział Nash?

Powiodłem wzrokiem po ścianach i zakląłem w duchu. Na otaczających nas murach brązem odznaczały się skorodowane żelazne zaczepy. Zielone plamy i zacieki wskazywały, że tablice zaśniedziały, wisząc, i spaskudziły ściany.

– Spóźniliśmy się – westchnąłem. – Kilka lat.

– Może są w Dofais? – powiedziała kapłanka. – Mam tylko nadzieję, że nie wpadły w łapy Węży. Co dalej?

– Jest już późne popołudnie. Zanocujmy w ruinach. Mamy tu wodę, znajdziemy dobre miejsce. Rankiem ruszymy do podnóża gór i poszukamy drogi wiodącej na drugą stronę. Może trochę tu uprzątniemy? – zasugerowałem.

– Dobry pomysł. Płaszcz zabierz, odziejemy posąg w moją tunikę obrzędową. Mam jedną, która jeszcze nigdy nie była używana. Tak będzie godniej.

Wycięliśmy brzozowe gałęzie, zebraliśmy ciasno witki i przepletliśmy sznurkiem. Dzięki tak zaimprowizowanym miotłom praca poszła szybciej. Ja zbierałem grubsze śmieci i wyrzucałem przez okno, dziewczęta wymiatały drobniejsze. Powoli odsłaniała się podłoga. W Tess czasem dało się znaleźć mozaiki, przeważnie wykonane z lokalnego kamienia, zazwyczaj dwu- lub trzykolorowe. Tu mieliśmy feerię kilkunastu barw. Próbowałem sobie wyobrazić, jak to miejsce wyglądało w czasach świetności. U stóp posągu natrafiłem na garść rozsypanych paciorków. Zapewne szyję bogini zdobił kiedyś naszyjnik. Pozbierałem je, wyszukałem w sakwie dratwę.

Posąg bogini, odziany w haftowaną szatę z delikatnego płótna, przyozdobiony naszyjnikiem wyglądał zupełnie inaczej. Do tej pory trochę mnie przytłaczał. Była w nim jakaś klasyczna surowość i doskonałość. Teraz budził zgoła inne odczucia. Nasza bogini, bliska ludziom, przyjaciółka i opiekunka.

– Zobaczcie, co znalazłam – odezwała się Tyra.

Podeszliśmy. Tuż za posągiem w podłogę wpasowano kamienną płytę. Była trochę wyszczerbiona, przy czym odpryśnięte miejsca wyglądały zupełnie świeżo.

– Była dokładnie zasypana liśćmi, a liście przyciśnięto gałęziami – wyjaśniła nasza mała przyjaciółka. – Jakby ktoś próbował to zamaskować, żeby nie rzucało się w oczy.

– Ten, kto zawiesił szaty na posągu, czy ktoś inny? – zadumałem się. – Kapłanko, czy wiesz coś o architekturze tak starych budowli?

– Niewiele. Czytałam traktat, z którego wynikało, że najstarsze świątynie budowano na planie rotundy, potem klimat się ocieplił, więc zaczęto je wznosić jako kręgi kolumn nakryte okrągłym dachem, następnie pojawiły się kwadratowe, zamknięte murami. One zmieniły się w prostokątne i wreszcie pod sam koniec powstawały takie jak w Tess, w postaci rzędu dziedzińców i sal kolumnowych otoczonych murem mogącym spełniać funkcje obronne. Wtedy już źle się działo. Rozmaite skrytki, tunele mogą służyć ucieczce, lochy i podziemia budowano od zawsze. Nawet w spokojnych czasach.

– Rozumiem.

Wspólnie oczyściliśmy płytę. Tkwiła mocno – jak wmurowana. Wydobyłem nóż i ostrożnie, żeby nie złamać ostrza, zacząłem ją podważać. Po chwili drgnęła. Tyra spróbowała z boku. Wreszcie z niemałym wysiłkiem usunęliśmy przeszkodę. Naszym oczom ukazał się wąski szyb, głęboki na kilka łokci. W ścianie wykuto zagłębienia – wygodne zaczepy dla rąk i nóg. Zszedłem na dół. Podłoga była pokryta warstwą pyłu. Wokół stały niezbyt duże sześcienne głazy. Panował półmrok, światło dzienne wpadało przez nieliczne wąskie okna podobne do strzelnic umieszczone w północnej ścianie. Sądziłem, że strop spojono z kamieni, ale na ile mogłem się zorientować, pomieszczenie nakrywała monolityczna okrągła płyta. Jak przodkowe zdołali tego dokonać?! Tyra niemal bezszelestnie znalazła się na dole.

– To chyba groby kapłanów – szepnęła wyraźnie przestraszona.

– Takie skrzynie z kamienia nazywamy sarkofagami – wyjaśniłem. – Wydaje mi się, że są zbyt krótkie, by pomieścić ciała. Przodkowie, sądząc po znalezionych szkieletach, byli średnio o pół stopy wyżsi niż my. Chyba że złożono tu same kości.

Omiotłem wierzch najbliższego z kurzu. Wyryto tam jakieś hieroglify, lecz nie mogłem ich odczytać.

– To prawdopodobnie osuaria, skrzynie na kości – dobiegł mnie z góry głos kapłanki Any. – Bywały okresy, gdy tak grzebano ludzi. Po śmierci składano ciała do dużych kamiennych sarkofagów. Gdy nastąpił rozkład, mniej więcej po dwóch, trzech latach, kości wybierano, obmywano winem i grzebano w małych skrzynkach. I chyba tak uczyniono też tutaj. Kapłani spoczywają pod swoją świątynią.

– Nie będziemy zakłócali spokoju zmarłym – powiedziałem. – Zabieramy, co nasze, i wyłazimy.

– Co zabieramy?! – Mała spojrzała na mnie zdumiona.

– Płyty, po które tu przybyliśmy. – Wskazałem prostokątny pakunek, upchnięty za najbliższą kamienną skrzynią. – Ktoś je tu schował. Zapewne odkryto to miejsce przypadkiem, ale znalazcy nie mieli możliwości zabrania ich ze sobą, a bali się pozostawić je na wierzchu.

Rozsupłałem rzemienie. Tkanina była mocna. Ile czasu spędziła w tym lochu? Nie więcej niż kilka lat.

Mieli po to wrócić, ale do dziś się nie pojawili – myślałem, wyciągając pierwszą z płyt. – Wskakuj na górę, podam wam.

Płyta to chyba za dużo powiedziane. W pakunku umieszczono kilkadziesiąt arkuszy grubej miedzianej blachy. Wyciągnąłem je i kolejno podawałem dziewczętom. Rozłożyliśmy je w rzędzie na oczyszczonej już części podłogi.

Blachy pozieleniały, szpeciły je tu i ówdzie purchle, ale tekst i rysunki były niemal wszędzie czytelne. Przyjrzałem się hieroglifom. Początkowo sądziłem, że wycięto je jakimś rodzajem rylca, zaraz jednak spostrzegłem pomyłkę. Napisy wybito puncami.

Ana uklękła i zabrała się za odcyfrowanie tekstów, a my z Tyrą kończyliśmy sprzątać. Oczyszczona mozaika nabrała zupełnie innego wyglądu. Przyniosłem w kociołku wody i polałem kamienie. Wzór stał się wyraźniejszy.

– Posadzka jest już bardzo zniszczona – westchnęła Tyra. – Gdyby jednak zeszlifować i uzupełnić braki...

– To musiało być naprawdę piękne sanktuarium. Kto wie, może jeszcze kiedyś będzie – rozważałem. – Może my powinniśmy się tu osiedlić? Jest woda, są żyzne ziemie, są rudy metali. Z drugiej strony Węże zapuszczają się w te lasy. Gdybyśmy jednak zdołali ich przegnać...

Ana wczytała się w treść pierwszej z tablic. Wodziła wzrokiem po zaśniedziałej blasze, a jej wyraz twarzy się zmienił.

– Coś nie tak? – zaniepokoiłem się.

– Trudno powiedzieć. Są tu wskazówki, jak walczyć z gruźlicą i czym ją leczyć, ale same ogólniki. Brak receptariusza dla dokładnego odtworzenia ich leków – stwierdziła. – Brak informacji co do czasu terapii i dawkowania. To, co tu zapisano, to raczej historie zwycięstw nad chorobami, z nazwiskami lekarzy i informacją, jak tego dokonali. Będziemy wiedzieli, czego szukać, ale...

– Czyli nasza misja na nic – zmartwiła się Tyra.

– To okruch wiedzy, pewien szkielet, który sami musimy wypełnić.

– Chyba że było tu coś jeszcze. Biblioteka ksiąg, w których wszystko wyjaśniono! – podekscytowała się mała.

Spojrzałem na ruiny sąsiednich budynków. Rozłożyłem bezradnie ręce.

– Nie ma tu nawet zachowanych sklepień. Jeśli przechowywano księgi, nic z nich nie zostało.

– Niekoniecznie – mruknęła Ana. – Przodkowie najcenniejsze zwoje ukrywali w metalowych tubach z gwintowanymi deklami na końcach. W Tess kilkukrotnie znaleziono podobne. Czasem wysypuje się z nich tylko pył, ale jeśli były szczelne, a papier lub pergamin miały dobrą jakość, dają się po zwilżeniu ostrożnie odwinąć i czytać. Jeśli chcieli ocalić swoją wiedzę, mogli tak uczynić.

– Są tu, jak wspomniałaś, nazwiska wybitnych lekarzy.

– Tak.

– Zapisz mi je, proszę, na kartce.

Zszedłem ponownie do krypty. Skrzesałem ogień. Z papierkiem w jednej ręce i świecą w drugiej ruszyłem przez podziemia. Zmiatałem rękawem kurz i odczytywałem napisy wykute w kamieniu. Nigdzie nie pojawił się ciąg znaków podobnych do zapisanych ręką Any.

– Błogosławieństwo bogini niech nam towarzyszy we wszystkich dobrych przedsięwzięciach – szepnąłem, ściskając posążek wiszący na szyi.

Kapłanka zeszła do mnie.

– Co wymyśliłeś?

– Może to nie są prawdziwe osuaria, tylko skrzynie na księgi. A nazwiska wielkich lekarzy z czasów Przodków wybite na płytach powtórzą się tutaj, stanowiąc wskazówkę.

– Dobry pomysł – pochwaliła mnie. – I co?

– I nic – westchnąłem.

– Zaiste dobry pomysł – powtórzyła. – Jestem kapłanką, mam prawo doglądać pochówków zmarłych, a także otwierać groby, by modlić się wprost nad szczątkami. Jak się otwiera te skrzynie?

– Na ile się domyślam, wieko zostało wpasowane na prowadnicach jak szuflada. Trzeba tu podważyć, ale nie wiem, czy damy radę. Groby wykonuje się tak, żeby przetrwały całą wieczność. W nacięcia zapewne napuszczono kleju, żywicy lub zabezpieczono w inny sposób.

– Spróbuj otworzyć.

Obawiałem się, że nie dam rady tego przesunąć. Ba, nawet trochę miałem taką nadzieję. Nie uśmiechało mi się zakłócać spokój zmarły. Nie lubiłem też widoku kości. Ale stara płyta stawiała opór tylko przez chwilę, potem odsunęła się ze zgrzytem kamienia szorującego o kamień. Podniosłem świecę. Wewnątrz skrzyni spoczywały jedynie kości zmarłego kapłana, przepasane kompletnie zetlałymi szarfami modlitewnymi. W puste oczodoły wprawiono dwa krągłe kamienie z namalowanymi źrenicami. Czaszka zdawała się patrzeć w wieczność. Ana odmówiła półgłosem specjalną modlitwę i zasunęliśmy wieko.

– Wychodzimy? – zapytałem.

– Poczekaj. Coś mnie zastanawia. Zobacz, na tej mniejszej skrzyni nie ma żadnych napisów.

Zaskoczony przypatrzyłem się powierzchni kamienia. Miała rację. Pochowano tu kogoś o nieznanym nazwisku? Kości ze starego grobu znalezione przypadkiem? Odsunięcie wieka zajęło tym razem dłuższą chwilę. Uniosłem świecę. Na widok drewnianego tubusu serce uderzyło mi mocniej.

– Chyba nic z tego – westchnęła Ana. – Poświeć mi, proszę.

Z wnętrza rury wydobyła ostrożnie zwój. Papier był szarobrązowy, łamał się przy próbie odwinięcia, lecz wystarczyło kilka cali. W świetle świecy odczytaliśmy parę pierwszych rządków znaków.

– Słowa są trochę inne, ale to chyba księga modlitw na święto letniego przesilenia – mruknąłem rozczarowany. – Strasznie już zetlała.

– Leży tu od setek lat. W dawnych czasach zniszczone księgi obrzędowe, szaty, a czasami też sprzęty świątynne, które się zużyły, grzebano jak ludzi – wyjaśniła, chowając zwój do tubusu.

Umieściła go w skrzyni. Dopiero teraz, gdy zajrzałem głębiej, spostrzegłem, że wypełniają ją resztki odzieży i szarf.

Rozejrzałem się i zauważyłem kupkę liści oraz różnych śmieci zgarniętą w kąt. Podszedłem tam.

– Ktoś tu coś zamaskował – stwierdziłem. – Bo skąd liście i łodygi trzciny w takim miejscu?

Odgarnąłem nogą. W ścianie nad podłogą wybito ciasny otwór. Był niski, ale od biedy dałoby się wczołgać.

Wsunąłem rękę ze świecą.

– Co widzisz? – zapytała Ana.

– Tu była biblioteka. Są regały z kamiennych płyt, a na nich zielone zacieki.

Wcisnąłem się głębiej, wpełzłem do środka i wstałem. Kapłanka dołączyła, podałem jej rękę. Pomieszczenie było ciasne, miało może trzy na pięć łokci. Z trzech stron otaczały nas marmurowe półki.

– Tu leżały miedziane tubusy z księgami lub innymi papierami. – Wskazałem ślady grynszpanu szpecące jasną powierzchnię marmuru. – Jest tu w miarę sucho, zadbano nawet o wentylację – pokazałem otwory pod sufitem – ale minęło osiemset lat. Nawet niewielka ilość wilgoci z pocących się murów... – Urwałem. Po co mówić o rzeczach oczywistych?

– Spóźniliśmy się?

– Tak. Kilka lat.

Na podłodze widać było odciski butów trzech lub czterech osób. Przyszli, zapakowali księgi w worki i odeszli. Kim byli? Dokąd zabrali bezcenny łup?

– Rozwiązanie tej zagadki i zaginiony księgozbiór znajdziemy zapewne w Dofais – mruknąłem.

– Tak sądzisz?

– To byli ludzie naszej wiary. Okryli posąg bogini. Skoro nie przybyli z Tess, musieli pochodzić z zachodniego Pobrzeża.

Wydostaliśmy się z podziemi zmęczeni i solidnie rozczarowani. Na zewnątrz zapadł już wieczór. Tyra wyszukała nam niewielką izdebkę w zabudowaniach świątyni, kawałek za rotundą. Pomieszczenie nie miało dachu, za to ścianę zdobił nieźle zachowany kominek. Mała nazbierała też drewna. Konie umieściliśmy na dawnym dziedzińcu. Miały tu trawę i wodę, mogły się paść do rana. Wyjścia zabezpieczyłem, rzucając naręcza gałęzi wyrąbanych z kolczastych krzaków. Wykorzystałem trap namiotu, by zadaszyć prowizorycznie naszą kryjówkę. Puste okno zasłoniliśmy derką.

– Szkoda, że nie mamy psa – powiedziałem. – Popilnowałby nas.

– Boisz się, że ciągle nas szukają?

– Jestem tego prawie pewien.

– Z polany, na której objawiła się nam bogini, pojechaliśmy prosto jak strzelił. Dopadli nas w ruinach miasta, ale my znowu pojechaliśmy prosto w kierunku gór. Nie kluczyliśmy, nie próbowaliśmy zmienić trasy, zatrzeć śladów. – Zadumała się. – Z punktu widzenia uciekinierów to nielogiczne.

– Po prostu się boję – odrzekłem. – Boję się o was, boję się, że zginiecie przez moją głupotę, niewiedzę lub nieostrożność.

*

Wróciłem z rekonesansu akurat na śniadanie. Rozkulbaczyłem konia i puściłem, by pasł się wraz z innymi.

– Co się stało, przyjacielu? – zaniepokoiła się Ana. – Masz bardzo zasępioną minę.

– Pojechałem drogą Przodków do podnóża gór – wyjaśniłem. – Przy iglicy zaczyna się szlak wiodący zapewne na drugą stronę. Kłopot w tym, że już na samym początku jest nieprzejezdny. Zeszła gigantyczna lawina, wszystko jest zawalone głazami. My chyba jakoś przejdziemy, ale zwierząt nie zdołamy przeprowadzić.

– To co zrobimy? – zmartwiła się kapłanka.

– Przepakujemy rzeczy, zabierając tylko to, co niezbędne, i dalej musimy iść pieszo. Przyjrzałem się przez lunetę. Powyżej zwaliska droga biegnie serpentynami stromo pod górę w stronę przełęczy. Wydaje się w nie najgorszym stanie.

– Konie porzucimy? – Tyra przechyliła pytająco głowę.

– Obawiam się, że nie mamy innego wyjścia.

– Dożyją naszego powrotu? – zaniepokoiła się Ana.

– Mają tu dużo wysokiej trawy, gdyśmy nie wrócili przed zimą, będą w stanie wygrzebywać ją spod śniegu. Przed wiatrem mogą chować się w ruinach. Myślę, że przetrwają mrozy, o ile nie padną ofiarą jakiegoś drapieżnika. Nie słyszałem nocami wilków, ale kto wie, co żyje w tych lasach. Nie mam pojęcia, czy zdołamy je złapać, wracając. Może zostaną w tej okolicy, może powędrują gdzieś dalej. A na razie bierzmy się do roboty, bo chcę do wieczora skończyć przepisywanie tablic.

Zabraliśmy się do pracy. Ana siadała nad kolejnymi blachami i czytała na głos ich treść, a ja notowałem jej słowa. Czasem trafiała na znaki, których nie umiała rozpoznać, wtedy przerysowywałem starannie całe zdanie. Język był archaiczny, niektóre fragmenty ledwo rozumiałem. Tyrę nauczyliśmy robić wcierki przy użyciu ołowianej pałeczki, zajęła się więc kopiowaniem nielicznych obrazków. Niewiele mogła nam pomóc, dlatego zakrzątnęła się przy zwierzętach, przygotowała obiad, potem rozpakowała wszystkie bagaże, by dokonać selekcji. Gdy zrobiliśmy sobie przerwę, była w połowie roboty. Rozłożyła wszystko na kupki. Ubrania, ubrania na zmianę, śpiwory, świece, żywność, namioty. Sakwy miały wszyte metalowe kółka, wystarczył kawałek rzemienia, by połączyć je razem, a po doczepieniu pasków przerobić na plecaki. Na wierzch przytroczyła zrolowane śpiwory, pledy i końskie derki.

– W górach może być naprawdę zimno – wyjaśniła. – Popatrzcie, ile śniegu leży na szczytach. Każda dodatkowa warstwa może być na wagę złota. Ścieśnimy się w jednym namiocie, ale wezmę też płótno z drugiego.

Zważyłem przygotowane pakunki. Nie było źle. Zapasy będą się kurczyły, z każdym dniem lżej będzie iść. Wzięliśmy ciężką kuszę i dwie lekkie, ponadto noże i jedną siekierkę.

– Nie da się jeszcze czegoś zostawić? – zapytałam.

– Mamy już wyłącznie to, co niezbędne. – Tyra rozłożyła dłonie. – Szkoda, że nie możemy wziąć choćby jednego konia. Nie ma innej drogi przez góry?

– Może gdzieś tam jest. Kilka dni na południe lub na północ.

Rozpostarłem mapę. Odnalazłem most na Oczatce. Powiodłem palcem prosto na zachód.

– To ruiny miasta, w których się znajdujemy. Tu jest szlak na drugą stronę gór. Jeśli ten odcinek przebyliśmy w pięć dni.

– Kuso – westchnęła Ana. – To ewidentnie najkrótsza droga. W dodatku nie ma tu chyba żadnego szlaku na południe.

– Albo jest, ale nie został zaznaczony na tej mapie.

Zapadło milczenie.

– Zrobimy, jak radzisz – powiedziała wreszcie kapłanka. – Jeśli przejście przez góry okaże się niemożliwe, cofniemy się, postaramy się schwytać nasze konie i poszukamy innej drogi.

*

Po obiedzie mała wzięła konia i pojechała do lasu na zwiad. Pracowaliśmy dalej i wreszcie skończyliśmy. Zapakowałem tablice mniej więcej tak, jak były wcześniej, i spuściłem do krypty. Potem zamaskowałem właz.

– Chciałem być pisarzem przy świątyni i jestem – skomentowałem, przeglądając w blasku ognia zapisane dziś strony notesu. – Chciałem być kimś ważnym i jestem. Chciałem zobaczyć kawałek świata i oto jestem tak daleko, jak nie był chyba nikt z mojej rodziny. Chciałem przeżyć przygody, są też i przygody.

Ana uśmiechnęła się melancholijnie.

– Do pełni szczęścia brak ci już tylko mnie.

– Kto wie, może i to marzenie się spełni? – Spojrzałem w jej oczy.

Nie odpowiedziała. Tyra wróciła z wypadu, gdy słońce powoli chyliło się już ku ziemi.

– Objechałam okolicę – zameldowała. – Ani żywego ducha. Są tu ślady po kilku wioskach, jeszcze całkiem przyzwoity most przez rzeczkę i tyle. Sporo zwierzyny, widać, że nikt tu nie bywa. – Odczepiła od siodła wypatroszonego już bobra. – Będzie na kolację, a reszta na śniadanie.

Noc była chłodna. Ana i Tyra zasnęły w śpiworach, nakryte derkami. Długo leżałem, nie mogąc zasnąć. Włosy kapłanki rozsypały się wokół jej głowy. Wyglądała uroczo. Była blisko, a zarazem tak daleko.

Przypomniałem sobie słowa bogini Nefem.

Wyruszyliśmy bladym świtem. Szybko dojechaliśmy do miejsca, gdzie zaczynała się droga pod górę. Zeskoczyłem na trawę. Pomogłem Tyrze i Anie. Rozjuczyłem konie, zdjąłem siodła i czapraki. Wyszukałem rozłożysty świerk i zawiesiłem na jego pniu wszystko, czego nie zabieraliśmy.

– Gałęzie ochronią nasze juki i siodła przed deszczem – wyjaśniłem, widząc pytające spojrzenie przyjaciółki. – Gdy będziemy tędy wracali, nawet wiosną, wszystko powinno nadawać się jeszcze do użytku. Byle tylko leśne myszy się do tego nie dobrały.

– Rozumiem. Konie zostawimy tutaj?

– Tak. Mają trawy do wypęku i strumyki z wodą.

– Pobłogosławię je na czas poniewierki – szepnęła. – Pomożecie?

Przewiązaliśmy zwierzętom głowy naszymi szarfami modlitewnymi, złapaliśmy za uzdy i ustawiliśmy się na polanie. Ana odeszła na stronę, po chwili wróciła przebrana w obrzędową suknię. Zamoczyła knoty dwóch świec w świętym oleju. Mała miała zaskoczoną minę.

– Jesteśmy na otwartej przestrzeni. Chodzi o to, żeby nagły podmuch nie zgasił płomienia – szepnąłem. – Gasnąca świeca podczas modlitwy to bardzo zły znak.

Gdy zapłonęły, kapłanka ujęła je w palce i stanęła, rozkładając szeroko ręce na boki. Wiatr od gór dmuchnął jakby złośliwie, rękawy sukni załopotały, ale podmuch jedynie przygiął płomyki.

Najpierw odmówiliśmy litanię trzydziestu dwóch przydomków bogini Nefem, potem błogosławieństwo zwierząt domowych, wreszcie Ana sama wypowiedziała modlitwę ochronną do Ojca Stu Światów. Zgasiła świece i jeszcze ciepłym woskiem narysowała koniom na czołach znak przyjścia. Później usiadła na pniu i rozpłakała się żałośnie. Tyra przycupnęła obok, objęła ją ramieniem. Ja zwinąłem szarfy.

– Jesteście wolne – powiedziałem. – Wrócimy po was albo nie. Odnajdziemy was albo nie. Tak czy inaczej, musicie radzić sobie same.

Zrozumiały chyba dopiero w chwili, gdy pozdejmowałem im uzdy. Klepnąłem każdego przyjacielsko w zad. Odbiegły kawałek, przez chwilę popatrywały na nas niepewnie, wreszcie skusiła je świeża trawa. Opuściły łby i zabrały się za jedzenie.

Zarzuciliśmy plecaki na ramiona i ruszyliśmy drogą pod górę. Nie minęło kilka chwil, jak stanęliśmy u stóp osuwiska. Moje przypuszczenia potwierdziły się: nie było najmniejszych szans przeprowadzić tędy zwierząt. Tyra poszła jako pierwsza, wspięła się po głazach zwinnie jak wiewiórka. Ana z moją pomocą podążyła w jej ślady. Pokonanie pierwszego obwału nie zajęło nam dużo czasu. Zbadałem przy okazji usypisko. Kamienie z pewnością leżały tu od lat. Nie były specjalnie duże, ale by udrożnić drogę, należałoby je rozkuć.

– Kilkudziesięciu mężczyzn i kilka dni naprawdę ciężkiej roboty – oceniłem.

Przez jakiś czas szliśmy szerokim wąwozem biegnącym łagodnie pod górę. Stary bruk pokrywały mniejsze i większe odłamki skalne, żwir oraz połacie marnej gleby naniesionej przez deszcze. Roślinności było tu niewiele. Mchy i porosty, nieliczne brzózki, kosodrzewina, krzewy jagód rozpaczliwie czepiające się korzeniami skał. Posuwaliśmy się niezbyt szybko, ale i tak niebawem dostaliśmy zadyszki. Za to z każdą chwilą mieliśmy lepszy widok. Lasy zostały w dole. Najpierw wyszliśmy na niewielkie siodło. Dalej droga biegła serpentynami. W wielu miejscach leżały na niej kamienie i głazy, które przez stulecia runęły ze zboczy. Parokrotnie trafialiśmy na wyrwy spowodowane upadkiem naprawdę wielkich bloków skalnych. Przebyliśmy je z trudem. Marsz był ciężki, cały czas dreptaliśmy stromo pod górę. Szybko zdjęliśmy kurtki, koszule na plecach lepiły się od potu. Plecaki ciążyły jak kamienie. Na szczęście zbocze przecinały liczne strumyki, bez większego trudu można było ugasić pragnienie. Wielokrotnie wydawało mi się, że lada moment znajdziemy się na przełęczy, ale za każdym razem, gdy osiągaliśmy upatrzony punkt, okazywało się, że przed nami jest kolejne podejście.

Dochodziło południe, kiedy nieludzko zmordowani dotarliśmy wreszcie na miejsce. Przed nami otwierała się szeroka dolina wiodąca między szczyty, w samo serce łańcucha górskiego. Strumyk wesoło szemrał, spływając w dół zbocza. Skalna ściana dawała trochę przyjemnego cienia. Zarządziłem dłuższy postój. Ana usiadła ciężko na kamieniu, zdjęła plecak. Jęknęła boleśnie, prostując ramiona. Tyra bez słowa podeszła i stanęła za nią. Jej drobne palce zatańczyły na plecach i karku mojej przyjaciółki.

– Dziękuję. Nie nawykłam do takiego dźwigania – westchnęła kapłanka. – Do tylu rzeczy nie nawykłam, ale dam radę.

– Siedź spokojnie, zaraz rozmasuję. – Tyra zręcznie wbijała kciuki w coraz to inne partie ciała.

– Przepakujmy się. Część waszych rzeczy zawinę w derkę i przytroczę do mojego plecaka – zaproponowałem.

– Przyjacielu, i tak dźwigasz dwa razy więcej niż każda z nas.

No cóż, to akurat była prawda. Wyjąłem suchary. Warto by zagrzać wodę i zaparzyć ziół albo ugotować najmarniejszą polewkę, ale nigdzie w okolicy nie widziałem drewna.

Wiatr ciągnący od szczytów był przyjemnie chłodny. Wydobyłem lunetę i przez chwilę błądziłem wzrokiem wśród ośnieżonych masywów na lewo i na prawo od przełęczy. Wypatrzyłem stadko zwierząt skubiących lichą trawę na odległym zboczu. Przypominały wielkością nasze kozy. Potem odwróciłem się, by ostatni raz spojrzeć na przebytą równinę. Iglica wskazująca położenie świątyni górowała nad lasem. Same ruiny skrywały się wśród drzew. Zapatrzyłem się na lasy. Nadchodząca jesień sprawiła, że wyglądały jak złocistobrązowy włochaty kobierzec, zupełnie zwyczajnie. A jednak to gdzieś tam spotkałem naszą boginię, to tam uderzyła śmierć. Dotknąłem mimowolnie blizny. Byłem już jedną nogą po tamtej stronie, a jednak żyłem. Żyłem i z woli bogini Nefem dowodziłem tą ekspedycją. Próbowałem dojrzeć szczyt wieży sygnalizacyjnej albo mury baszt broniących mostu na Oczatce, ale się nie udało.

– Jak oceniasz nasze postępy? – zapytała kapłanka.

– Przeszliśmy spory odcinek – powiedziałem, opuszczając lunetę. – Na szczęście nie był zbyt trudny.

– Raczej nużący niż męczący – wtrąciła Tyra. – Mogę popatrzeć?

Podałem jej lunetę.

– Dziś co prawda poruszaliśmy się bardziej w pionie niż w poziomie – zażartowałem – ale te góry to chyba ostatnia przeszkoda.

– Czyli za nimi powinno być już morze – stwierdziła Ana. – Za kilka dni dotrzemy na miejsce.

– Tak mi się wydaje. O ile nic nas nie zatrzyma. Nie wiadomo, czy nie będziemy musieli się cofnąć i poszukać innego szlaku. Martwi mnie stan drogi. Od czasów Przodków mało kto się tu zapuszczał, a wędrowcy tacy jak my z pewnością nie mieli czasu ani środków, by ją remontować.

Spożyliśmy skromny posiłek. Trzeba było ruszać dalej. Ana nie zgodziła się, żebym wziął część jej ładunku. Jedynie zrolowane pledy przytroczyliśmy do moich bagaży. Nasz szlak prowadził tu dnem bardzo szerokiej polodowcowej doliny, droga wiła się łagodnie, omijając skalne ostańce. W zagłębieniach gruntu tu i ówdzie leżały płaty sparszywiałego śniegu. Zapewne zalegały tutaj jeszcze od zimy. Pozostałości nawierzchni z kamiennych płyt, zniszczonej przez czas, były jedynym widocznym śladem działalności człowieka.

– Po co Przodkowie włożyli tak ogromny wysiłek, by budować drogę przez niedostępne góry? – dziwiła się Tyra. – Nie natrafiliśmy dotąd na żadne ślady osad ani kopalni. Tu nie warto nawet wypasać zwierząt, trawa jest zbyt licha.

– Może wytyczono tędy szlak handlowy? – zasugerowałem. – Albo prawdziwe bogactwa kryją się gdzieś dalej.

Dolina zakręcała łagodnie. Późnym popołudniem zarządziłem postój na brzegu niewielkiego jeziora. Mimo obciążenia ładunkiem pokonaliśmy szmat drogi. Zrzuciliśmy plecaki i siedliśmy na kamieniach. Woda była idealnie przejrzysta. W tafli odbijały się białe obłoczki sunące po niebie. Słońce przygrzewało, ale w powietrzu wisiał chłód i gdy kryło się na chwilę za chmurami, czułem go wyraźnie. Bałem się, że noc może być bardzo zimna, lecz na razie wolałem zachować te myśli dla siebie.

– Jeździłam z dziadkiem do starych sanktuariów w górach opodal Tess, ale tam były lasy. To miejsce jest o wiele bardziej dzikie i jałowe. Piękne, choć bardzo surowe. – Kapłanka uważnie się rozejrzała. – I samotne. Jesteśmy przerażająco daleko od domu.

– Ja bym... – zaczęła mała, parząc tęsknie na wodę.

– Rozbieraj się i wskakuj, ja nie patrzę. – Odwróciłem się. – Tylko uważaj, bo tu może być naprawdę głęboko i woda z pewnością będzie lodowata.

– Co tam!

Pospiesznie zaczęła rozsznurowywać buty. Ana wygodniej rozsiadła się na głazie i wystawiła twarz do słońca. Odwrócony plecami do jeziora zacząłem przygotowywać posiłek. Połamałem drobno gałązki niewielkich uschniętych krzewów. Były cienkie jak słomki i obawiałem się, że płonąc, dadzą niewiele ciepła. Z drugiej strony byliśmy wysoko w górach, woda powinna zawrzeć łatwiej i szybciej. Z tyłu dobiegła mnie długa seria radosnych plusków.

– Dziecko lasu – mruknąłem rozbawiony. – Może potem i my wejdziemy tak po kolana?

– Chętnie.

– Chyba że chcesz się zanurzyć.

– Kapłanka staje nago tylko przed obliczem bogów i tylko raz w roku – przypomniała mi.

– To jak się niby myjecie albo przebieracie do snu? Po kawałku? – pytanie wyrwało mi się mimowolnie.

Na szczęście się nie obraziła.

– Oj, głuptasie. Z tą nagością to przecież w granicach zdrowego rozsądku! Jak lekarz z Domu Noży osłuchiwał mi płuca, to też nie przez ubranie. Wracając do twojego pytania, chętnie bym się zanurzyła, ale nie umiem pływać.

No tak, jak niby i gdzie miałaby się nauczyć. Nieoczekiwanie usłyszałem chlupot rozbryzgiwanej wody. Tyra przebiegła obok i padła plackiem na ziemię tuż za głazem.

– Ukryjcie się, szybko! – syknęła.

W jej głosie pobrzmiewała taka nuta, że nie wahaliśmy się ani chwili. Skuliliśmy się za sąsiednimi blokami skalnymi.

– Co się stało?! – zapytałem, naciągając kuszę.

– Oxy!

Ana narzuciła kaptur burego płaszcza na głowę. Kryjąc się za głazem, podała dzikusce tunikę, koszulę, kurtkę i spodnie. Tyra ubierała się pospiesznie, zakładając ubranie na mokrą bieliznę. Rzucała zatrwożone spojrzenia na stok za jeziorem. Spojrzałem i ja, ale niczego nie wypatrzyłem.

– Co to są Oxy? – zapytałem.

– Małpoludy. Kroniki mówią, że gdy bogowie przynieśli ludziom światło wiary i rozumu, znaleźli się tacy, którzy świadomie odrzucili ten dar. Pozostali zwierzętami – szepnęła Ana. – To na pewno one?

– Raz w życiu widziałam, jak zaszły do naszej wsi, ale tak właśnie wyglądają.

– Czy możesz dać mi lunetę? – poprosiła.

Podałem bez słowa.

– Gdzie są? – spytałem.

– Schodzą od grani, tam gdzie są takie połacie jasnego mchu – poinformowała mała.

Wychyliłem się ostrożnie zza głazu. Dopiero teraz coś spostrzegłem. W dół zbocza po drugiej stronie jeziora zmierzała grupa kilkunastu rosłych istot. Na ich widok poczułem na plecach lodowate stróżki potu. Ana chyba zaspokoiła swą ciekawość, bo oddała mi przyrząd. Wyregulowałem ostrość i przyjrzałem się dokładniej. Małpoludy były podobne do ludzi, ale znacznie potężniejsze, a ich ciała i twarze pokrywała ruda, zmierzwiona sierść. Poza szerokimi skórzanymi pasami na biodrach nie posiadali żadnego odzienia. W skórzanych worach na plecach dźwigali jakiś dobytek. Każdy samiec krzepko dzierżył długą włócznię z metalowym grotem.

– To nie jest tylko legenda?! – Właśnie przypomniałem sobie, że kilka lat temu przepisywałem traktat o różnych potworach.

– Najwidoczniej nie! Widzieli cię? – dociekała kapłanka.

– Schodzą z góry – odparła Tyra – a dopłynęłam prawie na środek jeziora. Jeśli tylko popatrzyli w stronę wody, musieli mnie dojrzeć. Zwłaszcza że chlapałam jak rozbawiony psiak. Przepraszam.

– Nie masz za co przepraszać, to ja dowodzę i ja powinienem przewidzieć zagrożenie.

– Nie rób sobie wyrzutów, byłeś zmęczony – odezwała się kapłanka. – Oboje jesteśmy.

– Nawet nie rozejrzałem się po okolicy. Pan Nash z pewnością...

– Nie wszystko da się przewidzieć. Nasz dowódca był bardzo ostrożny. Miał ogromne doświadczenie nabyte przez długie lata polowań. A przecież i tak zginął. Zamiast rozpamiętywać i się obwiniać, lepiej pomyślmy, co zrobić.

Małpowaci najwyraźniej planowali postój. Zwalili worki na jeden stos, zostawili włócznie i zalegli dokładnie naprzeciw nas. Wyciągnęli się wygodnie na kamiennych płytach nagrzanych słońcem. Po nich także widać było zmęczenie forsownym marszem przez góry. Lustrując stado za pomocą lunety, dostrzegłem, że między nimi znajduje się kilka dzikich kobiet, ze dwie włochate dziewczyny w moim wieku albo trochę młodsze i niewielka grupka bardzo kudłatych maluchów. Kobiety wystroiły się w naszyjniki z drobnych kolorowych paciorków. Dziewczyny miały na głowach wianki z jakichś kwiatów i kolczyki lub zausznice z jasnego metalu. Nie widziałem przy nich żadnych zwierząt. Wszyscy wyglądali na silnych, pod krótką sierścią na przedramionach i barkach wyraźnie rysowała się muskulatura.

– Co robimy? – szepnęła kapłanka.

– Nie wiem. Popatrzcie, jaka u nich sielanka. Dzieci baraszkują nad samą wodą, dziewczyny się iskają. Samce ucięły sobie drzemkę. Albo jednak nas nie zauważyli, albo kompletnie się nas nie boją. Może sądzą, że nie jesteśmy uzbrojeni? – rozważałem. – Tyle dobrze, że nie zdążyłem rozpalić ognia.

– Tyra? Wiesz coś o nich?

– Do nas nie zachodzili, czasem odwiedzali naszych sąsiadów. Kupowali tkaniny, zwłaszcza kolorowe, sól i olej. Chyba sami nie potrafią ich wytwarzać, ale tam była duża osada, a Oxy przychodzili po dwóch lub trzech. Przynosili skórki, złoto albo inne rzeczy, które wygrzebali w ruinach.

Ana odebrała ode mnie lunetę. Obserwowała stado z wyraźnym niepokojem. Ja też czułem dreszcze.

– Są dobrze uzbrojeni – powiedziała cicho, opuszczając lunetę. – Mają dzidy, długie łuki, żelazne noże i toporki. Uciec nie zdołamy. Jeśli rzeczywiście nas nie odkryli, to trzeba poczekać tu w ukryciu do zmroku i...

– Odkryli. Albo wypatrzyli z góry. W każdym razie jeden właśnie tu idzie – odrzekłem.

Rosły samiec maszerował brzegiem, najwyraźniej chcąc obejść jezioro. Pospiesznie naciągnąłem dwie pozostałe kusze. Położyłem broń w zasięgu ręki, na łożach umieściłem po bełcie, resztę wbiłem w piasek.

– Tyra – szepnęła Ana. – Uciekaj.

– Nie zostawię was! Mowy nie ma!

– To rozkaz! Jeśli nas zabiją albo wezmą w niewolę, masz zanieść na Pobrzeże informacje o świątyni i zaginionych księgach medycznych. To ważniejsze niż nasze...

– Za późno – westchnąłem.

Małpolud z bliska wyglądał o wiele gorzej niż przez lunetę. Był ode mnie wyższy o co najmniej dwie głowy. Jego ciało stanowiło jeden splot węźlastych mięśni. Na stopach miał sandały, grube rzemienie oplatały mu łydki. Zatrzymał się z dziesięć łokci od nas. Łypał spode łba, zmarszczywszy czoło. Chrapki szerokiego nosa drżały mu, jakby drażnił go nasz zapach. Spostrzegłem dwa toporki o krótkich styliskach zatknięte za pas. Coś podpowiadało mi, że umie nimi zarówno rąbać, jak i rzucać. Oczywiście zauważył naciągnięte kusze umieszczone na podorędziu. Wreszcie na wargi wypełzł mu wymuszony uśmiech. Pokazał przy okazji paskudne żółte kły.

– Hy, wędrowycze – rzekł niskim, gardłowym głosem. – Siem nie strachać. Ja wódz. My idziem doma. Zima w górach luta. – Machnął łapą w stronę odległych szczytów.

– Witaj, wodzu. – Skłoniłem głowę.

Nic innego nie przyszło mi na myśl. Wolałem też nie zdradzać, dokąd wędrujemy. Dziewczyny dygnęły.

– Ty farożycha? – Przechylił głowę i spojrzał na Anę. – Ofiarnica? – dodał, widząc, że dziewczyna nie rozumie.

– Pyta, czy jesteś kapłanką – podpowiedziała Tyra.

– Tak, jestem kapłanką.

Zatkało mnie. Skąd wiedział?!

– Śwarna kapłanka. Dobra wasza vera, ale dziś łogawa. Jeno rozwaliska chramów wszędy nachodzim. Harna bohini, koszka mocna, żwana, ale i sroga. Hoża jednakoż bywa, jej drapy boleść czynią. – Teraz popatrzył na mnie. – Ból w bandzioch do sredu aż za pikawę.

– On czyta nasze myśli czy co? – zdumiałem się.

– Wiatropędne te wasze przydumki. – Puścił do mnie oko. – Za czem to? – Wskazał kuszę i pokręcił głową jakby z wyrzutem. – Ja nie za tym przyszedł szkodu czynić. Sól nam zbędziecie? Lubo cukier? – spytał.

Zerknąłem na dziewczyny.

– Mamy woreczek cukru – powiedziała Ana. – Jest w moim plecaku. Sprzedaj mu. Nam to i tak w zasadzie zbędne.

Odszukałem zawiniątko uszyte z cienko wyprawionej skórki. W tym czasie nasz niechciany gość usiadł obok nas. Podałem mu znalezisko. Małpolud rozsupłał rzemyk i zanurzywszy wewnątrz paluch, oblizał go z wyraźną przyjemnością.

– Zaczemu krasny? – zagadnął, oglądając kryształki, które zostały mu na opuszce.

– Robimy go z marchwi – wyjaśniłem. – W naszych stronach nie ma klonów, które dają syrop.

– Zacny cukier – pochwalił. – To wam, na zapłacenie. – Pogrzebał w sakwie przy pasie i wręczył mi kawałek złotego łańcucha, gruby jak mój kciuk i długi może na pół stopy. – Bywajcie w zdrowiu. – Dźwignął się zwinnie i ruszył brzegiem w stronę swoich pobratymców.

– Żegnaj, wodzu. – Choć już na nas nie patrzył, ukłoniłem się na pożegnanie.

Widząc, że się oddala, poczułem ogromną ulgę. A potem zagryzłem wargi. Czułem, że koszula lepi mi się na karku. Domyślałem się, że wyczuł mój strach. Jeśli nawet nie czytał moich myśli, to zwęszył pot.

– Pewnie zna te góry, mógłby opowiedzieć, co czeka nas dalej na szlaku. – Ana najwyraźniej pomyślała o tym samym co ja.

– Nie chciałem mu zdradzić, dokąd idziemy.

– W zasadzie droga jest tylko jedna – zauważyła Tyra.

– Oni najwidoczniej mają swoje ścieżki. Znają przejścia gdzieś w górze, graniami i przez lodowce. No nic, proponuję iść dalej. Im szybciej opuścimy to towarzystwo, tym lepiej, ale nie spieszmy się, nie pokazujmy, że się ich boimy. Spokojnie maszerujmy w swoich sprawach.

Objuczyliśmy się pakunkami i ruszyliśmy drogą na zachód. Jezioro szybko zostało za nami. Kilka razy oglądałem się dyskretnie, ale Oxy najwyraźniej nie miały zamiaru podążyć naszym śladem. Spostrzegłem, że przecięły starą drogę i maszerują trawersem, by wydostać się z doliny.

– On chyba nie miał dobrych zamiarów – szepnęła Tyra. – Widzieliście jego oczy? I to jak marszczył brwi? Może tylko zabrałby nam cenniejsze towary, ale na pewno by nie zapłacił. Coś go powstrzymało, a może i przestraszyło. Myślę, że spotkanie z boginią naznaczyło nas w jakiś sposób, którego nie widzą ludzie, ale który wyczuwają zwierzęta. Wiedział, że sięgnęła ci do serca.

– Odgadł też, że jestem kapłanką – dorzuciła Ana.

– U nas się mówiło, że Oxy słyszą echo naszych myśli. I on też to potwierdził. Zobaczył broń, ale odgadł, że wprawdzie nie chcemy walki, lecz będziemy się bronić – rozważała Tyra. – Zabić pewnie by się go nie udało, ale poranilibyśmy go zdrowo.

– Raczej go to nie przestraszyło. Zresztą nie strzelam najlepiej – westchnąłem.

– Z tej odległości na pewno byś nie chybił.

– No dobrze, może zabilibyśmy tego wodza. Z zaskoczenia, prosto w serce. Tylko co dalej? Garść bełtów na taką gromadę? Może kilku byśmy położyli, ale reszta rozszarpałaby nas na kawałki. Powolutku, żeby dłużej bolało. Albo zasypaliby nas gradem strzał. Tak czy inaczej, lepiej, że skończyło się, jak się skończyło. Żyjemy, jesteśmy cali i zdrowi. A nawet bogatsi. Z tym cukrem zrobiliśmy dosłownie i w przenośni złoty interes.

Zważyłem dar małpiszona w dłoni. Coś koło funta. Klejnot musiał długo leżeć w ziemi, złoto nie było wysokiej próby, w miejscach, gdzie stop rozmieszano mniej dokładnie, powierzchnię szpeciły małe zielone plamki, ale przyjemnie ciążyło w dłoni. Podałem przedmiot zaciekawionej Tyrze, a ona, przymierzywszy go do szyi, oddała kapłance.

– Jak się podzielimy? – zapytałem. – Dziesięcina dla świątyni. A resztę na trzy?

– Kapłani ślubują ubóstwo. Podziel resztę między was – odezwała się moja przyjaciółka.

– To ja oddaję moją część Tyrze na jej zakład fryzjerski – zaproponowałem. – Ale pod jednym warunkiem: w zamian mam dożywotnio strzyżenie i golenie za darmo.

– Umowa stoi – ucieszyła się mała. – Zapuść brodę, zakręcę ci takie małe loczki, jak na starych reliefach.

Teraz ona zważyła złoto w dłoniach.

– Nie widziałam tyle dobra naraz przez całe życie – powiedziała w zadumie. – Nie mówiąc już o posiadaniu takiego bogactwa. Dziękuję! – Nieoczekiwanie uwiesiła się mojej szyi i pocałowała mnie w policzek. – Ale może to za dużo?

– Moja rodzina jest zasobna. – Wzruszyłem ramionami. – Swoją drogą ciekawe, gdzie małpiszony to wygrzebały.

Szliśmy uparcie naprzód, chcąc jak najbardziej oddalić się od małpoludów. Droga była zniszczona, setki zim i wiosenne powodzie wypłukały ją w wielu miejscach. Na zboczach gór widniały ślady różnych prac. Przodkowie wykuli na tym niedostępnym terenie kilka kamieniołomów, zapewne wybierając cenniejsze gatunki skał, bo urwiska połyskiwały zielonymi wstęgami malachitu. Raz spłoszyliśmy stado dzikich kóz. Umknęły w podskokach, zanim zdążyłem sięgnąć po kuszę, zresztą nie potrzebowaliśmy mięsa i nie było tu dość opału, by je upiec.

Droga biegła teraz przez rozległą równinę. Zbliżał się wieczór. Wyjąłem z plecaka lunetę i dłuższą chwilę lustrowałem okolicę. Żadnych śladów ludzi, żadnych zwierząt. Oxów też nie widziałem. Otaczała nas głucha pustka, nieliczne krzewy, czasem niskopienna brzózka powykręcana od wiatrów i mrozów.

– Doskonale jałowy świat – myśli Any znów krążyły wokół tych samych spraw. – Tylko my, klucze ptaków na niebie i bogowie patrzący na nas przemierzających bezludne pustkowia. Latem pewnie jest tu jeszcze trochę owadów i może małe ptaszki, które się za nimi uganiają, ale teraz... – westchnęła. – A jednak byli tu przed nami ludzie. Przybyli, wykuli drogę przez skały, ułożyli bruk z kamiennych bloków. I odeszli.

– Przodkowie musieli być bardzo bogaci – stwierdziła Tyra. – Dziesiątki robotników budowało to przez wiele lat. A przecież musieli być jeszcze majstrzy, którzy odkuwali te bloki. Chyba że zagoniono do tych prac jeńców albo niewolników.

– O naszych Przodkach wiemy, że surowo potępiali niewolnictwo – zauważyłem. – Uważali je za obrazę woli bogów, wobec których wszyscy są równi w swych prawach. Jednak skoro potępiali, to znaczy, że owo zjawisko nie było im obce. Myślę, że mogło być jeszcze inaczej. Ich cywilizacja trwała trzy milenia. Najwięcej zachowało się traktatów spisanych pod koniec tego okresu. Może te drogi budowali im niewolnicy, ale potem prawa złagodniały i uznano, że nie godzi się niewolić innych. Albo mogło być tak, że potępiali niewolnictwo przez tysiące lat, po czym u schyłku swoich czasów zaczęli je praktykować, a wówczas Ojciec Stu Światów zesłał na nich surową karę.

– Mogło i tak być – przyznała kapłanka. – Zachowało się wiele tekstów, ale tak po prawdzie są całe dekady ich dziejów, co do których brak nam jakichkolwiek wiadomości. W dodatku pisma znamy głównie w postaci odpisów. Pytanie, na ile są wierne oryginałom. Czy nie bywało tak, że pewne wstydliwe ustępy pomijano, wykreślano, upiększano? Czasem czytając stare księgi, wyczuwałam zmianę stylu, jakby pewne partie zapisał ktoś inny. Co więcej, ich świat też się zmieniał. Niekiedy przez stulecia wszystkie ziemie scalone były w jedno państwo, by potem rozsypać się w mozaikę dziesiątek królestw i księstw. Później znów ktoś pracowicie scalał je w jedno. A nieraz te małe państewka napadały na siebie, tocząc walki na śmieć i życie.

Słońce powoli opadało za góry. Wypatrzyłem kawałek równego terenu otoczony głazami. Ktoś przed nami już tu obozował, krąg kamieni otaczał czarną plamę – pozostałość ogniska wypłukanego przez deszcze. Wokoło ułożono mur z głazów, zapewne mający chronić przed wiatrem.

– Proponuję tu się zatrzymać – powiedziałem. – Przeszliśmy dziś szmat drogi.

Kapłanka skinęła głową. Widziałem, jak bardzo jest zmęczona. Rozstawiłem namiot. Dziewczyny zabrały się za układanie posłań i szykowanie kolacji, a ja poszedłem poszukać czegoś na opał. Gdy tylko zniknąłem im z oczu, wydobyłem lunetę i długo oglądałem okolicę. Była doskonale bezludna, ale patrząc na wydłużające się cienie, czułem coraz większy niepokój. Co tu dużo mówić – spotkanie z małpoludami mocno wytrąciło mnie z równowagi. Nawet jeśli to stado zachowywało się w miarę przyjaźnie i powędrowało w innym kierunku, nie mogłem pozbyć się obaw. Jak na złość, nie potrafiłem sobie przypomnieć, co o nich czytałem. Zresztą autor spisał tamtą księgę setki lat temu. Od tego czasu małpoludy mogły się rozmnożyć albo wręcz przeciwnie, mogły zdziczeć lub się ucywilizować, ale czułem, że w tych górach raczej nie są zbyt liczni. Po prostu mizerna wegetacja i brak zwierzyny nie dawały im możliwości przetrwania.

Stanąłem na głazie i długo przyglądałem się naszemu obozowisku. Szary namiot ukryty wśród załomów skalnych był praktycznie niewidoczny. Co będzie, gdy rozpalimy ogień?

– Nie nadaję się na dowódcę – szepnąłem. – Za mało wiem, za mało potrafię. Jestem zbyt słaby. Przejście przez te góry wymaga siły, odporności, wiedzy. A ja idę na oślep, w nadziei, że jakoś się uda, i jeszcze ciągnę ze sobą dwie dziewczyny. Jedną delikatną, wychowaną w świątyni, drugą twardą i zwinną, ale jeszcze dziecko. Co się stanie, gdy przez głupotę i niedoświadczenie wpakuję nas w śmiertelną pułapkę?

Góry milczały. Wiatr też ucichł.

Trzeba zawrócić – powiedziałem sobie twardo. – Teraz. Póki jesteśmy zdrowi, nie opadliśmy z sił i mamy zapasy. Znaleźliśmy świątynię z miedzianymi płytami. To już ogromny sukces! A wiosną wyślemy na zachodnie Pobrzeże kolejną ekspedycję. Lepiej przygotowaną. Liczniejszą.

Przypomniałem sobie słowa kapłana. Do wykonania tego zadania wskazał nas los. Bogowie zadecydowali, a oni wiedzą, co robią. Nash zginął. Czy tak mu było pisane? Czy jego śmierć była karą za wcześniejsze winy? A co pisane jest nam? Bogini wyznaczyła mnie na dowódcę. Nie powiedziała, czy misja się powiedzie ani czy dotrę do celu. A przecież trzeba jeszcze wrócić. Wyobraziłem sobie przebytą drogę. Nigdy w życiu nie byłem przedtem dalej niż na Koziej Wyspie i u Olejarza.

Opału nie znalazłem, ściąłem zaledwie trzy brzózki. Zebrałem też naręcze wyschniętych łodyg jakiegoś zielska. Były lekkie jak trzcina. Przełamałem jedną. Wewnątrz znajdował się biały miąższ przypominający zaschniętą pianę. Domyślałem się, że badyle spłoną szybko, dając niewiele ciepła, ale na nic innego nie udało mi się natrafić.

Siedzieliśmy przed namiotem. Ogień szybko pożerał marne drewno, lecz przyjemnie było choć parę chwil odpocząć z plecami opartymi o głaz, grzać dłonie i słuchać, jak woda szumi w kociołku. Tyra dźwignęła się i poszła na stronę. W Tess niebo często było zasnute chmurami. Tu mieliśmy nad sobą idealnie czysty nieboskłon, rozjarzony tysiącami gwiazd. Błądziłem po nim wzrokiem, szukając znajomych konstelacji. Panna z Rybą, Kłos, Miotła, Kotka i Kociątka, Siedem Wron...

– Idzie jesień – rzekłem. – Letnie gwiazdozbiory ustępują już miejsca zimowym.

– Jedni szukają mądrości, patrząc w gwiazdy, a inni patrząc dziewczętom w oczy. Szkoda, że nie ma tu twojego brata – mruknęła kapłanka. – Ona tęskni. On pewnie też.

Jakby na przekór spojrzałem jej w oczy, a potem zawstydzony opuściłem głowę.

– Widać kometę – z zamyślenia wyrwał mnie głos Any. – Dawne traktaty ostrzegają, że ten znak zwiastuje wojny, zarazy i różne nieszczęścia. Ciekawe, co przyniesie nam i naszemu ludowi? – Umilkła i długo siedziała zapatrzona w dogasający żar.

*

Drugi dzień marszu przez przełęcze był jeszcze gorszy niż pierwszy. Szliśmy przez rozległe, usiane żwirem pustkowie, wiatr dął nam w twarz. Droga była bardzo zniszczona. Kamienie popękały, wykruszyły się. Wędrówka szybko nas wyczerpała. Przypuszczam, że na tych wysokościach powietrze było już mocno rozrzedzone. Co jakiś czas robiliśmy krótkie postoje, ale zauważyłem, że idziemy coraz wolniej. W kilku miejscach drogę przecinały strumienie, z mostów nie zostało wiele. Wiosenne roztopy i powodzie zniszczyły konstrukcje, nawet te zbudowane z dużych głazów. Musieliśmy szukać możliwości przeprawy, zajmowało to masę czasu.

W innym miejscu trafiliśmy na dobrze zachowany most, pod którym nie było już potoku, a jedynie wyschnięte koryto.

Zeskoczyłem zaciekawiony na dno i wygarnąłem garść piasku spod niegdysiejszego wodospadu.

– Czego szukasz? – zaciekawiła się kapłanka.

– Złota – odpowiedziała za mnie mała. – Słyszałam o tym. Jeśli góry są stare, zbudowane ze skał wulkanicznych i pocięte żyłami kwarcu, bywa, że w korytach rzek można się natknąć na złoty piasek. Zwłaszcza w kotłach pod wodospadami i w miejscach, gdzie woda, natrafiwszy na przeszkodę, zwalnia bieg.

Przegrzebałem żwir, ale nic nie znalazłem. Wśród ciemnych drobin nie błysnęła najmniejsza nawet żółta grudka. Ruszyliśmy dalej. Raz minęliśmy ruiny jakiegoś budynku. Leżały tuż obok drogi. Można się było dopatrzyć jednej większej sali i gmatwaniny mniejszych pomieszczeń. Co to mogło być? Zajazd dla podróżnych czy może posterunek wojskowy? W niewielkiej odległości natknęliśmy się na prostokątny kamienny nasyp z jednym płaskim głazem wetkniętym na sztorc. Po liniach wgłębień można się było domyślać, że ktoś wykuł napis dla upamiętnienia pogrzebanych tu ludzi, lecz czas zatarł już wszystkie litery.

Kontynuowaliśmy podróż. Nauczony doświadczeniem, regularnie wyjmowałem lunetę i sprawdzałem okolicę, wypatrując niebezpieczeństw, ale wokoło panował spokój. Kilka razy widzieliśmy w oddali górskie kozy. Co jadły w tak ubogim w roślinność miejscu? Gdzie chroniły się przed niepogodą?

Było późne popołudnie. Tyra maszerująca parę kroków przed kapłanką nagle przystanęła.

– Dave – zwróciła się do mnie. – Możemy zrobić postój?

– Coś się stało? – zaniepokoiłem się.

Odłożyła plecak, wskoczyła na głaz i zaczęła węszyć pod wiatr. Kapłanka chciała o coś zapytać, ale gestem poprosiłem, by milczała.

– Idzie burza – stwierdziła dzikuska.

Niebo nadal było bezchmurne, wiatr ucichł. Słońce, jak to jesienią, oślepiało, lecz prawie nie grzało. Poczułem jednak w powietrzu dziwny niepokój.

– Burza... – Zmarszczyłem brwi.

– E, to chyba niemożliwe... – bąknęła Ana.

– Obawiam się, że nasza mała przyjaciółka ma rację. Coś jest nie tak.

– Poszukamy jakiegoś schronienia?

– Boję się, że musimy zostać tutaj. – Rozejrzałem się niepewnie wokoło.

Droga Przodków biegła przez rozległą płaską równinę, przecinając pasmo niewysokich wzgórz zbudowanych głównie z granitu, tu i ówdzie przepasanych wstęgami grubego łamliwego łupku. Lodowce narzuciły tutaj sporo głazów, większość zdobiły czapy i brody z mchu. Między wzgórzami ciągnęły się urokliwe łączki porośnięte długą jedwabistą trawą. Jej źdźbła o tej porze roku były pożółkłe. Gdzieniegdzie wyrastały niewielkie krzaczki obsypane jagodami. Ich korzenie rozpaczliwie wpijały się w szczeliny pomiędzy kamieniami. Wypatrzyłem też kilka rachitycznych brzózek.

Zmarszczyłem czoło. A gdyby cofnąć się do ruin, które mijaliśmy? Nie, to bez sensu. Pół dnia marszu.

– Prawie zupełnie płaski teren, żadnej osłony od wiatru. Burza nas zmiecie. Gdyby była tu chociaż najmarniejsza jaskinia... – Mała dzikuska rozglądała się bezradnie.

– Postawimy namioty? – zaproponowała kapłanka.

– Nie wytrzymają takiego wiatru – zaoponowała Tyra.

– Jeśli nie ma osłony, to trzeba ją szybko zbudować – powiedziałem, z rosnącym niepokojem patrząc w niebo. Czy mi się wydawało, czy błękit stał się o kilka tonów głębszy?

Potem rozejrzałem się wokół.

– Bierzemy się do roboty – zdecydowałem.

– Co planujesz? – zapytała moja przyjaciółka.

– Ułożymy sobie posłanie, otoczymy je murem z łupków poprzekładanych darnią, szerokim na co najmniej stopę, a wysokim na trzy lub cztery. Nakryjemy z wierzchu pniami brzóz, obłożymy płótnem obu namiotów i dobrze przyciśniemy kamieniami – wyjaśniłem. – Wejście zasłonimy tobołkami. Przy silnym wietrze nie możemy rozpalić ognia. Wnętrze trochę ogrzeją lampy. Boję się tylko, że mogą nam nie wystarczyć.

– Rozumiem. W czym mogę pomóc?

– Nazbieraj płatów mchu. Najlepiej suchych.

Zrzuciliśmy bagaże na stos. Wyznaczyłem prostokąt mniej więcej sześć na osiem stóp. Pospiesznie zacząłem budować ścianę. Grube płytki kamienia przekładałem płatami mchu. Mała zaczęła mi pomagać. Układała kawałki kamienia szybko i zręcznie, jak doświadczony murarz kładzie cegłę.

– Tyro, natnij traw na posłanie – poleciłem. – My tu sobie już poradzimy.

Dzikuska skinęła głową, wyciągnęła z juków nóż i klęcząc, zabrała się do pracy. Płytki kamienia były grube przeważnie na dwa lub trzy cale. Zbierałem największe i najgrubsze, znosiłem na miejsce budowy, a gdy uzbierał się spory stosik, układałem kolejny kawałek muru.

Tyra przyniosła pierwsze naręcze traw. Powiązała je ciasno w małe, twarde snopki. Wał chmur powoli wysunął się zza szczytów widocznych na północy. Kapłanka wysypała garść kamiennych płytek.

– Zamieńmy się – zakomenderowałem.

Teraz ona układała następne warstwy, a ja biegałem, znosząc kamienie. Gdy zgromadziłem kolejny zapas, pomagałem jej w układaniu. Mur rósł powoli. Bardzo powoli.

– Twoje ręce, przyjacielu... – powiedziała Ana, patrząc, jak rozścielam mech i przygniatam go łupkiem. – Pamiętam jeszcze ze szkoły, że miałeś piękne dłonie. To ręce pisarza, ilustratora, introligatora. Są już zniszczone przez ciężką pracę, do której nie nawykły i do której nie są przeznaczone.

– Uhym. – Nie bardzo wiedziałem, co odpowiedzieć. – Też chyba wolałbym pisać, ale życie ułożyło się inaczej.

Pociemniał już cały widnokrąg. A my byliśmy dramatycznie niegotowi. Chciałem jeszcze podwyższyć konstrukcję, lecz po namyśle uznałem, że nie ma czasu. Ściąłem pobliskie brzózki. Były cienkie, ale na szczęście odpowiedniej długości. Ociosałem je z gałęzi i ułożyliśmy je na koronie muru. Z jednej strony ściana była nieco wyższa, liczyłem, że taki spadek wystarczy. Pod spód wsunąłem kilka grubszych kijów i teraz wiązałem je kawałkami sznurka, by wzmocnić konstrukcję. Kapłanka zorientowała się, o co chodzi, i zaczęła mi pomagać. Tyra pracowicie cięła trawę i znosiła kolejne wiązki.

– Powiedz mi, przyjacielu, czy grozi nam śmierć? – pytanie Any kompletnie mnie zaskoczyło.

– To zależy... – odpowiedziałem niepewnie.

– Chcę znać prawdę. Przygotować siebie i was, jeśli trzeba.

– Jeżeli te chmury niosą deszcz, może być niewesoło. Nagłe uderzenie nawałnicy albo kilka godzin zwykłej ulewy i płótno mimo nawoskowania nie wytrzyma. Przemokniemy, przemarzniemy. Nie będzie jak ani czym się rozgrzać. Podobnie problemem będzie marznący deszcz. Gruba warstwa lodu będzie ciężka. Może połamać te paliki. Zawilgocona tkanina, gdy zamarznie, może się po prostu złamać. Czuję w powietrzu jakby zapach mrozu.

– Ochłodziło się. – Kiwnęła głową. – Kostnieją mi palce, mimo że cały czas poruszam rękami.

– Jeśli sypnie śnieg, to pół biedy. Śnieg jest lekki i gdy opada w postaci grubej pierzyny, ma w sobie dużo powietrza. Niby jest zimny, ale zarazem dobrze izoluje od siarczystego mrozu.

– Zatem...

– Liczę, że nasze schronienie wytrzyma nawałnicę. Gdyby runęło, przygotowałem zapas brzozowych polan. – Pokazałem stosik. – Nakryję go płytami łupku. Brzoza nawet gdy zmoknie, to tylko po wierzchu. Głębsze warstwy kory z reguły pozostają suche i palą się jak papier. Będzie można się wysuszyć. Wydaje mi się, że nie grozi nam śmierć.

– Rozumiem.

– Powiedz, proszę... Z twojego pytania domyślam się, że bogini, gdy z tobą rozmawiała...

– Dziadek ostrzegał mnie, że jesteś niezwykle mądrym i bystrym człowiekiem – westchnęła. – Faktycznie, bogini Nefem powiedziała mi pewne rzeczy, które mam wam przekazać, jeśli znajdziemy się w obliczu nieuniknionej śmierci.

– „Jeśli" czy „gdy"?

– Nie jestem pewna. – Przepraszająco rozłożyła dłonie. – Ona mówiła do mnie inaczej niż ustami. Była wewnątrz mojej głowy. Niczego nie powiedziała na temat powodzenia naszej misji. Czytałam zapisy różnych wizji. Bogowie i nauczyciele bardzo rzadko przekazywali ludziom jasne instrukcje. Raczej były to znaki do samodzielnego odczytania, niejednoznaczne sugestie.

– Pojmuję.

Widząc, że coś układa sobie w głowie, przerwałem rozmowę i skupiłem się na pracy. Bolały mnie plecy, bolały dłonie.

– Wejście jest bardzo małe – odezwała się wreszcie.

– Wchodzić będziemy na czworaka. Celowo, żeby nie uciekało ciepło. Zatkamy dziurę pakunkami. A naprzeciw zbuduję jeszcze murek. To będzie wiatrochron.

Skinęła głową.

– Pomogę Tyrze – oświadczyła.

Układałem kamienie, trochę już mniej starannie, ale dzięki temu szybciej. Za to musiałem chodzić po nie coraz dalej.

Wróciły obie dziewczyny z naręczami traw. Wiatr rozwiewał im włosy i szarpał za odzienie. Wyglądały uroczo. Westchnąłem w duchu.

– Przechodząc do tematów bardziej przyziemnych... Tam – wskazałem kąt między ścianą budowli a murkiem chroniącym wejście przed wiatrem – będziemy mogli... eee... no wiecie.

– Wysikać się – pisnęła dzikuska.

– Tak. W kucki będziemy zasłonięci od wichru czy zacinającego deszczu. Zaraz spróbuję tam zrobić jeszcze daszek. Nie wiem, ile potrwa nawałnica. Może nawet kilka dni. Co jakiś czas może zajść potrzeba, by wyjść.

– Myślisz o wszystkim – pochwaliła Ana.

– W tym właśnie sęk, że nie wiem, czy o wszystkim – odparłem. – Popatrz jednak na naszą małą towarzyszkę. To dziecko lasów, jej plemię koczowało. Z pewnością bywała w podobnych tarapatach. Skoro ona się nie boi, to i my powinniśmy być spokojni.

– Boję się. – Mała pokręciła głową. – Żyłam nad jeziorami, w lasach, nie znam wysokich gór. U nas bywało bardzo zimno, czasem spadało tyle śniegu, że czubek głowy nie wystawał z zaspy, ale mieliśmy chaty z grubych bali polepionych gliną i nakrytych darnią. A do tego pod dostatkiem drewna, by je ogrzać. Nieraz śnieg nas całkiem zasypywał i trzeba było przekopywać się na zewnątrz.

– Czyli nikt z nas tak naprawdę nie zna gór – westchnąłem.

– Góry mieliśmy, ale mniejsze i porośnięte lasami. Tylko czubki miały skaliste. Zupełnie nie przypominały tych. Nasze były jak kopce kretów, a te wyglądają jak zębiska wygłodniałych wilków.

– Postaramy się, żeby nas nie pokąsały.

Opodal naszej kryjówki wypatrzyłem i ściąłem jeszcze kilkanaście brzózek. Czułem, że „korytarzyk" też trzeba choć prowizorycznie zadaszyć. Z pomocą obu dziewczyn położyłem pnie, opierając je na koronie murów, dołożyłem kilkanaście dyli w poprzek konstrukcji dachu. Poświęciłem kolejny motek sznurka, by przewiązać je na łączeniach. Wreszcie wspólnie z kapłanką rozciągnęliśmy tkaninę, nakrywając wszystko płótnem namiotowym. Na wierzch rzuciłem grubą warstwę porąbanych wcześniej gałęzi i suchych krzaczków. Następnie przykryliśmy to płótnem drugiego namiotu.

– Będziemy mieli dodatkową warstwę powietrza, to trochę zatrzyma uciekające ciepło, no i lepiej ochroni przed przemakaniem – wyjaśniłem, widząc zaskoczone spojrzenie Any.

Przywiązałem dobrze sznurki do kołków wbitych między kamienie podłoża. Dla pewności każdy przywaliłem sporym otoczakiem. Od strony, z której wiało, oparłem o murek jeszcze płyty łupku – największe, jakie udało mi się znaleźć. Obejrzałem całość krytycznym okiem. Mur był całkiem gruby, powinien oprzeć się nawet najmocniejszym podmuchom. Warstwy mchu zespoliły kamienie, liczyłem, że choć trochę uszczelniły ścianę. W środku od biedy dawało się usiąść, bo kucnąć już nie bardzo...

– Zgromadzę jeszcze trochę drewna – powiedziałem, spoglądając na ostatnią kępę brzóz, oddaloną od nas spory kawałek.

Nawet stąd widziałem, że drzewka były cieniutkie, miały najwyżej kilka łokci wysokości.

– W czym mogę pomóc? – zapytała ponownie kapłanka.

– Trzeba ułożyć posłania. Zajmijcie się tym, proszę.

Wiatr dął już bardzo mocno. Opasałem jeszcze całą „norę” linką. Chciałem docisnąć dodatkowo nadmiar płótna do ścian. Gdyby jakiś podmuch wdarł się pod spód, mógłby zerwać nam dach. Podszedłem do kępy. Drzewka szybko padły pod ciosami siekiery. Zrobiło mi się ich żal. Zdołały zapuścić korzenie w niegościnnym miejscu, a ja odebrałem im szansę, by mogły wyrosnąć. Zawlokłem pierwszą partię do naszej kryjówki. Porąbałem pnie na kawałki długości około dwóch stóp i wtykając je ostrożnie między kamienie ściany, zrobiłem lepsze zadaszenie nad latryną. Na to rzuciłem warstwę gałęzi i docisnąłem płytami łupku. Może wytrzyma.

Temperatura spadała, widziałem wyraźnie parę wydobywającą się z moich ust. Pociemniało, wał chmur miałem już nad głową. Odległe wzgórza znikały jedno po drugim, zakrywane przez nadciągający tuman. Nie było czasu. Pobiegłem raz jeszcze do kępy. Powalone drzewka powlokłem i ułożyłem obok wejścia do korytarzyka. Teraz przerąbałem pnie na krótsze kawałki, ułożyłem w równy sąg i nakryłem łupkiem.

Wewnątrz dziewczyny skrzesały ogień i zapaliły najgrubsze trzyknotowe świece. Osadziły je w latarkach umieszczonych w narożnikach. Niebo przecięła błyskawica, wiatr bił w nasze schronienie coraz mocniej. Lodowate podmuchy wysysały ciepło. Zgrabiałymi palcami rozsupłałem rzemienie największego tobołu.

– Układaj najcieńsze derki na spód, na to śpiwory i grube pledy – poleciłem małej. – Tak, żeby nie przylegały do ścian. Zostawcie tam przestrzeń szeroką na dłoń.

– Żeby posłania nie przylegały do wilgotnego muru. Rozumiem. Tak robimy latem, gdy koczujemy i za dom służą nam jedynie szałasy kryte darnią.

– Pewnie ostro lunie. Mam tylko nadzieję, że woda nie wedrze się gdzieś z boku – powiedziałem. – Widziałem raz oberwanie chmury.

Dzikuska szybko i sprawnie przygotowała legowisko. Ana usiadła wewnątrz, przy wejściu. Mur osłaniał ją od wiatru. Poprawiałem jeszcze ścianę. Zrobiłem sobie przerwę, by zagrzać dłonie nad lampą.

– Tyra, ty położysz się w środku, między nami – rzekła moja przyjaciółka. – My po bokach. Tak będzie ci najcieplej.

– Ale, pani... – zaprotestowała. – Ty jesteś kapłanką, masz do wypełnienia ważną misję. Dowodzisz poniekąd wyprawą.

– Właściwie to ja dowodzę, niestety – mruknąłem.

– Czy wiesz, czym różnią się ludy cywilizowane od barbarzyńców? – Ana uśmiechnęła się przyjaźnie do dzikuski.

– Eee... No, tych różnic jest wiele. Inaczej się ubieramy, jemy inne jedzenie. Na wyprawę wzięłam stare ubranie, bo jest dobre do wędrówki, ale w mieście zawsze nosiłam sukienkę i nigdy już nie będę spała nago.

– Podstawowa różnica polega na tym, że barbarzyńcy w pierwszej kolejności chronią najważniejsze zasoby plemienia: zdrowych, silnych mężczyzn zdolnych do walki i polowań oraz ewentualnie ich nałożnice. My zaś nie poświęcamy nawet najsłabszych jednostek dla dobra ludu. Chronimy dzieci, kobiety w ciąży, starców, kaleki. Tych, którzy nie obronią się sami.

– Tak, pani. Rozumiem. Uważacie mnie za dziecko czy kalekę? – Spojrzała nagle zadziornie. – Bo nie miałam dotąd okazji zajść w ciążę.

Ana pochyliła się, objęła dzikuskę i pocałowała w policzek.

– Kapłani są dla ludu jak troskliwi rodzice napominający i wskazujący drogę. Przyjmijmy, że jesteś moją duchową córeczką, upartą, krnąbrną i pyskatą, zatem albo wykonasz polecenie, albo na mocy moich praw rodzicielskich i jako przywódczyni misji spiorę ci tyłek brzozową witką.

Tyra już nie oponowała. Przyjrzałem się krytycznie ścianom. Mocniejsze podmuchy wdzierały się do wnętrza. Wiatr dął z północy, wejście do kryjówki znajdowało się od wschodu. Postanowiłem jeszcze dodatkowo zabezpieczyć się od tej strony. Wypełzłem na zewnątrz. Walcząc z wichrem przenikającym na wskroś, znosiłem łupek i układałem pospiesznie kolejną warstwę, wzmacniając ścianę od nawietrznej. Poprawiłem raz jeszcze murek mający służyć za wiatrochron przy wejściu.

– Mogę ci jakoś pomóc? – Kapłanka wyjrzała z szałasu.

– Schowaj się, niebawem skończę – nakazałem.

Pierwsze krople deszczu niesionego przez wichurę zabębniły mi na plecach. Wiedziałem, że muszę szybko uciekać, bo jeśli przemoczę ubranie, nie będzie go jak wysuszyć. Dałem dziewczynom jeszcze chwilę, by mogły się rozgościć we wnętrzu. Wreszcie sam wpełzłem do środka. Zablokowałem wejście ostatnimi tobołkami. Układałem je możliwie ciasno i nakryłem jeszcze płatem nawoskowanego płótna. Nawet jak lunie deszcz, nie powinny zamoknąć.

Burza uderzyła kilka minut później. Wiatr ryczał, słyszałem jak przetacza lżejsze kamienie. O płócienny dach ogłuszająco zabębniły grube krople, a może nawet kulki gradu.

– Będzie musiało wystarczyć – powiedziałem, patrząc na materiał naciągnięty na stelażu z dyli. – Nic więcej nie da się zrobić.

Mur kryjówki mimo zastosowania mchu oczywiście nie był szczelny, co jakiś czas czułem chłodny podmuch ciągnący od ściany do ściany, lecz wnętrze naszej nory, rozjaśnione światłem czterech latarek, wydawało się całkiem przytulne i nie aż tak ciasne, jak się tego obawiałem. Oczywiście siadając, musiałem skłonić głowę, by nie dotknąć sufitu, ale za to można się było wygodnie wyciągnąć. Kapłanka wydobyła z juków książkę i teraz leżąc w śpiworze, kartkowała ją w poszukiwaniu jakiegoś ustępu. Tyra posłusznie zajęła miejsce pośrodku. Dla mnie zostało całkiem sporo przestrzeni pod ścianą.

Na gałązce wbitej między płytki ściany zawisł posążek bogini Nefem. Ściągnąłem kurtkę. Przez chwilę zastanawiałem się, co z nią zrobić. Gdybym rozwiesił ją na pakunkach blokujących wejście, dodatkowo chroniłaby wnętrze, ale jeśli zamoknie... Nie, lepiej ją zwinąć i użyć jako poduszki. Jeśli w nocy będzie naprawdę zimno, przyda się jako dodatkowe okrycie. Zzułem buty. Mieliśmy pięć derek. Zastanawiałem się przez moment, czy nie rozwiesić jednej od środka na północnej ścianie, lecz doszedłem do wniosku, że chyba jednak lepiej użyć wszystkich do okrycia dziewczyn.

Kapłanka nadal czytała, lekko marszcząc piękne, gęste brwi. Tyra rozsupłała rzemyki tobołka z żywnością. W jej wąskiej dłoni błysnęło ostrze kozika i po chwili podała mi suchar grubo posmarowany smalcem. Podziękowałem i wgryzłem się w chleb. Dopiero teraz przypomniałem sobie, że przecież od południowego postoju nic nie jadłem. Ana ze swojego tobołka wydobyła blaszane pudełko z ciastkami. Zapachniało miodem i korzennymi przyprawami. Podsunęła je małej, a potem mnie. Kruche ciasto, słodkie i upieczone na maśle. Rozpływały się w ustach. Poczułem się nagle jak w domu. Jakbym znów siedział przy kominku w towarzystwie sióstr i kuzynek.

To tylko pozór – pomyślałem z melancholią. – Blask świec daje nam poczucie bezpieczeństwa, ale niewiele ciepła. Pewnie najgorzej będzie przed świtem.

Wiatr zawodził upiornie. Dyle tworzące szkielet dachu zatrzeszczały. Kulki gradu stukały o płótno, lecz wkrótce zagłuszył je szum deszczu.

Przemoknie do rana czy nie? – zadumałem się.

Gdzieś daleko zawył wilk. Po chwili zawtórował mu drugi. Polowały w taką pogodę? A może uciekały? Czyżby ktoś wypłoszył je z nor? Oxy poszły jednak naszym śladem? Nie, to chyba niemożliwie. Ułożyłem w zasięgu ręki broń.

– No i można sobie mieszkać – mruknąłem, przełykając ostatni kęs.

– Przyjacielu, jestem pełna podziwu. – Kapłanka założyła książkę barwną tasiemką. – Zdążyliśmy w ostatniej chwili.

– Zobaczymy jeszcze, czy schronienie wytrzyma.

– Jest dobrze zbudowane – odezwała się Tyra. – Mieliśmy niewiarygodne szczęście, że w okolicy rosły brzozy i było tyle odpowiedniego kamienia.

Posłanie ze snopków trawy nie było szczególnie grube, ale niwelowało garby nierównego podłoża. Kapłanka odszukała w tobołku metalową manierkę. Naczynie wykonano z grubej, srebrzystej blachy. Nie miało nigdzie śladów zaklepywania czy lutowania. Cudowny, niezniszczalny wyrób z czasów Przodków. Ana wyciągnęła korek.

– Mam tu trochę wymrażanego wina – powiedziała. – Proponuję po dwa duże łyki na rozgrzewkę. Tylko uważaj, bo jest bardzo mocne – ostrzegła Tyrę.

– Nad jeziorami winogrona nie rosną, ale robimy wina z żurawin, a zimą ludzie też wymrażają wodę i sporządzają bardzo mocny napój – wyjaśniła mała.

Pociągnęła dwa łyki i podała mi manierkę. Upiłem trochę. Świątynne wino było słodkie, pachniało słońcem i dymem. Smakowało latem i smak ten bardzo długo pozostał mi w ustach. Ułożyłem się jak tylko mogłem najwygodniej. Ciepło z żołądka rozchodziło się na całe ciało. Już nie marzłem. Słyszałem, jak oddechy dziewczyn uspokajają się. Wreszcie i ja usnąłem, z pełnym żołądkiem, ukołysany szumem deszczu, winem i ciepłem śpiwora.

*

Obudziłem się w środku nocy. Ulewa już ucichła, za to wiatr wył jak szalony. Co jakiś czas smagał płótno nakrywające naszą kryjówkę. Na szczęście dach nie przemókł. Za to wicher znajdował sobie drogę przez szczeliny między kamieniami. Świece osadzone w latarniach wypaliły się w dwóch trzecich.

Powinny palić się całą noc, zatem do rana już bliżej niż dalej – pomyślałem.

Czułem, że chłód się wzmaga. Wygrzebałem z plecaka grube skarpety i płaszcz. Założyłem skarpety, płaszczem nakryłem dodatkowo dziewczyny. Narzuciłem kurtkę na swoją derkę, wtuliłem pod nią głowę i czekałem, aż choć trochę nagrzeje przestrzeń pod spodem.

Nora, i to marna – westchnąłem, krytycznie oceniając wzniesioną budowlę. – Ale budowałem na szybko i nie bardzo miałem z czego. A że ciasna, to i lepiej. Łatwiej ogrzać. Zwierzęta też przecież kopią nory.

Dziewczyny spały, wtulone w siebie w ciepłych śpiworach narzuconych derkami. W półmroku słyszałem ich równe oddechy.

– Zasługują na coś lepszego. Na kamienną chatę Przodków, z zachowanym kamiennym sklepieniem. Na wygodne posłania. Na ogień wesoło buzujący w piecu. Na ciepły posiłek, który rozgrzałby żołądki przed nocą. A ja? Co im mogłem dać? Tylko tyle.

Zasnąłem.

*

Gdy zbudziłem się ponownie, na zewnątrz dniało, a wicher trochę osłabł. Świece prawie się dopaliły. Włożyłem kurtkę i wyszedłem się wysikać. Wiatr ucichł, więc odszedłem kawałek dalej. Powietrze pachniało ostro zimą. Źdźbła traw i gałązki ocalałych brzóz pokryły się grubym futerkiem szadzi. Szczyty były ośnieżone. Ująłem lunetę i długo obserwowałem okolicę. Żywego ducha. Żadnych śladów ludzi, żadnych zwierząt. Pusto, cicho, martwo. Ogrom gór przytłaczał. Znów pomyślałem, jaki szmat drogi przebyliśmy. Jeśli przytrafi się nam coś złego, przyjaciele i krewni nigdy nie dowiedzą się, jak zginęliśmy, nikt z nich nie odnajdzie naszych ciał.

Wróciłem do środka. Wnętrze kryjówki było przyjemnie ciepłe i zaciszne. Dziewczyny już nie spały.

– Jak sytuacja? – W półmroku oczy Any wydawały się niemal białe.

– Kamienie tu i ówdzie pokryte są lodem. Kałuże zamarzły chyba do samego dna. Szadź osiadła na trawach i krzewach. Zimowy poranek.

– Przyjacielu, przywykłam ufać twojej mądrości i rozsądkowi. Co radzisz?

Zamyśliłem się.

– Nie znamy rozległości tej przełęczy, ale gdzieś tam przed nami jest kolejna dolina i, miejmy nadzieję, brzeg morza. Gdy zejdziemy z gór, powinniśmy trafić na tereny bardziej lesiste. Tam chyba będzie cieplej. I znajdziemy opał, co pomoże przetrwać zimne noce.

– Czyli nie wiesz, jak daleko jesteśmy?

– Sądząc po mapie, jeśli właściwie odczytuję miejsce, w którym się znajdujemy, czekają nas dwa dni drogi. Może trzy. Przejdziemy przełęcz i zaczniemy schodzić w dół, ale twój dziadek ostrzegał, że nasze mapy to kompilacja wielu wcześniejszych, więc mogą zawierać błędy, gdyż niektóre rysowano w różnych skalach. Tu inaczej odczuwa się odległości, góry wydawać się mogą na wyciągnięcie ręki, podczas gdy w rzeczywistości leżą daleko.

– Rozumiem. Powiedz mi teraz taką rzecz: czy my wyruszyliśmy w drogę zbyt późno?

– W górach zima zawsze przychodzi szybciej. Na szczytach widzieliśmy śniegi, a skoro nie stopniały przez lato, możemy się domyślać, że to miejsce jest bardzo niegościnne przez cały rok. Brzozy, które ścinałem, były niewielkie i poskręcane od wiatrów. Nie spotkaliśmy prawie żadnych zwierząt ani ich tropów czy odchodów. Przodkowie jednak zdołali zbudować tu drogę. Może w dawnych czasach i tu było cieplej?

– Co dalej?

– Nie wiem – westchnąłem. – Zrobiło się bardzo zimno. W tej norze jesteśmy w stanie przetrzymać noc. Pod gołym niebem w namiocie może to być wręcz niemożliwe.

– Pójdę na zwiad – zaproponowała milcząca dotąd Tyra. – Starą drogą Przodków. Nie zabłądzę. Będę szła do południa. Może zdołam do tego czasu znaleźć jaskinię albo coś podobnego. Niezależnie od wszystkiego, przed wieczorem wrócę do was. Wezmę tylko mój śpiwór, gdyby coś mnie zaskoczyło i gdybym musiała przeczekać kolejną burzę pod jakimś nawisem skalnym.

– Co o tym sądzisz? – Kapłanka spojrzała na mnie pytająco.

– W obcym i niegościnnym miejscu lepiej się nie rozdzielać – ostrzegłem. – Ale z drugiej strony ma to chyba sens. Bez obciążenia przejdzie kilkanaście mil.

– Czyli to niebezpieczne? – zapytała kapłanka.

– Nie podoba mi się ten pomysł. – Pokręciłem głową. – Może zacząć się kolejna burza śnieżna, może chwycić mróz, nie wiemy, jakie zwierzęta tu żyją. Do tego mogą pojawić się Oxy albo jacyś ludzie, a oni są czasem gorsi od zwierząt.

– Wezmę flet i kuszę. – Tyra wzruszyła ramionami. – Dojdę i wrócę w jednym kawałku. Bogini obiecała mi, że kiedyś będę fryzjerką.

Westchnąłem w duchu.

– Nie chciałabym, żebyś była tą fryzjerką jako niewolnica Węży ani jako zwierzątko domowe w stadzie Oxów –

mruknęła kapłanka. – Przepowiednie to przepowiednie. Nie zawsze są jasne. A co, jeśli bogini miała na myśli, że fryzjerką będziesz na jej dworze w drugim życiu?

– We wszystkim dobrym towarzyszyć ma mi jej błogosławieństwo. – Dziewczyna uniosła dumnie głowę. – Nie po to nas ratowała, abyśmy mieli zginąć.

– Dobrze, idź, ale uważaj na siebie. Weź śpiwór, krzesiwo oraz mięsa na dwa lub trzy dni. I bardzo cię proszę, wróć przed nocą.

Zagrzałem wody, zalałem zioła. Tyra napiła się, przytroczyła manierkę ze świątynnym winem i już była gotowa do drogi.

– Pobłogosław mnie, pani. – Uklękła przed kapłanką.

Ana położyła jej dłonie na ramionach i wypowiedziała słowa modlitwy. Potem pocałowała dziewczynę w czoło.

– Ruszaj i idź bezpiecznie.

Odprowadziłem małą wzrokiem. Później westchnąłem ciężko.

– Spędzimy tu jeszcze jedną noc – powiedziałem. – Pozwól, że poprawię to i owo.

– Nad ranem było naprawdę zimno. – Kiwnęła głową Ana. – Nie da się zrobić czegoś w rodzaju pieca? Albo małego ogniska?

– Dach jest z płótna.

Zreperowałem jak mogłem nasze schronienie. Upchałem i ubiłem więcej mchu w szczeliny, dołożyłem płytek. Pogoda znów się psuła. Wdrapałem się na pobliskie wzgórze. Wokoło rozciągała się kompletnie dzika, pusta i bezludna przestrzeń. Wypatrzyłem jeszcze kilka brzóz, ściąłem je i przywlokłem do obozowiska. Ana siedziała, opierając się plecami o mur. Rozwinęła zwój z jakimś traktatem i czytała go, co jakiś czas poruszając wargami, jakby wypowiadała bezgłośnie najważniejsze myśli. Usiadłem opodal i zabrałem się za obdzieranie brzózek z kory. Wreszcie kapłanka przerwała lekturę.

– Nad czym rozmyślasz, przyjacielu? – zapytała.

– Nad twoją prośbą. Zbuduję tu obok małe palenisko. Będziemy mogli zagotować wodę na napar. Tylko boję się zużyć cały opał.

– Ale... – zaczęła i urwała.

– Ściąłem wszystkie brzozy w tej kotlince i te, które wypatrzyłem w sąsiednich. Większość poszła na budowę dachu. Resztę drewna wolę trzymać na wypadek jakiejś katastrofy albo gdyby nas opadły dzikie zwierzęta.

– Rozumiem.

– Spróbuję jeszcze nagrzać trochę wnętrze, ale innym sposobem. Tylko muszę poświęcić ten mniejszy kociołek.

– Bierz.

Nożem wybiłem w cienkiej miedzianej blasze kilkadziesiąt dziurek, zaklepałem dwoma otoczakami ich krawędzie. Następnie wypełniłem naczynie zwitkami kory brzozowej i podpaliłem, a gdy dobrze się zajęły, przytłumiłem ogień pokrywką.

– Zostawię minimalny ciąg – wyjaśniłem. – Gorzej, że dym będzie szczypał nas w oczy.

– Nie podusimy się?

– Mur, który zbudowałem, przepuszcza bardzo dużo powietrza – zapewniłem.

Zaimprowizowany piecyk nie dawał może wiele ciepła, lecz w kryjówce zrobiło się całkiem przyjemnie. Koło południa chmury pociemniały i zaczął padać deszcz. Dach jakimś cudem nadal nie przemiękł. Ana wykorzystała mój piecyk, by zagotować dwa kubki wody. Do każdego wrzuciła garść suszonych warzyw i posiekanego suszonego mięsa. Wypiliśmy tę biedazupę, zagryźliśmy kawałkiem suchara. Słuchałem, jak deszcz bębni po dachu.

– Zamiast porządnego schronienia zdołałem wybudować tylko tę zimną i wilgotną norę – powiedziałem, oszczędnie dokładając w żar zwitki kory.

– Zrobiłeś, co się dało. Przeżyliśmy noc. Przetrwamy też kolejną. Jest ciasno, ale dzięki temu cieplej. Nie czyń sobie wyrzutów.

Przesuszyłem, na ile się dało, buty i natarłem je tłuszczem. Przejrzałem ekwipunek, naprawiłem pasek jednego z plecaków. Co jakiś czas wyglądałem na zewnątrz, patrzyłem na drogę i z niepokojem zerkałem na niebo. Zmierzch zbliżał się nieubłaganie i znów zanosiło się na deszcz. Ana czytała jakieś traktaty, ale widziałem, że ma problemy ze skupieniem się na tekście. Wreszcie zapadł wczesny zmrok, taki, który przychodzi u progu jesieni, gdy niebo zaciągnięte jest chmurami. Kapłanka nie zdołała dłużej ukrywać swego niepokoju. Co chwila wychodziła z szałasu i spoglądała na zachód. Kilka razy wzięła nawet lunetę.

– Dlaczego nie wraca? – zapytała.

– Też mnie to martwi. Zapewne złapał ją deszcz. Mam nadzieję, że znalazła sobie jakiś wykrot albo niszę w skałach i przeczekuje ulewę. Ma krzesiwo i swój śpiwór ze skóry wilczych szczeniąt. Gorzej, jeśli nie znalazła dobrej kryjówki.

– Śpiwora nie zabrała, tam leży – wskazała gestem. – Zapomniała chyba.

– To fatalnie – szepnąłem.

Zagryzłem wargi. Dlaczego nie sprawdziłem jej ekwipunku?!

– Nie zabłądzi? Drogę da się wyczuć pod stopami nawet w ciemnościach. – Kapłanka spojrzała na mnie pytająco.

– Prawdę mówiąc, najchętniej wyszedłbym jej naprzeciw, ale... – Zerknąłem z powątpiewaniem.

– Poradzę sobie sama!

Zawahałem się.

– Mogła zwichnąć albo złamać nogę. Mogły ją zaatakować jakieś zwierzęta. – Wątpliwości wzbierały w niej długo i teraz rozlały się jak rzeka.

– Pójdę – zdecydowałem.

Naciągnąłem dwie kusze, ciężką i normalną. Położyłem obok jej posłania kołczan z bełtami.

– Z takiej odległości strzał do człowieka, Oxa czy niedźwiedzia będzie z pewnością śmiertelny – powiedziałem cicho. – To mocna kusza, a bełty mają cienkie groty. Powinny przebić nawet nitowaną kolczugę. Gorzej, jak Węże zwalą się tu całą bandą, ale wtedy i ja nie dałbym rady cię obronić. Wezmę jedną latarnię. Gdybym nie wrócił do rana...

– Wrócisz!

– Pewnie tak – uspokoiłem ją. – Gdybym jednak nie wrócił w ciągu, powiedzmy, dwóch dni, nie szukaj mnie. Zejdź z powrotem w doliny Lasu Dusz. Ważne, żebyś jak najszybciej znalazła się na wschodnim brzegu Oczatki. Może spotkasz ludzi. Koczownicy z Dysy ci pomogą. Nie można rzecz jasna tak całkiem im zaufać, ale...

Urwałem.

– Idź. Niech ci towarzyszy moje błogosławieństwo, pomodlę się za was. – Skłoniła głowę.

Narzuciłem na ramiona płaszcz i wyczołgałem się z kryjówki. Nadal padał deszcz, ale bardzo się ochłodziło. Jeśli temperatura jeszcze spadnie, droga zamieni się w rzekę lodu. Przytwierdziłem do butów raki. Prastary bruk wyczuwałem pod stopami. Latarnia błyszczała, lecz do oświetlania drogi pod nogami nie bardzo się nadawała. Deszcz bębnił po płaszczu. Nakryłem głowę kapturem. Rękawice też się przydały.

Widać mnie z daleka, a ja niewiele widzę – pomyślałem z melancholią. – Strzelą do mnie i tyle. O ile jest tu ktokolwiek.

Co mogło dziać się z Tyrą? Czy faktycznie znalazła kryjówkę? A może padła ofiarą czyjejś napaści lub doznała jakiejś kontuzji? Mogły ją napaść dzikie zwierzęta, może niedźwiedzie, jeśli rzeczywiście żyły w tych górach. A przecież zeszłej nocy słyszałem wycie wilków! Przypomniałem sobie wodza Oxów. Małpoludy zjadłyby ją na jeden posiłek. A wcześniej zapewne... – Wzdrygnąłem się.

Szedłem, rozglądając się uważnie. Mała jest sprytna i nawykła do radzenia sobie w dziczy. Jeśli znalazła kryjówkę, z pewnością rozpaliła ogień, ale ginące w mroku wzgórza stały ciemne w potokach deszczu. Płaszcz powoli stawał się ciężki od wody. Nie miałem pojęcia, jak go potem wysuszę.

Jeszcze tysiąc kroków – postanowiłem – i zawracam.

Przeszedłem ten tysiąc kroków i stanąłem niezdecydowany. Płaszcz przemókł mi na ramionach, w butach też miałem już mokro. Deszcz siąpił cały czas. Ciemno było choć oko wykol. Księżyc już wzeszedł, ale jego słaby blask nie był w stanie przebić się przez chmury. A jeśli Tyra zginęła? Jak wtedy spojrzę w oczy bratu?

Westchnąłem i ruszyłem jednak naprzód. Rozglądałem się, czy nie spostrzegę jakiegoś śladu Tyry. Nic. Wreszcie zatrzymałem się na szczycie kolejnego pagórka. Wyjąłem świecę magnezjową, zapaliłem ją i uniosłem wysoko. Oślepiający biały blask oświetlił wszystko w promieniu kilkudziesięciu łokci, ale bardziej liczyłem, że wywabi Tyrę, jeśli znalazła sobie jakąś kryjówkę. I znowu nic. Płomień potężniał, krople wody, padając na mieszaninę, same zaczynały się palić. Odłożyłem świecę na głaz i poszedłem przed siebie.

– Jeszcze tysiąc kroków i zawracam – szepnąłem nie wiadomo który już raz.

Byłem cały mokry, przemarznięty na kość, a przecież musiałem jeszcze wrócić. I nagle prawie na nią wpadłem. Przemoczona do suchej nitki, półprzytomna, wlokła się w ciemnościach drogą.

– Mała! – wyrwało mi się.

– To ty... – szepnęła. – Ucieszyłam się, widząc w oddali twoją świecę. Już blisko, prawda?

– Daleko, ale niczym się nie martw.

Zachwiała się, jakby miała upaść. Zdjąłem płaszcz i okryłem jej ramiona. Był wprawdzie mokry, lecz liczyłem na to, że dodatkowa warstwa ochroni ją przed zimnem. Potem kucnąłem, wziąłem dziewczynę na plecy. Oplotła mi szyję ramionami. Latarnię zostawiłem. Ruszyłem jak najszybciej do naszej kryjówki.

Tyra dygotała, czułem na karku chłód, jednak półleżąc mi na plecach, chyba stopniowo zaczęła się rozgrzewać. I mnie trochę grzała. Dłonie splecione pod jej pośladkami mimo rękawic skostniały mi szybko. Deszcz zelżał, ale krople zrobiły się grubsze i ciężkie, pół na pół z lodem. Powierzchnia drogi Przodków stała się śliska.

Gdyby nie raki, nie mógłbym iść, a w każdym razie nie tak szybko. Robiło się coraz zimniej. Poły płaszcza i nogawki moich spodni zesztywniały. Czy tylko od wody, czy może zaczynały zamarzać?

Żałowałem, że nie umieściłem żadnej lampy w pobliżu naszej kryjówki. Takie światełko migoczące gdzieś w oddali z pewnością dodawałoby mi sił. Ciemności wokół gęstniały. Wreszcie, słaniając się i potykając ze zmęczenia, doczłapałem na miejsce. Dobrze, że naszą „norę" zbudowałem tuż przy drodze, bo chyba bym ją przegapił. Ostrożnie opuściłem małą na ziemię.

– To my – odezwałem się głośno.

Tego jeszcze tylko brakowało, żeby kapłanka powitała mnie bełtem z kuszy. Tyra była półprzytomna, przelatywała mi przez ręce. Pomogłem jej dostać się do środka. W twarz uderzyło mnie ciepło, dym zaszczypał w oczy. Wiedziałem, że wewnątrz też jest zimno, ale po długiej wędrówce na deszczu miałem wrażenie, jakbym wszedł do dobrze nagrzanej kuchni.

– Pomóż – poprosiłem kapłankę. – I daj więcej światła.

Pospiesznie zapaliła jeszcze cztery grube świece. Pojaśniało.

Ana ściągnęła z małej kurtkę. Koszula pod spodem była miejscami prawie sucha, faktycznie psia skóra była znacznie lepsza niż mój płaszcz. Zdjąłem buty i pomogłem ściągnąć trzewiczki z drobnych stóp. Skarpety można było wyżymać.

– Trzeba ją rozebrać do naga i natrzeć skórę, potem napoić wywarem z lipy i zawinąć w co tylko się da – powiedziałem. – Najlepiej jeśli weźmiesz ją do swego śpiwora i ogrzejesz ciepłem własnego ciała.

– Szkoda, że nie możemy wrzucić jej do balii z gorącą wodą – westchnęła.

Ściągnęliśmy z dziewczyny ubranie, zostawiając tylko majtki. Kapłanka wylała pół miarki oliwy na miseczkę i dodała odrobinę świątynnego oleju. Zamieszała. Płyn był gorący, prawie parzył. Pospiesznie zabraliśmy się za wcieranie go w plecy i nogi naszej towarzyszki. Stopniowo ciało pod naszymi dłońmi stało się cieplejsze. Tyra odwróciła głowę i spojrzała na nas przytomniej.

– Ciepło – szepnęła sennym głosem. – Jak dobrze.

– Jeszcze z przodu – rzekła Ana, pomagając małej przekręcić się na wznak.

– To już może ty sama... – bąknąłem na widok drobnych piersi dzikuski.

Odwróciłem się do ściany. W rondelku chlupotała resztka wody. W moim „piecyku" zostało trochę żaru. Dorzuciłem dwie garści zwitków brzozowej kory, odgrzałem dla małej zupę, a później patrzyłem w wodę, czekając, aż zacznie wrzeć. Kapłanka dokończyła nacieranie skóry i pomogła małej założyć tunikę, a na nią jedną ze swoich wełnianych sukni. Nakryła jej ramiona szalem. Tyra trzęsła się jak osika. Ledwo sobie radziła z wsunięciem suchych skarpet na stopy. Zupa wyraźnie dobrze jej zrobiła. Dreszcze słabły, woda na wywar zabulgotała. Sypnąłem hojnie garść suszonej lipy.

– Wiesz może, gdzie jest pudełko z wierzbowym cukrem? – zagadnąłem. – Myślę, że nie od rzeczy będzie zjeść po łyżeczce.

– Zaraz znajdę.

Brązowe kryształki były gorzkie i zostawiały w ustach paskudny posmak. Tyra skosztowała i skrzywiła się. Dałem jej wody.

– Co to takiego? – szepnęła.

– Robimy wywar z kory wierzby i gotujemy go aż do odparowania – wyjaśniłem. – Masę, która zostaje na dnie, kruszy się na kryształki. Wierzbowy cukier nie jest smaczny, ale daje ciału ciepło i zlewne poty, a tego właśnie potrzebujemy najbardziej. Teraz popij naparem z lipy.

Mała wychłeptała większą część napoju, ja dopiłem resztki. Też trzęsło mną straszliwie, lecz wierzbowy cukier zaczął już działać. Poczułem charakterystyczne uderzenie gorąca. Dreszcze powoli znikły.

– Przyjacielu, też przemokłeś i przemarzłeś – zmartwiła się kapłanka.

– Nic mi nie będzie – uspokoiłem ją. – Ona szła wiele godzin w deszczu, ja tylko trochę.

Ściągnąłem mokre spodnie i założyłem suche. Resztą oliwy z dna miseczki natarłem stopy i łydki. Świątynny olej już się przegryzł, ale trochę ciepła jeszcze oddał. Kapłanka podała mi manierkę z winem. Pociągnąłem łyk. Ułożyliśmy małą pośrodku, zawinęliśmy w najgrubszy pled, a sami zajęliśmy miejsca po bokach. Narzuciłem na wierzch wszystkie derki.

– Jest mi ciepło i strasznie się pocę – powiedziała Tyra sennym głosem. – Dziękuję, że po mnie poszedłeś. – Odszukała mnie wzrokiem.

– Tak powinno być – wyjaśniła kapłanka. – Zaśniecie teraz oboje i obudzicie się zdrowi. Ja pomodlę się za was.

Leżałem, czując, jak koszula staje się mokra od potu. Szumiało mi trochę w głowie. Zasnąć i obudzić się zdrowy... Takie proste słowa.

12

Sen przyszedł nad ranem. Znów wędrowałem przez las, odnalazłem zwaliska świątyni. Stanąłem przed posągiem bogini Nefem. Nieoczekiwanie odlane w szkle oczy nabrały barwy, ożyły, spojrzały na mnie klinowatymi źrenicami i mrugnęły. W jednej chwili otoczenie się zmieniło. Posąg pokryły szaty o archaicznym kroju, kunsztownie haftowane złotymi i srebrnymi nićmi. Na mozaikowej podłodze rozścielono grube kobierce. Tablice znowu wisiały na ścianach, lśniąc ciepłą złocistą barwą świeżo wypolerowanej miedzi. W oknach pojawiły się tafle szła. Nad głową miałem sufit z modrzewiowego drewna. W lichtarzach zapłonęły dziesiątki świec. Zrozumiałem, że oglądam dawny obraz świątyni. Tak wyglądała przed zagładą, a może i setki lat wcześniej. Mała, ale śliczna jak pudełeczko z biżuterią.

– Pani, co się z nami stanie? Czy przeżyjemy? – zapytałem.

– Rób nadal wszystko, co w twojej mocy. Wasza misja jest ważniejsza, niż sądzisz. Ważniejsza, niż ci powiedziano. Ważniejsza niż cała zgromadzona tu wiedza.

Obudziłem się. Dłuższą chwilę patrzyłem w płócienny sufit. Zwykły sen czy wizja? Nie byłem pewien. Układałem w głowie wypadki poprzednich dni. Wreszcie zagryzłem wargi.

– To jedyne wytłumaczenie – szepnąłem do siebie. – Lecz to oznacza, że...

W nasze kryjówce mimo zapalonych świec zrobiło się przerażająco zimno. Na zewnątrz dniało. Dziewczyny spały. Głowa trochę mnie bolała, ale wywar i wygrzanie się pod derkami chyba zdusiły chorobę. Wygrzebałem się ze śpiwora, dorzuciłem do piecyka resztę kory. Rozdmuchałem płomień. Koszula, którą wsunąłem pod spód posłania, wyschła, lecz spodnie nadal były mokre. Płaszcz i bluza także. Wyszedłem za potrzebą. Nocą wszystko pokryła skorupa lodu. W promieniach słońca powoli tajał. Niebo było bez jednej chmurki.

Usłyszałem za sobą szmer. To kapłanka wydostała się na zewnątrz. Długo taksowała wzrokiem otoczenie. Chłodne podmuchy wiatru przenikały nas na wskroś. Nabrałem przemożnej ochoty, by wrócić do kryjówki, zawinąć się w derki po sam czubek głowy i spać dalej.

Przyjacielu, musimy podjąć jakieś decyzje – powiedziała Ana.

– Decyzje... – Nabrałem powietrza, by wyrzucić z siebie pierwsze słowa, ale ubiegła mnie Tyra.

Też już się obudziła.

– Idąc pół dnia, doszłam do doliny, która wspinała się ku przełęczy. Za nią nie było widać kolejnych szczytów. To chyba już skraj gór. Wędrując cały dzień, pod wieczór zapewne znajdziemy zejście nad morze, być może jakieś lasy.

– Objuczeni zapasami będziemy poruszali się wolniej – zaoponowała kapłanka. – Czy tam, gdzie doszłaś, były jaskinie albo podobne kryjówki?

– Nie. Tak samo jak tu, tylko granitowe wzgórza.

– A drzewa? Na przykład brzozy?

– Też nie. Jedynie wrzosowisko. Będziemy musieli spędzić co najmniej jedną noc w namiocie na otwartej przestrzeni.

Zagryzłem wargi.

– Może powinniśmy zostać tu jeszcze kilka dni? Nabrać sił. Pogoda też może się poprawić – zaczęła kapłanka.

– Dach przemięknie – zaprotestowałem. – Nie mamy także już prawie wcale opału. Wyciąłem wszystko. Już teraz lód pokrywający kamienie poważnie utrudni marsz. Jeśli spadnie śnieg, będziemy uwięzieni. Cofnąć się też nie będzie łatwo, ale wracać do domu zawsze lżej. Nawet ze świadomością klęski. Zresztą część zadania wykonaliśmy. Znaleźliśmy świątynię z tablicami medyków.

– Czyli tak czy inaczej zostać nie możemy? – zmartwiła się.

– Może jeden dzień, ale wolałbym nie.

– Ruszajmy naprzód! Zaufano nam. Najwyżej zginiemy, ale wypełnimy misję! – Mała uniosła głowę.

– Moim zdaniem trzeba się wycofać – powiedziałem. – Wrócimy do Tess, a wiosną zorganizuje się kolejną wyprawę. Liczniejszą, lepiej uzbrojoną i wyposażoną.

Ana spojrzała na mnie smutno.

– Dave... – Po raz pierwszy od wielu lat nazwała mnie po imieniu. – Są pewne okoliczności, o których nie wiesz.

Nie możemy odłożyć wyprawy do wiosny. Bo... Bo może być już za późno.

– Za późno? – zdziwiłem się.

Nie odpowiedziała. Oparłem się o ścianę i długo patrzyłem na drogę Przodków, nadal pokrytą skorupą lodu. Układałem w głowie wszystko, co usłyszałem. Przypomniałem sobie sen.

– Dlaczego milczysz, przyjacielu? – Ana chyba zaniepokoiła się, widząc moją minę.

– Jestem skończonym durniem – szepnąłem.

– Mów, co się stało!

– Powiem, czego się domyśliłem. Potwierdzisz albo zaprzeczysz, chyba że musisz dochować tajemnicy. Bogini rozmawiała z nami. O czym mówiła z Tyrą, słyszałem. O czym mówiła ze mną, pamiętam. Z tobą też zapewne zamieniła parę słów.

– Wewnątrz mojej głowy. Dała mi kilka poleceń natury religijnej i osobistej. – Zaczerwieniła się. – Nie mówiła nic ani o naszym ludzie, ani o misji.

– Religia uczy, że bogowie rzadko przemawiają do nas, a już prawie nigdy nie przekazują poleceń wprost – zacząłem. – Słyszałem też, o czym rozmawiała z synem Gołębiarza.

Znów się zaciąłem.

– Do czego zmierzasz?

– Poskładałem to sobie do kupy. Jestem pewien, że Węże planują podbić Pobrzeże. Nasz lud najprawdopodobniej zostanie częściowo wybity, reszta pójdzie w niewolę. Z wyjątkiem być może garstki renegatów. I nastąpi to chyba już niedługo. Może teraz, może dopiero wiosną, ale tak się stanie. I twój dziadek zdaje sobie z tego sprawę. Dlatego nas wysłał, żebyśmy przetarli szlak.

– Skąd wiesz? – Tyra spojrzała na mnie zdumiona.

– Chłopak o tym powiedział. Węże obiecały jego ojcu dom w swojej stolicy i niewolników. Zapewne w uznaniu zasług. Być może długoletnich zasług. Ci dwaj byli szpiegami i ściągnęli nam na kark tego grubasa oraz jego ludzi. A wcześniej pewnie przekazywali inne informacje za pomocą gołębi. To może oznaczać, że plan inwazji jest bardzo zaawansowany. Nie chodzi tylko o nas. Pierwobylcy w chwili zagrożenia, jak sądzę, opowiedzą się raczej po naszej stronie, ale nawet gdyby pomogli Wężom, kiedy przegramy, też zostaną im podporządkowani.

Dzikuska zbladła, popatrzyła na mnie przerażonym wzrokiem. Kapłanka zachowała spokój, uśmiechnęła się tylko bardzo smutno.

– Mój dziadek nie mylił się co do twojej bystrości. Jesteś bardzo mądrym człowiekiem.

– Musimy ostrzec Tess. Czy może raczej wcale nie musimy? – Tyra przechyliła pytająco głowę.

– Nie musimy, gdyż dziadek wcześniej przewidział taki właśnie rozwój wypadków – powiedziała. – Od kilku lat świątynia prowadzi drobiazgowe obserwacje Węży i ich poczynań. Zauważono na przykład, że ich kupcy mają ze sobą zbyt wielu ludzi. Nie potrzebują tylu sług i pomocników. A gdy kupiec po roku przybywa, znów towarzyszą mu zupełnie nowi rękodajni. Dziadek wydedukował, że dzięki temu rok w rok kolejni Węże poznają Pobrzeże, w szczególności miasto Tess i okolice. Drogi, miasteczka, ujęcia wody, zasoby. Gdy wrócą z armią, ci „słudzy" będą przewodnikami, może oficerami wyznaczającymi kierunki ataku. Co więcej, na ile zdołał się zorientować, ich marynarze również pojawiają się w naszym porcie tylko raz. Kapitanowie przybywają co roku ci sami, ale załogi się zmieniają. Po prostu kolejni ludzie uczą się żeglować i nawigować po naszych wodach.

– Co ty mówisz?! – Na twarzy Tyry odmalowała się rozpacz.

– To miała być chwilowo tajemnica, ale skoro Dave się domyślił, przestała nią być. Wiele jest przyczyn, dla których wyruszyliśmy w drogę. Dziadek nie chciał, by przytłaczała was waga tej ekspedycji. Dlatego wtajemniczył jedynie mnie. Dowódca oczywiście też wiedział. Przepraszam... – Rozłożyła dłonie.

– Jak sądzi arcykapłan, ile czasu zostało? – wykrztusiłem. – Czy to miałaś na myśli, mówiąc, że wiosną będzie za późno?

– Jesienne sztormy bardzo utrudniają żeglugę. Dziadek spodziewa się ataku wiosną. Albo późnym latem tuż po żniwach. Ewentualnie jeszcze przyszłej wiosny. Chce wykorzystać okres, gdy śniegi już topnieją, a warunki na morzu nadal są ciężkie.

– Wykorzystać na co?

– Na ewakuację Tess i pozostałych osad na wybrzeżu. Uważa, że nie ma innego wyjścia, jak opuścić miasto. Do tego czasu musimy wrócić z wieściami, czy możemy powędrować całym ludem na zachód.

– Czemu nikt mi niczego nie powiedział?! Przecież trzeba przygotować Pobrzeże na wypadek nagłej napaści.

– Przygotowania trwają. Głowy wszystkich rodów zostały wstępnie wtajemniczone. Zakładamy, że nasz lud opuści Tess wcześniej, zanim nastąpi atak. Jeśli nie zdążą, czeka nas twarda obrona do ostatniego człowieka. Wszyscy młodzi ludzie uczą się od dobrych kilku lat strzelać z kuszy. Oficjalnie po to, by startować w zawodach, ale ponieważ jest aż pięć kategorii wiekowych i fantastyczne nagrody, nawet dzieciaki liczące po osiem i dziewięć lat opanowały tę sztukę. W każdym domu jest po kilka kusz i całe wiązki bełtów. Jeśli dojdzie do najgorszego, pierwszą falę Węży nasi powinni wybić do nogi. Zwłaszcza że utrzymujemy stałe posterunki na wybrzeżu, aby nie zdołali nas zaskoczyć. Nasza misja to tylko jeden z elementów dużej mozaiki.

Milczałem kompletnie oszołomiony.

– Czyli wtedy, gdy wypłynęliśmy między skały szukać na dnie łańcucha Przodków...

– Oczywiście. Dziadek ma w planach odtworzenie tej przeszkody. Rozważał nawet, czy nie należałoby podnosić łańcucha każdego wieczoru, by uchronić nas przed nocną napaścią. On się tego poważnie obawia. Podjął wiele, bardzo wiele drobnych, dyskretnych działań.

– ...które w efekcie składają się na wielki plan odparcia napaści. Plan dopracowany w najdrobniejszych szczegółach – szepnąłem.

– No, z tymi szczegółami to trochę przesada. Chodzi o to, by wielu ludzi podjęło działania niezbędne do odparcia przyszłej napaści i uratowania naszej społeczności, ale by chwilowo jak najmniej domyślało się, że w ogóle biorą udział w jakichś przygotowaniach. Dzięki temu jest mniejsze ryzyko, że ktoś się wygada albo że Węże coś wywąchają. Dziadek to bardzo mądry człowiek i nasz lud może być szczęśliwy, mając takiego przywódcę. Tyle że szczęśliwy nie znaczy tak do końca bezpieczny – dodała cicho.

– Czego jeszcze nie wiem? – Spojrzałem jej w oczy.

– Pamiętasz, co mówiłam o Wężu, synu niewolnicy, który uciekł i przyszedł do nas?

– Tak.

– Potwierdził przypuszczenia dziadka. Na południu od dłuższego czasu trwają przygotowania do najazdu na Pobrzeże. Podał nam też bardzo wiele informacji o państwie Węży i jak układają się tam stosunki. Oraz jaka jest ich siła. Wedle ich chorej wiary jesteśmy zwierzętami, które można wykorzystać jako niewolników do najcięższych prac, ale koniecznie należy wszystkich wytrzebić, by zaginął lud służący Ojcu Stu Światów i bogini Nefem.

– Wierzą w potęgę zła i ciemności. – Przypomniałem sobie, jak bogini wyrwała oczy synowi Gołębiarza.

– Tak.

– Dlaczego nie najechali nas wcześniej?

– Nie są dość silni, a co najważniejsze, nie znają Północy. To znaczy uważają, że nie poznali jej jeszcze wystarczająco dobrze. Oni także lubią wszystko drobiazgowo zaplanować, by uniknąć niespodzianek. Wiemy, że spenetrowali wybrzeże, próbowali dopłynąć Welną do Dysy, ale nie zdołali tego dokonać. Prawdopodobnie chcą najpierw podbić Pobrzeże i zrobić z niego bazę wypadową do ataków na dolinę Czerwonogłowych. Skoro pojawili się też tutaj, nad Wielką Rzeką, a nawet przeczesują Las Dusz, możemy domniemywać, że planują wziąć koczowników w dwa ognie. Tyle dobrze, że wódź ludu Brązowych Koszul nie bawił się w rozmowy, tylko kazał ich od razu wytłuc co do jednego.

Milczałem, trawiąc informacje.

– Skoro pojawili się w Lesie Dusz, to może oznaczać, że znają jego tajemnice i chcą złota, które skrywa tamta ziemia – zauważyła Tyra. – I chyba zrobią to tak, jak ich poprzednicy. Niewolnicy i wybieranie drobinek kruszcu przy użyciu rtęci.

– To możliwe. Dziadek z reguły nie stawia niczego na jedną kartę. Z misją na zachodnie Pobrzeże udała się jeszcze jedna grupa – dodała Ana. – Podążyli południowym szlakiem, prosto w kierunku Dofais. Tylko nie wiadomo, jak im pójdzie, dlatego wyruszyliśmy też my, jako rezerwa. Nawiązanie kontaktów z władcami Dofais to zadanie najwyższej wagi. Każdy z nas musi dać z siebie wszystko.

– Czyli musimy iść naprzód – westchnąłem.

– Tak.

Wziąłem głęboki wdech. Pozwoliłem, by zimny górski wiatr owiał mi czoło, i zabrałem się za wydawanie dyspozycji:

– Jest wczesny ranek, musimy ruszać w drogę możliwie jak najszybciej, by za dnia przebyć jak największy dystans. W zasadzie jesteśmy spakowani, trzeba tylko przytroczyć do plecaków derki i śpiwory. Zwiniemy płótno i zabierzemy ze sobą. Natomiast trawę z posłań i gałązki złożymy ciasno na jeden stos, który nakryjemy polanami, korą i płytami łupku.

– W jakim celu? – zdziwiła się kapłanka.

– Jeśli okoliczności sprawią, że będziemy jednak zmuszeni się cofnąć, mamy dzięki temu szansę szybko odbudować kryjówkę. Chodzi mi o to, żebyśmy dysponowali choć odrobiną drewna i suchą trawą. Do spania i do rozpalenia ognia.

– Myślisz o wszystkim – pochwaliła.

Z pomocą Tyry pospiesznie zabrałem się do dzieła. Wreszcie mogliśmy wyruszyć. Dzięki rakom posuwaliśmy się w miarę szybko po oblodzonej drodze. Zresztą słońce wynurzyło się zza gór i lód szybko stopniał.

Szliśmy przez rozległą równinę. Szczyty gór majaczyły daleko, na linii horyzontu. Okolica stawała się coraz bardziej niegościnna. Znikły krzewy, drzewek napotkaliśmy tylko kilka. Szerokie połacie lichej gleby porastały pojedyncze źdźbła trawy. I tylko droga Przodków wiodła prosto jak strzelił przez to ponure pustkowie. Nie było bardzo zimno, tylko wiatr przetaczał po niebie ciężkie szare chmury. Znaleźliśmy kałuże stopionej skały tam, gdzie rzuciłem świecę, kawałek dalej podnieśliśmy z ziemi porzuconą lampę. Wreszcie zobaczyliśmy stosik kamieni, którym sprytna dzikuska oznaczyła miejsce, gdzie udało jej się dotrzeć. Przed sobą mieliśmy pojedynczy łańcuch szczytów. Czy za nimi teren opadał ku morzu? Węszyłem w powietrzu, ale nie wyczułem żadnego morskiego zapachu. Dziewczyny milczały, zmęczone monotonnym marszem.

Wreszcie zarządziłem postój. Usiedliśmy na płaskim głazie. W okolicy nie było kompletnie nic, co nadawałoby się na opał. Musieliśmy poprzestać na zimnej wodzie i ciastku z zapasów Any. Z niepokojem popatrywałem w niebo. Bałem się kolejnej burzy, dlatego delikatny deszczyk przyjąłem w pierwszej chwili prawie z ulgą.

Szliśmy wytrwale. Czułem, jak płaszcz robi się coraz cięższy. Pogoda, rankiem całkiem niezła, popsuła się zupełnie. Od dłuższego czasu padała drobna, dokuczliwa mżawka. Zagryzłem wargi. Zbliżał się wieczór, coś trzeba było postanowić.

– Tyra! – zawołałem półgłosem.

Podeszła bez słowa.

– Czy to jest miejsce, do którego dotarłaś? – zapytałem.

Rozejrzała się uważnie, zmarszczyła brwi.

– Chyba nie. To znaczy minęliśmy je już jakiś czas temu. Jesteśmy na wysokich przełęczach, tam po bokach są jeszcze szczyty, ale przed nami już nie. Dzień drogi i zejdziemy na równiny, które są nad morzem. Tak sądzę.

– Dziś nie damy już rady iść dalej. Robi się ciemno, drogi w zasadzie nie widać. Przemokliśmy i przemarzliśmy.

– No, kuso... – Skrzywiła się. – Musimy znaleźć miejsce na nocleg gdzieś tutaj.

To kompletnie bez sensu – pomyślałem, rozglądając się wokoło.

Kamienie mokre od mżawki, tu i ówdzie rozległe połacie litej skały. Jedyną roślinność stanowiły wrzosy, rachityczne krzaczki i buły mchów. Żadnej możliwości budowy schronienia. Żadnej jaskini, żadnego nawisu skalnego, pod który można by wpełznąć i przeczekać noc w suchym miejscu. Zacisnąłem zęby.

Dogoniłem kapłankę. Szła przed siebie, równo stawiając kroki, zamyślona, a może zatopiona w modlitwie. Nie, nie miała dłoni przewiązanych szarfą. Dotknąłem jej ramienia. Drgnęła, wyrwana z zadumy.

– Ano, proponuję zanocować tutaj.

Rozejrzała się, a potem spojrzała na mnie spokojnie, choć z pewnym zdziwieniem.

– Jesteś pewien?

– Miejsce fatalne, ale zbliża się już noc i pada deszcz.

– Droga opada. Lada chwila góry zostaną z tyłu. Przed nami prawdopodobnie kolejna wielka równina. Na niej będą lasy.

– Zapewne tak, ale nie wiemy, jak daleko, a ty już ledwo dreptasz.

– Przejdźmy jeszcze choć ze trzy tysiące kroków – powiedziała twardo. – I zadecydujemy.

Ruszyliśmy. Droga faktyczne trochę opadała. Rozglądałem się za ruinami wsi, grotą, jakimkolwiek schronieniem. Niestety, bezskutecznie.

Przyjdzie noc i chwyci mróz – myśli tłukły mi się po głowie. – Mamy przemoczone ubrania. Znajdziemy kawałek skały, rozstawię namiot. Może nie będzie wiatru? Albo będzie słaby. Bez solidnego ogniska nie da się wysuszyć ubrań. Nawet jeśli nie zrobi się mroźno, będzie bardzo trudno. Idąc na tym zimnie w mokrych ciuchach i rozmiękłych butach, szybko opadniemy z sił. Najpierw dopadnie nas zaziębienie, potem zapalenie płuc, a w którymś momencie nie starczy nam już sił, żeby iść dalej. Po kolejnych kilku dniach umrzemy.

Przebyliśmy może tysiąc kroków. Droga coraz wyraźniej opadała w dolinę.

Skały urwisk czasem kryją w sobie jaskinie – rozważałem gorączkowo. – Tu jest szeroko, rosną trawy, Przodkowie mogli tu wypasać zwierzęta. Może gdzieś była osada? Może jednak znajdziemy ruiny? Domy z całymi jeszcze stropami? Albo sklepione piwnice?

Sięgnąłem po lunetę, lecz w zapadającym zmroku nie byłem w stanie dojrzeć niczego. Od drogi nie odchodziła w bok żadna ścieżka. Widziałem obłok swojego oddechu, robiło się coraz zimniej. Żeby choć dotrzeć do najmarniejszego zagajnika! Narąbać drewna, rozpalić ogień. Ana kolejny raz potknęła się o własne stopy. Podtrzymałem ją w ostatniej chwili. Zatrzymała się.

– Przepraszam. Nie dam rady iść dalej. Musimy zaobozować gdzieś tutaj – powiedziała ze smutkiem.

– Tu się nie da. – Tyra pokręciła głową. – Złe miejsce. Przejdźmy jeszcze chociaż tysiąc kroków. Może znajdziemy coś lepszego.

– Co chwila plączą mi się nogi. Kolana przestają mnie słuchać. Przepraszam... – Kapłanka bezradnie rozłożyła ręce.

– Zatem tutaj – zgodziłem się.

Miejsce wydało mi się beznadziejne. Droga biegła przez jałową przestrzeń usianą niewielkimi kamieniami. Nawet stąd widziałem, że są przeważnie dość obłe, nieregularne. Nie zdołałbym zbudować z nich choćby najmarniejszego muru. Kępy mchu i połacie wrzosu nasiąkły wodą. Kawałek dalej wił się wezbrany po deszczach górski strumyk. Krzaków nie było prawie wcale, tylko tu i ówdzie sterczały jakieś badyle. I też były kompletnie mokre.

Wybrałem w miarę równą płytę skalną tuż obok drogi. Wznosiła się około półtora łokcia ponad grunt. Była szansa, że jeśli strumień wyleje, pozostaniemy ponad wodą. Z pomocą Tyry rozstawiłem namiot, nakryłem dodatkowo drugim. Słupki stelaża zebrałem podwójnie i okręciłem rzemieniem. Linki dobrze naciągnąłem i przygniotłem dużymi kamieniami, a je z kolei zablokowałem innymi. Podobnie krawędź tkaniny przydusiłem do podłoża otoczakami. Płótno było ciężkie i wilgotne w dotyku, ale liczyłem na to, że nie przesiąknie. Rozstawiłem wewnątrz lampy, zapaliłem w każdej najgrubszą świecę.

Przeszedłem się wkoło, nazrywałem traw i nałamałem gałązek. Zrobiłem z tego spory stosik. W środek wsunąłem garść zwitków kory brzozowej ze swojego zapasu.

Skrzesałem ogień. Miałem nadzieję, że paląca się kora wysuszy trawy i gałązki na tyle, by zajęły się płomieniem i przesuszyły kolejną porcję. Niestety, lichy płomyk szybko zmarniał. Trawa tylko zadymiła i wszystko zgasło.

– Ja spróbuję! – zaofiarowała się Tyra.

Ułożyła kopczyk znacznie bardziej fachowo. Płomyk osłoniła bułami mchu. Wiechcie trawy uformowała tak, by chroniły zarzewie przed deszczem. Przez kilka chwil sądziliśmy, że się jej uda, ale zebrane paliwo było po prostu zbyt mokre.

– No to koniec – skwitowała mała.

Nadrabiała miną, lecz wyraźnie słyszałem strach w jej głosie.

– Jest jeszcze jeden sposób.

Wyjąłem z sakwy blaszane pudełko, a z niego przedostatnią już świecę magnezjową. Odpaliłem ją i wetknąłem w środek stosiku. Błysnęło światło i poczuliśmy podmuch gorąca.

– Przeleśnie! – zachwyciła się mała.

– To dobre, by spowodować pożar albo coś oświetlić – westchnąłem. – Wypali się w kilka minut. Daje żar, od którego topi się metal. Zbyt wielki, by na przykład ogrzać namiot.

Ale zdołaliśmy jakoś przesuszyć część opału. Zdążyliśmy zagotować wodę, rozgrzać się i odrobinę podsuszyć odzież. Ognisko płonęło przez kilkanaście czori i zaczęło przygasać, dawało coraz więcej dymu. Miałem jeszcze jedną świecę, ale kapłanka nakazała zostawić ją na naprawdę trudne chwile. Mokre ubrania położyliśmy na ziemi, nakryliśmy matą i jedną z derek. Worki z resztą rzeczy miały nam posłużyć za poduszki. Lampy płonęły równo, światło sprawiało, że wnętrze namiotu wydawało się ciepłym i zacisznym schronieniem. Poczekałem na zewnątrz, gdy dziewczyny przebierały się w ostatnie już suche rzeczy. Wciągnęły grube, długie skarpety, na tuniki założyły wełniane suknie Any.

Wyjąłem mój prowizoryczny piecyk oraz woreczek, w którym ciasno ubiłem zwitki brzozowej kory.

– To nasza rezerwa – powiedziałem. – Najzimniej będzie przed świtem. Proponuję teraz zagrzebać się w śpiworach i spać, bo jak chwyci prawdziwy mróz, lepiej będzie czuwać.

– Sen na mrozie to śmierć – ostrzegła Tyra. – Zjedzmy coś, żeby nasze ciała mogły czerpać potrzebną siłę. Głodny człowiek marznie szybciej.

Przeżuliśmy po sucharze ze smalcem. Kapłanka dała nam po dwa ciastka. W manierce była jeszcze połowa wina. Wypiliśmy po dużym łyku.

– Szkoda, że rozgrzewa tylko na krótko – mruknąłem.

Pomyślałem o manierce Nasha. Leżała teraz w jego grobie, na polanie, wiele dni drogi stąd. W namiocie było naprawdę zimno. Szczękając zębami, odmówiliśmy modlitwę. Przed snem zażyliśmy jeszcze po łyżeczce wierzbowego cukru, profilaktycznie, by ustrzec się przed zaziębieniem.

– Śpiwór Tyry jest dość szeroki – zauważyłem. – Zmieścicie się w nim razem, a drugim was nakryję.

– Prawo stanowi, że kapłanka nie powinna z nikim dzielić łoża – zadumała się Ana.

– Chyba złamaliśmy je już wiele razy – bąknęła mała. – Bogowie się pogniewają?

– Nie pomyślałam o tym, ale leżałyśmy obok siebie, a nie razem. I znajdujemy się jednak w sytuacji poniekąd przymusowej.

Wcisnęły się jakoś. Na wierzch rzuciłem derki. Sam umościłem sobie miejsce obok, wtuliłem plecami w tobół swoich towarzyszek. Zawinąłem się jak tylko mogłem, ale wcale nie było mi ciepło. Butów nie zdejmowałem. Czułem, jak ogarnia mnie coraz większa panika. Spodnie może doschną nocą na ciele, ale jak wysuszę kurtkę? Namiot łopotał na wietrze. Deszcz na szczęście ustał, jednak chłodny podmuch pozbawiał nas marnego ciepła świec płonących w lampach.

– Przyjacielu – usłyszałem nad uchem głos kapłanki, stłumiony trochę przez derki. – Stoimy chyba w obliczu niemal pewnej śmierci.

Znów wracała do tego samego tematu.

– Prześpijmy się. Jesteśmy bardzo grubo nakryci, nawet jeśli chwyci mróz, nie przedrze się przez taką warstwę. Nie zamarzniemy. Rano zejdziemy niżej, znajdziemy las i rozpalimy solidny ogień, by wysuszyć wszystkie rzeczy – starałem się mówić twardo i konkretnie.

– A tak naprawdę? – dobiła mnie jednym pytaniem.

Przez chwilę zbierałem się w sobie.

– Jak lunie mocny deszcz albo nadciągnie mróz, nie mamy żadnych szans – zamiast mnie odpowiedziała Tyra. – Mamy jeszcze suche śpiwory i ostatnie sztuki suchych ubrań. Przemoczyliśmy buty. Marsz na zimnie w mokrym odzieniu szybko pozbawia sił. Marsz w mokrych butach to pewne rany nóg, których w tych warunkach nie mamy jak opatrzyć ani wykurować. Jeszcze jeden taki dzień i będzie po nas. Módlmy się do bogini, by nas przed tym ustrzegła.

W jej głosie znowu wyczułem lęk.

– Damy radę – zapewniłem, choć sam nie bardzo w to wierzyłem. – Śpijcie teraz. Ciepło wam?

– Ciepło – uspokoiła mnie kapłanka. – No, prawie. Tęskniłam bardzo za Brzoskwinią – dodała nagle – ale teraz cieszę się, że nie jest z nami. W lasach na pewno jest jej lepiej.

– Jeśli bogowie pozwolą, znów się spotkacie – powiedziałem.

Musiały być bardzo zmęczone, bo po chwili usłyszałem, jak ich oddechy stają się równe. Zasnęły, ale ja nie mogłem. Bałem się jak chyba nigdy w życiu. Byliśmy na otwartej przestrzeni, niczym nieosłonięci. Wiatr już teraz dawał się we znaki. Na poprzednim postoju mieliśmy wokół kamienne murki. A teraz – nic. Od zachodu słońca nie minęło wiele czasu, a już było zimno. Co nas czeka za kilka godzin? W dodatku ten przeklęty deszcz. Koryta strumieni nie pomieszczą wody, doliną może niebawem popłynąć wezbrana rzeka.

Byle dotrwać do świtu. Gdy tylko zacznie robić się jasno, zejdę w dolinę – postanowiłem. – Przejdę pięć, może osiem tysięcy kroków. Powinienem wreszcie znaleźć jakiś las. Zrąbię trochę brzóz, przyciągnę tu na górę, rozpalę ogień.

Zagryzłem wargi. A może trzeba iść teraz? Wzejdzie księżyc. W jego blasku znajdę drogę. Mam raki, dam radę iść, nawet jeśli chwyci mróz. Wsłuchałem się w ciemność. Wiatr ucichł, nie słyszałem też szmeru deszczu. W zasadzie prawie niczego nie słyszałem.

Może to padający śnieg wygłusza dźwięki? – przyszło mi do głowy. – Gdyby pokrył namiot grubą warstwą, to nawet dobrze. Ochroni nas przed mrozem.

Odsłoniłem twarz. Wpatrzyłem się w blask świecy. I naraz zaświtał mi pomysł. Odszukałem buty dziewczyn. Były przemoczone, ciężkie od wody. Zamotałem sznurki do stelaża namiotu i zawiesiłem je nad latarniami podeszwą do góry. Świece płonęły jasnym, żółtym płomieniem. Dawały niewiele ciepła, ale liczyłem na to, że ta odrobina gorącego powietrza wystarczy. Ponownie nakryłem się po czubek głowy i długo chuchałem, próbując nagrzać przestrzeń pod okryciem. Trochę pomogło. Wyobraziłem sobie, że jest lato. Wreszcie zasnąłem.

Ocknąłem się, gdy na zewnątrz noc powoli ustępowała. Świece wypaliły się, lecz widziałem niewyraźne zarysy wnętrza. Zimno wręcz kąsało. Mimo opatulenia szczękałem zębami. Wygrzebałem się z barłogu. Moimi derkami okryłem dziewczyny. Ana obudziła się. Spojrzała na mnie i na jej wargach pojawił się przelotny uśmiech.

Wyciągnąłem kociołek, odsypałem połowę zwitków kory na później i zapaliłem zawartość krzesiwem. Przytłumiłem nieco płomień, by wytworzyć żar. Osadziłem w latarkach cztery nowe świece. Grzałem dłonie dłuższą chwilę, wyciągając je w stronę gorącej blachy. Potem odczepiłem buty dziewczyn. Przez te kilka godzin prawie wyschły. Natarłem je tłuszczem.

– Znów mamy dzień i dzięki opiece bogini raz jeszcze udało się przeżyć do rana – usłyszałem głos kapłanki.

Wyjrzała spod przykrycia i patrzyła na mnie spokojnie, a delikatny uśmiech ponownie błąkał się na jej wargach.

– Pójdę teraz po wodę. Przygotuję napar z lipy, żebyście rozgrzały żołądki. Chcę podtrzymywać ogień, aż słońce na dobre wyjrzy zza gór – wyjaśniłem. – Potem zostaniecie tu, a ja pójdę po drewno. Musimy wysuszyć namioty i ubrania. Bez tego nie ma sensu ruszać dalej. Jeśli w śpiworze macie sucho, leżcie i wygrzewajcie się.

– Zawsze wszystko masz zaplanowane – stwierdziła kapłanka w zadumie. – Dziadkowi bardzo się to w tobie podobało. Ciągle powtarzał, że można mieć do ciebie zaufanie. I Nash był z ciebie bardzo zadowolony. Widzę, że się nie pomylili.

– Przeżyliśmy tę noc nie dzięki mojemu planowaniu, ale tylko dlatego, że nie chwycił mocny mróz. Mróz jest w gestii bogów.

– Muszę ci coś wyznać. Wtedy na polanie, nim bogini odeszła i mnie uwolniła, powiedziała, że powinnam odejść ze świątyni i wyjść za mąż. Nie rozkazała, tylko tak doradziła. Rada bogini to coś, czemu można zaufać, ale... – Urwała. – Lubię cię, lecz czytanie ksiąg i służba bogom to całe moje życie. Boję się to stracić. Nie wiem, co robić. Miałam ci to powiedzieć, gdy znajdziemy się...

– ...w sytuacji bez wyjścia – dokończyłem za nią. – Domyśliłem się. Jeśli zostaniesz w świątyni, to mam pecha, bo na tę okoliczność nie przygotowałem żadnych planów. Posiedzę wtedy, popłaczę, a potem pomyślę co dalej, ale na razie przeżyliśmy, więc zdecydujesz kiedy indziej. Teraz pośpij jeszcze. Moja kurtka prawie wyschła.

– Muszę za potrzebą – oznajmiła.

Skinąłem głową. Szczerze mówiąc, mnie też się zachciało. Pojaśniało, gdy rozchyliła płótno. Podmuchałem ostrożnie w żar i nagle usłyszałem zdławiony okrzyk Any. Wyskoczyłem w ślad za nią, porywając w biegu kuszę. W progu przykucnąłem, składając się do strzału. Kapłanka stała przed namiotem jak rażona gromem. Naciągnąłem cięciwę, rozejrzałem się, jednocześnie zakładając bełt. Nie wypatrzyłem żadnego zagrożenia. Minęła chwila, zanim zrozumiałem, czemu krzyknęła. W nocy przyszła zima. Góry, droga, wrzosowiska – wszystko pokryte było warstwą śniegu. Strumyk chyba zamarzł, nie byłem w stanie dojrzeć go wśród zasp. Tylko wokół namiotu widniał krąg nagiej ziemi o średnicy może siedmiu łokci. Ziemia była sucha. Kilka gałązek wrzosów kwitło. Usłyszałem szelest za plecami. To Tyra, obudzona krzykiem, pospiesznie wygrzebała się z namiotu. Również ona dzierżyła kuszę. Na widok niezwykłego zjawiska dłuższy czas drapała się palcami lewej stopy po prawej łydce.

– Eee. To wygląda jak przetaina – orzekła wreszcie zakłopotana. – Niby mogła powstać naturalnie, ale sądzę raczej... – Urwała na widok kwiatów.

– Dziękujemy ci, Pani Dobrego Poranka – kapłanka wyszeptała jeden z przydomków bogini.

Postąpiła dwa kroki do przodu. Stanęła bosymi stopami na śniegu. Sięgnęła do woreczka, oplotła nadgarstki szarfą, układając zręcznie węzły jak podczas uroczystej przysięgi. Następnie uniosła ramiona ku niebu.

– Zdecydowałam. Moja decyzja nie zapadła pod wpływem chwili. Jest owocem wielu dni przemyśleń. Utwierdzają mnie w niej znaki, które widzę wokoło. Mówię z własnej woli, w obecności świadków i biorąc na świadków Ojca Stu Światów oraz jego wesołą córkę, czcigodną kociogłową boginię Nefem. Postanawiam, że za dwa lata nie przyjmę święceń i porzucę służbę w świątyni, by założyć rodzinę z Dave'em i przyjąć znak jego klanu.

Dmuchnął wiatr, rozwiał jej włosy, załopotał końcówkami szarf. Milczałem, skamieniały, ale wszystko we mnie śpiewało. Kapłanka podeszła i położyła mi dłonie na ramionach.

– Cierp i czekaj, a doczekasz się – powiedziała. – A tu masz, jak to ładnie ujęła Tyra, zaliczkę – dodała i musnęła wargami moje usta.

*

Droga cały czas opadała w dół. Szło się ciężko. Śnieg topniał, zamieniając się w paskudną gąbczastą breję. Ubrania mieliśmy wilgotne, schły powoli na ciałach. Nocny chłód sprawił, że wszyscy troje pociągaliśmy nosami. Za kolejnym zakrętem, u podnóża skalnego urwiska zobaczyliśmy ruiny wioski Przodków. Ściany domów zbudowano z płytek łupku, spojonych słabą wapienną zaprawą. Lichy materiał nie oparł się setkom ostrych zim. Większość zachowała się do wysokości najwyżej kilku stóp. Ponadto osadę zniszczyły lawiny i upadki pojedynczych głazów staczających się z urwiska. Górnicy wykuli kilka sztolni, ich wyloty czerniały wysoko nad dnem dolinki. Z prowadzących do nich drabin, a może wyciągów zostały tylko smętne resztki żelaznych zaczepów, najczęściej zaś jedynie ślady rdzy plamiące skałę. Co tu wydobywano? Maszerując, podniosłem z ziemi kawałek kamienia. W szarym cieście skalnym tkwiły czarnozielone grudki. Poskrobałem jedną nożem. Poddała się, pod ostrzem czerwono błysnął metal.

– Co to takiego? – zdumiała się Ana.

– Wygląda na samorodki miedzi tkwiące w kamieniu. Ciekawe, zawsze sądziłem, że ten metal pozyskuje się wyłącznie z rudy. Zabiorę próbkę do kolekcji twojego dziadka.

Wreszcie po którymś kolejnym zakręcie otworzył się przed nami rozległy widok na równinę leżącą u stóp góry. Znów mieliśmy przed sobą jakby wielką barwną mapę. Niekończące się połacie lasów. Drzewa pokryte złotymi, czerwonymi i brązowymi liśćmi ciągnęły się dziesiątki mil, zlewały się z horyzontem. Nie widziałem stąd ani wiosek, ani pól uprawnych. Nic nie zdradzało obecności człowieka.

Las. Jesteśmy uratowani – pomyślałem z ulgą.

– To powinno być zachodnie Pobrzeże – powiedziała Ana w zadumie. – Czy przed nami jest morze?

Wyjąłem z sakwy lunetę i długą chwilę badałem horyzont. Potem przyjrzałem się jeszcze niebu ponad jego linią.

– Widzę co najmniej trzy szczyty. Może to samotne góry nad morzem, albo zgoła szczyty gór na wyspach przy brzegu, ale wydaje mi się raczej, że przed nami leży ogromna dolina podobna do tej, którą przebyliśmy... – zacząłem i urwałem.

– Zastanowimy się nad tym później. Teraz musimy się rozgrzać i wysuszyć wszystko. – Tyra wskazała brzozy rosnące w kotlince na lewo.

Zagajnik nie był szczególnie duży, nie więcej niż kilkadziesiąt drzewek. Dawno nic mnie tak nie ucieszyło jak ten widok. Siekiera poszła w ruch. Powaliłem kilka sztuk, porąbałem. Potem oddałem siekierę Tyrze, a sam zabrałem się za nasze bagaże. Ułożyliśmy je i rozpaliliśmy spore ognisko. Na pniach wokół ognia rozciągnęliśmy linki, powiesiliśmy ubrania oraz płótno namiotów i derki. Wiał lekki wiaterek, niebo było bezchmurne.

– Wszystko przesiąknie zapachem dymu – zauważyłem.

DROGA CAŁY CZAS OPADAŁA W DÓŁ.
SZŁO SIĘ CIĘŻKO...

– I dobrze, robactwo się nie uczepi. – Tyra machnęła ręką. – Choć o tej porze roku to bez znaczenia.

Zagrzaliśmy wodę. Wrzuciłem do gara porcję pasków mięsa i suszonych warzyw. Gdy się zagotowało, dosypałem kaszy. W czasie gdy jedzenie dochodziło, kapłanka przejrzała i uporządkowała nasze wyposażenie. Przydźwigałem trzy płaskie głazy. Zasiedliśmy przy ogniu. Niewiele rzeczy, które jadłem w życiu, smakowało mi tak jak ta zupa. Napchaliśmy żołądki, rozgrzaliśmy się. Gdy zdejmowałem nasze rzeczy z linek, były suche i ciepłe. Dziewczęta pomogły mi składać ubrania i zwijać derki.

– Kiedyś powiedziałeś takie zdanie, jeszcze w szkole. Pamiętasz? – zagadnęła Ana.

– Nie wiem, o które chodzi. – Zmarszczyłem brwi.

– Nauczycielka kaligrafii wyszła za mąż. Wszyscy się zastanawiali, jak to jest z tym sypianiem razem, płodzeniem dzieci i jakie mogą być inne przyjemności, które daje bycie z kimś. Rzekłeś wtedy, że bywają zimne noce, a małżeństwo to możliwość nakrycia ukochanej dodatkowym kocem. Zadziwiło mnie to, bo sformułowałeś myśl bardzo prostą, a jednak głęboką. I spojrzałeś na te sprawy zupełnie inaczej niż reszta.

– Aha. Już nawet nie pamiętam, że kiedyś coś takiego powiedziałem.

– Też nie pamiętałam, ale przypomniało mi się nad ranem, gdy nakrywałeś mnie i Tyrę. A potem zobaczyłam przetainę, jakby dwa ostatnie elementy układanki znalazły się na swoim miejscu.

– Eee. Nie myślałem o tym, gdy was nakrywałem – bąknąłem, ale ona tylko przyłożyła palec do moich warg i uśmiechnęła się.

Żal było porzucać tę kotlinkę. Dobrze byłoby tu przenocować, lecz wiedziałem, że czas nagli. Ana wyciągnęła mapę.

– Powinniśmy skierować się prosto na zachód, ewentualnie na południowy zachód – stwierdziła. – Sprawdziłam na chronometrze, o której wzeszło słońce. Zbliża się południe. Może zmierzymy wysokość słońca nad horyzontem i w ten sposób zdołamy odnaleźć naszą pozycję na mapach? Zastanawiam się, czy nie odbiliśmy za daleko na północ.

Wyszukałem kawałek równej skały. Wbiłem w szczelinę kij, zaznaczyłem długość cienia. Kapłanka wydobyła z sakwy zegar.

– Co robicie? – zaciekawiła się Tyra.

– To proste – wyjaśniła Ana. – Wiemy, kiedy słońce wstaje w Tess. Mamy to zapisane w tabelach. Gdy idzie lato, każdego dnia wstaje trochę wcześniej.

– Ale po co nam to? Nawet nie jesteśmy w Tess. Nie rozumiem.

– Gdy idziemy na zachód, wschód słońca jest coraz później. Gdy w Tess jest już nad horyzontem, w Dysie dopiero zbliża się świt. Mamy to bardzo dokładnie policzone – tłumaczyłem. – Jeśli w Tess słońce jest już dawno na niebie, a tu dopiero wstaje, to z różnicy czasu możemy wyliczyć mniej więcej, jaki dystans nas dzieli.

– Niesamowite! – szepnęła.

– Do tego słońce o różnych porach roku pojawia się wyżej lub niżej nad horyzontem. Na południu nawet zimą stoi wysoko. U was, nad jeziorami, w krótkie zimowe dni wisi nisko.

– Tak.

– Gdy wiemy, jak wysoko nad horyzontem jest w południe, to znów podstawiając wyniki obserwacji do tabel, możemy wyliczyć, jak daleko na północ lub na południe od Tess się znajdujemy.

– Ale nie jesteśmy teraz na północ od Tess, tylko daleko na zachód? – Nadal nie mogła się w tym połapać.

– Zaraz zobaczysz.

Gdy cień był najkrótszy, zaznaczyłem na ziemi, dokąd sięga. Potem naciągnąłem sznurek od tego punktu do szczytu palika.

– Mamy kąt, pod jakim padały promienie słońca – wyjaśniłem. – Teraz go zmierzymy.

Kapłanka podała mi mały mosiężny kątomierz. Długo liczyłem i szukałem w tabelach odpowiednich liczb. Pochyliłem się nad mapą z cyrklem i przymiarem. Pociągnąłem dwie linie ołówkiem.

– Ta kreska pokazuje, jak daleko na zachód od Tess zaszliśmy, a ta, jak daleko na północ. Poprowadzę teraz równoległe. Rozumiesz?

– Tam, gdzie się przetną te dwie kreski, jesteśmy obecnie? – odgadła.

– Tak. To w sumie dość proste. Jeśli odczyt godziny wschodu słońca jest dokładny, to znajdujemy się gdzieś tutaj – wskazałem palcem punkt.

– Jest dokładny – zapewniła mnie kapłanka.

– Nie jest. To są obliczenia oparte na obserwacjach chwili, gdy tarcza słońca pojawia się nad widnokręgiem. Jesteśmy w górach, więc szczyty zasłaniają horyzont. Zatem obliczenia dotyczą momentu, nim słońce zabłysnęło ponad nimi. Odczyt kilka czori wcześniej czy później może po przeliczeniu i naniesieniu na mapę oznaczać błąd rzędu nawet kilku dni marszu. Zwłaszcza że i mapa nie jest szczególnie dobra.

– O tym nie pomyślałam – zmartwiła się.

Patrzyłem na mapę w zadumie.

– Jeśli obliczenia są choć częściowo poprawne, jesteśmy zupełnie gdzie indziej, niż mi się zdawało – westchnąłem wreszcie. – Za mostem odbiliśmy lekko na północ – rozważałem. – Jednak z mapy wynika, że zawędrowaliśmy znaczne dalej, niż sądziliśmy. Szczerze mówiąc, droga wydawała się prosta, nie patrzyłem na kompas. Byłem przekonany, że idziemy bardziej na zachód.

– Pobłądziliśmy? – Tyra przechyliła głowę.

– I tak, i nie. Skoro wiemy, gdzie się znajdujemy, trudno mówić o zabłądzeniu.

– W dodatku wykonaliśmy zadanie odnalezienia świątyni z miedzianymi płytami. To zepchnęło nas daleko z zaplanowanej drogi, ale ta część naszej misji także była szalenie ważna – dodała kapłanka.

– Jeśli poprawnie odczytaliśmy położenie, przed nami nie ma brzegu morza, lecz coś, co się nazywa Doliną Siedmiu. Przecina ją rzeka płynąca na południe. Myślę, że trzeba do niej dojść i jeśli tylko jest spławna, zbudować tratwę. Chyba że żyją tam ludzie i da się wynająć łódkę.

– Dobry plan – orzekła Ana.

– Tam żyją ludzie – odezwała się Tyra, która wdrapała się na głaz i przez lunetę przyglądała się lasom przed nami. – Widzę co najmniej cztery miejsca, gdzie unosi się dym. Obiadek sobie gotują – westchnęła. – Zjadłabym takiego ciasta, jakie podawali w „Kocim Oku". Albo takie zawijane ze śliwkami, jakie Mefa kiedyś upiekła.

– Być może mają tam ciasto i nas poczęstują. Albo to nas upieką i zjedzą. Tak czy inaczej, ruszajmy w drogę – mruknąłem, zwijając mapę.

Cały czas maszerowaliśmy w dół. Droga biegła teraz głębokim wąwozem, wyżłobionym przed eonami w twardym granitowym masywie. Po prawej mieliśmy strumień; woda to z szumem przetaczała się przez szereg basenów wybitych w skałach, to znów rozlewała się szeroko w miejscach, gdzie głazy zatarasowały koryto, i znalazłszy najniższy punkt, opadała z szumem, tworząc niewielkie kaskady. Szło się ciężko, trasę zniszczyły setki wiosennych powodzi i kamienie, które przez osiemset lat oderwały się ze zboczy. W kilku miejscach złomy skalne zagradzały przejście, musieliśmy wspinać się na rumowiska lub przeciskać przez naturalne „bramy" między głazami wielkimi jak domy. Kolejny raz pogratulowałem sobie decyzji, że zostawiliśmy konie. Gdyby nawet przeżyły noce na przełęczy, w tym terenie nie miałyby szans sobie poradzić. Wreszcie najgorszy odcinek szlaku został za nami. Dolina poszerzyła się, rzeka rozlała się w ciąg stawów. Droga Przodków biegła prosto jak strzelił, co jakiś czas znikając pod piachem i żwirem naniesionym przez powodzie. Na prawo i lewo pojawiły się łąki, a nawet parę samotnych świerków. Drzewka były małe i powykręcane, ale gdyby zaskoczyła nas tu noc, nadawały się do budowy szałasu i na opał.

Da się tu rozbić obóz - pomyślałem. - W tej dolinie wiatr nie będzie nam zbytnio dokuczał. Choć lepiej byłoby znaleźć jakąś jaskinię albo...

Nieoczekiwanie spostrzegłem ledwie widoczną ścieżkę odchodzącą w bok od drogi. Biegła przez trawy, nie była w żaden sposób utwardzona.

Ktoś musi po niej chodzić od czasu do czasu - oceniłem. - Może niezbyt często, ale regularnie. Bez tego zarosłaby zielskiem.

Przystanąłem. Dziewczyny nadeszły po chwili.

– Co cię zaniepokoiło, przyjacielu? – zapytała Ana.

– To chyba ślad obecności ludzi. Ktoś tu bywa, chyba że wydeptały ją Oxy. Bo raczej nie zwierzęta. Tyra, co o tym sądzisz?

Dzikuska przykucnęła i długo badała wzrokiem ziemię. Potem przeszła kilka kroków. Zatrzymała się niezdecydowana.

– Wydaje mi się, że są tu ślady końskich kopyt – stwierdziła. – Bardzo niewyraźne, zatarte przez deszcze wiele dni temu. I ślady zwierzęcia, znacznie świeższe. Może to taka górska koza jak te, które widzieliśmy. Nawet jeśli tę dróżkę wydeptali ludzie, nikogo nie było tu od dłuższego czasu.

– Zaczekajcie tutaj.

Ruszyłem ścieżką i niebawem znalazłem się nad strumieniem. W korycie leżało kilka płaskich głazów. Wystarczyło stawiać duże kroki, by suchą stopą przeprawić się na drugą stronę. Wypatrzyłem także dalszy ciąg dróżki niknący wśród traw.

Głazy nie tworzyły prostej linii, wręcz przeciwnie, zdawały się leżeć przypadkowo. Mogły znaleźć się w tym miejscu przyniesione przez wezbraną wodę, czułem jednak, że umieścili je tu ludzie. Wróciłem do swych towarzyszek.

– Myślę, że bywają tu ludzie – powiedziałem.

– Czy nie powinniśmy najpierw zbadać, dokąd prowadzi ta ścieżka? – zagadnęła kapłanka.

– Nie byłoby to głupie – przyznałem. – Sądzę, że gdzieś tam może być szałas pasterski albo kopalnia, lub miejsce, gdzie płuczą złoto. Trzeba jednak ruszać dalej i przejść, ile się da przed wieczorem. Po pierwsze, chciałbym jeszcze za dnia znaleźć jak najlepsze miejsce na nocleg. Po drugie – spojrzałem na niebo i westchnąłem – nie wiem, ile dni drogi dzieli nas od zachodniego Pobrzeża i Dofais. Na własnej skórze przekonaliśmy się, jak groźna jest zima w tych stronach. Boję się, żeby większe załamanie pogody nie zastało nas na szlaku. Idzie zima, a my mamy spore opóźnienie. Przed nami są lasy, ale wolałbym nie obozować pod gołym niebem podczas jesiennych ulew albo zadymki śnieżnej.

– Rozumiem. Ruszajmy dalej – zgodziła się Ana.

Uszliśmy może półtora tysiąca kroków. Ściany skalne znów się zbliżyły.

I nagle złowiłem uchem niepokojący dźwięk. Gestem nakazałem, by dziewczęta stanęły. Wsłuchałem się w ciszę. Dziwny odgłos ponownie doleciał do moich uszu. Tak, to echo odbijało się od skał. Już otwierałem usta, ale ubiegła mnie mała.

– Dwa konie – szepnęła. – Idą stępa. Może lepiej będzie, jeśli to my zobaczymy ich pierwsi?

Rozejrzałem się, lecz nie było gdzie się skryć. Jak na złość, w zasięgu wzroku nie dostrzegłem nawet wystarczająco dużego kamienia, by za nim przykucnąć. Naciągnąłem pospiesznie kuszę, a dzikuska poszła w moje ślady.

– Nie strzelaj bez rozkazu – poleciłem. – Chroń kapłankę.

– Jest ich tylko dwóch. Damy radę w razie czego – syknęła, dotykając zatkniętego za pasek fletu.

– Pewnie tak, ale nie znamy tych gór, a nie chciałbym uciekać na ślepo przed całym plemieniem.

Czekaliśmy. Echo raz jeszcze przyniosło stukot kopyt, już wyraźniejszy. Minęło kilka chwil i zza skały wyjechały dwie dziewczyny na koniach. Ściągnęły wodze. Najwidoczniej nie były szczególnie zaskoczone naszym widokiem. Poprawiłem chwyt na kolbie kuszy, ale opuściłem trochę broń, celując pod kopyta koni. Przez moment taksowaliśmy się wzrokiem. Dziewczyny były mniej więcej w wieku Any albo może ciut starsze. Ubrały się w stroje, które kojarzyły mi się z ubiorem na polowanie. Obie założyły bufiaste spodnie i szare samodziałowe kurtki przepasane w talii szeroką rzemienną plecionką. Spod szarych futrzanych czapek wystawały im ciasno splecione warkocze. Przez ramię przewiesiły długie łuki. Dzieliło nas kilkadziesiąt kroków. Widziałem na ich nogach wysokie buty do konnej jazdy, zapinane na małe srebrne klamerki. Cholewy kończyły się w połowie łydki. Kruk sfrunął z nieba i przysiadł na wyciągniętej dłoni niższej z dziewczyn. Wyższa, jasnowłosa, uderzyła konia piętami, podjechała bliżej nas. Miała miłą, okrągłą buzię z nieco zadartym noskiem. Piękne brązowe oczy spoglądały spod poczernionych jakimś barwinkiem brwi. W zestawieniu z płową grzywką wyglądało to trochę dziwacznie.

– Witajcie na ziemi mojego ojca – odezwała się. – Kruk przekazał nam, że z gór schodzą ludzie, wyruszyłyśmy to sprawdzić. Mam na imię Beti, a moja siostra to Faska. Kim jesteście?

Miała dziwaczny akcent, ale rozumiałem ją bez większego trudu.

– Jesteśmy posłami. – Wolałem to zaznaczyć. – Mam na imię Dave, to kapłanka Ana i nasza towarzyszka Tyra.

– Kapłanka? – Dziewczyna przechyliła głowę. – Jeśli wolno zapytać: jakich bogów jesteście wyznawcami?

– Służymy Ojcu Stu Światów i jego córce, kociogłowej bogini Nefem – odpowiedziała Ana, a następnie uniosła dłoń i pokazała tatuaż na nadgarstku.

– Aaa... Tak jak ludzie króla. Słyszałam. – Dziewczyna uśmiechnęła się i uspokojona zręcznie zeskoczyła z konia. Była niższa niż my.

Całą broń zostawiła przypiętą do siodła. Jakoś głupio było nam do niej celować, więc zdjęliśmy bełty z kusz.

– Wasze poselstwo nie jest zbyt liczne, a jego dowódca... hmm... – Brunetka, nadal siedząc w siodle, przyglądała się nam nieufnie.

– Pozostali zginęli nad Wielką Rzeką. Objąłem dowództwo z braku innych mężczyzn – wyjaśniłem.

– Przyszliście ze wschodu, z tej wielkiej doliny, którą zowią Lasem Dusz? – zagadnęła ta druga.

Drgnąłem, słysząc tę nazwę w jej ustach. Czyżby to plemię zapuszczało się na tamtą stronę gór? No, w sumie... Nie mieli przecież daleko.

– Przybywamy ze wschodniego Pobrzeża – odparłem.

– Znad wielkiego morza, które leży gdzieś bardzo daleko na wschodzie? To zapewne szmat drogi. Nie sądziłam, że wyznawcy Kociogłowej przybędą do nas kiedyś z tej strony świata. – Beti pokręciła głową. – Zwłaszcza o tej porze roku przejście przez góry to ogromne ryzyko. Powiadacie, że jesteście posłami? Zatem wędrujecie do naszego króla?

– Podróżujemy z miasta Tess na zachodnie Pobrzeże do miasta Dofais – rzekła Ana. – To jest nasz cel. Przykro mi, ale nawet nie słyszeliśmy o waszej dolinie i o waszym królu. Szczerze mówiąc, trochę pobłądziliśmy.

– Jeśli chcecie dotrzeć do Dofais, czeka was jeszcze wiele dni drogi na południe, a poza tym nie jest to chyba dobry pomysł. W każdym razie widzę, że za wami ciężka przeprawa, zatem zapraszam was w imieniu ojca do naszej wioski – powiedziała blondyneczka. – Odpoczniecie sobie, pogadacie. Wtedy podejmiecie decyzje, gdzie iść, jak iść i czy w ogóle się tam zapuszczać. Jutro mamy święto, dzień lania świec. Zabawicie się na festynie, zjecie coś dobrego, potańczycie. Nauczymy was naszych piosenek. A potem siądziecie sobie z moim ojcem i szamanem, obejrzycie mapy. Nasz król też z pewnością chętnie was pozna.

– Brzmi kusząco – przyznałem.

– Pójdziecie prosto drogą Przodków, przed wieczorem będziecie na miejscu. My udajemy się do pustelni złożyć bogom śnieżnych szczytów ofiarę z wina.

– Bogowie śnieżnych szczytów? – zdziwiła się Ana.

– To bogowie Oxów. Składamy ofiary, bo żyjemy z Oxami w zgodzie, a przychylność ich bóstw przydaje się, gdy ruszamy w góry. To sanktuarium Oxy założyły wiele mileniów temu – wytłumaczyła Faska.

– Mileniów – podchwyciłem.

– Oxy twierdzą, że żyli w tych górach o wiele wcześniej niż nasi Przodkowie. Jak mniemam, cały dobytek niesiecie na plecach? Zostawiłabym wam moją klacz, jest przyuczona do dźwigania juków, ale nie wiem, czy posłucha obcych. Zróbmy próbę.

Kapłanka podeszła i wyciągnęła dłoń. Dotknęła chrapów zwierzęcia. Klacz nie cofnęła łba. Dała się też podrapać pod brodą.

– Polubiła cię. – Beti podała kapłance wodze. – Wybaczcie, czas nagli. Może dogonimy was jeszcze w drodze powrotnej. Jeśli nie, zaczynajcie ucztę powitalną bez nas.

Odpięła od siodła sakwę i szablę w obciągniętej skórą pochwie.

– Dobrze. – Dopiero teraz spostrzegłem, że brunetka kończy pisać coś na małej karteczce. Zwinęła ją w rulon i wsunęła w tulejkę na nodze kruka.

– Do wodza – poleciła.

Ptak poderwał się, zatoczył nad nami krąg i poleciał na zachód. Jasnowłosa wgramoliła się na koński grzbiet i objęła towarzyszkę.

– Bywajcie i do zobaczenia wieczorem – powiedziała, po czym pokłusowały w górę doliny.

Stukot kopyt po chwili ucichł. Zostaliśmy sami i tylko piękny koń świadczył o tym, że spotkanie odbyło się naprawdę.

– Eee... – zaczęła Tyra i zamilkła.

– Nie podoba mi się to – mruknęła Ana. – W ogóle się nas nie bały. Wyruszyły na spotkanie nieznajomych. Z gór mógł zejść ktokolwiek.

– Czują się silne potęgą swojego plemienia – odparłem. – Ponadto raczej nie wyglądamy groźnie. Chłopak, dziewczyna i jeszcze do tego dziecko.

Tyra fuknęła, udając obrażoną.

– Kruk poinformował je, że z gór schodzą ludzie. Czy to oznacza, że wysłały go na zwiad? A teraz posłały go z listem do swojego wodza? – rozważała kapłanka.

– Mój brat przeczytał w jakiejś starej książce, że nasi Przodkowie umieli przyuczać ptaki do takich zadań. Od tamtej pory próbuje wytresować swojego. Marnie mu to idzie, ale najwidoczniej w tych stronach udało się zachować tę sztukę – wyjaśniłem.

– Ale jak kruk mógł im coś powiedzieć? – zdziwiła się. – Wyuczony powtarza czasem wyrazy, lecz nie ma w tym większego sensu.

– Ast mi pokazywał – odezwała się mała. – Nasi Przodkowie używali tablic z dwudziestoma prostymi symbolami. Szkolone kruki stukały w nie dziobem i tak przekazywały, co widziały.

– To mądre ptaki. W dodatku w przeciwieństwie do gołębi wiedzą, dokąd mają polecieć.

– Mimo wszystko nie wiedziały, kogo spotkają.

– Hmm. – Podrapałem się po głowie. – Myślę, że wiedziały. Schodząc, kilka razy widzieliśmy lasy w dolinie. Skoro my je widzieliśmy, to i nas było widać. Wystarczyło, że wlazły na wysokie drzewo i użyły lunety. Brunetka miała na plecach długi skórzany tubus. Obejrzały nas sobie dokładnie, nim wyjechały na spotkanie. Pogadały chwilę, potwierdziły informacje i dopiero wtedy zaprosiły do siebie. Być może gdybyśmy okazali się groźni, na dole zostalibyśmy zabici. W każdym razie ci we wsi wiedzą już, że idziemy.

– Składamy wizytę, czy może lepiej nie? – zafrasowała się kapłanka.

– Zostawiła nam konia – mruknęła dzikuska. – Jest piękny i wygląda na cennego. Zobaczcie zdobienia na siodle, to chyba srebro. Jeśli coś knują, to było sprytne posunięcie. Uśpiło naszą czujność. W dodatku powinniśmy go oddać.

– Wystarczy, jeśli poszukamy miejsca, gdzie można go uwiązać i zostawić – powiedziałem. – Znajdą go, wracając.

– W moich stronach obowiązywała zasada, że przybysz ma stanąć przed bramą wioski i zaczekać. Jak go zaproszą do środka, to jest gościem, a jak ktoś włazi bez zaproszenia, można dać mu w łeb – zauważyła Tyra. – Ale czy podobnie jest w tej okolicy?

– Znają ludzi naszej wiary. Zatem utrzymają kontakty z zachodnim Pobrzeżem – rozważała Ana. – Chyba są to przyjazne kontakty, skoro pożyczono nam konia. Albo nie do końca przyjazne, bo tak jakby delikatnie odradzała nam odwiedziny w tamtych stronach.

– Jako dowódca odpowiadam za wasze bezpieczeństwo – oznajmiłem. – Nie wiemy, co to za ludzie.

Obejrzałem konia. Klacz była zadbana, niedawno została wyczesana. Zbadałem jej skórę. Ne było śladów blizn od bata ani podobnych oznak złego traktowania. Ufnie trącała mnie pyskiem, jakby liczyła na jakiś smakołyk. Była podkuta, kopyta ładnie oszlifowano, po czym nacięto powierzchnię i wklejono w nie inkrustacje ze złotego, a może tylko mosiężnego drutu.

– Ci, którzy są łagodni wobec zwierząt, nie zawsze są dobrzy wobec ludzi – skwitowałem. – Ale chyba nie mamy innego wyjścia. Gdyby kazali się nam wynosić, sytuacja byłaby jasna. A tak... Zapraszają. Może z życzliwości, a może nie chce im się tracić czasu na tropienie nas.

– Zrobią z nas szaszłyki albo złożą w ofierze swoim bogom – mruknęła Ana. – Albo jedno i drugie. Z twojej skóry, przyjacielu, sporządzą sobie buty, z Tyry bębenek, a moja czaszka po odpiłowaniu wierzchu posłuży jako miska do karmienia młodych psiaków.

– Jak zrobią ze mnie bęben, to obiecuję, że im pęknę przy pierwszej ważnej uroczystości – sarknęła mała, głaszcząc konia po szyi.

Objuczyliśmy zwierzę naszymi bagażami. Klacz nie protestowała. Szła spokojnie, czasem przyjacielsko kładąc łeb na ramieniu kapłanki i pocierając jej ucho chrapami. Jeszcze jeden zakręt i wąwóz wreszcie się skończył. Przodkowie zbudowali tu stanicę, po lewej i po prawej stronie wznosiły się ruiny wież, nadal spięte kamiennym łukiem dawnej bramy. Popatrzyłem z niepokojem na wielkie obrobione głazy wiszące nam nad głowami. Łuk wydawał się jednak całkowicie stabilny. Przeszliśmy pod nim. Przed sobą mieliśmy rozległe łąki przykryte wielobarwnym dywanem. Opadały łagodnie ku ścianie lasu. Droga Przodków biegła prosto jak strzelił i znikała wśród drzew. W twarz dmuchnął nam ciepły jesienny wiatr. Tyra długo węszyła, zabawnie poruszając chrapkami nosa.

– Nie czuję morza – stwierdziła. – Czyli to faktycznie ta Dolina Siedmiu. Albo, co gorsza, jeszcze inne miejsce.

*

Najpierw spostrzegliśmy ślady prac w lesie. Gąszcz przerzedził się, w bok od drogi ciągnęły się niewielkie poręby. Pniaki lśniły bielą świeżego drewna, ścinki dokonano niedawno. Przy szlaku złożono równe sągi drewna, osobno pnie, osobno gałęzie zebrane w eleganckie wiązki przewiązane sznurem. Na drodze pojawiły się końskie pączki, zarówno stare, jak i całkiem świeże.

– Szykują się do zimy – oceniłem. – Są tu długie pnie do cięcia na belki i deski oraz krótkie na opał. Zaczęli już zwozić je do osady.

– I smolarnię tu gdzieś mają. – Tyra pociągnęła nosem.

Koń ożywił się, widocznie wyczuwał już dom. Las skończył się nagle, jak nożem uciął. Dalej droga biegła przez pola. Zboże już zebrano, zostało tylko czarne ściernisko.

– Niesamowite – rzekła Ana. – Gleby jak u nas w świątynnych szklarniach.

– Muszą mieć fantastyczne plony – mruknąłem. – Żyzne tereny.

Przebyliśmy kamienny most nad niewielką rzeką. Pośrodku równiny dostrzegliśmy kępę drzew. Dymy zdradzały siedzibę ludzi.

Zatrzymaliśmy się i przez chwilę w milczeniu podawaliśmy sobie lunetę. Wioska rozciągała się na ruinach niedużego miasta Przodków. Mury nie były szczególnie wysokie, nie umywały się do obwarowań Tess, przypominały raczej pozostałości tych z Dysy. Nad ich koroną widzieliśmy dachy domów krytych gontem lub dachówką. W murze wypatrzyłem kilka baszt i czarne kreski strzelnic. A na gałęziach drzew platformy dla obserwatorów i łuczników, jak w „twierdzy" Olejarza.

Tu i ówdzie widać było chaty, jakieś szopy i całe gospodarstwa rozrzucone po polach. Na łąkach nad rzeczką ujrzałem krowy i konie.

– Ludzie żyją sobie spokojnie także poza murami – rozważałem. – Czyli okolica chyba jest bezpieczna i najwyraźniej nie obawiają się napaści. Zwierzęta, które się pasą, są pilnowane tylko przez dzieciaki z psami.

– Ktoś jedzie nam na spotkanie – zauważyła Tyra.

Mężczyzna nie był stary, ale gęstą brodę przetykały mu już nitki siwizny. Czoło lśniące, przeryte zmarszczkami i spalone słońcem przywodziło na myśl dno starego miedzianego garnka.

– Witajcie na mojej ziemi. – Zeskoczył z konia. – Mam na imię Marloc.

Przedstawiłem siebie i dziewczęta.

– Dostałem od córki wiadomość, że idziecie znad morza, które leży daleko na wchodzie. Szmat drogi za wami. Zapraszam do nas. Chętnie wysłucham wieści z dalekich stron. – Mężczyzna wykonał zapraszający gest.

– Nie chcielibyśmy nadużywać waszej gościnności – uśmiechnęła się kapłanka. – Odpoczniemy dzień lub dwa i ruszamy w dalszą drogę.

Wódz pokiwał w zadumie głową. Ujął konia za uzdę i prowadził go, idąc obok nas.

– Wiem, skąd przybyliście, córka napisała, że jesteście niedobitkami poselstwa. Dokąd jednak planujecie się udać?

– Celem naszej misji jest zachodnie Pobrzeże i Dofais – wyjaśniłem. – Mamy spotkać się z księciem, przekazać pozdrowienia od naszych kapłanów.

– Nie byłem tam nigdy. – Pokręcił głową. – Ale król pochodzi z tego miasta, a jego ludzie, którzy przywędrowali z nim z południa, też mieszkali tam albo w pobliżu. No i kapłani waszej religii przyjechali z Dofais, przynajmniej niektórzy.

– Króla? – podchwyciłem. – Pańska córka wspomniała o nim.

– Jesteśmy poddanymi króla, który rezyduje pośrodku doliny – odrzekł, wskazując ręką gdzieś na północny zachód. – Na pewno rad będzie was spotkać. Dawno nie mieliśmy gości z waszej części świata. Z pewnością jest złakniony wieści, ale to później. Jutro obchodzimy dzień lania świec. To nasze największe jesienne święto. Spiżarnie pełne, chaty ogacone, zimowe odzienie naszykowane, można odpocząć po całym roku i spokojnie oczekiwać nadejścia zimy. Oczywiście zapraszamy. Teraz tak... Gdzie was zakwaterujemy? Kapłanko, zechcesz zapewne pomodlić się do swoich bogów i odprawić stosowne obrzędy wedle waszych zwyczajów. Myślę, że wraz z towarzyszami zajmiesz świątynię swojej bogini. Nikt nie będzie was tam niepokoił. Gdybyście potrzebowali pomocy, moi ludzie są do waszej dyspozycji, zaraz wydam stosowne rozkazy.

– Świątynię? – spytała.

– No, to może trochę za dużo powiedziane. – Odrobinę jakby się speszył. – Jak wspomniałem, czasami bywają u nas kapłani Kociogłowej. Tak co dwa, trzy lata odbywają podróże w te strony, by głosić wśród plemion doliny chwałę swoich bogów. Odwiedzają współwyznawców i zachęcają nas do przyjmowania waszej wiary. Mój dziadek miał wiele szacunku dla ich mądrości, nakazał przysposobić dom Przodków na ich potrzeby. Oczyszczono też stary posąg. Cenimy ich wiedzę. Nauczyli mnie, jak rozpoznać kamienie rodzące metal i jak go pozyskiwać. I opowiadali o waszej wierze. Nie przekonali mnie, ale sporo zapamiętałem, na przykład to, że wasi bogowie są samolubni, uważają, że tylko oni są prawdziwi, a reszta stanowi wytwór ludzkich fantazji, podszeptywany przez wysłanników Czarnego Nauczyciela. Dziwaczna koncepcja. – Słowa lały się z niego jak potok. Chyba od dawna nie miał okazji pogadać z nikim obcym.

Dotarliśmy wreszcie do osady. Przyjrzałem się murom. Widać było, że przed laty uzupełniono wyszczerbioną koronę, lecz od tamtych czasów nikt się nimi specjalnie nie zajmował. U ich podnóża posadzono szeroki na kilkanaście łokci pas kolczastych krzewów. Fosy nie wykopano. Brama okuta metalem była stara i trochę opadła w zawiasach.

– Tak tu sobie żyjemy – powiedział wódz.

Ta jego „wioska" okazała się sporym miasteczkiem. Przypuszczam, że w obrębie murów żyło nie mniej niż półtora tysiąca ludzi. Część zabudowy stanowiły domy Przodków – odnowione, pokryte nowymi dachami. Osada była bogata. Słyszałem muczenie krów, w zagrodach kotłowały się owce. Trzymano niewiele kur, za to wszędzie widziałem stadka tłuściutkich gęsi. Dróżki i ścieżki ubito z tłucznia, stare drzewa orzechowe rosły gęsto, zapewniając latem cień. Obok chat posadzono róże, dostrzegłem też przekwitłe już malwy. Najwyraźniej szykowano się do uroczystości. Na domach wieszano girlandy z paproci i lampiony. Staruszkowie wygrzewali się na ławkach, popatrując na bawiące się dzieci. Ana rzuciła zgrabnie kilka komplementów. Wódz pokraśniał z dumy.

Nasze przybycie wzbudziło umiarkowane zainteresowanie. Ludzie przystawali, unosili dłonie w geście pozdrowienia i spieszyli do swoich zajęć. Jakiś chłopak podszedł i odebrawszy cugle, odprowadził oba konie gdzieś na bok.

– Przed rokiem znów mieliśmy wizytę kapłana waszego ludu – wódz ponownie się rozgadał. – Przybył wiosną. Zostawił nam zwoje do poczytania. Znam litery, ale nie lubię czytać. To dziwaczna umiejętność. Patrzymy na znaki kreślone farbą na papierze, najpierw pojawia się wrażenie, jakby ktoś szeptał nam słowa do ucha, a potem nagle jakbyśmy byli tam, już nie widzimy znaków, tylko obrazy. – Wzdrygnął się. – Jednak moje córki to lubią, niech im będzie na zdrowie.

– Z czytaniem jest tak jak z bębnami – odparowała Ana. – Najpierw słyszycie rytm uderzenia dłoni szamana na skórze, a później przychodzą wizje.

Zmarszczył brwi.

– Jesteś bardzo mądrym dziec... eee... kobietą. Tak, to rzeczywiście trochę podobne, ale nikt nie pije świętych wywarów codziennie, nikt też codziennie nie słucha bębnów. Wiemy, że to zamieszałoby nam w głowach. Chodźce proszę, już blisko.

Świątynia faktycznie okazała się starym domem Przodków. Mury, nadgryzione nieco zębem czasu, zafugowano zaprawą o trochę innym odcieniu, a w niektórych miejscach brakujące kamienie zastąpiono dobrze wypaloną cegłą. Wstawiono nowe okna i drzwi. Popatrzyłem na poczerniałe ze starości gonty i znacznie nowsze drewniane rynny. Wódz pchnął drzwi zbite z szerokich desek i okute pajęczyną metalu.

– Przepraszam, nie spodziewaliśmy się gości, więc nie posprzątaliśmy – sumitował się.

Ale chyba trochę przesadzał, bo główna sala była ładnie pozamiatana. W kamiennym wazonie pośrodku stał bukiet suszonych kwiatów. Złożyliśmy pokłon. Posąg bogini Nefem znajdował się naprzeciw wejścia. Nie był szczególnie duży: gdyby Tyra stanęła przed nim, zapewne dorównywałby jej wzrostem. Figurę wykuto w czarnym kamieniu, pociętym żyłkami kwarcu. Boginię wyobrażono nago, z rękami skrzyżowanymi na piersi. Ktoś, używając miedzianych szpilek, udrapował na posągu delikatną płócienną tkaninę. Spływając w dół, sprawiała wrażenie eleganckiej sukni.

Podeszliśmy bliżej. Spostrzegłem, że jednej dłoni brakowało, dorobiono ją starannie, ale rzeźbiąc w drewnie zabarwionym na kolor kamienia. Na głowę bogini ktoś założył wianek białych róż. Gdy się dokładniej przyjrzałem, zorientowałem się, że kwiaty nie były prawdziwe. Upleciono je z brzozowej kory i łyka. Jednak najbardziej zaskoczyły mnie oczy posągu. Wykonano je z jasnożółtego kamienia, miodowego kwarcu albo steatytu. Tylko wrzecionowate kocie źrenice wyszlifowano z czegoś czarnego. Wyglądały niezwykle realistycznie. Poczułem nieprzyjemne mrowienie blizny.

– To bardzo stara rzeźba. Z pewnością najstarsza ze wszystkich, jakie widziałam – powiedziała Ana w zadumie.

– Dziadek opowiadał, że przez setki lat leżała w korycie pobliskiej rzeki – wyjaśnił wódz. – Spoczywała na szczęście twarzą w dół. Od tyłu jest starta prawie na gładko. Wiecie, piach i żwir niesione wodą polerują z czasem nawet bazaltowe głazy, a to nie jest zbyt twardy kamień. Dlatego te białe żyłki zrobiły się wypukłe. Powiadasz, pani, że najstarsza...

– To hieroglif z czasów, zanim nasi Przodkowie uprościli swoje pismo. – Ana pochyliła się i dotknęła rzędu znaków wyrytych na cokole. – Uczeni kapłani wyliczyli, że cywilizacja, którą zbudowali Przodkowie, przetrwała co najmniej trzy milenia. Przez ten czas pismo ulegało stopniowym zmianom, aż przekształciło się w to, którego używamy. To znaki o najbardziej archaicznej, pierwotnej formie.

Wódz pokręcił głową ze zdumienia, ale nie skomentował. Przyjrzałem się symbolom. Były na wpół zatarte, lecz nadal w miarę czytelne.

– Pani niosąca miecz i kłos – przesylabizowałem.

– To także zamierzchła tytulatura – tłumaczyła kapłanka. – Znajdujemy ją w najdawniejszych księgach. Ta rzeźba była bardzo stara już w czasach Przodków. Myślę, że pamięta dni, gdy dopiero budowali swój świat.

– Trzy tysiące lat i jeszcze osiemset, które upłynęły między ich czasami a naszymi – mruknął wódz. – To liczby i otchłanie czasu, które trudno ogarnąć rozumem. Był taki rok, gdy w osadzie przed zimą naliczyliśmy tysiąc owiec.

– Pomódlmy się za szczęśliwe ocalenie w górach i znalezienie gościny wśród życzliwych ludzi – zaproponowała kapłanka.

– Odprawiajcie swoje modły. Przyślę zaraz kogoś do pomocy. No i głodni na pewno jesteście. Jutro będzie dużo czasu, by spokojnie pogadać. A rano zajdźcie do szamana po drewno na opał, to chata z krowimi czaszkami na parkanie.

Wódz pożegnał się i poszedł. Nie powiem, poczułem pewną ulgę – jego paplanina była dość męcząca. Wyjęliśmy szarfy. Ana poprowadziła modlitwę. Zdążyliśmy skończyć, gdy dwóch mężczyzn przyniosło nasze bagaże, koszyczek świec i wiązkę polan. Od razu napaliłem w kominku. Tyra zapaliła cztery świece i osadziła je w lichtarzach. Na zewnątrz robiło się już ciemno.

Obeszliśmy domostwo. Miało zaledwie pięć pomieszczeń. Na lewo od sali z posągiem były dwa pokoje mieszkalne. Wstawiono tam łóżka zbite z olejowanych bukowych desek, zaścielone siennikami. Po prawej znajdowały się kuchnia i mały składzik, w którym znaleźliśmy zasłony oraz żeliwną misę na składanym trójnogu, służącą do palenia ofiarnego ognia. Był też worek węgla drzewnego, woreczek kadzidła i drugi z drobinami bursztynu. Drzwi na końcu prowadziły na małe podwórko, przy którym umieszczono szopę i wygódkę. Okna nie miały szyb – na ramy naciągnięto półprzejrzystą błonę, zapewne spreparowane pęcherze płodowe jakichś dużych zwierząt, krów lub koni. Z szopy przyniosłem jeszcze jedną wiązkę chrustu. Nagle rozległo się pukanie do drzwi i do świątyni weszły znajome dziewczyny. Przydźwigały dwa toboły.

– Macie tu lepsze sienniki, nowe prześcieradła, poduszki i koce – powiedziała Beti. – I jeszcze trochę świec oraz olej do lampy.

– I wiktuały na kolację. – Jej towarzyszka postawiła na podłodze kolejny wiklinowy koszyk. – Jutro zajdziemy z rana, umyjemy wam podłogi i omieciemy pajęczyny. Czujcie się jak u siebie.

– Kapłanka w świątyni jest „u siebie", dom bogów to zarazem jej dom. – Blondynka dała siostrze przyjacielskiego kuksańca. – A właśnie, jest tu w wiosce kilkoro wyznawców bogini Nefem. Zapewne już wiedzą o waszym przybyciu, a jak nie wiedzą, zauważą blask świec w oknach świątyni, ale...

– Jeśli mogę prosić, zawiadomcie ich – odezwała się Ana. – Pojutrze przypada nasze święto, a jutro rano mogliby przybyć do nas. Pomodlimy się i powiem im, co trzeba przygotować.

– Zawiadomimy. – Blondynka skinęła główką.

Pożegnały się i wyszły. Przyciąłem knoty świec. Posąg w ich blasku wydawał się większy. Gra świateł i cieni zdawała się ożywiać kamienne oczy.

– Co o tym wszystkim sądzisz, przyjacielu? – zapytała Ana, nachylając mi się do ucha.

– Wydają się szczerzy i życzliwie nastawieni – odparłem. – Kłopot w tym, że nie wiem, komu można naprawdę zaufać, a komu nie.

– Jeśli knują coś złego, mają nas w garści. – Tyra wzruszyła ramionami. – Posiadają świetne konie i doskonałe psy myśliwskie. Nie uciekniemy. Na drodze nas dogonią, w lesie wytropią. Jesteśmy w pułapce, od kiedy spotkaliśmy córkę tego całego wodza.

Kapłanka spojrzała na mnie pytająco. Niechętnie skinąłem głową.

– Jeżeli coś knują, tkwimy tutaj niczym śliwka w krowim placku – westchnąłem. – Są wasalami jakiegoś króla i ewidentnie zostaniemy niebawem zaproszeni na jego dwór, czy tego chcemy, czy nie. Nie wystawili wart, ale i tak nie zdołamy uciec. Na noc zapewne zamykają bramy i spuszczają psy.

– Przyjmijmy, że zostaniemy uwięzieni – rozważała Ana. – Co może nam grozić?

– To raczej nie są ludożercy. – Dzikuska popisała się wisielczym humorem. – Więc nie zrobią z nas szaszłyków. Ani bębnów z naszej skóry.

– Raczej nie – potwierdziłem. – Czy coś nam grozi? Nie wiem. Król pewnie jest nas ciekaw. Będzie wypytywał, cośmy za jedni, a potem zadecyduje co dalej. Wyraźnie zniechęcali nas do odwiedzenia Dofais. Chyba nie żyją w przyjaźni, ale bywają tu z misjami kapłani Ojca Stu Światów pochodzący z tego miasta. Ktoś dba o tę świątynię i posąg Kociogłowej. Skoro wędrowni kapłani kogoś nawrócili i w osadzie znajdziemy ludzi naszej wiary, to pewnie oni się przy tym krzątają. Zapewne mogliby udzielić nam informacji.

– Jutro mają swoje święto, a pojutrze nasz Dzień Opadających Liści – zadumała się Ana. – A na razie zagrzej, proszę, wodę do mycia, zjemy coś i trzeba iść spać. Rankiem poprosimy o trochę ługu i wypierzemy nasze rzeczy.

Przed snem na wszelki wypadek zaryglowałem dobrze drzwi. Broń położyłem na podorędziu.

– To głupie – stwierdziłem, patrząc na kusze. – Całej wsi nie zdołamy przecież wystrzelać.

Przyjemnie było wyciągnąć się na grubym sienniku, położyć głowę na czystej, dobrze wypchanej poduszce, nakryć się po sam nos kocem i spać. Odespać długie dni spędzone w siodle. Odespać ciężki marsz przez góry. Odespać strach, chłód, zmęczenie. Wszystko odespać.

*

Obudziły mnie głosy dobiegające z sąsiedniego pomieszczenia. Słońce stało już wysoko. Ubrałem się pospiesznie, ochlapałem twarz wodą z miski. Ana rozmawiała z jakimiś miejscowymi. Domyśliłem się, że to nasi współwyznawcy.

– Jestem kapłanką zaledwie pierwszego stopnia – tłumaczyła. – Nie przyjęłam wyższych święceń. Nie mogę złożyć ofiar, ale jeśli na jutrzejsze święto nie przybędzie żaden kapłan drugiej rangi, poprowadzę modlitwy, pobłogosławię jabłka i wykonam wróżbę świętym olejem.

Nawet jeśli byli rozczarowani, nie dali tego po sobie poznać. Tyra krzątała się po kuchni.

– Zjesz coś? – zapytała na mój widok.

– Cokolwiek. Co mamy?

– Kawa z palonych żołędzi, jajecznica z gęsich jaj, chleb mają naprawdę świetny. Są sery, pasztet. I dostaliśmy osełkę masła. Przyszli nasi. Ana ustala co i jak. Wypytała ich też dyskretnie o miejscowe stosunki. Wszyscy chwalą i tego swojego wodza, i króla. Księżniczka przyszła, gdy spałeś. Pytała, czy czegoś nie trzeba.

– Księżniczka.

– No, ta Beti, córka wodza. Tak ją w myślach nazwałam, bo ładna i ładnie się ubiera – paplała Tyra radośnie, bełtając jajka na patelni. – I szaman ma dla nas drewno.

*

Szaman okazał się zasuszonym staruszkiem. Jego skórę znaczyły liczne plamy wątrobowe. Przypomniałem sobie opowieści o tym, że szamani wchodzą w trans, pijąc wywary z trujących grzybów. Siedział przed swoją chatą i zręcznie operując igłą, naszywał paciorki na kurtkę.

– Po drewno na opał? – zapytał przyjaźnie. – Weź, ile wam trzeba, tylko porąbać sobie musisz sam. Ja już jestem za stary, żeby machać siekierą, a moi uczniowie zbyt zajęci. Święto szykują.

– Dziękuję.

Przeszliśmy na podwórze za jego domem. Ująłem podaną mi siekierę. Drewno było twarde. Szaman, pykając fajeczkę, obserwował, jak rozłupuję pniaki na polana. Wkrótce nadszedł też wódz, usiadł obok. Zgrzałem się szybko, ściągnąłem koszulę i odwiesiłem na pniaku. Skończyłem pracę. Otarłem pot z czoła. Szaman podszedł i przez chwilę, marszcząc czoło, oglądał moje blizny.

– To zrobiłeś sobie sam – mruknął, przesuwając opuszkami palców po szramach znaczących moje ramiona. – Zmywałeś krwią złe myśli i uczynki.

– Słyszałem o takich praktykach – odezwał się wódz. – Kapłani, którzy przybywali do nas nawracać, też tak czynili.

– Lepiej obejrzyj to! – Starzec wskazał szramy na mojej piersi, a potem jego wzrok podążył niżej, ku pępkowi. – To nie są ślady tylko rozciętej skóry. Ma blizny na brzuchu i na plecach. Jedne pasują do drugich.

– Ktoś próbował cię wypatroszyć? – zapytał wódz. – To wygląda, jakby przebito cię na wylot w trzech miejscach. Ale to przecież... – pokręcił głową – niemożliwe.

– Do tego rozpruto mu mostek, by odsłonić lub wyrwać serce – uzupełnił ponuro stary. – Każda z tych ran brana oddzielnie oznacza pewną śmierć. Gdyby jakimś cudem przeżył tak rozległe obrażenia, musiałyby się zaognić. Gdyby i to nie nastąpiło, nie zamknęłyby się i nie zrosły bez szwów. Lecz się zrosły. Żyję bardzo długo, widziałem niejedno, nigdy jednak nie napotkałem podobnych znaków.

– Zapewne nie uwierzycie, panie, ale dotknęła mnie ręka naszej bogini.

Milczeli obaj długą chwilę. Założyłem koszulę.

– Wasza wesoła, tańcząca w deszczu bogini Nefem – rzekł wreszcie szaman, znów pykając z fajeczki. – Jak mówią wasi kapłani, pani dobrego poranka, opiekunka dziewcząt, wyznaczająca ścieżki życia. Kociogłowa, dla przekazania nauki bawiąca się niekiedy człowiekiem, jak kot to czyni ze schwytaną myszką, ale też sprawiedliwa, błogosławiąca i czyniąca dobro. Opowiesz nam, co się stało?

– Zapewne nie uwierzycie. Zostaliśmy zdradzeni i napadnięci w lasach nad wielką rzeką zwaną Oczatka. Mnie pchnięto trójzębem. I wtedy objawiła się nam bogini Nefem. Wstąpiła w ciało kapłanki Any. Widziałem, jak pstryknięciem palców zabiła tuzin ludzi. Jak konie pochylają szyje i zginają kolana, by oddać jej pokłon. Widziałem, jak pod wpływem jej śmiechu zakwitają pąki na drzewach. Widziałem własne serce bijące w jej dłoniach. Widziałem, jak je rozerwała, by zbadać, czy jestem dobrym człowiekiem. Wyrwała ze mnie ostrza, zaleczyła moje rany, choć były śmiertelne. Wyłupiła też złemu człowiekowi oczy i wetknęła je na powrót, by dać mu szansę zmiany na lepsze. Wiem, brzmi to...

– ...niewiarygodnie – dokończył wódz. – Lecz i mnie zdarzyło się widzieć rzeczy, których nie umiem wytłumaczyć. Kociogłową czcili Przodkowie na całej ziemi między jednym morzem a drugim, na północy nad jeziorami, w wielkich lasach i na stepach południa. My o tym zapomnieliśmy. Zasłuchaliśmy się w rytm bębnów, zapatrzyliśmy w wizje zsyłane przez ziołowe napary. A przecież gdzie nie pójdziemy, znajdujemy rozwaliska jej świątyń i szczątki jej posągów. Czasem mam wrażenie, jakbyśmy zgubili coś ważnego.

– Zawsze możesz iść i tego czegoś poszukać – mruknął szaman poirytowany. – Gadałeś z przyjezdnymi kapłanami. Tu masz dowód, że mogą mieć rację. Wiesz, jaka jest różnica między naszymi religiami? – zwrócił się do mnie.

Wzruszyłem ramionami.

– Ta podstawowa sprowadza się do tego, że wy czcicie wielu swoich bogów, ale wierzycie, że każdy lud ma własnych – powiedziałem. – Uważacie, że Ojciec Stu Światów i bogini Nefem też istnieją. My wierzymy w Ojca i Kociogłową, lecz uważamy, że wasi bogowie nie istnieją, są wymysłem ludzi albo, co grosza, ułudą zesłaną przez złego Boga Węża i Czarnego Nauczyciela.

Szaman westchnął.

– Ułudą, powiadasz.

Zacisnął usta, zmarszczył brwi, a na jego twarzy odmalował się wysiłek. Wreszcie wyciągnął dłoń. Stos polan drgnął i oderwał się od podłoża. Płynęły przez chwilę w powietrzu, a potem jak opiłki żelaza przy magnesie ułożyły się równolegle i z klekotem opadły na ziemię. Zostały idealnie ułożone. Szaman jęknął i otarł pot z czoła oraz skroni.

– Zobaczyłeś znak. Zazwyczaj pozwalamy sobie na takie demonstracje tylko podczas świąt. Widzisz wodę w tamtym cebrzyku? A gdybym tak ją zapalił? Taki dowód ci wystarczy?

– Obawiam się, że nie – odparłem ponuro. – Jestem pewien, że potraficie tego dokonać, panie, ale to nie stanowi w moich oczach dowodu.

– Przez moje dłonie popłynęła moc wszechświata udzielona mi przez moich bogów. Umiesz dokonać podobnej sztuki? A może potrafią to wasi kapłani?

– Nie obraźcie się, panie, ale nasi bogowie nie udzielają swych mocy na każde nasze życzenie. Są bogami, ich wola nie podlega naszym pragnieniom. Możemy ich co najwyżej prosić. Bo na każde żądanie odpowiada tylko sługa. Co do źródeł tej siły, skąd wiecie, że nie są złe?

Wódz zmarszczył czoło.

– Też jesteś kapłanem? – zapytał.

– Uczyłem się na świątynnego pisarza. Daleko mi do wiedzy naszych kapłanów. Może powinniście porozmawiać z Aną? Przeczytała znacznie więcej mądrych ksiąg niż ja.

– My, szamani, leczymy ziołami. Muzyka wprawia chorego w trans, przez co leki łatwiej wnikają w miejsca, gdzie mają działać. Kosztem ogromnego skupienia potrafimy sprawić, że rany goją się szybciej. Umiemy nastawiać kości, oglądając złamania oczyma duszy. Najlepsi z nas, krocząc po ścieżkach ducha, odczytują obrazy zapisane w pamięci chorych – powiedział w zadumie. – Leczenie jest dobre. Usuwa zło. Niesie ulgę, ale ty widząc dowód potęgi naszych bogów, uważasz, że nie istnieją albo są źli. To szaleństwo.

– Nie dogadamy się, panie, a po co się kłócić.

– Daj spokój i oszczędzaj siły, bo wieczorem święto. – Wódz położył mu dłoń na ramieniu.

– Trudno zachować spokój, gdy... – zaczął szaman, ale potem machnął ręką i uśmiechnął się krzywo. – Nie dogadamy się, a po co się kłócić – powtórzył moje słowa.

Kiedy odchodziłem, słyszałem, jak w zadumie mamrocze pod nosem:

– Tylko sługa...

A ja nagle uświadomiłem sobie, że już to przecież słyszałem. Wtedy na polanie, z ust bogini. „Prawidłowa odpowiedź na pytanie”.

– A niech mnie! – szepnąłem.

*

Ludzie zaczęli się schodzić, poszliśmy i my. Pośrodku placu rozpalono ogień. Przytoczono też na wózku drewnianą rzeźbę lokalnego bóstwa – przedstawiała mężczyznę z imponującymi jelenimi rogami na głowie. Musieliśmy mieć niepewne miny, bo obie „księżniczki" zaraz do nas podbiegły. W sukienkach i z rozpuszczonymi włosami ledwo można je było rozpoznać.

– Zapraszamy. Znajdźcie sobie miejsce. Wosk rozgrzewamy w dłoniach, aż zmięknie, i wyrabiamy niczym ciasto – wyjaśniła Faska.

– Oczywiście na co dzień świece odlewamy w formach, tak jest o wiele szybciej, ale te, które wymagały pracy, traktujemy w szczególny sposób. Palimy je podczas świat i rodzinnych uroczystości – dodała jej siostra.

Siedliśmy w kręgu, mnie posadzono między mężczyznami, Tyrę i Anę dalej, wśród dziewcząt. Szaman zaczął delikatnie uderzać dłońmi w bęben, ale nie była to melodia, a tylko rytm pomagający nam w pracy. Wniesiono kosze z bryłami wosku, pomocnicy szamana zaczęli ciąć je na mniejsze kawałki i podawać siedzącym na początku. Każdy otrzymywał bryłkę wosku od sąsiada, ściskał w rękach i przekazywał dalej. Wosk, odbierając ciepło wielu kolejnych dłoni, miękł. Na końcu kręgu cztery dziewczęta w złoto-czerwonych sukniach toczyły z półpłynnej masy wałki, nacinały i wkładały knoty. Gotowe świece odkładano do pustych już koszy. Niektórzy uczestnicy wstawali i odchodzili, inni zaraz zajmowali ich miejsce.

Całe plemię pracuje razem. To rytuał, w trakcie którego czuje się jedność, więzi, wspólnotę – pomyślałem. – Mocniej i głębiej niż u nas podczas zawodów łuczniczych.

Szaman wybrał dwie najgrubsze świece, podszedł do posągu, złożył głęboki pokłon i osadził obie w dłoniach rzeźby.

Jego pomocnicy rozstawili wokoło pięć mis ofiarnych. Wsypali do każdej po woreczku węgla, a na wierzch rzucili po garści suszonych ziół i trochę jasnych grudek – bursztynu, a może kadzidła.

Szaman zaintonował pieśń, w zasadzie samą melodię bez słów. Plemię podchwyciło nutę. Pieśń rosła, potężniała i nieoczekiwanie misy przed posągiem bóstwa strzeliły kłębami wonnego dymu. Z miejsca, gdzie stałem, mogłem dostrzec, że wypełnia je żar, cały węgiel zapalił się w jednej chwili. Ludzie umilkli, a szaman nucił dalej. Dym zwinął się w spiralę złożoną z pięciu smug i w tej postaci, nadal wirując, uleciał ku niebu.

– Oby w długie i ciemne zimowe noce nigdy nie zabrakło nam ognia i światła. – Szaman ukłonił się teraz przed swym ludem. Żar przygasł. Wszyscy zebrani otrzymali po grubej woskowej świecy.

Dziewczęta ustawiły się w dwa kręgi, mniejszy i większy. Kilku mężczyzn zaczęło wybijać rytm na bębnach. Ruszyły. Bose stopy zatupotały na liściach. Zauważyłem, że wiele z nich ma na kostkach nóg i nadgarstkach bransoletki ozdobione dzwoneczkami. Tyra gdzieś znikła, ale nim zdążyłem się zaniepokoić, spostrzegłem ją. Wirowała wraz z resztą w tańcu, stopy niosły ją w powietrzu, biegła, ledwo muskając ziemię czubkami palców. Jej niebieska sukienka migała to tu, to tam, raz w mniejszym kręgu, raz w większym. Zamyśliłem się. Wracały obrazy Tess jeszcze sprzed zarazy, szkoła. Ana siedząca w wykuszu okna. Mefa rozpalona gorączką, okładana namoczonymi prześcieradłami. Stosy, na których paliliśmy ciała zmarłych. Czarne żałobne szarfy na tyczkach przed domami. Krewni, którzy nie przetrzymali ataku choroby. I czas po epidemii: bielenie ścian, szorowanie i olejowanie podłóg. Śmierć i odradzające się życie. Ciotka w ciąży, babcia pochylona nad łóżeczkiem prawnuka. Kuzynka Alva i jej zaręczyny. Dzieciaki nasze, naszych krewnych i sąsiadów, biegające po dziedzińcu.

Potrząsnąłem głową, obrazy powoli odeszły. Tyra siadła obok mnie. Wesoła, rozgrzana tańcem. Ociekała potem, pachniała podeptanymi liśćmi, dymem i winem.

– Przepraszam, nie powinnam – sumitowała się. – Jestem teraz z miasta i nie wypada mi po prostu brać w tym udziału, ale tyle razy tańczyłam u nas, nad jeziorami... Nie mogłam się powstrzymać.

– Obchodzicie to samo święto?

– Tak. I w bardzo podobny sposób, ale nazywamy je dniem świateł. No i świece lejemy, a nie ugniatamy.

– Może chcesz jeszcze się z nimi pokręcić?

Potrząsnęła głową.

– Teraz zaczyna się to, co najważniejsze. Nie jestem z ich plemienia ani ich wiary.

Spostrzegłem, że dziewczyny podawały sobie kubek, prawie każda piła po jednym łyku.

– Co to? – zapytałem Tyry.

– Zioła, bardzo mocne. Niebezpieczne, lecz nie tak groźne jak czerwony wywar Węży. Pod wpływem tańca i gry na bębnach pozwalają wejść w głęboki trans, ale to tylko dla starszych. Może być różnie. Zazwyczaj napłyną jedynie obrazy z przeszłości, choć bywa, że nawiedzą cię duchy Przodków, czasem będzie to ekstaza ogarniająca całe ciało niczym płomień, a może być i napad bezrozumnego szału. U nas taki taniec z piciem wywarów odbywał się tylko dwa razy w roku.

Z chaty szamana wyniesiono jakieś płaskie przedmioty. W pierwszej chwili wziąłem je za kosze albo coś podobnego, zaraz jednak zorientowałem się, że to bębny wróżebne, lecz inne niż te, których do tej pory używano. Z miejsca, gdzie siedzieliśmy, widać było na nich czarne i brązowe wzory.

– To święte bębny – wyjaśnił wódz, stając za nami. – Po śmierci najwybitniejszych szamanów ściągamy z nich skórę i wyprawiamy, aby mogli nadal przemawiać do nas w takie noce jak ta. Ludzka skóra nie nadaje się do takich celów. Jest o wiele za cienka i robi się z wiekiem krucha, dlatego używamy ich niezwykle ostrożnie. Tylko podczas szczególnie ważnych okazji.

Taniec stał się szybszy. Znów zasłuchałem się w rytm, ale tym razem obrazy już się nie pojawiły.

– Dziczeję – powiedziała Tyra ze smutkiem. – Trafiliśmy tu i od razu wszystko wróciło. Chce mi się tańczyć z tymi dziewczynami, spać przy ognisku, ganiać po lesie boso, polować, łazić po drzewach. A przecież miałam być panienką z miasta, z lokami na głowie, w eleganckich pantofelkach i niebieskiej sukience. Wszystko prysło. Jakby tamtych tygodni w ogóle nie było. Jakbym tylko śniła o brukowanych ulicach, o cieście w kawiarni.

– Po prostu jesteś jeszcze bardzo młoda i chcesz się wyszaleć – mruknął wódz. – Z wiekiem ci przejdzie. Poza tym to nic złego raz na jakiś czas zdjąć buty i zatańczyć.

Fuknęła, udając wielce obrażoną, ale zaraz ponownie się uśmiechnęła. Koło bramy wybuchło jakieś zamieszanie. Wódz wstał i ruszył w tamtą stronę. Spojrzałem zaniepokojony, lecz spostrzegłem jedynie starszego mężczyznę z bujną brodą, który zsunął się z konia. Gdy tylko dotknął stopami ziemi, dwie dziewczyny powiesiły mu na szyi wieńce kwiatów i zatańczyły radosny, dziki taniec. Nowo przybyły uśmiechnął się lekko i uniósł dłoń, jakby do błogosławieństwa. Nadbiegły mniejsze dzieci, sięgnął do skórzanej sakwy i zaczął rozdawać im łakocie. Wódz przepchnął się przed tłumek i uściskał go serdecznie.

– Ktoś ważny – mruknęła Tyra. – Pewnie naczelnik sąsiedniej wioski.

Podeszła do nas Beti.

– Ojciec prosi was na rozmowę – powiedziała poważnym tonem.

Dziwny przybysz i wódz czekali w altance obok posągu. Mieliśmy stąd widok na bawiący się tłum, a zarazem miejsce było zaciszne. Z bliska nieznajomy wydał mi się młodszy niż na pierwszy rzut oka, choć na pewno przekroczył już połowę przypisanych mu dni. Dostrzegłem tatuaż kociej łapki na jego nadgarstku. Sama dłoń była trochę zniekształcona, jakby po jakimś ciężkim urazie nie zdołano dokładnie nastawić wszystkich kości. Wódz nas przedstawił.

– Witajcie, podróżnicy – rzekł uroczyście nowo przybyły. – Mam na imię Efrim Dof. Jestem królem tej doliny.

Musieliśmy mieć bardzo głupie miny, bo uśmiechnął się szeroko.

– No zobacz, nie wierzą – zwrócił się do wodza.

– Nie przywykli, a raczej przywykli do zupełnie innego ceremoniału. Wasza wysokość przybył sam, bez orszaku i zbrojnej eskorty.

– Nie potrzebuję takiej ochrony jak władcy Dofais. W tej dolinie każdy jest moim przyjacielem – odparł król. – Jedyne, co może mi grozić w podróży, to dzikie zwierzęta. Co do orszaku, ludzie są zajęci robotą, nie chciałem ich od niej odrywać. Aaaa, wiem, o czym zapomniałem! No przecież...

Zdrową dłonią pogrzebał w torbie przewieszonej przez ramię. Wydobył zawiniątko z delikatnego płótna. Odpakował i naszym oczom ukazała się piękna złota korona. Od razu zauważyłem, że była bardzo stara. Złoto pociemniało tak jak drobne klejnoty Przodków znajdowane czasem w ruinach. Niektóre kamienie były wyszczerbione lub zarysowane. Mężczyzna założył koronę na głowę. I nagle poczułem w powietrzu zmianę, coś jakby nagły przypływ onieśmielenia. Wyglądał w niej zupełnie naturalnie. Nie jak aktor udający króla, tylko właśnie jak król. Z buzi Tyry znikł uśmiech. Ona też poczuła, że to się dzieje naprawdę.

– Piekłem chleby w Dofais – wyjaśnił władca. – Byłem synem piekarza i wnukiem piekarza, potomkiem długiego szeregu przodków, z których każdy robił to samo. No, jeden się trafił wyrodek, mianowicie kowal. Mieliśmy piekarnię, dom i mały kawałek pola za miastem. Pewnego dnia podkusiło mnie spróbować zaorać nieużytki przylegające do moich zagonów. Wiecie, jak to jest. Ma człowiek na własność spory kawałek gruntu, od którego podatki trzeba płacić, a tam zamiast pszenicy rosną tylko kamienie. Przez trzy lata z żoną i synem, mając za całą pomoc jedną dychawiczną kobyłkę, wydzieraliśmy z ziemi głazy. I pewnego pochmurnego dnia pod jednym z nich znalazłem rozsypującą się ze starości drewnianą beczułkę, a w niej koronę. Tak, tę koronę – potwierdził, widząc moje zaskoczenie. – Zobaczyłem, że to chyba złoto, i ucieszyłem się, że sprzedamy ją księciu za ładne kilka tysiączków i wreszcie staniemy na nogi. Założyłem ją na głowę, ot tak, bardziej dla żartu, żeby żonę rozbawić, zmęczoną po ciężkiej harówce, ale stało się coś dziwnego. Po pierwsze, wiatr rozgonił chmury i wyjrzało słońce. Po drugie, czasem z kapeluszem jest tak, że niby nasz rozmiar, ale nie leży. Korona idealnie pasowała na moją głowę. Dostrzegłem w oku żony błysk, jakiego nie widziałem od lat, i zrozumiałem, że nie sprzedam naszemu księciu tego klejnotu. Pojąłem, że to przeznaczenie i znak od Ojca Stu Światów. Zebrałem rodzinę i znajomych, którzy tak jak ja mieli dość życia pod władzą chciwych durni. Porzuciliśmy niegościnne wybrzeże i ruszyliśmy w głąb lądu poszukać miejsca, w którym założę własne królestwo. Gdzie to ja będę rządził i to na mnie będą wygadywać w szynkach różne rzeczy. I miejmy nadzieję, że nie uznają mnie za chciwego durnia. Słyszeliście legendy o królewnie z Doliny Sześciu Książąt? – zmienił nagle temat.

Pokręciłem głową, Ana zmarszczyła brwi.

– Czytałam kiedyś, to znana opowieść.

– Ja czytałam, niedługo przed wyruszeniem do Tess – odezwała się Tyra. – Była zapisana w tej grubej księdze z bajkami dla dzieci. Istniała żyzna i bogata dolina, a w niej leżało królestwo złożone z sześciu księstw. Księstwa były zasobne i ludne. Ludzie żyli w szczęściu i dostatku. Nawet ich krowy jadały ze srebrnych żłobów, a mleko czerpano złotymi kubkami. Niestety sześciu parom książęcym urodzili się synowie, a tylko królowi narodziła się córka o imieniu Atoca. Gdy książęta podrośli, wszczęli krwawą wojnę o jej rękę. Dziewczyna, widząc, jak giną mieszczanie i spokojni wieśniacy, rzuciła się z wieży i umarła. Książęta, dowiedziawszy się, jakiego nieszczęścia stali się przyczyną, zrozpaczeni zdjęli diademy, a potem wyruszyli w świat szukać odkupienia.

– Znam inną wersję tej opowieści – wtrąciła się Ana. – Była taka legenda w jednej z kronik. W zasadzie podobna, z tym że królewna Atoca nocą wymknęła się z zamku, zostawiając list. Książęta nie wiedzieli, w którą stronę umknęła. Porzucili wojska i samotnie ruszyli jej szukać. Wojna wygasła, ale książęta już nigdy nie wrócili.

– Wydaje mi się, a nawet jestem prawie pewien, że te wydarzenia zaszły właśnie tutaj. – Król zatoczył ręką krąg. – Pośrodku doliny leżą ruiny wielkiego miasta Przodków. Zarosły lasem. Szukałem potwierdzenia tej legendy. Wież pogrążonych już w ruinie znalazłem kilka, niewiele z nich zostało. Przez sześć bram wychodzi sześć dróg, a przy nich natknąłem się na resztki kolejnych sześciu dużych osad otoczonych murami. To pasuje. Do tego wygrzebałem w ruinach kubki wykonane nie z brązu czy gliny, lecz z jasnego mosiądzu. Gdy były nowe i ładnie wypolerowane, rzeczywiście mogło się wydawać, że zrobione są ze złota. To mogło dać początek legendzie o niezmierzonych bogactwach.

– A srebrne żłoby w oborach? – wyrwała się Tyra.

– Niestety, ani jednego. Niemniej jednak w oborach, które zbadałem, w ogóle nie było żłobów. Albo zrobiono je z drewna i rozsypały się przez stulecia, albo faktycznie wykonano je ze srebra i zostały skradzione. Ta korona... –

Zdjął ją z głowy i obrócił w dłoniach. – To raczej męski rozmiar. Tak sobie czasem myślę, że mogła należeć do ojca zaginionej księżniczki Atoki. Dziewczyna uciekła, przepadła, znikła z oczu sześciu książętom, dotarła na wybrzeże i ukryła ją pod kamieniami. Niekiedy wyobrażam sobie, że od niej pochodzi mój ród, bo przecież ten kawałek gruntu był nasz od wieków. Pewnie tak nie było – uśmiechnął się smutno – ale to ludzka rzecz pomarzyć. Mógł ją też ukryć jeden z błąkających się książąt. W każdym razie, drodzy i zacni, dziś ja jestem królem tej doliny – powiedział powoli i dobitnie.

– Czego wasza wysokość oczekuje? – zapytałem.

– Mam swoich przyjaciół, którzy pozostali w Dofais. Co jakiś czas przylatuje do mnie kruk z listem. Przed dziesięcioma dniami do miasta przybyło poselstwo ze wschodniego Pobrzeża. Skoro oni są tam, a wy tu, to zapewne dla zwiększenia szans powodzenia wysłano dwie grupy?

– Tak – potwierdziła Ana. – Chyba mieli więcej szczęścia i znaleźli lepszą drogę.

– Książę zarządził ich publiczne wysłuchanie. Zreferowali, z czym przybywają. A dzięki przyjaciołom wiem teraz i ja. Popraw mnie proszę, kapłanko, jeśli coś pomylę. Tam u was na wschodzie żyje się coraz gorzej, coraz trudniej i coraz biedniej. Chcecie wrócić, jak to się mówi, na stare śmieci.

– Tak. – Skinęła głową. – Mamy wybadać, czy jest taka możliwość. Czy nas przyjmą.

– Książę może się zgodzi, ale moim zdaniem wpadniecie z deszczu pod rynnę. U niego wcale nie jest dobrze, ani wam nie będzie lepiej. A teraz posłuchajcie mnie uważnie. Mam tu wszystko, czego potrzeba ludziom, aby żyć dobrze, spokojnie, szczęśliwie. Rozległe łąki, nieprzebyte lasy, złoża minerałów w okolicznych górach. Rzeki spływające z lodowców dostarczają nam wodę. Przypuszczam, że ta dolina to dno wielkiego śródlądowego jeziora, które przed wieloma wiekami zarosło, zmieniło się w bagno, potem w podmokłe łąki, a wreszcie w lasy. Gdziekolwiek próbujemy głęboko kopać, zawsze jest to samo: gruba warstwa dobrej czarnej ziemi, pod nią torf, a jeszcze głębiej piasek ze skamieniałymi muszlami. Ziemia tu jest bardzo żyzna, wyżywi nieprzebrane rzesze. Drogi i kanały wystarczy oczyścić, miasta przodków możemy odbudować. Trzeba tylko ludzi. Setek, tysięcy ludzi nawykłych do pracy na roli. I rzemieślników tak zdolnych, by z Dofais warto było wyruszać tu na handel. Potrzebuję pobożnych kapłanów, których bogini pobłogosławi, by głosili ludowi prawa i nauki. Tego wszystkiego mi brak. Miejscowi to dobrzy ludzie, zdolni i pracowici, ale żyje ich tu garstka. To wszystko mało. Chcę, nim zamknę oczy, zobaczyć tę dolinę kwitnącą. Ludne miasta, zasobne w dzielnych mężczyzn, piękne kobiety, urocze dzieci, odbudowane mosty, podniesione z gruzów świątynie. Mam wszystko, tylko brak mi poddanych. Lokalne plemiona to może trzy tysiące dusz.

Uśmiechnął się lekko i mówił dalej:

– Zapraszam, zamiast przenosić się do Dofais i klepać tam biedę, osiądźcie tu i zostańcie moimi poddanymi. Dam wam ziemię, lasy do wykarczowania, miasta, które odbudujemy i tchniemy w nie nowe życie. Wiem. – Uniósł rękę, jakby chciał uciszyć nasze protesty. – Wysłano was gdzie indziej i z zupełnie inną misją, ale powiem tak: książę zachodniego Pobrzeża to idiota. Dusi ludzi podatkami. Ziemie nad morzem są kamieniste. Wasi Przodkowie ruszyli na wschód, bo trudno im było się wyżywić. Od tego czasu nic się nie zmieniło, tylko ludzi przybyło. Każdy spłachetek łąki czy lichej ziemi ornej kosztuje ogromne pieniądze. A u mnie jest wszystko, czego potrzeba, by żyć, budować i rozmnażać się. Napiszę oficjalne pismo do waszych wodzów. Dam wam ludzi, którzy przeprowadzą was z powrotem przez góry i będą eskortowali przez Las Dusz.

Zamilkliśmy. W tym, co mówił, było sporo sensu.

– Zdradzę wam jeszcze jedną tajemnicę – zniżył głos. – Przed trzema laty po tamtej stronie gór mój syn dokonał wielkiego odkrycia. Odkrycia, które może zmienić wszystko. W ruinach starej świątyni znalazł miedziane tablice, na których Przodkowie wyryli podstawy swojej wiedzy o leczeniu ludzi. Zaś w krypcie pod główną salą leżało jeszcze dwieście zalutowanych miedzianych tubusów zawierających księgi medyczne i receptariusze. Brak nam uczonych kapłanów, chirurgów i farmaceutów, ale już dziś dzięki wiedzy czerpanej z tych zwojów sami robimy wierzbowy cukier oraz leki, które szybko zabliźniają zakażone rany i pomagają chorym na gruźlicę.

Z największym trudem zachowałem kamienny wyraz twarzy.

– Mój dziadek dostrzegał trzy powody, dla których powinniśmy opuścić Pobrzeże – odezwała się ostrożnie Ana. – Po pierwsze, groźba najazdów Węży. Po drugie, zagrożenie opadami popiołu, a w ślad za nimi zatrucie ziemi. Po trzecie, choroby ludzi, zwierząt i roślin.

– Ta dolina jest bezpieczna, wróg nie przypłynie tu morzem, a plemiona żyjące wokoło są słabe i przyjaźnie nastawione. Nie zagrożą nam ani my im. W razie kolejnych erupcji wulkanów dwa pasma gór ochronią nas przed niosącymi popiół wiatrami z południowego wschodu. Rosną tu dzikie zboża, nie są dotknięte sporyszem ani rdzą. Nie zabierajcie ziarna siewnego, a stąd wybierzcie najzdrowsze sztuki i będziecie je obserwowali w drodze. Chore nie wytrzymają wędrówki, osłabną i padną, albo je dobijecie. Co do ludzi nękanych różnymi chorobami, liczę na to, że tablice z opuszczonej świątyni zdradzą kapłanom z Domu Noży wiele sekretów.

– Mieliśmy dotrzeć na zachodnie Pobrzeże i tam szukać ratunku – zawahała się Ana. – Być może jednak rzeczywiście lepiej będzie osiąść tutaj? Ta kraina leży dalej na północ niż Tess. Zimy są tu surowe, lata krótsze i chłodniejsze, ale myślę, że da się tu dobrze żyć.

– Jako poddani króla – westchnąłem. – Wiem, że tak bywało w historii, lecz przywykliśmy, że rządzą nami kapłani.

– Nie oczekuję od was żadnych decyzji. – Uniósł rękę. – Nie macie po temu ani wiedzy, ani władzy, ani też kompetencji. Zawieźcie do Tess listy. Niech przybędą tu wasi uczeni kapłani. Oszacują mój kraj, jego piękno i potencjał. I wtedy się namyślą, czy warto. Jutro nasze święto. Kapłanko, czy odprawisz nabożeństwo?

– Jestem za młoda i nie przeszłam pełnego wtajemniczenia. Nie mogę składać ofiar. Będą tylko wspólne modlitwy i błogosławienie jabłek.

– Przyjdę. A teraz korzystajmy z chwili i bawmy się wraz z naszymi przyjaciółmi.

Zdjął koronę, zawinął troskliwie w szmatkę i schował do torby. Z polany dobiegał smakowity zapach. Gdy rozmawialiśmy z władcą, na ogniskach umieszczono długie żelazne pręty. Szaszłyki właśnie dochodziły.

*

Świątynia była niewielka, ale i wyznawców zebrała się tylko garstka. Oprócz naszej trójki przyszły trzy rodziny, dwóch mężczyzn o wyglądzie myśliwych, kilku chłopaków i dwie dziewczyny. Wszyscy ubrali się odświętnie i „po miejsku". Dziewczyny założyły na kostki nóg bransoletki z dzwoneczkami. Szarfy modlitewne w tych stronach tkano nieco szersze niż u nas. Używano też włóczki o mocniejszych barwach. W Tess jabłka do poświęcenia przynoszono tylko czerwone, tu najwyraźniej nie przestrzegano tej zasady.

Ana w obrzędowej sukni stanęła przede mną.

– Pierwszy i ostatni raz – powiedziała ze smutkiem.

– Słucham? – zdziwiłem się.

– Ostatni raz przewodzę modlitwom podczas święta. Za rok będę w Tess, tam zastąpi mnie inny, ważniejszy kapłan, a za dwa lata sama nie będę już kapłanką. Nie powiem, będzie mi tego brakowało, więc masz się postarać, żebym nie żałowała i nie nudziła się przy tobie przez kolejne sześćdziesiąt czy siedemdziesiąt wspólnych lat!

– Dołożę wszelkich starań – wykrztusiłem.

Kątem oka spostrzegłem minę Tyry. Miała tak szelmowski uśmiech, że najchętniej przeciągnąłbym ją rzemykiem po tyłku. Nagle trzasnęły drzwi i naraz świątynia zaroiła się od ludzi. W pierwszym momencie nie rozumiałem, co się dzieje, a nawet przestraszyło mnie to najście, lecz po chwili ujrzałem króla i towarzyszącą mu kobietę w diademie. Przybysze upchnęli się ciasno pod ścianami. Mężczyźni, kobiety, dzieci - wszyscy odświętnie ubrani i z jabłkami w dłoniach.

- W tym roku nie przybył do nas kapłan z Dofais - wyjaśnił władca - ale przez kruka dałem znać swoim towarzyszom, że jest okazja wziąć udział w nabożeństwie. Wstali przed świtem, zapakowali się na wozy i na szczęście zdążyli. Pani - skłonił się przed Aną. - Czas obecny jest bardzo szczególny. Wasze przybycie napełniło moje serce wielką nadzieją. Czy przed rozpoczęciem modlitw mogę prosić o wróżbę olejem?

- Oczywiście.

Król przytrzymał olej do momentu, gdy nad powierzchnią zaczął unosić się biały opar, a potem niezdarnym, nerwowym ruchem okaleczonej dłoni wyrzucił ciecz w powietrze. Zamarliśmy w oczekiwaniu. Płomień nie pojawił się nagle, lecz łagodnie rozlał się od środka ku bokom. Nigdy wcześniej nie widziałem podobnie pięknego i kształtnego ptaka. Wyraźnie widać było skrzydła, korpus i ogon rozkładający się niczym wachlarz. Nie rozpraszał się, trwał dłuższą chwilę, stopniowo ciemniejąc, aż znikł w obłoku dymu. Patrząc na płomień tańczący w powietrzu, w jednej sekundzie zrozumiałem, że nasze miejsce jest tu, a człowiek stojący przed nami naprawdę jest godzien zostać naszym władcą.

KONIEC

NIEZAPOMNIANE
PAMIĄTKI Z
WOJSŁAWIC
ZAUFAJ MI
JESTEM
EGZORCYSTA

ZAUFAJ MI
JESTEM EGZORCYSTĄ
A. PILIPIUK
CZERWONA GORĄCZKA
A. PILIPIUK
LITR CIEKŁEGO OŁOWIU
TWÓJ JA-KUBEK
PREZENTUJE
STEEL HOG

fabryka słów®
WYDAWNICTWO

WYDAWCA
Fabryka Słów sp. z o.o.
20-834 Lublin, ul. Irysowa 25a
tel.: 81 524 08 88, faks: 81 524 08 91
www.fabrykaslow.com.pl
e-mail: biuro@fabrykaslow.com.pl
www.facebook.com/fabryka

SPRZEDAŻ INTERNETOWA
swiatksiazki.pl

ZAMÓWIENIA HURTOWE
DRESSLER
Dressler Dublin sp. z o.o.
ul. Poznańska 91
05-850 Ożarów Mazowiecki
tel. (+ 48 22) 733 50 31/32
www.dressler.com.pl
e-mail: dystrybucja@dressler.com.pl

DRUK I OPRAWA
ABEDIK S.A.
www.abedik.com.pl

PROJEKT I ADIUSTACJA AUTORSKA WYDANIA
Eryk Górski, Robert Łakuta

GRAFIKA NA OKŁADCE
Piotr Cieśliński

PROJEKT I OPRACOWANIE OKŁADKI
Konrad Kućmiński | Grafficon

ILUSTRACJE
Paweł Zaręba

REDAKCJA
Rafał Dębski

KOREKTA
Mirosław Ruszkiewicz

SKŁAD
Dariusz Nowakowski | drewnianyrower.com

Wydanie I

ISBN 978-83-7964-754-5

/ fabrykaslow
/ fabryka